陈应时 ◎ 著

纵横

山水间

中国文史出版社

一曲不折不挠的奋斗之歌（代序）

纪红建

收到作家陈应时先生发来的长篇纪实《纵横山水间》电子稿有些时日了，但读后感迟迟没有动笔。不是懒惰，而是不安和内心深处的诚惶诚恐。我出生在农村，领略过乡村风景，也体验过乡村艰辛。我也曾采写过关于乡村的题材，行走于乡村，知道乡村的浩瀚、精神的丰盈。乡村的纵横阡陌，是一片广阔的舞台，更是奋斗者抛洒青春汗水的"主战场"，我深知从乡村走出的艰辛与不易，故不敢轻易对与乡村相关的作品品头论足。但乡村有我无法割舍的情感，一草一木、一花一叶，一人一物、一事一情，都时刻滋润着我的心田；《纵横山水间》主人公郭名修先生从偏僻山村走出，奋斗在山水间，历经艰辛，化蛹成蝶，走出非凡创业路，令人感动；我和作者应时十多年前结缘于毛泽东文学院，他怀揣对桂东文化的责任，深入采访，饱含深情，记录时代图章和真善美，令人敬佩。《纵横山水间》是一次坦诚的倾诉、真诚的写作，给了我一种莫名的感动，它以纪实的手法，生动、深刻地记述了一位民营企业家的奋斗史、至真至爱和人生传奇，赋予人真实与感动、温暖和力量。

民族要复兴，离不开民营经济。党的二十大报告强调，毫不动摇巩固和发展公有制经济，毫不动摇鼓励、支持、引导非公有制经济发展，并指出要为民营企业发展提供有利环境，依法平等保护民营企业产权和企业家权益，促进民营经济发展。其实早在1982年中央决定分田到户实行家庭联产承包责任制不久后，不甘被命运摆布的郭名修，就一只脚踏入了民营企业领域。农闲之余，他便想办法把偏远乡村老百姓零散的东西收集起来，或干脆想办法从供销社买来些日常生活用品，直接去换老百姓手上的那些破铜烂铁，再统一卖到供销社去，这样打个"擦边球"，几分几毛，积少成多，造化好时，一天可以赚上一元两元。久而久之，他竟成了名副其实的"货郎担"。正是这个"货郎担"，为他日后成为民营企业家打下了基础，埋下了伏笔。后来，他贩过生猪，收过木材，跑过运输，卖过建材，在老家桂东县东洛乡的乡镇企业当过总经理。不论是对于郭名修，还是对于他的家乡桂东县来说，1998年都是具有特殊意义的一年。那年8月，郭名修和几个伙计投资建设装机800千瓦的江山水电站并网发电，那是桂东县第二座私营兴办的股份制小水电站。江山小水电站的成功兴建，给桂东的决策者提供了一个绝佳的样板，在点亮山村、点亮百姓心灯的同时，让各级领导又看到了一束耀眼的光芒，甚至给桂东上上下下带来了一场思想大解放。从此，他一发而不可收拾。在江西遂川县营盘圩乡，他共建起14座"东营系列电站"，共装机18000千瓦。随后，他转战株洲炎陵，承包一家装机7500千瓦的电站工程；在邵阳隆回，收购一家水电设备厂；在永州零陵，成功竞拍一家发电设备厂。他还看准商机，果断进行房地产开发。郭名修身上始终透射着一股湖南人"不服输、不怕难"的劲头，他没有就此满足和止步，把投资小水电的触角延伸到了省外。在云南波涛汹涌的怒江，他克服千难万险，建起一座又一座电站，取得辉煌成绩，激荡起生命和时代的浪花……这些足迹，这些历程，是中国民营企业家艰苦奋斗、艰难成长的真实写照与缩影。

《纵横山水间》映照着新中国的发展变迁。比共和国小六岁的郭名修，从童年开始就饱尝生活的艰辛。为了减轻家里的负担，能挣点钱给父亲治病，读完五年半小学后他就离开了学校，过早步入社会，用他那稚嫩的肩膀挑起家庭的重担。当过放牛郎，在生产队挣过工分，到井下挖过煤，在县水电工程队当过工人。改革开放的春风吹遍神州大地后，他又乘着春风追求自己的梦想，孜孜不倦办企业，甚至参与国有企业改制……令人称道的是，不论身处哪个时代，他总能审时度势、明辨是非、沟通权变，与时代同频共振，走在人民群众最需要的地方，见证着新中国的发展变迁。特别是他参与和见证了改革开放、脱贫攻坚、乡村振兴等新中国发展过程中的重要历程，并作出了自己应有的贡献，承担起一个企业家的责任。郭名修奔波的足迹主要是在山水间，在纵横阡陌的山村。这些地方，有悠久的历史，有如诗如画的山水，有淳厚的民俗、淳朴的民风，更充满生机和希望。他参与建设，并见证了这些地方的巨变。如养育郭名修的距离井冈山仅170公里的桂东县东洛乡上洞村，原来是集老、山、边、穷于一体，典型的"九山半水半分田"，经过几代人数十年的奋斗，这里发生了深刻的变化，农业产业发展欣欣向荣。又如郭名修投资修建水电站的云南福贡县沙瓦村，位于怒江大峡谷深处，是一个古老的少数民族村落，当时这里是没有路的，村民们每天需要步行两个半小时才能到山下劳作。对于这个村庄，郭名修投入真情实感，将自己的命运与这个村庄的发展紧密相连。听说村里的小学破陋不堪，他觉得不可使希望之炬熄灭，便毫不犹豫地决定，由公司捐资20万元兴建一所希望小学。后来，随着公路建设，这个村发生了"千年巨变"。郭名修的个人成长史、奋斗史，映照着新中国的发展变迁。透过《纵横山水间》，我们看到昔日国弱民穷的中国发生了焕然一新的历史巨变。

《纵横山水间》是一个人、一群人的奋斗史，也是一部中国当代农民的生存史和奋斗史。在辉煌成就背后，自然是郭名修的苦苦求索与辛勤付出。他当过放牛郎、煤矿工人，也挑过"货郎担"、办过企业，甚至带上老婆和弟弟妹妹，在荒山上植树造林427亩，成为全县最出名的造林大户之一。不论条件多么艰辛，不论面对任何艰难险阻，他从未气馁，始终以奋斗者的姿态去奔跑、去拼搏。先不讲办企业的艰辛，只说他企业所在地都是偏僻艰险的山村，就需要面对艰难甚至生死的勇气。或许，这正是作者给这部作品取名"纵横山水间"的原因。作者也在引言中说道，"修行是痛苦的，需要泪水、汗水甚至血水。人一辈子不可能一帆风顺，不可能'鱼与熊掌兼得'，有时候还得打落牙齿和血吞。修行的途中，有艳阳高照，就会有狂风暴雨；有春暖花开，就会有霜刀雪剑。既然选择了远方，就要风雨兼程。""修行是快乐的，需要信仰、智慧、感恩和奉献。每一个环节虽惊心动魄，却足够绚丽多彩。风雨过后的彩虹，更能彰显出人生的成熟、美丽与辉煌。"《纵横山水间》向我们展示了郭名修的奋斗史，以及他勤劳、善良、顽强、不屈、诚信、情义、仁爱等方方面面的品质。作品还告诉我们，不只是郭名修一个人在奋斗，而是他的伙计、同行、亲属等，正是千千万万这样的时代奋斗者，汇聚成共和国昂扬奋斗的洪流。《纵横山水间》是个人奋斗史，也是中国当代农民的奋斗史，还是时代的奋斗史，更是扎根在土地的无数中国农民的缩影。

《纵横山水间》承载着乡愁乡恋、亲情友情，构筑起精神家园。郭名修创造的财富，是物质的，更是精神的。《纵横山水间》除了让我们看到一个勤劳、善良、顽强、不屈、诚信的企业家，还让我们感受到一个企业家浓郁的亲情、友情，情义、仁爱。习近平总书记说，社会是企业家施展才华的舞台。只有真诚回报社会、切实履行社会责任的企业家，才能真正得到社会认可，才是符合时代要求的企业家。他十年如一日融合企业家精神和慈善家传统，热心公益事业，助力社会发展，引领时代潮流，绽放时代光彩。他热心教育事业，有难舍的教育情结。对于家乡，他始终心心念念，不仅为家乡稳就业、保就业、保民生做出了自己的贡献，还为家乡的经济发展、教育事业、文化事业无私奉献，时常为困难群众和贫寒学子送来温暖，慰藉他们的心灵。正如郭名修所言，"一生坎坷勤创业，再苦再累亦坦然。但愿苍生俱饱暖，无悔倾情山水间。只要人人都能献出一点爱，世界将会变成美好的明天！"郭名修的亲情和友情世界，同样令人感动。爷爷的卧薪尝胆、忍辱负重，父亲的中庸之道，都对郭名修的人生产生了深远的影响。他甚至觉得，妻子就像一朵云，在他身边飘来飘去，和蔼可亲的脸上总是荡漾着春天般美丽的笑容。他说妻子既没有夺目妩媚，也没有不可方物，就是一个普普通通的农村妇女，但就是这样一个端庄朴素、实实在在的女人，与他同甘共苦，相濡以沫，经受了一场场风雨，渡过了一个个难关。而事实上，他的一言一行、一举一动，早已成为三个儿女的榜样。文中收录了三个儿女写给父亲的文章，虽然语言质朴，但情感真挚、感人肺腑。对于事业伙伴、人生知己，他同样情深义重，正所谓"人生乐在有知己，君有德才我不愁"。《纵横山水间》为我们构筑起可贵的精神家园，这个精神家园除了激励更多奋斗者奋勇前行，还将浸润着乡风文明，激发桑梓情怀、弘扬家风家训等。

总之，《纵横山水间》向我们打开了一扇了解当代中国农民企业家艰辛创业之路的窗口，让我们感受到一曲不折不挠的奋斗之歌的动人旋律，让我们看到了新中国发展变迁的壮丽画卷。

（作者系中国报告文学学会副会长、湖南省文联主席团委员，鲁迅文学奖获得者）

修行是走一条路，一条通往内心最深处的路。在这条路的尽头，我们可以找到智慧和生命的真谛。

修行是痛苦的，需要汗水、泪水甚至血水。人一辈子不可能一帆风顺，不可能"鱼与熊掌兼得"，有时候还得打落牙齿和血吞。修行的途中，有艳阳高照，就会有狂风暴雨；有春暖花开，就会有霜刀雪剑。既然选择了远方，就要风雨兼程。

修行是快乐的，需要信仰、智慧、感恩和奉献。唐僧师徒西天取经，历经九九八十一难，终于完成使命修成正果，每一个环节虽惊心动魄，却足够绚丽多彩。风雨过后的彩虹，更能彰显出人生的成熟、美丽与辉煌。

郭名修，从一个地地道道的农民，到雄踞一方的企业家，是怎样纵横山水间，化蛹成蝶，终成正果？他是一部怎样的奋斗之旅和逆袭传奇？

目 录

喜鹊枝头喳喳叫　山旮旯里庆添丁

农历 1955 年二月十九，在湖南省桂东县东洛乡一个叫上洞的小山村里，一声婴儿的啼哭打破了山村的平静。一个男孩睁着晶莹透亮的眼睛，满眼新奇地打量着这陌生的世界。

小孩的到来，对于一个世代为农的家庭来说，意味着又添了一份香火、希望和牵挂。

喜鹊在枝头叫得叽叽喳喳，道贺声一阵又一阵，喜庆如缕缕花香在整个村庄弥漫，一草一木像浇了蜜。

母亲早忘了十月怀胎一朝分娩的痛苦，幸福地抚摸着怀里的娇儿。父亲更是笑得合不拢嘴，走路生了风，端汤倒水忙里忙外。

"真是前世修来的福分，好人有好报，老天爷给咱们送来了这样一个儿子，给他取个名吧！"儿子是母亲身上掉下来的心头肉，母亲自然细心、急切、期盼，不断催促沉浸在幸福中的父亲。

"名字，名字……前世修来的福分，修来的福分……"做父亲的心里默念着妻子的唠叨，"名修"两字像一盏明灯立刻在心里亮了起来，"名修，名——修！"喊起来多么通俗易懂、朗朗上口、悦耳动听呀！

华夏文明，源远流长。从前孩子出生后要给个称呼，以别于他人，包括"姓、名、字、号"。如苏轼：姓苏，名轼，字子瞻，号"东坡居士"；如诸葛亮：

姓诸葛，名亮，字孔明，号卧龙……

姓氏在最开始被古代人作为具有共同血缘关系、共同血统的族号，一般用于区分其他的种族，属于族人共有，如赵、钱、孙、李、周、吴、郑、王……

"冥不相见，以口自名。"古人对"名"字解释得通俗易懂，说晚上黑魆魆的，看不清人的脸，相遇时，只好以口自报自己是谁，以免发生误会。这个"谁"就是各自的名字，也就是一个代号或标志，用于标识或区分。引申为名字、名声、名义、名誉、功名、英名、取名、命名等。用于人，也用于宇宙万物。

字则是一些有身份的人的象征，并且无论男女只有在成年后方才有资格取字，取字一般是用于让他人来称呼你，一般朋友或下属对你只称呼字，而不称呼名，否则表示对你的不尊重。

号也为别称，外号，比如我们今天的艺名、笔名等都属于号的范畴，号在古时一般用于文人雅士之间的称呼，既可以自己取，也可别人赠。

时代不同了，取名也就不同了，很多人除了"姓"外，就取个"名"，根本不会取什么"字"与"号"。走在路上，别人问你叫什么名字，保准你会连姓带名说叫什么什么，绝对不会多此一举说我姓什么名什么，而是连名带姓统称为"名字"，再不会把"姓名"与"名字"分得那么清楚了，特别是老百姓。至于孩子随父姓还随母姓，全凭取名者自己做主了。有的干脆把父母的姓合在一起，便成了个别致的名字，如"伍陆""山谷""松林"之类。有些人为了好喊叫，或寄托孩子能"贱养贱大"，会取些"阿三、阿四"或"大牛、大狗"之类的"乳名"。

当然，很多地方按传统方法，给小孩取名时，会考虑族姓排行。

做父亲的想，按照郭姓排行"文学尊孔孟，英俊垂名远，惠兰延清香，世代表忠良……"的排列顺序，孩子恰好到了"名"字辈。中间取个"名"字，中规中矩，合乎传统。

"修"字本义原指从容装饰，精心美化，后引申至改造、整治，又引申为学习、追求、完善等等，如修理修饰、修身修容、修古修今、修鳞养爪、修文偃武、内外兼修……

想到这，做父亲的心中窃喜，便对妻子说："就叫儿子名修吧，我觉得挺中听的。"

就这样，男孩有了自己的姓名——郭名修，可怜天下父母心，父愿子成龙，期望儿子能茁壮成长，有所作为，光宗耀祖，有朝一日，能"名扬四海，修润三湘"。

古代《孝经》里说："身体发肤，受之父母，不敢毁伤，孝之始也。立身行道，扬名于后世，以显父母，孝之终也。夫孝，始于事亲，中于事君，终于立身。"意思说，我们的身体、毛发、皮肤是父母给的，必须珍惜它，爱护它。因为健康的身心是做人做事的最基本条件，所以珍惜它爱护它就是行孝尽孝的开始。让自己健康成长按原则做人、做事，让自己的名字为后人所景仰，就会让后世知道自己的父母教导有方，培养出了一个优秀儿女，这是人行孝尽孝的结果。说来说去，所谓的行孝尽孝，就是从小能孝顺父母，长大能忠于国家，最终能回报社会，实现自己的人生价值。

因此，《诗经》里说："无念尔祖，聿修厥德。"意思是说，不要忘记祖宗和父母，这是人生最重要的道德修养。

从此，蓝天白云下，青山绿水间，郭名修这个名字就承载着众人的期望和自己的梦想，踏平坎坷成大道，斗罢艰险又出发，修身治行，踏石留印，商海弄潮，逐梦深山。

不能送子女读书　就要送子女逢圩

　　郭名修的启蒙教育得益于爷爷，从某种意义上说，爷爷才是他最好的启蒙老师。爷爷的言传身教才让他养成了一种勤奋向上、忍让宽容、临危不惧、不卑不亢的品质。

　　爷爷叫郭俊林，身材挺拔，英俊潇洒，笑容可掬，由于舞文弄墨，饱读诗书，言谈举止充满了一种儒雅俊朗、魅力十足的风度。

　　爷爷在村里是个不折不扣、地地道道的秀才。同村同辈同龄人中，只有他一人在县城读了几年私塾，咬文断字，知书识礼，堪称一流。什么《红楼梦》《三国演义》《水浒传》《西游记》，什么《大学》《论语》《孟子》《中庸》，什么《诗》《书》《易》《礼》《春秋》……凡是能弄到的书他都看，他能把《增广贤文》《三字经》倒背如流。

　　爷爷的毛笔字在村里是出了名的，特别精工小楷。中国书法源远流长，博大精深，历朝历代名家辈出，钟繇、王羲之、欧阳询、褚遂良、文徵明等，这些人的字都让爷爷着迷。

　　爷爷取众人之长，独成一体，形成了自己的风格，提笔写字，使转提按如闲庭信步，笔势轻灵如金声玉润，点画劲健似铁画银钩。笔画含蓄，收放有度，穿插避让，彬彬有礼，如谦谦君子。厚重而不轻佻，朴素而不浓艳，深沉而不轻狂，含蓄而不死板，充分体现出他刚正耿直的做人性格和满腹的学识修养。见字如见人，朴素自然，平淡率真，温文尔雅，老成持重，如清茶醇香，意味深长。

爷爷学识渊博，做人低调，又春风度人，热情帮忙，因此，深得左邻右舍的仰慕、尊敬与爱戴。东家办喜事，西家办丧事，写对联，号牌匾，当礼生，第一个要考虑请来帮忙的非他莫属，且从不计分文报酬。

爷爷有句口头禅："不能送子读书，就送子逢圩。"

爷爷说，万般皆下品，唯有读书高。要彻底改变孩子命运，最好的方法是想尽办法送孩子读书，哪怕砸锅卖铁！但如果你没有钱或没有条件供儿女上学读书，那你就把他们送到圩市上赶集，让他们学学乖，增长见识。社会也是所大学校，千万别把孩子困在家中，浪费了青春年华。

爷爷膝下有三男三女共六个儿女，在他的这种教育理念下，把老大培养成了村里的秀才，能写一手好字，后来继承了他的衣钵，在村里当了几十年村干部。老二到省城当了一名机械厂工人，吃上了技术饭。老三当了一名国家干部，先后当了镇长和几个局的一把手。几个女儿也聪明伶俐，贤惠能干，各有主见，分别找到了自己的如意郎君，成家立业，相夫教子，恪守妇道。

特别是二女儿，看到自己的父亲农闲时能从容自在地辗转于湘赣两省，做点小生意补贴家用，便按父亲的愿望把自己嫁到了江西上堡，让自己的父亲做生意终于有了个歇脚的地方。

"上堡，上堡，高山顶上水渺渺。"上堡乡位于江西省赣州市崇义县西部边陲赣湘两省交界处，东接麟潭，南连丰州，西靠东洛，北邻思顺，总面积达147平方公里。山高林密，物产丰富，气候温凉，雨量充沛，无霜期长。盛产大米、竹笋、香菇、木耳等。梯田风光、高山草原、暖水温泉、客家民俗等特色风景更是让人心驰神往、流连忘返。

上堡梯田闻名全国乃至全世界，有"中国第三大梯田之乡"之美誉。万亩梯田高山织锦，云田叠翠，落差之大垂直千米，有的梯田从高到低延绵不断，达百层之多，就像一条条长梯，架搭在山间岭谷。一块块、一排排、一垄垄，犹如一部厚重史诗横亘于天地之间，是上堡人千百年来用智慧和辛劳创造出来的一幅绝美画图。

上堡的竹编手艺别具一格，堪称一绝。装稻谷、大米用的箩筐，盛蔬菜、水果用的菜篮，装鸡蛋用的提篮，筛米用的米筛、簸箕，取暖用的火笼，厨房用的罩篓，装土用的畚箕，还有挑担用的竹扁担，晒谷用的竹棚垫，吃饭时用的竹筷，休息时用的竹凳、竹椅、竹垫、竹席、竹筒、竹扇……应有尽有。一件好的竹编篾器往往要经过选竹、锯竹、破竹、刮青、破篾、拉丝、刮篾、煮篾、焙烤造型、上色、编织、刷磨等多道工序，且造型美观，色彩斑斓，很有艺术感，既美观，又实用。可以说，每一件篾器都凝聚了上堡人的聪明才智和辛勤汗水。

这样一个美丽的地方，是神仙也会为之动容！

爷爷着迷于此，也就不足为奇了。而从上洞村家里出发，到上堡赶集仅三十公里。

爷爷一到农闲便起早贪黑，肩挑手提，收购桂东的烟叶，挑到上堡去卖，然后换来上堡的竹制品，挑回家乡来卖。往往是踏霜踩露而出，披星戴月而归。那布满荆棘的山路上，满是爷爷负重前行的身影。饿了，啃几块红薯干；渴了，捧一掬山泉水；累了，就掏出他随身带的手抄小楷《增广贤文》，背了一遍又一遍。

爷爷一身泥水、一身汗水，换来一毛毛钱补贴家用。郭名修看在眼里，疼在心上，在幼小的心灵中留下了深深的烙印。以至于把爷爷给的手抄本《增广贤文》《三字经》背得滚瓜烂熟，并受用终生。

爷爷的忍让是一般人做不到的。爷爷说，忍一时风平浪静，退一步海阔天空。当你与别人发生了冲突，或遇到危险的时候，要学会忍让，把心放宽，不要让冲突继续升级，否则，会给双方甚至更多的人带来不便和麻烦。学会让别人有台阶可下，避过那一瞬间的冲动与锋芒，给自己留有回旋的余地，让别人也有退路，这样才不至于把人逼到绝境，酿成惨剧，造成无法挽回的千古遗憾。爷爷用自己的亲身经历告诉郭名修，忍让甚至可以保命。

从东洛乡往江西上堡的山路两旁，有两座山像两个巨人手牵手形成一个窄窄的山坳，从中间过的那条小路就像富贵人家楼阁里的走廊，行走其间如闲庭信步，故当地人叫它"窄楼"。站在那里，可谓一脚踏两省，这边是湖南，那边是江西。左手摸着湖南的悬崖，右手摸着江西的峭壁，真是一个美丽、神秘的地方。两旁延伸下来的山脉，像两扇山门半开半闭稳稳地挡在山谷间，所以，湖南这边的人叫它江西门。有"一夫当关，万夫莫开"之险。自古以来，这里成了兵家必争之地。很长一段时期以来，这里也成了歹徒拦路抢劫的下手之地。

在一个月黑风高、阴森恐怖的夜晚，寒风刺骨发出阵阵嚎叫，路边的树木张牙舞爪发出沙沙怪响。在上堡做完买卖的爷爷，因有急事怀揣几张钞票急匆匆往家赶。正七上八下爬上窄口，忽听一声断喝："要钱？还是要命？要命破财，乖乖听话！"

四个蒙面大汉手持凶器从山路两旁跳了出来。歹徒的嚎叫在爷爷耳边炸响，爷爷心里一阵乱颤，从未有过的恐惧与绝望袭上心头。爷爷毕竟是爷爷，久闯江湖，见过世面，一阵慌乱之后，立马恢复了冷静。听声音一下听出了有一个人正是村里无恶不作的混混，那人因皮肤黑得如同煮熟了的蕨粉糍粑，外号叫"蕨糍佬"。爷爷思量着，硬拼寡不敌众，逃又无处可逃，相认更是性命难保。爷爷想，留得青山在，不怕没柴烧。于是，举起手乖乖地让歹徒抢劫一空，保了一条性命，安全回到了家。后来见到了本村那个歹徒，竟装作什么事也没发生，直到时过境迁，那名歹徒突遭报应曝尸野外，断子绝孙了，才对亲人们提起这件事。

爷爷嘱咐名修，任何时候都是安全第一，如果哪天真的遭遇类似抢劫时，千万别为了这点钱去拼命。钱被抢了，还可想办法挣回来。命都没了，也就什么也没了。脱身时，千万别回头，一回头，歹徒生怕你认出他来，肯定会恼羞成怒痛下杀手，杀人灭口。

爷爷说，从"蕨糍佬"的下场，应验了一句古话："善有善报，恶有恶报；不是不报，时候未到；时候一到，全部都报。"

爷爷的宽容让子孙肃然起敬。奶奶到了晚年，因年事已高，越来越糊涂，越来越啰唆，常常发无名火生闷气。每当这时，爷爷总会笑呵呵地说："你们看你们看，你奶奶又在生我的气了，有什么大不了的事哟？"

说完，两手一摊，做苦笑状，立马帮奶奶端茶送水，洗脸梳发，几十年如一日，像侍候新娘子一般，让着、宠着、护着、爱着……

方圆百里，凡认识爷爷的人，都夸爷爷是个好男人、好丈夫。

爷爷总是付之一笑，说："一个人如果连家庭关系都处理不好，还能谈什么齐家治国平天下？"

1976年9月8日，爷爷在弥留之际，拉着孙儿名修的手，喃喃地："看到儿孙满堂，一代比一代强，我值了，这是我积德行善修来的福……"

奔波了一生的爷爷，像往常睡着了一样，带着满脸慈祥永远地闭上了眼睛。

那一年，郭名修正好21岁。

遵照爷爷遗愿，爷爷与奶奶合葬于家乡一山环水绕、山清水秀的地方，山上苍松翠柏，鸟语花香，山下溪如玉带，清泉潺潺。每当清明节或除夕，郭名修总会与家人来到爷爷的墓前，几支蜡烛，几炷檀香，几杯土酒，几碗供果，与爷爷作心灵的对话。感觉这美丽的地方，根本不是墓地，而是爷爷奔波了一生，终于想歇歇了，找了个歇脚的地方，找了一处禅修打坐之所。青山藏哲理，鸟语吐心声，更多的时候，感觉是爷爷给整个村庄、给自己的子孙后代，留下的一段充满哲理的不朽文字、一处神圣的精神家园，以及一个个凄美的动人故事。

有人把郭家兴旺发达，一代强于一代，归功于爷爷能安眠于这块风水宝地，说是爷爷天上有灵，郭名修付之一笑。但爷爷的思想确确实实时时刻刻在闪着智慧的光芒，像一颗北斗星，指引着郭名修摸爬滚打、奋力前行的方向。

爷爷走了，但爷爷的话却深深地刻在郭名修的心里。每当夜深人静之时，爷爷就好像充满微笑，站在自己的身旁，那充满哲理的话语时常在耳边回响，仿佛在时时刻刻提醒自己，善良就是一种轮回，生命中所付出的善意与爱心，都会以另一种方式回来。种下善因，招来福报，这是亘古不变的真理！

路遥在《平凡的世界》里写道："一个人的思想还没有强大到自己能完全

把握自己的时候，就需要在精神上依托另一个比自己更强的人。"

也许，郭名修超常的宽容忍让胸怀，超前的经营经济理念，就是依托爷爷的言传身教而形成的。以至于，郭名修每当取得一定的成功时，都不忘提起爷爷。他常常动情地说："培养一个人，至少要经过三代人的努力，我能有今日，是爷爷教育的结果。"

世界文学史上的"拿破仑"、法国伟大作家巴尔扎克曾经说："培养一个贵族需要三代人的努力！"

郭名修的观点与这位文学巨匠不谋而合。

凡事三思而后行　把握火候最要紧

郭名修说，如果在爷爷身上体会的是卧薪尝胆、忍辱负重，那么在父亲身上学到的更多是一种中庸之道。

爷爷是个饱读诗书的人，自然给自己的儿子取名马虎不得。郭名修的父亲就有了个"垂耀"的大名，意为"垂名竹帛，耀祖光宗"。

父亲一生信奉孔子的中庸思想，为人处世追求不偏不倚、适可而止、处处得体、恰到好处，追求一种率性而为、天人合一的境界。

"中庸"是一种德行，一种修养，一种智慧。不偏之为中，不倚之为庸；中者天下之正道，庸者天下之定理。

"中庸"是一种哲学思维方式，核心内涵是"过犹不及"，寻求适度与合理。按照中庸之道，事情如果超过一定的限度，也就是"过"了，与达不到一定程度的"不及"或者说"没到火候"，都应该反对。只有"中"是最好的，因为把握住这个"中"，就不会走向极端。

通俗地讲，就是做任何事情都要把握一个最好的度，做事达不到这个度或者超过这个度都达不到预期效果。我们面对的一切事情，都有"过度、适中、不及"这三种状态，"过度"和"不及"都不行，中庸才是最佳选择。

更通俗地讲，"中庸"就像一个倾国倾城的绝世美女，多一两则肥，少一两则瘦。

中庸不是"和事佬""和稀泥"及犹豫不决，而是反复权衡、深思熟虑后的迅速拍板，果断决策！

父亲有两个姐姐两个弟弟一个妹妹，兄弟姐妹间，他是第一个男丁。父亲总能协助爷爷把家里的事处理得井井有条。

父亲说，做什么事都要注意方式方法。方法对了，事半功倍；方法不对，费力不讨好，甚至劳而无功。

比如炒菜，要把握好火候。火力不够，炒不熟菜；火力猛过了头，菜会被烧煳。要把菜做得色、香、形、味俱佳，必定因材施策，不仅要考虑老嫩软硬之分，还要考虑大小薄厚之别，是炖是焖还是煨，是清蒸还是红烧，是生炒还是爆炒，是旺火、中火还是小火、微火，不同的菜不同的做法，用的火力大小和时间长短不一——这就是火候！

比如买牛。人家准备出售一头牛，出手的价格可能是 150 元、160 元、170 元，你想买，还价低了，人家不肯。还价高了，又要多出钱。因此，你千万不要第一个去还价。看到有几拨人还价后，观察到东道主会软口了，你再开价，一锤定音，保证十有八九能成。在那个八分钱能买一个鸡蛋的年代，只要能节省一元钱，也是一笔可观的盈余，要是能赚个十元八块，简直是个天文数字。

比如买菜。看见几个妇女在选一个人的辣椒，你也想买。这时候，你尽管上前与她们一道去挑去选，根本不用还价，等她们都过秤付款了，你再去过秤，保证你出的价格肯定会与前面几个妇女的一样，且会比较合理。因为女人买小菜杀价多半超过男人，前面的几个妇女早已经帮你把价格讲好了。

父亲说，做任何事情，办法总比困难多，是活人，千万不能被一泡尿给憋死。父亲教育子女，要善于拓宽思路，举一反三，千万不能扛着扁担进不了门。

比如，父亲教名修认识了一个"口"字后，便玩积木般教了一堆从"口"衍生出来的字：两个"口"是个"回"字，三个"口"是个"品"字，四个"口"是个"田"字，五个"口"是个"吾"字。然后编出个儿歌来："回家菜儿香，品茶不放糖，田土要种好，吾要孝敬娘。"

郭名修不仅一下子牢牢地记住了"回、品、田、吾"四个看上去毫不相干的字，还按照父亲的这种思维记住了：十个"口"是个"古"字，十一个"口"是个"吉"字，八十八个"口"是个"谷"字，千个"口"是个"舌"字……

以至于到后来，在商场的交往中，郭名修能准确无误地记住500多个电话号码，很多时候到了过目不忘的境地。他这种超强的记忆力也许来源于父亲发散思维的启蒙教育。

"水浅山深土半沙，刀耕火种做生涯。今年水旱那堪说，存得妻儿能几家。"每当读到诗人陈著的这首诗，就会令人情不自禁地想起昔日的上洞村。

上洞村位于湖南省桂东县东洛乡北部，集老、山、边、穷于一体，典型的"九山半水半分田"，全村六个村民小组，人口近千人。

有道是人穷志短，人多嘴杂，一样的米养百号的人，如果不把握"火候"，就很难处理好方方面面的关系。

父亲的这种处世哲学，让他在村里有了很好的人缘关系，受到乡亲们的拥戴和村委会的器重，当了几十年的村文书，特别是在处理一些矛盾纠纷时，取得了奇效。

村里有一对夫妇总因鸡毛蒜皮的事争吵不休，时常跑到村委会找村主任评理调解。公说公有理，婆又理纷纷。村主任费尽口舌，无功而返。多次调解不成，反把村主任弄得焦头烂额，下不了台。好不容易清静一日，这对前世冤家又找上门来，村主任一看，心里总发麻。便推说有事，叫父亲应付一下，自己便躲到隔壁，心想，这下我也看看你郭垂耀的笑话，看你怎么打发。可一会儿，这对死冤家竟然和和气气地回家了。

父亲的一招，竟让村主任目瞪口呆，刮目相看。

原来，父亲见两个人到办公室后，递上两杯热茶，说："莫急莫急，有话好说，有话好说，一个一个地说吧，一个说完了，另一个再说，别人说话时，谁也不准插话。女士优先，女的先说吧！"

女的便倒苦水般哗啦啦地说。父亲低头不语，继续干自己的活，把本书看得津津有味。一会儿，不听见女的吱声了，才猛抬头："没啦？"

女的说："没了。"

"那男的说吧！"父亲指指男的说。

男的也哗啦哗啦地讲，父亲又接着低头看自己的书。过了半天，又没有响动了，父亲才抬起头，说："没啦？"

男的说："没了。"

父亲又重复问了几句，问两个人还有什么话要说。两个人都摇摇头说，没了。

父亲便说了句："既然都说完了，那就回家吧！"

夫妻俩还真的就乖乖地回家了，像什么事也没发生一样。

父亲不露声色，以静制动，以不变应万变，竟然一句理都没评，把夫妻俩给打发了。看到夫妻俩和好如初离开村委会办公室的背影，村主任问父亲怎么想出这么一招，父亲说："清官难判家务事，我们村干部能说得清？人家夫妻，床头吵架床尾和，本来就没有什么大不了的事，面子罢了，消消气罢了。我什么话没说，但就做到了一碗水端平。"

村主任问："要是他们再来，你怎么办？"

父亲说："我仍然这样，有了几次，我什么话都不说，让他们觉得谁也没输，但谁也没赢，久而久之，自讨没趣，还好意思再来找咱？"

说完，两个人大笑。

那对夫妻还真的如父亲所说，再也没有因吵架来找过村干部评理了。

此后，村里再遇到这种情况，村主任就会叫父亲去处理。父亲成了村里名副其实的和平使者，总能让人化干戈为玉帛，破镜重圆，重归于好。

父亲的左右逢源，说直白一点，就是一种情商、一种素质和一种大智若愚的心胸、眼界、性情，以及追求"天时地利人和"的勇气。

从父亲的身上，让郭名修明白了什么叫"中庸"，什么叫"火候"，什么叫"当断不断，反受其乱"。

父亲的这种理念，成了郭名修弄潮商海、抢占商机、出奇制胜、屡建奇功的法宝。

心无浪荡非君子　人不轻狂枉少年

郭名修的少年时代，透过一股初生牛犊的勇气，有着一种挥斥方遒的渴望。

1961 年 9 月 1 日，阳光灿烂，碧空如洗，黄澄澄的柿子高挂树梢，金灿灿的玉米咧着嘴笑，火红的枫叶醉了山野，丰收的喜悦醉了村庄。

在这样一个美好的日子里，已经年满六岁的郭名修，与同龄人一样，雄赳赳、气昂昂，开心上学堂，怀着满眼新奇走进了上洞小学。

由于郭名修记忆力好，脑瓜子灵，学习成绩特别好。小学一年级一期的语文课本里只有 21 课内容，他能一口气把 21 课书的内容从头到尾一字不漏地背下来。每一次数学作业极少不是 100 分。期终考试完后，把作业本带回家，父亲一看，只有一两次不是满分。他如饥似渴地希望老师能多传授些内容，像一个正在茁壮成长的孩子，一日三餐的饭菜根本塞不满饥饿难耐的肚子，需要不断地加餐或补充零食来维持生理平衡。

在上洞村小学读书四年，期期捧回"三好学生"的奖状把家中被油烟熏得墨黑的泥墙装点得格外惹眼，成了一道充满希望引以为豪的亮丽风景。

学校老师、村里领导、左邻右舍都夸郭名修是棵好苗子，期望他"学而优则仕"，学习成才，吃上国家粮，走出大山，当上国家干部，光耀门庭，造福桑梓。

郭名修小时看《西游记》，喜欢孙悟空本领高强，天不怕地不怕，能上天入地，大闹天宫，发誓要练就一身过硬的本领。

郭名修看《水浒传》，当看到首领宋江酒后写的两句诗："他时若遂凌云志，敢笑黄巢不丈夫。"

他发誓长大后一定要闯荡江湖，要像宋江一样，拉上一帮兄弟，当个大哥，当个首领。

郭名修看《三国演义》，他觉得曹操才是一代英雄，特别是能不拘一格广纳贤才，发誓有朝一日也像曹操一样，拉上一帮人马，干一番事业。

父亲说他狂妄至极，他笑呵呵地回了一句："心无浪荡非君子；人不轻狂枉少年。"不等父亲反应过来，他又说，"拿破仑不是说，不想当将军的士兵不是好士兵吗？"

"你！……"父亲瞪了一下眼，摇了摇头，叹了一口气，不再与其理论，毕竟儿子还小，还是个乳臭未干的懵懂少年。

父亲不想扼杀儿子的想象、激情和勇气。父亲想，是孔雀，总会想着要展示一下自己的羽毛；是人才，总会想着要展示一下自己的才华。

郭名修的外婆是个慈祥的老人，对这样一个外孙宠爱有加，不仅自己不舍得骂，连外孙的父母也不能打骂。父母如果骂郭名修，外婆就当着众人的面骂他的父母。

郭名修幼小的心灵中，外婆才是世界上对他最好的人。所以，只要外婆在，他在家里的底气就多了八分。一哭二闹三要跑，家里人碍于外婆的面子，也就忍着、让着。

外婆的过分宠爱、娇惯，逐渐助长了外孙的任性，郭名修顽皮的天性被发挥得淋漓尽致，他渐渐变得以自我为中心，我行我素。只要有外婆在，他就变得不听使唤。

不久，郭名修成了标准的孩子王。不知不觉中，一些很调皮的孩子紧紧地围着他转，一起玩游戏时，不称他为大哥，就称他为大王。他俨然《西游记》里花果山上的美猴王，当了个货真价实的首领，天天陶醉在众星捧月、一呼百应的美梦中。

小孩的顽皮天性一旦失去了大人们的约束，往往会做出一些出格的事来，郭名修当然也不例外。

物以类聚，人以群分。那些贪玩的小孩逐渐屎黏裤子般天天黏着郭名修走。上学路上，常常是他们三五成群活蹦乱跳的身影。

郭名修与同学们正走在山路上，一群麻雀在树上叽叽喳喳地叫得特欢。猛抬头，一株挂满果子的山桃树映入眼帘。桃子的香味让孩子们垂涎欲滴，恨不得立即长出翅膀飞上枝头吃个够。可树太高，又长在悬崖上，一群人无法上树，只好眼睁睁望着那群麻雀啄着山桃，口水咽了一口又一口。

看到同学们望"桃"兴叹的样子，郭名修看在眼里，急在心上，难道就没有其他的办法把桃子弄下来吗？忽然低头看见路上几颗小石头，立马灵机一动，计上心来。

郭名修在地上捡了一个石子，朝着树上一甩，随着"啪"的一声脆响，几十只麻雀扑棱棱地从树缝间四散飞逃，树上的叶子和桃子像仙女散花一样往下掉。

小伙伴们一阵狂喜，不顾一切地冲到树下，争着、抢着、闹着，笑声、叫声在山谷中回荡，把附近想来偷桃吃的野猴吓得怎么也不敢靠前，远远地眨着眼睛，怎么也想不明白，这样一群调皮捣蛋的孩子，竟有这样大的本事，不用上树也能把桃子弄下来。

扬扬得意的郭名修，看到小伙伴们那种开心的样子，又捡起一个石子，哈哈大笑道："今天就让咱们吃个够吧，看我的！"

话音刚落，一个石子又狠狠地飞了出去。可这次，桃子没落几个，一个小伙伴倒"哇"的一声嚎叫，只见他按着头，鲜血从指缝间溢了出来，而后号啕大哭。原来，郭名修这一个石头正击中了树干，被弹了回来，然后砸在了那位小伙伴的头上。

郭名修知道这下闯了大祸，不知所措，守着那小伙伴，嘴里不断赔礼："对不起，对不起，我真的不是故意的，我真的不是故意的……"自己一边说一边哭了起来。

几个人七手八脚把那个小伙伴扶到了学校，经老师仔细检查，幸亏是皮外伤，老师搞了点止血消炎的药品包扎了伤口，说休息几天身体并无大碍，总算没造成终身遗憾。

老师没有上纲上线对郭名修来一个什么处分之类，但却利用这事举一反三，对学生进行了一场安全教育，说不管在校内，还是在校外，安全第一。事后还把这事一五一十地反馈给了家长，倡议社会、家庭、学校三方齐抓共管，一起教育培养学生，以防意外事故发生。

老师的话无可厚非，但郭名修的父母就认为自己的孩子犯了事，让别人负了伤流了血受了惊吓，感觉非常对不起人家，三番五次上门找对方赔礼道歉，每次从对方家里回来，又把名修批评一顿。直到那位同学的伤完全好了，郭名修才敢在父母面前抬头。

为了弥补自己的过错，郭名修主动向那位同学示好，一有时间就陪那位同学玩，每逢在山上采到好吃的野果，都与他一起分享。并且教会他从山上砍回竹子，剖成竹片，制作成一种叫"凉剪"的捕鱼工具，放到小溪里捕鱼，每次还挺有收获，常常能让家里人吃上一顿美味。

对美好生活的向往在郭名修幼小的心灵上慢慢扎下了根，他常常幻想着能像老师一样穿上整洁而纽扣齐全的衣服，能睡上一床没有破洞的草席，甚至能睡上几回有美丽图案的床单。

校园美丽而简陋，一个小操场，几间"干打垒"的平房是教室。所谓的"干打垒"就是桂东民间做房子的一种原始方法。就是在地基上做房子，按墙的大小挖战壕一般挖到实地后，放入石头填满，按水平面砌出地面，然后就从石头上直接竖起两块墙板，再放上一些用竹子或木条做的"筋条"，然后从山上挑来泥巴倒进去，用木锤抖糍粑一样使劲抖，待结实取下墙板，再找些细泥用"掌锤"拍手掌般拍光墙壁，千百年来，这样一层一层抖泥垒墙的方式就叫"干打垒"。优点是就地取材成本低，且这样的房子冬暖夏凉适合人居。缺点是墙壁热胀冷缩容易裂缝，一旦长时间淋水容易融化倒塌。那个时候，连石灰都是奢侈品，谈何钢筋水泥。所以，"干打垒"是老百姓做房最现实的选择。

幸好山里有的是木材，在教室里找几块木板用油漆涂抹几下往墙上一挂算是黑板，再用几块木板安上几个脚往地上一摆，算是稳稳当当的课桌。与黑板正对面的后面墙壁上贴着老师用红纸剪的"学习园地"四字格外醒目。老师用红纸剪的花边，形成了一个长方形的大框框，把同学写得好的字、作文以及画作贴在上面，有时也把得了满分的数学试卷还有做了好事奖的小红花贴在上面。

郭名修常常看到自己的名字在上面扎堆，感到异常自豪。不知怎么，自从那次打桃子伤人事件发生以后，郭名修感觉自己的名字在这"学习园地"里越来越少了。

教室后面沿墙脚开了一扇门，进去便是老师的办公室。所谓办公室是个时尚的称呼，其实就是老师学习、生活和工作的地方。真实的写照是：四面墙缝能透光，一张破桌一张床，一张烂椅叮当响，小鸟安家能穿墙。

桂东有句俗话："教书坐烂椅。"这句话有两层意思。一是把这个"烂"字作形容词理解，所谓"烂椅者，破烂的椅子也"，说老师穷，没钱买新椅，再旧了也将就着坐。二是把这个"烂"字作动词理解，说老师辛苦，把椅子都"坐烂"了。但在村里，当老师是技术活，虽穷虽累却受人尊敬，不是一般人想当就可以当的。

在郭名修心中，老师是最美的人。老师是蜡烛，给人以光明；老师是阳光，给人以温暖；老师简直是神，给人以智慧。自然，老师的办公室是个充满温馨、充满智慧、充满神秘的地方，是老师的发祥地，更是同学们汲取营养欢呼雀跃的天堂！

郭名修常常与同学们有事没事往老师办公室钻。有一天，几个同学又来到了老师的办公室，正好老师不在，几个人看到老师床上一床崭新的床单，上面有着童话般美丽的图案。郭名修想，要是在这床画一样的床单上甜蜜蜜、美滋滋地躺上几秒钟，会是啥模样呢？同学们笑道，肯定是神仙样，不信，你试试。郭名修便兴高采烈地往床上一躺，眯着眼睛，哈哈哈，真的神仙样！一行脚印深深地留在了床单上，自然被老师发现后，得到了一顿严厉的批评。父亲知道了，毫不手软一顿"竹枝儿炒肉"伺候，拿起竹枝儿往死里打，幸亏外婆来得及时，死死相护，才让郭名修得以脱身。

村小四年，转瞬而过。到五年级一学期，郭名修进了东洛中心小学读书。

从村里到东洛中心小学，要走五里山路。来到新的学校，郭名修感觉一切都是新的，校园、老师、同学，还有花草树木，一切的一切，都让他感到新鲜。

出了村，眼界宽了，心也野了，诱惑也多了。几天下来，郭名修那种鹤立鸡群的优势也显现出来了。

一个孩子，面对未来充满幻想，难免单纯、幼稚与天真，有时甚至异想天开。不知不觉中，郭名修慢慢迷失了方向，对学习好不好开始不以为然。

老师苦口婆心地批评与劝学，郭名修再也听不进。

有一天，一个同学忽然绘声绘色地说，稻田里的那种红色的浮萍只要把它捞上来，晒干，再放回稻田里，它就必死无疑，且变成上等的肥料。郭名修与几个同学不相信，便与他打赌，谁输了，让对方在脑袋上拍一巴掌。

郭名修就与八个同学分别用竹篓到田里捞了一把浮萍认认真真地在烈日下晒干，过了五六天后，浮萍又撒回稻田里，看它到底会变成怎么样。谁知这干巴巴的浮萍，回到稻田里竟像还魂草一样，奇迹般地复活了。八个同学感觉受到了那同学的忽悠，一起找到那同学，要兑现下的赌注，要那同学兑现自己的诺言——让同学在脑袋瓜上拍上几掌。

果然，那同学自认倒霉："你们打吧，可不要太狠。"

可同学们一肚子的愤恨，哪能熄得了火？你一巴掌，他一巴掌，把个同学打得眼冒金星，头上长了个紫色的大疙瘩。家长知道了这恶作剧，把郭名修及其他几个参与此事的同学骂了个狗血淋头。

从此，郭名修无心读书，成绩一落千丈。这个时候，要是有谁能理解他，好好地与他谈心，晓之以理，动之以情，也许，他不会在人生的泥潭上陷得太深，不会因此厌学，最后自暴自弃。

屋漏偏遭连夜雨，船迟又遇打头风。那是一个寒冷的冬天，郭名修的父亲因肺结核咳嗽不止，咳出的浓痰在地上，用脚板去擦半天也擦不散。有时，痰中伴血，每咳出一口，半天也缓不过气来。

那个年代，正值中华人民共和国成立不久，中国一穷二白，百废待兴，全国上下都勒紧裤带过日子，吃了上餐愁下餐，一般的家庭哪有钱来看病？

为了减轻家里的负担，能挣点钱给父亲治病，郭名修决定辍学回家，用他那稚嫩的肩膀挑起家庭的重担。

郭名修就在读完五年半小学的那天，离开了学校，过早地走进了社会。

过了几个月，学校老师找上门来劝学，父母也劝他再去上学。此时的郭名修，也渴望回到他魂牵梦绕的校园，重温那灿烂的文字。在老师的帮助下，他又回到了校园读中学。

谁知天有不测风云，人有旦夕祸福。郭名修初中刚读三天，父亲的病情就急转直下。眼看母亲整天哭成了一个泪人儿，开始懂事的郭名修再也无法坚持在学校读下去，含着泪水一咬牙捡了书包回家。从此，他带着一生遗憾再也没踏进过校园读书。

天作被子地作床　山上有个放牛郎

在1967年9月那个让人难忘的秋日，秋风吹进了校园，把那株古老的香樟树吹得东摇西摆，微微泛黄的树叶留恋着往日相依为命的枝头，怎么也不忍离去，拼命挣扎并发出绝望的呐喊，可终究摆脱不了悲惨的命运，还是被那无情的秋风扯下枝头甩在地上，被吹得七零八落，仿佛能听到满地呜咽。

风带走了绿色的希望，枝头为离别而颤抖悲伤。只上了三天初中的郭名修含着泪水告别了刚刚相识甚至还喊不出名字的同学们，回到了上洞村他那个破旧、寒酸、无奈的家。

他低着头走到父亲床前，一言不发，静默的胸膛掩饰着悲伤。

"回来啦？你……"父亲从床上坐了起来，咳嗽不止，说话有气无力。

"回来了。"郭名修端上一杯水递给父亲，拍了拍父亲的后背，"我再也不离开您了，我要好好地陪您，孝顺您，想办法治好您的病。"

"傻孩子，你……你可不能又犯傻，回……回学校读书吧，我……我真不能拖累你，让你完不成学业。"父亲叹了一口气，"你……要知道，从你爷爷以来，我们家……在村里……都是有点……有点文化的人。"

"我知道，但您现在这个样子，我根本读不进去。"郭名修倔强地对父亲说，"反正，我把行李都背回来了，您怎么说，我也不会去了。"看到父亲万般无奈，又低下头对父亲说，"老师也说了，学校不是凉亭，不能想来就来，想走就走，我也不好意思再回学校读书了。现在学校都是天天搞劳动，几乎不上什么课，去也学不到什么东西，还不如回家减轻一下我妈的负担。"

父亲沉默了半晌，望着天花板叹了一口气："唉！这形势也不知怎么了，学校天天搞劳动，像什么学校？可你人还小，正是长身体的时候，不读书，回家能做什么？"

"我能砍柴、放牛、摘猪菜……"郭名修毫不迟疑地说，生怕父亲再费口舌。说完，走出了父亲的房间。

年仅 12 岁的郭名修万万没想到，现实远远地超出了他的想象，农村的贫穷与残酷是他瘦小的身躯与稚嫩的心灵根本承受不了的。

那个时候的中国农村，广大农民怀着对党和国家的无比热爱，集体观念至高无上，生活无比艰难却任劳任怨，人们坚信共产主义的美好生活很快会如期而至。农村也实行军事化管理，集体食堂，集体土地，几乎一切生产资料都是集体的。居民小组叫生产队，村就叫大队，乡就叫人民公社。

农民像工厂工人一样，天天以生产队为单位，天天听队长一声号令，日出出工，日落收工。每做一天，记着工分，年终凭工分参加集体分配。男的出工一天记十分，女的出工一天记七分或八分。其余为集体积了多少牛栏粪，烧了多少火土灰，均以工分计酬。

每个生产队会建一幢房子类似工厂的办公楼，叫作分配站。站前有个宽广的晒谷坪，是农村小孩唯一能聚会、打闹、游戏的最佳地方。如果碰上什么大喜的事，能在晒谷坪上放一场露天电影，三山八坳的人都会点着松枝、竹片或葵花秆做的火把带着凳子赶来，那场面像赶庙会一般。

郭名修才 12 岁，还不能算是一个劳力。与大人们一起干活，根本不可能算个主劳挣工分。

他就与父亲一起找到队长，好说歹说，终于让队长给了个天大的面子，与叔叔一起帮队里放牛，每天满打满算记工分两分，相当于四分之一个妇女一天的工分。

没想到郭名修听了队长的安排，竟高兴得手舞足蹈。他想，自己干四天的活，就相当于妈妈干了一天。另外，天天赶着队里二十多头牛上山，这工作虽然责任大，但比起种田种土这些活来还算轻松，也不需要什么技术。只要让牛吃饱了，躺在地上休息了，自己还可以偷偷打个盹，甚至睡上一个懒觉。过几年，队里的牛长大长肥了，自己也长高长大了，何乐而不为？嘿嘿，天作被子地作床，山上有个放牛郎！这活儿乃神仙干的，俺一万个愿意！

他就像当年孙悟空跟着太白金星走上天庭被玉皇大帝封了个"弼马温"一样，兴高采烈地领了任务回家，决心尽职尽责把队里的牛放好养好，一定让它们长得膘肥体壮。

听叔叔讲朱元璋小时候放牛的故事，让他非常着迷且深受鼓舞，当年那个放牛娃还不是照样当了大明朝的皇帝？他觉得自己比小时候放牛的朱元璋更幸福，朱元璋是帮地主老财放牛，过的是牛马不如的生活，所以饿得要命了与小伙伴一起，杀了一头地主老财的牛在野外烤着吃了，留了条牛尾巴插进石缝里，说是牛掉进悬崖不见了，竟然忽悠了地主老财。而自己是帮集体放牛，干革命不分贵和贱，新社会放牛娃也同样是共产主义接班人。因此，一样的放牛，不一样的时代，不一样的背景，不一样的理想和追求，朱元璋放牛是为了糊口，出于无奈。而自己放牛是乡亲们的信任，是一种崇高的集体主义行动，是为了建设社会主义和实现共产主义放牛，那种自豪感、神圣感和使命感是无法比拟的。当秋高气爽、金谷飘香的时候，那沉甸甸的稻穗一定凝聚着自己放牛的辛勤劳动与汗水。想到这，自己哪怕再苦再累也值。

然而，要把几十头牛管理得井井有条也不是件简单的事。集体的牛却没有集体的牛栏，而是分别关在各家各户。山里人家原本就居住分散，要把牛在早上统一的时间放出来，又到傍晚统一的时间关回去，且对号入座不关错牛栏，不把牛群好好训练，是很难做到的。

为了将这支"特种部队"训练有素，郭名修想尽了办法。首先记住牛的总数，然后分别给牛编号，每条牛都根据它的外形特征取个名号，如额头上有一撮白毛的就叫它"花脑门"，尾巴上有几圈白毛的就叫它"白尾巴"，每次总跑在前面带路的就叫它"领头牛"，最黑的牛叫它"黑旋风"，最瘦的叫它"瘦衣壳"，拱背的公牛叫它"虾公崽"，拱背的母牛叫它"虾公婆"，两角岔开的叫它"岔角"，头扁扁的叫它"扁牛"，最肥的叫它"胖子"……

那些牛也非常有灵性，他扯来嫩草喂食时，总有针对性地呼唤它们的名字，"扁牛扁牛""岔角岔角"，重复多了，条件反射，似乎每一条牛也记住了自己的名字。不久，几十条牛还真像士兵一样，一切行动都听指挥了。只要他扯开嗓子一叫"瘦——衣——壳——"，那头最瘦的牛便猛抬头嘶鸣一声拔腿就跑，转瞬间乖乖地站到了他的跟前，摇着尾巴昂着头，小鸟依人般任他抚摸。这些独特的名字一直像一张张闪光的名片随着这些幸运的牛终老一生，以至于一些牛死了，许多年后，乡亲们还能从美好的回忆中呼唤出这些牛的名字。

功夫不负有心人。郭名修像个高级指挥官，把一群牛管理得有模有样，队长开心极了，多次表扬他。乡亲们纷纷竖起大拇指，赞扬他诚实聪明、胆大心细又吃苦耐劳，把集体的牛养得油光水亮，并像人一样听话，为革命种田作了贡献。听到别人一声声赞扬，他有了一种从未有过的成就感和自豪感，发誓要把牛管好放好，让大人们开心放心。

然而，月有阴晴圆缺，牛也有旦夕祸福。上洞大山窝，出门就爬坡。那山高且陡，要稳稳当当放上一个石头也很不容易。人走其间，稍不小心就将掉下万丈深渊。有一天，一头牛踩着石头一滑从山上掉了下来。当郭名修哭喊着与乡亲们跑到它跟前时，那头牛躺在地上再也扶不起来，绝望地望着主人，哀怨的目光令人心碎，挣扎了一阵便断了气。看到心爱的牛就这样死了，郭名修心如刀割，号啕大哭，在场的女人也掉下了眼泪。人们没有责怪他，都说这是天灾，与他无关，不断地安慰他。

男人们见得多了，认为摔死头牛是常有的事，也就习以为常，便七手八脚把牛剥了皮，各家各户分了牛肉。

郭名修看到桌上的那碗牛肉怎么也下不了口，想到与那头牛朝朝暮暮相处的点点滴滴又情不自禁地掉着眼泪，说不清的内疚涌上心头。

每当牛受了伤，他万分焦急，求爷爷和父亲与自己一道，漫山遍野找来草药，小心翼翼地放进自己的石碓里，用力捣碎，然后敷在牛的伤口上。像侍候伤员一般，天天给牛换药。当看到牛一天比一天地好起来，他比谁都高兴，常常拥抱着牛头，自言自语地夸奖牛怎么乖怎么坚强怎么可爱，激动的泪水夺眶而出。

有时牛迷了路，他披星戴月漫山遍野去找，整个山谷都回荡着他呼唤牛的声音，等到牛找到了，往往自己也成了个泪人儿，喉咙痛了，嗓子哑了，有时甚至两脚一酸倒在地上，躺在牛的身旁。

就这样，他任劳任怨地放了两年牛。

两年的时光，让他深深地体会到了世间的酸甜苦辣，学会了人与自然和谐相处，以及有爱的付出就有爱的回报。

正如古人所说："积土成山，风雨兴焉；积水成渊，蛟龙生焉；积善成德，而神明自得，圣心备焉。"

他终于明白了，世上无难事，只怕有心人。只要有心去想，专心去做，恒心坚持，任何事情也都能做到极致。只要心存美好，就处处无烦恼；心存善良，就时时有大爱；心存信仰，才能成大器！

宝剑锋从磨砺出　六年一梦成主劳

冬天去了，春天来了。

一只只燕子，享受着春天的温暖，衔着春泥，又叽叽喳喳地筑巢于寻常百姓家。

一棵棵桂花树，沐浴着春天的博爱，发出了感恩的嫩芽。

一簇簇杜鹃花，滋润着春天的激情，展示着火红的娇艳。

一群群忙碌的身影，怀揣着春天的喜悦，播下了汗水浸润的希望。

那是 1969 年一个春暖花开的日子，郭名修来到了队长家。

"叔叔，您找我？"郭名修带有几分腼腆，脸红到了耳根，心想，眼前这位被称作大叔的队长到底找自己有什么事呢？

"坐吧。"队长倒了一碗热茶递给他，说，"坐下来，叔叔有话与你说。"

郭名修接了茶，喝了一口，忐忑不安地坐了下来。

"一晃就两年了，这两年，你放牛放得好，大家都夸你，你完成了任务。你也慢慢长大了，可与大人们一起锻炼锻炼了。"队长抽了一口旱烟，又笑道，"经队里研究，决定让你与大人们一起出工，底分三分半。你看，去不去？"

郭名修想，自己放一天牛才两分，一下子多出一分半来，两天相当于阿姨们干一天的活，天下有这样的好事，能不去？便笑着说："只要叔叔叫我去，我什么事都去！只是……"说话不好意思，竟然有些结结巴巴，"只是我不知能做好这件事不？"

队长哈哈大笑，说："哪有什么做不好的？你就跟在大人的屁股后面学嘛！"

郭名修高兴地出了队长家的门，感觉自己突然又长高了许多。

其实，穷人的孩子早当家，在农村像郭名修这样的孩子，吃苦耐劳早已成了一种习惯。他早有心理准备，要在农村过一辈子，那就什么农活都要学会干。蒔田、种土、砍柴、植树……哪一样不是用汗水换过来的？

然而，他不知道，在大人们眼里，他是初生牛犊不怕虎。既然是牛犊，就早晚得把他教育培养成能听话、能犁田、能造牛栏粪的耕牛。奶牛吃的是草，而挤出的是奶。而耕牛，吃的是草，挤出的就是力！

桂东人把教育培训牛耕田犁土的过程简称为"教牛"，说得毫不含糊，从不拖泥带水。"教牛"听上去简单温柔，做起来就有些严酷甚至残忍，如孟子所说"饿其体肤，劳其筋骨，苦其心志，空乏其身"，先是把牛的鼻子用一条软绳子穿起来，或用一个篾篓戴口罩般把牛的嘴巴套住，前面一个人牵着鼻子朝着既定的方向走，后面一个人掌握着犁把控制着深浅宽窄。如果牛不听使唤，便用力往牛身上抽鞭子，牛稍微停顿一下，"啪"的一声，竹鞭便在身上打出了一条深深的印痕。牛还想挣扎，对不起，把牵鼻子的软绳一拉，那软绳刀子般扎进肉里，疼痛难忍，苦不堪言，再桀骜不驯、横冲直撞的牛也不敢轻举妄动了。一连三四天，不停不歇，直到牛能乖乖地听话了，能中规中矩、叫走便走、叫停便停了，也就不用人牵着鼻子走了。说来说去，就是两个字——规矩，也就是一种纪律约束。

"宝剑锋从磨砺出，梅花香自苦寒来"，"教牛"的过程就是"磨砺"的过程。

在农村，要把一个生性贪玩的人"教牛"般培养成一个正儿八经顶天立地的男子汉，大人们有的是办法，用现在的话来说，就如培训体育健儿一般，进行高强度的"魔鬼训练"。

那一年，当郭名修跟大人们学会了"教牛"的同时，感觉自己也被大人们当成牛在"教"！

大人们像举行成人礼一样，给郭名修安排了三个"培训"项目——挑石灰、拗青、出牛栏粪。

从上洞村往沙田镇的黄泥坳和鸡公脑，有典型的石灰岩，两地是数百年来土法烧石灰的闻名之地。

烧石灰的石灰窑由石块砌成，砌出一个弧形的拱门，上面横上一块又大又厚又耐高温的石板，上方留有小孔以便通风出烟。

烧石灰是一种技术活，必须有经验丰富的师傅整天守在灶门前，根据火焰的颜色来判断石灰的生熟程度。如果石灰石没烧透，石灰遇水后熔化会留下残渣，出灰率低了，直接影响石灰品位与销售价格。一般要经过装窑、烧窑、冷却、出窑等四道工序。

一是装窑。把石灰石搬进石灰窑，一层石灰石一层煤堆好，在灶门正对面的灶膛内砌成一个桥孔形的烧柴炉膛。

二是烧窑。用一个柴叉将柴火叉进炉膛燃烧，一两天后把煤炭引燃，随着温度的不断升高，叠在煤层上面的石灰石也被烧得通红。

三是冷却。把石灰石烧到恰当的时间后封堵窑门，然后放入冷空气使窑内 1000 度左右的石灰冷却到 50 度以下。具体做法是，先用工具扒开窑顶，然后在密封的里窑门上开个小孔，由小放风慢冷到大放风快冷，要掌握时机，把握风速，过慢影响效率，过快影响质量。

四是出窑。冷却四五天后，石灰石烧成了洁白的石灰，就可把它与煤渣分离开来，搬出窑来，像闺女出嫁，也就大功告成了。先拆除里窑门墙，清除窑内煤渣灰烬，再在后面窑底撬松石灰块。如窑门口拱顶石灰或两侧石灰墙有松动而有塌下的危险时，可改在门口撬石灰，由外向里一块一块、一坨一坨小心翼翼地卸下来。一句话，确保人的安全第一。

那个年代从不使用化肥，种田种地往往靠熟石灰来调节土壤的酸碱度，没有熟石灰，种不了田。所以，一到冬天出窑，成千上万的社员从四面八方赶来，把石灰挑回队里贮存起来，每挑一百斤石灰能赚上几毛钱或几分工分。所以，在桂东，每当出窑，男女老少齐上阵，挑石灰成了一道川流不息、声势浩大、铭心刻骨的风景。

郭名修不知挑石灰为何物，竟满眼新奇兴高采烈地跟在大人们后面，加入了挑石灰浩浩荡荡的队伍。

从村里出发到黄泥垅要走十五里山路，到鸡公脑便是二十里，要翻过一座叫雷公岭的大山，每挑一趟便是三四十里山路。为了多挣点工分，郭名修想拼命多挑一点，哪知路上爬坡越来越陡，感觉担子越来越重。一天两趟，早上天蒙蒙亮出门，晚上天渐黑了回家。肩上、脚上像是熟透了的柿子，全是血泡泡。腰痛腿痛全身痛，一回家便躺在地上，像是散了架，再也不想起来。更难受的是中午，为了赶时间，能在镇上吃上一碗一毛二的素面算是一种奢望，往往刚放下面碗却又感觉肚子饿了，可谁也舍不得再吃上一碗。晚上回到家，早已饥肠辘辘两眼发黑，所以，当母亲把一大碗红薯粥端上桌时，他竟一跃而起，狼吞虎咽，风卷残云，一扫而光。

第二天穿衣服都感觉肩膀挨不得，可为了不掉队，他一咬牙便把扁担压在肩膀上，顿时一阵剧烈的疼痛传遍全身，仿佛扁担长进了肉里，像一条鳄鱼撕开了他的皮肉紧紧地咬住了骨头。可看到大人们什么事也没有，他丝毫也不敢作声。一天、两天、三天……肩上、脚上、手上都长出了老茧，总算可以像大人们一样习以为常了，反而肩也不痛脚也不痛了。

父亲见了，哈哈大笑："我早就说了，叫花子是人变的，现在，你总该有点体会了吧？"

郭名修笑笑，没有正面回答父亲。其实，他心里再明白不过，好戏还在后头。

不久，跟着叔叔去山上"拗青"。

桂东人所谓的"拗青"就是把青色的蕨草从山上拗断下来，然后踩到田底里做肥料，这个过程就叫"拗青"。

惊蛰过后，春分前后，大地复苏，万物生长。满山的蕨菜带着冬天孕育的力量和泥土的芬芳破土而出。桂东人把它还没有展开叶子的嫩芽叫蕨，展开了叶子变老的叫"蕨青"或"青"。嫩蕨轻炒之后，色泽香艳，口感润滑，清凉爽口，不愧为一道山珍。还来不及采摘变老了的蕨草，就成了上等的绿肥。

桂东人采蕨就是把那嫩芽"拗断"，故称之为"拗蕨"。以此类推，把展开了叶子变青变老的蕨草"拗断"，称之为"拗青"。"拗蕨"轻轻用几个指头一掐便断，随着一声脆响，一根根嫩嫩的蕨芽儿便到了手中。而"拗青"就费力多了，一下两下可能拗不断。且它不可能像茅草一样，用镰刀一割就是一丛。它是零零散散如鹤立鸡群长在杂草之间，东一株西一株，只能一株一株地采。于是，老百姓就发明了一种比巴掌小的刀片，用绳子固定在右手掌上，采蕨草时用手腕一剐，那蕨草便断。当地老百姓叫这种专门用来"拗青"的工具为"青夹子"。这东西原始、简单却实用、耐用，但要使用好就必须下一番功夫。使用熟练了，就像外国人看中国人使用筷子，简直到了出神入化的地步。使用不当，一不小心就有可能把手刮伤。凡学"拗青"的人都似乎领教过它的厉害，常常被它弄得鲜血淋漓。

把一株株蕨草集中在一起，然后像捆稻草一样用绳子捆起来，挑到已经犁好田的稻田里，用脚使劲踩进泥底，让其腐烂。久而久之，就成了一种绝佳的有机肥。

山里一到春天，蚊子满天飞，虫子到处爬，毒蛇满地跑，人在山上受到蚊虫叮咬和毒蛇袭击是家常便饭，因此"拗青"是一种令人提心吊胆、触目惊心的体力活。

而踩蕨青至田底的过程，就更是一种超乎想象不同寻常的折磨。不用力踩不下去，蕨青叶子常常昂起头来，似乎还想长出来叫板。用力太猛，一不小心，那种坚硬的老蕨秆如钢针般深深地刺进脚心，费好大的劲才能从肉里拔出来，严重时感染化脓整只脚又红又肿，一走路便痛苦不堪。特别难受的是脚板皮都踩烂了，你还因没完成任务，还得使劲地往田里踩，等于直接往伤口撒盐，踩一脚痛半天，再痛你还得咬紧牙踩，真是雪上加霜。

几天"拗青"下来，郭名修看到一双脚伤痕累累，不成样儿，脸上掠过一丝苦笑，有点自嘲道："嘿，这双脚，挑石灰，行万里路，一点问题都没有。但要拗万担青，还真不知受罪得起不？"

就这样，郭名修不怕苦、不怕累、不怕痛，咬咬牙挺过了"拗青"这一关。

而考验郭名修更加难受的一关便是"出牛栏"。

桂东人在春耕夏种之际，都是把牛关在牛栏里养，原因是怕放养的牛一不小心失去了监管糟蹋了禾苗蔬菜。搞集体时，队里的牛都分散到各家各户领养，喂牛的饲料只有长在山上的草。

那个年代，牛作为集体不可或缺的生产工具，其重要性自然超过了同时期任何一种动物。料理一头牛比料理一个人更麻烦，牛甚至比人还金贵。人偷了个人，最多是名声不好，充其量是游个街、示个众、挨个骂、批个斗。但人要是偷了条牛，那就可能倾家荡产，判刑坐牢！

农村建牛栏，多半是就地取材，往往与茅房一起建，先平整好地基，再用石头填好基脚，出地面后，砌几尺石头算是墙脚。

地基是为了房子的墙重力能到实地，以后不会因地基下沉不均匀而让房子倾斜。石头墙脚是为了不让墙体被雨水淋坏或湿潮。所谓"基础不牢，地动山摇"，地基与墙脚的扎实程度直接关系到房子的使用安全与寿命，因此是建房过程中"基础的基础"，自然马虎不得，每一块石头都必须放得稳稳当当、妥妥帖帖。

墙脚砌好了，就在上面用泥巴抖墙或砌上泥砖，放上几条横梁做个屋顶，然后盖上茅草或杉树皮，牛栏也就建好了。墙上留个洞，竖上几根活动的柱子，算是门也算是窗户，没有门叶，门就如同半截栅栏，牛甚至可以伸出头来呼吸外面的空气，或直接用嘴巴接过主人手中递上的草料。如果要把牛从牛栏里放出来，就把那几根柱子上面类似于门闩的机关一个个拉开，那些柱子就能灵活自如地取下来放在门边，那个门闩样的东西叫"牛栏闩"。桂东人叫圆木为"筒子"，因而就把那几根圆滚滚如同米筒般粗的柱子叫"牛栏筒"。

郭名修知道，要把牛养得膘肥体壮，就必须保证喂牛有足够新鲜的草料。

桂东人去割草不称"割"而称"杀"，割草叫作"杀草"。天刚蒙蒙亮，便带上茅镰、绳子、禾枪进山"杀草"。所谓的"禾枪"是桂东人类似扁担的一种工具，取段比扁担长点的竹子，削尖两头，用来挑成捆的稻草柴茅用。

早晨的草还沾满露水，露珠欲滴，鲜嫩可口，牛自然胃口大开。因此，每天早上去割这样的露水草，称为"杀早草"。

然而，"杀早草"对于牛来说是"草"来张口的美餐，可作为侍候它的主人来说，就是一种流汗又流血的高危作业。

且不说湿漉漉的草捆上一担怎么重怎么沉，单是随时躲在草丛中的毒蛇，就让你提心吊胆防不胜防，常常是把草挑回牛栏喂牛时，才发现把毒蛇也捆了回来。至于在山上"杀草"被毒蛇咬伤的事，就是经常发生的事，村民早已见怪不怪。其实，近山识鸟音，近草知蛇性。所有的蛇只要你不去惊扰它，让它感到危险，它是不会主动袭击人的。有经验的村民割草前会把眼睛睁大一点，看看有没有蛇。要是草丛太密，就会故意用茅镰在草尖上弄出点动静来，此时，蛇就会悄悄地溜走。所谓的"打草惊蛇"就是这个意思。

所以对于村民来说，"杀早草"最可怕的还不是蛇，而是不得不面对的蚊虫叮咬。早上，凡是有草有动物的地方，有一种叫"麻姐婆"的蚊子，这种蚊子细如芝麻，如果它不咬你，你几乎感觉不到它的存在。但只要人往草边一站，它就着了魔一般群起而攻之，只要蚊子把肉眼看不清的针管嘴巴插进了你的肉体，一会儿，它就像吸血鬼一样在你身上吸上几口鲜血，整个蚊子就成了灌满血浆的圆鼓鼓的血球。蚊子竟然像特种部队一样，仿佛有人吹上集结号，一会儿工夫，成千上万只蚊子如同成千上万条针管扎进你的皮肤，肆无忌惮地狂抽你的鲜血，真可谓"蚊子饥餐你的肉，笑谈渴饮你的血"，眨眼间，你两条大腿全是又红又肿、又痛又痒的血泡泡。

打着赤脚上山"杀早草"的郭名修发现，有一种叫"山苍子"的树叶可驱蚊并能止痒。于是，早上先寻找一些山苍子叶，把两腿擦中药般擦了一通，果然，少受了好多罪，蚊子少了许多。但不管他怎么擦，总有那么一些蚊子视死如归，像蚂蟥一样死死地叮在他腿上，宁愿让他一巴掌拍死，也不肯松开吸血正酣的嘴。

就这样，日复一日地往牛栏里丢草料，牛吃不完的草或吃了剩下再也不肯吃的老草，就成了牛垫脚或睡觉的材料。牛吃喝拉撒睡，全在一牛栏，草、粪、尿，一层又一层，久而久之，发热、发酵、发霉，也就成了有机肥，老百姓把这种肥叫"牛栏粪"。这种粪在牛栏里积累多了，就得想办法从里面拖出来，这种又腥又臭费时费力的脏活累活就叫作"出牛栏"。

郭名修就用类似于《西游记》里猪八戒使用的那种九齿钉耙，赤脚上阵，钻进牛栏里，一把一把地把牛栏粪从里面拖出屋外，找个平整的地方堆起来，让它进一步发酵。堆成四方体四角分明，便于日后队里量方，按立方记工分，也便于日后挑到田里地里作肥料。

等到把尺把厚的牛栏粪清理干净，冲天的臭气往往把人熏得晕头转向。郭名修把这活干完了，洗了三五个澡，仿佛还能闻到身上有股牛屎味，甚至过了数月，一想到"牛栏粪"三个字，就会作呕想吐，仿佛连胃都想掏出来让人好好地用清水洗上几遍。

其实，何止"挑石灰""拗青""出牛栏"？凡是要求农民干的活，郭名修都得干！

他曾上山摘金银花、打五倍子、挖笋、砍柴、烧木炭……

他曾下水捡田螺、摸鱼虾、莳田、除草、摘猪菜……

终于，他农家的十八般武艺，样样都会！

终于，他挺过六年，底分从三点五分、四分、五分、七分、八分到了十分！

终于，他扬眉吐气，能挑大梁，能独当一面，成了一个名副其实的男子汉，真可谓"宝剑锋从磨砺出，六年一梦成主劳"！

人生就是一条路　一路风雨一路情

有人说，如果把大地比喻是一把琴，那么公路就是琴弦，养路人就是弦上跳动着的美妙音符。

1973 年，年满十八岁的郭名修，在众人羡慕的目光中，被队里外派到双洞村至联合村公路段养路，因为就在金鹅仙山脚下，所以他来到的"新家"就叫金鹅仙工班。

工班里有六男二女共八个员工，男的养路，女的做饭送饭。班长是个老共产党员，创先争优劲头十足，凡事都要十全十美，工作总要争一流。班长说，三分建，七分养，路况的好坏完全依赖养路工。

他要求全体员工以马列主义、毛泽东思想为指导，以公路养护为中心，以"树好工班良好形象，确保道路安全畅通"为宗旨，以革命加拼命的精神，以路为家，以路为生命，做好搭档，配合默契，做好朋友，相互关爱。

该公路段是沙土路，路况差，地势险，加上气候恶劣，变化无常，同事们几乎天天奋战在最危险的第一线。

"晴天一身灰，雨天一身泥，远看像要饭的，近看是养路的。"这是对他们当年生活的真实写照。

他们每天扛起锄头、草刮和扫把，迎着朝霞上路，踏着夕阳暮归，修路肩、补坑槽、疏水沟、扫路面、清路障……

俗话说，三岁牛牯十八汉。十八岁的郭名修觉得自己最年轻，浑身有的是力气，挑、铲、补、扫，样样抢着干。

半天下来，手掌火辣辣地痛，一看起了好多水泡，向人诉苦羞于开口。

半月下来，手掌粗糙得像杉树皮，一看布满了老茧，与人招呼都怕握手。

为了节约成本，他们就地取材，上山取石头，下水捞河沙……

为了节约时间，他们都在路上吃午饭，路边的石头成了他们最好的餐桌，清澈的山泉成了他们最美的饮料，两个送饭的姑娘成了路上最美的风景。

桂东山区养路的另一个难点就是塌方多，一场暴雨下来，沿途大大小小的塌方把路压得惨不忍睹，把人折腾得更是半死不活喘不过气来。

每一次灾情就是一次命令，每一个塌方就是一个战场！

那天傍晚，乌云密布，天昏地暗。忽然，"咔嚓"一道白光，闪电像一把利剑刺破苍穹，随着"轰隆"一声巨响，豆大的雨点"哗啦啦"瓢泼而下。霎时间，狂风暴雨像群魔乱舞，甩着无数条鞭子，凶狠地抽打着窗户，抽打着公路，抽打着路上车辆与行人……

班长凭着多年的经验有种不祥的预感，便对大伙说："大家抓紧吃饭吧，吃饱一点，这鬼天气，再下一两个小时，路上肯定要塌方。"说着叹了一口气，说，"天公不作美，大家准备加班吧！"

果然，话音刚落，一个人落汤鸡般破门而入："班长、班长，求求你们啦，求求你们啦，我……我……"来人上气不接下气，"我的车被前后两个塌方卡在路上了，车上一车的农资，可是咱大队的命根子呀……"

班长二话没说，就放下碗筷，带领郭名修等八人倾巢出动，戴上斗笠，穿上蓑衣，拿起工具，直奔现场。

雨还在下，简单的斗笠蓑衣抵挡不住暴雨如注，几个人分不清是雨水、泥水还是汗水，个个全身湿透，但没有一个人退却，锯树、砍枝、推泥、清路面，费了九牛二虎之力，终于把路障清开，恢复了公路的通行。

那名司机看到终于保住了一车农资的安全，感激之情溢于言表。从此与工班的所有人结下深厚的友谊。每当开车从他们身边路过，必定停下车来打个招呼，有时还顺便帮他们捎点东西或带上他们坐上一程。

有一次，郭名修正好下班想回家看望父母，搭上了那名司机的顺风车。第一次坐上大卡车，他像白马王子骑上了心爱的白马那么高兴，感觉平时要步行两个多小时才到家的路程，转瞬就到了，以至于当司机踩刹车停车时，他还意犹未尽，心想，人要是一辈子一出门就能有车坐，该是何等的风光！

他想起了小时候玩"搭女人开拖拉机"的游戏，回味着那顺口溜："拖拉机，簸簸簸，我来开，你来坐，开到屋里背个肚（怀了孕）……"

他想，相比大卡车来，拖拉机又算什么？假如能开上那样的大卡车，身边还带上个漂亮的姑娘，该是何等的美妙！

想到这，他不禁哑然失笑……

功夫不负有心人，大家的辛勤劳动没有白费。1973 年，工班圆满完成了各项工作任务，全段平均好路率达 91%，平均出工率达 96%，出勤率达 100%。郭名修所在的工班被县里评为"优秀工班"，班长被评为"优秀共产党员"。

每当站在那块奖牌面前，郭名修有一种前所未有的集体荣誉感和自豪感，他感受到集体的智慧、集体的温暖和集体的力量是那么神圣与伟大！

然而，美好的日子总是那么短暂。1974 年，正当他想在工班一展宏图的时候，队里又派遣他换了个地方去修公路。

由养路到修路，虽然都是为了一条路，可劳动的性质截然不同。

无路难，养路也难，修路是难上加难！

桂东是个老、山、边、穷县，境内高山峻岭，沟壑纵横，老天爷在构建山清水秀风光好的同时，也构建了交通不便、信息不灵、山寒水冷气温低的恶劣生存条件。

要想富，先修路。多少年来，把公路修进大山，不知承载着乡亲们多少期望和梦想，也不知留下了多少辛酸的往事。

回忆起修路过程中的种种往事，郭名修记忆犹新，仿佛就在昨天。

当年修公路，全凭一颗红心、一腔热血。挖路基靠的是锄头、扁担、畚箕，打炮眼、凿石壁、取石头靠的是钢钎、钢锤。

扁担、畚箕没了，从山上砍来杂木、楠竹自己做。

锄头、钢钎钝了，自己砌个炉子放在炭火上烧得通红，然后在铁墩上敲打锋利。

郭名修感觉好新奇，在修路的人群中，到处都有木匠、篾匠、石匠、铁匠……

修路要把石山炸开，就得放炮。放炮就得在石头上打个洞，叫作炮眼，用来填炸药、装雷管，所以也叫药眼。

放炮最难的功夫就是人工打炮眼。

打炮眼前要随时检查锤头与锤柄连接是否牢固，不能使用木质松软、结疤裂缝的木材做锤柄，有时可用三块柔韧坚牢的竹片重叠一起做成锤柄。检查钢钎是否锋利，长短是否适度。

打炮眼时要先对周围松动的浮石、危石进行清理，找好两个人站脚的位置，否则，人还没站稳就掉下了悬崖。再一个人扶钎，一个人打锤，两个人必须精力集中，配合默契，锤击既稳又准。扶钎也要讲究技巧，不能歪斜，在锤头砸下之后需要把钎子转动一下。打锤的人稍不留神，锤头便砸落在扶钎人的手上，好端端的一只手弄不好被你这锤砸下去瞬间废了。打锤也好，扶钎也罢，每一锤下去，"当"的一声，两个人的掌心像有颗炸雷炸了，顿时皮开肉绽。

炮眼的深度要根据石块的大小来定，小点的石块炮眼就浅，大石块就需要相对深的炮眼。

炮眼打好以后，把炸药倒进炮眼里同时放进一段绳子一样的导火线，在上面放一层黄土慢慢捣实，然后点燃引线引爆炸药，随着一声闷响，石头就炸开了。

引线的长短取决于点火人跑离危险区的速度。哪一个环节没有搞好，就会出现问题，或因没有引爆成了哑炮，或因未捣实点燃后成了冲天炮，或因石大药少炸不开成了无用炮……

有时候，等了好久还没响，以为是哑炮了，等回头走近，"轰"的一声又响了，悲剧惨剧也就发生了。因此，炸伤炸死者大有人在。

把放炮炸开来的石头，用筷子粗的铁丝做成的"铁丝络"往石头两头一套，然后用一根木杠往"铁丝络"上头一穿，二人或四人扛起，抬到修路时需要的地方，填路基、垒石墙、砌石坡、筑石坝……

郭名修跟着师傅学砌石墙时，搬起石头就看到它七棱八角，竟不知怎么放。师傅见状，笑道，教了一句："砌石没样，尖角向上！"

话说得轻巧，但要领会起来，把每一个石头都稳稳当当地砌上墙去，就非下一番苦功不可。什么"内外搭砌，上下错缝"，什么"平、稳、满、错"，什么"敲打毛石，分皮卧砌"……

郭名修做梦也没有想到，砌几个石头会有这么大的学问，什么结构，什么规模，什么功能，砌墙之前必须弄清楚，否则，配什么材料，砌什么尺寸，放什么坡度，你一概不知。几堵石墙下来，累得腰酸腿痛，好半天直不起腰来。但倔强的他，从不说一声苦、喊一声累，不久，自己由徒弟变成了师傅，成了一个能砌好石墙石坝的高手。当看到凝聚了自己和所有修路者心血的公路通车时，郭名修感到从未有过的自豪和骄傲，觉得自己的汗没白出、血没白流，一切都值！

一晃几十年过去了，如今，家乡原来坑坑洼洼的乡间小路，早已变成了平平坦坦的水泥路、柏油路，而且几乎到村组到户，交通条件的改善打破了封闭，吹响了乡村振兴的号角，缩短了城乡距离，促进了城乡融合，农村美了，农民富了。

每当他回到家乡，坐车行走在几代人修的公路上，行走在家乡的青山绿水间，感觉分外的亲切，他庆幸自己出生在一个伟大的时代，亲自参与和见证了中国共产党领导下的社会主义建设。

他百感交集，感慨万千：人生不就是一条路吗？

井下挖煤人似鬼　汗水流成黑色河

1976 年，郭名修外派修公路回家后，又在队里出了一年集体工。县里搞煤炭生产大会战，又要从各地抽调精兵强将到煤矿，指标由县里分到公社，再由公社分到大队，郭名修就又被外派到了沙田煤矿挖煤。

矿上给他的工资每月 45 元，上缴生产队 20 元，自己还可留下 25 元，掐指一算，小菜每餐 5 分，小菜放点荤腥肉的 1 毛钱，荤菜 2 毛钱，生活比起在家里出集体工来滋润得多。再说，如果表现得好，可以由临时工转正成正式工，跳出农门，吃上国家粮，成为公家的人。

想到这，郭名修心里乐开了花，作为祖祖辈辈当农民的他来说，做梦也想吃上国家粮，当上一名工人，哪怕当一个又脏又累的挖煤工！

矿长见他虎背熊腰，憨厚老实，初次见面，不禁满心欢喜，便叫来一个老工人说："来来来，你是老师傅了，现在交给你一个徒弟，他叫郭名修，人不错，能吃苦，明天跟着你下井吧！"

就这样，郭名修就戴上安全帽和矿灯屁颠屁颠地跟着老工人下了井。刚到井下，似乎与世隔绝了，地面上的一切响声都听不到了，只有地下水滴滴答答往下掉，一种莫名的恐惧涌上心头，此时，他才感觉到在这黑魆魆的井下，要实现自己当上一名正式工人的理想，必定要经受不知多少考验！井下全是男人拼命的世界，爱情更是无从谈起，因为哪怕一只母的蚊子也找不到！

矿道弯弯，又低又窄，阴冷潮湿，灯光昏暗，几根木柱算是支架，人走其间，感觉随时都有可能坍塌。在这窄窄的矿道里，有人在钻孔，有人在装车，有人在推着斗车。他们的头发都杂乱无章，人不像人，鬼不像鬼。汗水混着煤屑在他们脸上、背上流出了一条条黑色的河。一张张脸黑不溜秋，只看见两只眼睛在转动。因为黑，他们并不洁白的牙齿变得璀璨；因为黑，他们的眼眸衬托得如同夜空中的北斗星。

郭名修咬紧牙关，挥汗如雨。他深信，凭着自己的辛勤劳动，凭着自己钢铁般的意志，吃上国家粮当上一名正式工人的理想一定会实现。

于是，他与工友们一道，甩开膀子加油干，越是艰险越向前。

矿山挖煤比赛，当放炮后的硝烟还没散尽，他冲到了最前沿，用尽九牛二虎之力，采、装、运、送，样样领先，获得了"挖煤标兵"的光荣称号。

矿长说他是棵好苗子，吃苦耐劳，任劳任怨，值得培养，在矿里成立了学习小组，并选他当了班里的学习委员。从井下出来，让他给工友们念报纸，背毛主席语录，他做得有声有色，不久，被矿里评为"学习标兵"，成了一名光荣的共青团员。

对毛主席的崇敬与爱戴，让他对毛主席语录如痴如醉。

当读到毛主席语录："世界是你们的！也是我们的，但归根结底是你们的。你们青年人朝气蓬勃，好像早晨八九点钟的太阳，希望寄托在你们身上！"

他感觉自己前途无量，一定要胸怀祖国，放眼世界。

当读到毛主席语录："白求恩同志毫不利己、专门利人的精神，表现在他对工作的极端的负责任，对同志对人民的极端的热诚。每一个共产党员，一定要学习白求恩同志的这种真正共产主义者的精神，做一个高尚的人、纯粹的人、有道德的人、脱离了低级趣味的人、有益于人民的人。"

他也发誓要做一个高尚的人、纯粹的人、有道德的人、脱离了低级趣味的人、有益于人民的人。

当读到毛主席语录："下定决心，不怕牺牲，排除万难，去争取胜利！"

他也热血沸腾，一定要一不怕苦，二不怕死，为国家多产煤作贡献！

一段时间的矿山生活，让他竟然学到了许多知识，认了许多字，背了许多文章，学会了不少做人的道理。

然而，年复一年，日复一日，时间一久，也让他看到了矿山的危险，体会到了工人的辛酸。

他永远也忘不了工人们每天从井下出来饥不择食狼吞虎咽的模样，自己也曾多次一餐把七两米饭与一斤红烧猪肉一扫而光。

工人们每天的工作就是凿孔、装车、推车，看似风平浪静，实则险象环生。

虽然偶尔有人下井检查安全隐患，督促安全生产，但那飞来横祸还是让人防不胜防。

煤矿井下作业，空间狭小，采掘、装车、运输，砸伤、扎伤、碰伤乃家常便饭，算是小事。火灾、透水、片帮冒顶、中毒窒息、瓦斯爆炸等群死群伤事故那才让人万劫不复。一旦事故发生，受灾工人的逃生和救护人员的进入等都受到时间和空间的限制，使得救援十分困难，甚至发生连续性事故。

难怪有人说，下井工人"天天吃着阳间饭，却给阎王打着工"。

难怪有人说："好女不嫁挖煤郎，不分昼夜井下忙，阴间挣钱阳间用，郎去挖煤我心慌……"

郭名修亲身体验了到阎王殿闯荡一遭死里逃生的滋味。

有一天，郭名修像往常一样，推着煤车往外走，他万万没有想到，死神正狞笑着悄悄向他走来。他走着走着，只听"啪"的一声，一块煤炭打在了他的安全帽上。

"不好了！不好了！"说时迟，那时快，郭名修条件反射地丢下煤车拼命往外跑，只觉得矿石像枪林弹雨一样，往头上、身上、手上乱砸。待跑到安全区回头一看，原来推车的地方，坍塌下来的矿石，瞬间已把矿道填满。郭名修命大，奔跑间，惊魂未定的他，才知道腰上、手上已鲜血淋漓。走出矿井，经"矿医"检查，谢天谢地，骨头没断，只有皮外伤，休息几日便无大碍，但左手却永远留下了一个黑色的伤疤。

理想很丰满，现实很骨感。

　　一晃三年，到 1979 年 6 月，由于政策原因，郭名修没能在煤矿当上一名梦寐以求的正式工人。

　　郭名修离别矿山的那一天，站在那满是煤灰的黑色井口，心里满是惆怅，三年煤矿生活，往事历历在目。在这火红的青春、火红的岁月，离别的滋味却是那么心酸、那么凄凉、那么难受！

　　同是天涯沦落人，伤心人离别伤心地。

　　此时此刻，矿山沉默，战友哽咽，一声珍重，挥手告别，不忍再回头，泪洒转身处。郭名修眼含热泪，把今天的离别揉进了心底，带着遗憾、带着情谊、带着不舍，决心踏上新征途，把往日的故事慢慢咀嚼……

地下挖煤才出井　又进水电工程队

人间四月芳菲尽，山中桃花始盛开。

其实，郭名修在井下挖煤，过着几乎与世隔绝的生活。他不知道，此时的中国正在悄悄地发生变化，一场重大的历史变革正在酝酿之中。

"随风潜入夜，润物细无声。"祖国大地将滋润着一场前所未有的春风春雨。

1978年10月，邓小平同志访问日本，乘坐从东京到京都的新干线列车，触动很大——感觉到快，有催人跑的意思！

同年12月，党的十一届三中全会召开，拉开了改革开放的大幕，迈出了追赶时代的历史步伐。

1979年，是中国正式开始走社会主义现代化建设和改革开放正确道路的第一年。这一年是中国历史上不平凡的一年。

这一年，有一位老人在中国的南海边画了一个圈，神话般地崛起座座城，奇迹般地聚起座座金山……

这个老人就是邓小平，这个圈就是经济特区。

从此，春雷唤醒了长城内外，春晖暖透了大江两岸，《春天的故事》在神州大地上传唱！

可郭名修根本不知道外面的世界竟然有了这么大的变化，他还沉浸在一定要吃上"县筹粮"的梦里。

叔叔早想把他从井下拉出来，便想办法弄了个招工指标，到县水电工程队上班。月薪36元，表现好，可转为集体工，比起煤矿下井来，安全得多，也体面得多。但煤矿下井有每天四毛钱的井下补助，可水电工程队没有。

叔叔说："你还不想办法走出来，在煤矿继续干下去，老婆都可能难娶到，成天在井下，能看到几个女人？"

郭名修想想也是，在煤矿上班，如果招不了工，转不了正，要想成个美满的家，还真是一个大问题。想到能脱离井下那种暗无天日的生活，能多看到几个女人，说不定缘分来了，还真能抱得美人归。再说，去水电工程队上班，不是想去就能去的，许多人挤破脑袋都没能搞到指标，要不是叔叔神通广大，这样的好事能轮到自己？

权衡再三，他卜定了决心去水电工程队上班。钱是少了点，但体面又安全，上面又有叔叔罩着，大树底下好乘凉，想必日子过得爽，说不定祖坟一冒烟，千里马碰上伯乐，鲤鱼跳龙门，还真的吃上县统筹粮，那是何等的扬眉吐气！

1979年7月1日，是一个举国欢庆的日子，中国共产党迎来了第58个生日。带着历史的沧桑，带着崇高的敬意，带着美好的憧憬，举国上下，万民同欢，《东方红》的旋律响彻云霄，《没有共产党就没有新中国》的歌声回荡在万水千山，人民载歌载舞共同庆祝党的华诞。

就在这一天，郭名修来到了石磨岭山下的沙田镇，走进了县水电工程队的大本营。

说是大本营，其实就是20世纪60年代建起来的十几栋平房，红砖黑瓦，错落有致，远远地望去，像十多个红木箱子排放在青山绿水间，只是"盖子"全是黑的。里面食堂、教室、宿舍、厕所、澡堂、操场等等一应俱全，并且还有几间猪栏，养了几头猪。那年月，虽然没有什么剩菜剩饭，但烂菜烂叶、米汤潲水还是有的。喂几头猪，是对在这里上班的人年终最有吸引力的奖赏，职工除了可饱餐一顿外，有时还有可能分到半斤八两带回家去，那可是可遇而不可求的一种福利。到了这里，人是集体的人，连猪也是集体的猪，所以，能到这里过上几天，本身就多了许多神秘色彩。如果能到这里上班，那对于很多人来说，都是一种可望而不可即的奢望。

由于在这里办过几期党校培训班，以前习惯叫它为"五七干校"。这样一个地方，因为有了党员干部这些精英在这里接受过教育，让这里有了一种文化气息。加上当年毛泽东在沙田镇掰着指头给工农红军颁布了《三大纪律六项注意》（后发展成为《三大纪律八项注意》），第一军规横空出世，让这里仿佛遍地英雄，处处充满着一种神圣的光芒。从某种角度来讲，这里曾经就是桂东的"黄埔军校"，是一个令人思索、令人梦想、令人朝圣的地方。只要你往这样一个地方一站，你的思想，你的灵魂，你的情操，你的境界，你的一切的一切，仿佛立马变得圣洁起来、崇高起来、自豪起来、伟大起来！

郭名修仿佛觉得自己一夜之间脱胎换骨、化蛹成蝶，来了个华丽转身。他发誓要彻底告别以前那个挖煤只见两只眼睛的自己，一定要在这样一个英雄史诗般的地方，闯出另外一片天地，一定要好好表现，做劳动模范，做积极分子，做学习标兵……以自己的实际行动，报答叔叔推荐时的一番苦心，报答父母多年的养育之情，报答昔日战友的一片真诚。

几周下来，他发现自己所做的工作竟然与当年修路时惊人的相似，除了晚上回来不用住茅棚外，简直没什么两样！整日不外乎吃饭出工上厕所，挖泥挑土扛石头，几乎就是垒土坎、挖水沟、砌石坝……

队里共有38个员工，34个男的，4个女的。男多女少，女的就成了宝贝。

队长叫郭垂福，牛高马大，力大惊人，一副钢筋铁骨般的身板。虽然是队长，但与其他人没什么两样，三十多岁年纪了，还照样是单身汉一个，照样是一人吃饱，全家不饿。他忠厚、老实、单纯，智商平平，情商也不高，除了力气还是力气。

队里四个女人号称四大美女，四人长相各异，但清一色都是劳动能手，巾帼不让须眉。凡是工地上男人能干的活，她们样样能干。四个女人往工地上一站，个个英姿飒爽，冷艳逼人，活脱脱几个花木兰、穆桂英再世。其中一个姓罗的姑娘，砌护墙、拉钢筋，干脆利索，无人可比，队里所有的男人都怕她三分、敬她三分。

队长看在眼里，喜在心上。自己的强项，正是全身有使不完的牛力！如果把这样一个女人追到手，还愁今后的日子过得不滋润？哪怕工程队解散了，娶这样一个女人回家，担柴伐木照样能挣饭吃。他想，这样的女人，哪怕上山碰到一头野猪，可能连绳子都不需要用，仅凭一双钳子般的手，也可能把野猪死死地攥回来！哈哈哈，这样一个女人，能娶回来做老婆，哪怕天天让她打一顿，也一万个值！

队长也就没日没夜地拼命干，从不搞特殊化。队里年纪最大的四十岁，最小的十八岁，他跟谁都能搭档，几百斤重的石头两个人扛，他总是把锁石头的"铁丝络"往自己这一头靠近，这样尽量让对方肩膀上的压力轻一点，自己肩膀上的压力重一点。如果是一个人挑那种更小的石头，他总是扁担弯弯的，似乎他的肩膀是铁打的，永远也压不痛，哪怕磨烂了肩膀上的皮肉，他也从没有吭声过。他就是一个铁人，除了有一条永远压不垮的腰杆，还有一不怕苦、二不怕死的钢铁意志。他嘱咐队友挑石头不能跑得那么快，要"上坎上得悠，力气大于牛"，而自己在工地上却往往以一当十、健步如飞。特别是有女人在场，他更是像打了鸡血似的，浑身来劲，把劳动的热情发挥得淋漓尽致，永远做台上的主角。上面领导表扬他"憨态可掬"，队友暗地里就说他"傻得可爱"，明里暗里拿他开涮，把他当成一个只是出工吹哨子的，而从没有把他当成什么领导。

郭名修也觉得队长好笑，"男人不坏，女人不爱"，像队长这样只有力气没有一点花花肠子的男人，一般的女人也觉得他傻，根本看不上，何况队里"僧多粥少"就四个女人？所以，不管队长有事没事总在那罗姑娘面前大献殷勤，可人家就总是爱理不理不来电。一直到县水电工程队解散，队长也没娶成老婆。

在水电工程队一段时间，郭名修终于明白了，工程队竟然是一个藏龙卧虎之地，其他的人都与自己一样，来的时候都抱着能招工转正，能吃上国家粮，哪怕是"县筹粮"的美好希望而来。但时间一久，这种希望越来越渺茫。

燕岩桥电站建好以后，县里再也没安排他们队去承建哪个电站。调来调去，东奔西走，不外乎修修补补，久而久之，技无长进，涛声依旧，一点成就感都没有。

人一旦没有了希望，做什么事都会无精打采。

郭名修与大家一样，从开始来的时候踌躇满志，彻底变得心灰意冷了。难道这就是命？

一年后，郭名修再也无心在工程队干下去，他不想再把自己的美好青春白白地浪费在这看不到希望、看不到光明的工程队。他坚信"海阔凭鱼跃，天高任鸟飞"，他要义无反顾地离开这个地方，去寻找自己的事业，寻找自己的爱情，寻找诗和远方，寻找属于自己的另外一片天地！

那一天，夜幕低垂，寒风凛冽。黑夜，无情地笼罩着沙田小镇，笼罩着整个工程队，笼罩着他苦涩的脸庞、迷茫的双眼。河水哗哗，寒光闪闪，好像在黑夜里独自哭泣，在诉说着曾经的往事；残花落地，夜雨敲窗，仿佛在黑夜里感叹光阴易逝，感叹世间的无奈与凄凉。在这寂静的夜空下，他回忆起一年来曾经的点点滴滴，想起今夜的忧伤，不禁万念俱灰，泪流满面……

他悄悄地离开了那个曾让他充满希望、充满激情，又让他揪心、让他绝望的县水电工程队，走时，他没与任何人告别，连自己来时带来的行李也没带走。

一湾碧水，两岸青山，几缕清风，几缕星光，几缕乡愁，几缕思绪，郭名修的身影消失在夜色中……

山路弯弯为君笑　有情人终成眷属

俗话说，男大当婚，女大当嫁。无知花鸟动情怀，是人岂可无欢爱？

转眼间，郭名修就已经 25 岁。

由于他人活跃，脑瓜子灵，又能吃苦耐劳，几年来，前来牵线搭桥做红娘者络绎不绝，可他怎么也看不上眼。

原来他一门心思想招工，吃上国家粮，端上铁饭碗，过上旱涝保收、衣食无忧的上层社会生活。他想，只要吃上国家粮，成了公家的人，还愁找不到好老婆？可几年来，养路、挖煤、搞水电工程，苦吃了，日子熬了一年又一年，到头来仍然是工没招成、干也没录成，让人大失所望。

岁月不饶人，在农村，人一旦过了那一阵子，再帅的男人，也难得找到好对象。再说，在农村，只要你年纪大了，如果没成个家，哪怕你有天大的本事，在别人眼里，你就是一个连老婆都娶不到的无用男人，"不孝有三，无后为大"，人们无形中会把你当成另类。

在亲朋好友的催促下，郭名修终于一咬牙："成家就成家吧！"

然而，要成个家既不像到农贸市场去买小菜那么简单，只要肯掏钱，水里漂的，地里长的，随你挑随你拣，也不像去禽兽行买鸭崽，随便捡上一只只要有头有腿有屁眼就可立马走人。

有道是"百年修得同船渡，千年修得共枕眠"，大千世界，茫茫人海，要找到你的另一半，如果没有缘分，哪怕天天路上相见，也会"对面相逢不相识"。毕竟像《天仙配》里的七仙女缠着要嫁个穷董永的故事，在现实中实在是太少太少。像牛郎偷看了仙女洗澡，把织女的衣服抱走了，让人家回不了天庭，只好随着他结婚生子，这样的故事就更是异想天开。在现实中，你要这样偷看女人洗澡，又抱女人衣服，别人不把你当流氓抓起来教训你一顿才怪呢！

其实，几乎所有的爱情神话故事都是文人杜撰出来的，很多的时候可能是自欺欺人，或一厢情愿的幻想。

郭名修很现实，只要女人身体好、人标致、能温柔、会疼人就行了，反正谈得来能安心过日子就行。根本没想过娶个老婆要什么"进得厨房，出得厅堂"。至于生儿育女、传宗接代，那是自然而然、天经地义、再普通不过的事，他更没有多想。

他姑姑郭满珠嫁在了相邻的汝城县濠头乡宝沙村，与双洞村只一山之隔。两地的方言、习俗几乎没什么两样，都是说桂东话。

姑姑是个生性活泼、热情大方的人，一张能说会道的嘴，发出的声音像一股清泉加了蜜，让人甜到心坎上。有时笑呵呵地与你交谈，像一缕缕阳光晒在你身上，让你觉得特别温暖。

"名修呀，你也不小了，该成个家了，哪天跟着我去看看伯公，顺便带你去看姑娘，伯公他们村美女多的是，你想找哪样的就有哪样的，高矮肥瘦样样俱全，只要你看上了哪个，姑姑给你带回来！看不上也没关系，顺便看看伯公去。"姑姑一席话如春风撩人，确实让郭名修有点心痒痒的。

姑姑所说的"伯公"就是伯祖父，桂东叫外祖父为"外公"，所以叫伯祖父为"伯公"。他的伯公叫郭木生，一直对他疼爱有加，他此时确实想见见伯公老人家了。

"真有这么好的事吗？"郭名修半信半疑，怕姑姑又像小时候逗自己玩一样，为了哄自己开心，常常把石头说成是黄金，有时甚至可以把树上的鸟儿也哄下地来，围着她团团转。所以，每次与姑姑说话，郭名修便多了几分调皮，多了几分似信非信和不以为意。

"你都是大人了，我还能哄你？不信，你跟我去。"姑姑果然看出了他的心事。

"去就去呗！"郭名修摸摸后脑勺，憨憨地笑道，"今晚去了，我明天一天亮就走。"

"哈哈哈，你这人真逗，这可是为你找老婆，你就那么急回来？"姑姑笑道，"到时说不定被哪个姑娘勾了魂去，要你走你也不想走了呢！"

郭名修就精心打扮了一下，穿上草绿色的国防装，配上一条蓝色的确良裤子，戴上一顶没有帽徽的黄军帽。所谓的黄军帽就是那个年代解放军戴的夏季制服帽，是草绿色的。但如果叫"绿军帽"，会产生歧义，所以都叫黄军帽。当时的国防装、黄军帽、黄跑鞋，绝对是中国男人的时尚标配。搞得一些外国人来到中国，满脸惊讶：到底谁是军谁是民？难道中国又全民皆兵？

郭名修笑呵呵地跟着姑姑出了门，脚下像生了风，走了二十五里山路，拐了九十九道弯，翻过一座座大山，途经四个村，到伯公家，已是傍晚。

吃了晚饭，就到了九点，伯公收拾碗筷正准备喝茶，姑姑领着一个名叫陈有连的姑娘走了进来。一张八仙桌，一盏煤油灯，一壶热茶，一碟葵花籽，几个人围在一起，气氛有些神秘而紧张。灯光微弱得很，忽明忽暗，根本看不清人的脸，只能看见大体上一个轮廓，打量对方，朦朦胧胧如雾里看花。

郭名修不知是出于紧张还是激动，心里好像有只小兔在使劲地踹，七上八下，跳个不停。

他竟然不知伯公说了些什么，姑姑说了些什么，还有那姑娘说了些什么，甚至连自己说了些什么也不知道。直到那姑娘起身告辞，他才缓过神来，才清醒自己刚才是多么木讷多么笨拙，直到姑娘走出了伯公家的大门，呆呆地看着姑娘离去的背影彻底地消失在夜色中，也没想出一句合适的话。那晚，他躺在床上，辗转反侧，一夜难眠，唉声叹气，一闭眼全是那姑娘的影子，好不容易熬到了天亮。匆匆忙忙地与姑姑打了个招呼，告别了伯公，又踏上了归程。

他姑姑捎来口信，说下个逢圩日，带那个姑娘到他家来见面。

郭名修欣喜若狂，心想，这一次可要好好表现表现，抓住机会，再也不能把事情搞砸了，便搜肠刮肚，拟好台词，打好腹稿，并背了一遍又一遍……

盼星星，盼月亮，终于盼来了逢圩的日子。

一大早，他换上一身干净的衣服，还是那套国防装、黄跑鞋，还特意戴上那块上海牌机械手表，只是没戴上那顶黄军帽，兴冲冲地出了门，准备在姑娘来的路上去迎接。

走着走着，便走到了一个叫椅子笼的山坳，迎面来了两个女人，一看走路的样子，正是姑姑与那个魂牵梦绕的姑娘。

"姑姑——"他疾步迎上前去，走到了姑姑的面前，正想与姑娘打个招呼，可一下子便忘了原来准备好的台词，竟然腼腆得说不出话来。

"名修，你看，怎么谢姑姑，姑娘我帮你带来了。"姑姑笑呵呵地看了名修一眼，转眼看着姑娘。

没想到姑娘看着眼前的帅小伙子，竟向姑姑害羞地一笑，问："这个人是谁？"

郭名修一听，心里顿时凉了半截，前两天刚在伯公家见了面，今天竟然不知我是谁？是真的不知道？还是故意逗我，让我难堪？姑姑哈哈大笑，他也哈哈大笑，说："真是贵人多忘事呀？那一天晚上不是在我伯公家见了面吗？"

姑娘恍然大悟，面红耳赤地说："那天晚上，你都戴了一顶黄帽子，与今天这个样子，一点也不像，我……我还真的没认出来。再说……"她不好意思停了一下，又说，"那晚煤油灯那么暗，人家哪敢仔细看……"

"好啦好啦，今天让你们看个够了。"姑姑拍了拍姑娘的肩膀，又转向名修说道，"名修呀，这一回你可要好好表现表现哟，加深一点印象，不要到了下一次在路上碰到你，人家还不知道你是谁呢！"

"不好意思，我真的不是故意的。"姑娘抿着嘴儿笑。

"怪我怪我，我忘记了今天要戴上那顶黄帽子！"郭名修说完，三人又哈哈大笑起来，笑声回荡在山谷，惊起一群喜鹊飞向蓝天。

说笑间，不知不觉就到了家。父母见儿子这次带回个这样阳光漂亮的姑娘，自然笑得合不拢嘴，尽家中之有，好生款待。

这一次见面，郭名修虽然没有牵上姑娘的手，但彼此间留下了一个极好的印象。姑娘答应与他交朋友，让他感觉爱情终于有了希望。是呀，世上总有一颗心在期待和呼唤另一颗心，慢慢来吧，慢慢来吧，人家都翻山越岭来到我家，还不是为了寻找另一半？想到这，他信心倍增，浑身来劲，希望下一次相见的日子早点来临。

而在大人们眼里，他们早已是天生一对，后面的事只等选日子走程序正式谈婚论嫁了。男女都见面几次了，还能遮遮掩掩？双方家长就约好，选一个日子坐下来商谈怎样办好儿女的这门婚事。双方的代表有伯伯、叔叔、舅舅……反正七姨奶八大姑都得到齐。

又是一个逢圩日，在沙田圩上的一个饭店，男方点了几大盆炒面，暖上两壶水酒，双方的代表坐在一起，准备交换意见时，一唤姑娘，竟然不知所踪。一打听，她跑到从小一起长大但先出嫁的一个闺蜜家去了，早把这事忘得一干二净了，或压根儿就没把这当回事，她哪里知道，婚姻一旦走上程序，每一步都是那么严肃、那么认真，甚至那么神圣，万万不可马虎。还好，大人只当姑娘还是个孩子，不在就不在，既然来了，该讲的礼还得讲，该说的话还得说，反正，大人们在，大家都不为别的，都是为成人之美撮合一桩婚事。几杯酒一下肚，女方代表看男方也热情，小伙子不但长得帅，还机灵，也讲礼貌，把两个人的生辰八字一合，齐声说好，便定了几个日子，"送鞋样"呀，"过礼"呀，那天的事就算大功告成了。待酒足"面"饱，个个红光满面，像胜利完成一场演出一样，怎么来怎么回，又顺着来时的几十里山路，各自回家去了。

据桂东县志载，桂东的婚俗有"行聘""传庚""报日""过礼""迎亲""拜草"几个环节。

"行聘"就是请媒人说合，讲究个明媒正娶。即使是男女双方早已有意结秦晋之好，也还得委托个人做媒。说媒的日子最好选三月三，打发媒人一般用猪肉和礼金，数量极为讲究。

第二道程序是"传庚"，也叫"看八字"。即用一张纸把男女双方的出生年、月、日、时写在一起，让算命先生根据"金木水火土"五行及"子鼠丑牛寅虎卯兔戌狗亥猪"等60个花甲子推算出男女双方是相生还是相克。比方说，男属水，女属火，便不宜婚配，理由是"水火不相容"。属"鸡"的与属"猴"的、属"蛇"的与属"鼠"的不宜婚配，理由是"鸡猴不到头，蛇鼠一旦休"。按照算命先生的推算，男女双方相生，说明八字可合，便可进入第三道程序"报日"了。

"报日"又叫"送鞋样"。男方备好苎麻、布匹、鞋样送到女方。女方便要加工成麻线、麻绳、袜底、布鞋，权当自己的嫁妆。

"过礼"，又叫作"送年汤"。奉行"男无茶钱，女无嫁奁"。男方过礼时送的钱物愈多，女方置办的嫁妆愈多，比方说男方扛个冰箱或彩电去，女方到时便贴上"囍"字作女方的嫁妆扛回男方。"过礼"以后，便是选吉日"迎亲"了。

"迎亲"包括"迎"与"送"两层意思。早晨男方亲戚组成迎亲队伍，随着吹唢呐的乐师到女方，女方设宴款待相送。饭毕，新娘随新郎启程，女方伯叔兄弟相送，叫作"上亲"。男女双方父母是不会迎与送的。男方要设宴三天，以最高的礼遇款待"上亲"。男方的妇女便将新娘的嫁妆一一拿出来，让众人评验，看看绫罗绸缎珠玉金银等物与别人有什么不同，以显示女家人是否知书识礼。至此，便是水到渠成拜堂成亲闹洞房了。"高堂摆长宴，红烛照通宵"，富裕人家舞狮子，耍龙灯，打花鼓，热闹非凡。

三日后，新娘要拜别"上亲"。"上亲"走时，主人在门口摆上一桌酒，叫作"拦门杯"，意在挽留"上亲"。主客双方彼此推让后，便是"拜草"。

所谓"拜草"，就是新娘在门前路口跪在草席或蓑衣上，声情并茂，哭别"上亲"。"上亲"便要给新娘红包，抚慰再三，依依惜别。一般的情况，带队的"上亲"两脚踏住草席，给红包与新娘时，后面的"上亲"们，赶忙侧身而过。结婚程序也就算完成，就等着第二年新年接女婿上门走亲戚了。

郭名修有了姑姑做媒，又请人合了八字。自然就是按部就班，"送鞋样""过礼""迎亲"也就水到渠成了。

当然，每一个环节都得认认真真选好吉日，花钱多少不管，但礼数就得一丝不苟，万万不可大意。

一旦把恋爱关系确定以后，双方就约定俗成，谁谁谁是某某某的对象，男方该献殷勤的时候还得大献殷勤，千万不能因为一点小事失礼，而误了婚姻大事。

比方说，女方捎来口信，说家里缺人手莳田。郭名修立马买了糖果，一路飞奔而去，直到女方把田莳完，才能回自己的家。

比方说，女方说家里要挖红薯了，郭名修丝毫也不敢懈怠，立马到女方家，挑起箩筐上山。他记忆犹新，当年岳父家种的红薯好得出奇。郭名修拼命挖，挖好后要把红薯挑回家，一天到晚，挑回了十四担，几千斤的红薯往岳父家一放，把个厅堂堆满了一角。丰收的喜悦加上女婿的能干，让岳父岳母笑得像两朵盛开的南瓜花。郭名修自己更是心花怒放，每一根汗毛都跳动着扬眉吐气的欢畅。

两人交往于蓝天白云下、青山绿水间，说不尽春天之妩媚、夏天之丰腴、秋天之绰约、冬天之风骨，道不完山花之烂漫、翠竹之挺秀、枫叶之火红、芳草之倩影……

花前月下，山盟海誓，一年下来，两个人觉得谁也离不开谁了。

1980 年 10 月 11 日，在那个大喜的日子，有情人终成眷属，郭名修终于抱得美人归，与心上人陈有连喜结连理成了一对令人羡慕的夫妻。

只记得那天去迎亲时，岳父故意把嫁女的酒席拖迟了一阵又一阵，当时以为岳父嫌女婿给的红包才二十元，因不满礼轻故而为之。后来，自己也为人父，也曾嫁女时，那份血浓于水的亲情，那种心如刀绞般的不舍与纠结，是用任何语言都无法表达的。他终于理解了岳父当年的举动，他是想自己的女儿在家里多待一会也好呀，可怜天下父母心啊！试想，你花了二十年养的一盆花，花开正艳时，突然冒出个小伙子，不但把花弄走了，还连盆子都端走了，作为父亲，能无动于衷不心疼？

婚后方晓油盐贵　成家容易养家难

1980 年 10 月 20 日，郭名修婚后第九天，便推着个叫"满山跑"的木轮车来到了汝城县小垣钨矿"淘金"。

所谓"淘金"，就是到矿山里想方设法搞到矿石去卖，然后变成钱。"淘金"的方式不外有三：

一是"偷采"，即偷偷地钻进矿道和采场里，或从另外一个地方盗墓般打个洞钻进矿道或采场里，把矿砂偷出来。这种方式来钱来得刺激，可能一夜暴富，但风险极大。矿里有专门的护矿队，一旦被抓，轻则罚款，重则判刑，因拒捕而致残丧命者时而有之。

二是"废采"，即到废弃的矿井或采场里去捡、去挖有用的矿石。既然是废弃的地方，那就没有任何安全措施，死神随时就在你身边，原来下井时那些设施能拆走的早就拆走了，人一旦要摸进去，处处都是陷阱，稍有不慎，就掉进万丈深渊。有时看到矿道里一根"擎天柱"，柱上几坨又大又纯的钨砂，第一个胆大的敲一坨立马走人，创造了一夜暴富的神话。第二个仿而效之，刚敲打几下，钨砂还来不及取，一声闷响，天塌地陷，"擎天柱"荡然无存，人连尸骨也找不到。"废采"暴富者有之，但少之又少，但因"废采"丢掉性命的却比比皆是。

三是"捡野砂"，即在矿山倒掉的废渣堆里去翻、去选、去挑有用的矿石，这种活相对来说比较安全，且男女老少都可干，但花时费力，又考手力、腿力、腰力、眼力、耐力，有时翻了半天，找不到一颗有用的矿砂，有时为了取下被隐藏在石头里面的一丁点钨砂，把个巨大的石头碎了一遍又一遍。不管你怎么努力，"捡野砂"似乎都发不了大财。

有民谣唱："有崽不要上矿山，上山容易下山难。打炮如敲催命鼓，取砂像过鬼门关。"

郭名修想，"偷采"犯法，一旦被抓，刚出洞房，就进牢房，父母怎么办？老婆怎么办？弄不好鸡飞蛋打，还怎么传宗接代、光宗耀祖？"废采"太险，拿生命作赌注，把脑袋系在裤腰带上，一旦出了事，命都没了，一切也就没了。留得青山在，不怕没柴烧，思来想去，还是保命最要紧。权衡再三，只好加入"捡野砂"的大军。

每天天一亮，他就推着个"满山跑"，带着铁锤、钢钎，抢先守着个废渣堆，抢占一个有利位置，只要工人把废石一倒出来，便与大家饿狼扑食般飞奔而去，瞪着大大的眼睛搜寻，谁都希望在那还能闻到硝烟味的石头堆里找出几粒钨砂来。

每天把捡来的矿石碾碎，用水不断冲洗，泥沙比重小，钨砂比重大，泥沙就被水冲走，然后就把剩下来的钨砂去卖，根据不同的成色，卖上不同的价钱。两个月下来，一算账，除掉伙食费，竟然没挣到几个钱。眼看除夕将近，几个人叹着气，万般无奈地拖着那个"满山跑"回了家。

妻子见他两手空空地回来，却并没有责怪他，反而安慰他："人回来就好，钱没赚，等咱过了年以后，再去赚，平安才是福呀……"

妻子一席温馨的话，让他感到异常温暖，他深深地体会到了家才是心灵的港湾、人生的驿站和感情的归宿。妻子的理解、宽容、鼓励，才是自己最大的幸福。他发誓今后一定要努力挣钱，好好地呵护这个来之不易的家，让妻子过上好日子，有朝一日，不再为自己担惊受怕。

那一年过年，餐桌上虽然少了点大鱼大肉，似乎有点寒酸，但因为有了妻子的加盟，几代人谈笑风生，就倒也生机勃勃，其乐融融。

俗话说："树大分权，儿大分家"。结了婚的郭名修当然也不例外。春节一过，他就从大家庭中分出来，与妻子两个人组成了一个小家庭。分得房屋两间，稻田四亩，还有些旱土山林。以前是父母操持，做儿子的是"大树底下好乘凉"，天不管，地不管。可现在一分家，自己成了丈夫，成了家长，角色变了，肩上的压力自然也变了。不当家不知柴米油盐贵，一当家才知成家容易养家难。从犁耙锹铲到锅碗瓢盆，大到车子房子牛羊猪狗，小到针头线脑鸡毛蒜皮，没有哪一样不用自己操心。

春分一过，郭名修便与几个朋友来到了江西崇义县思顺乡挖春笋烘笋干。

思顺乡崇山峻岭，飞瀑流泉，茂林修竹，是个美得令人心醉的地方。特别是那一片片竹林，远眺，像一块块无瑕的翡翠；近看，又像一道道绿色的屏障。那一株株翠竹高耸挺拔，顶天立地，无论是严寒，还是酷暑，都四季常青，正如当地人一样朴素正直、刚强向上。

提到思顺乡，人们津津乐道于"二王"。

一是王阳明。他是明代著名思想家、文学家、哲学家和军事家，与孔子、孟子、朱熹并称为孔、孟、朱、王。当年王阳明来到思顺，认为这个地方"地处偏远，大山长谷"，要对这里的人"训以儒理"，让其懂得"仁、义、礼、智、信"，要"人心思顺"，故将此地取名为"思顺"。如今，王阳明当年在思顺乡一个悬崖绝壁上立的《平茶寮碑》，仍然掩映在翠竹丛中，见证着思顺乡千年的历史变迁。

二是王尔琢。他是黄埔军校一期的高才生，周恩来最得意的弟子。他是骁勇善战的中国工农红军参谋长，曾立下誓言："革命不成功，不剃头、不刮胡子。"

1928 年，在党内错误路线酿成"八月失败"悲剧的危急关头，王尔琢冒着杀头的危险，将部队成建制撤至桂东县，赶来接应的毛泽东一见王尔琢，就紧紧握住他的手，激动地说："你王尔琢保存了二十八团，功不可没啊！"

就在那一年，王尔琢在思顺追击叛徒时，英勇牺牲，年仅 25 岁。毛泽东痛心地说："王尔琢的牺牲，换回了两个连，稳定了红军，挽救了革命。"

朱德挥泪长叹："我军失去一位能将啊！"

追悼会上，朱德为他致悼词，会场上庄严地悬挂着毛泽东起草、陈毅书写的挽联：

> 一哭尔琢，二哭尔琢，尔琢今已矣，留却重任谁承受？
>
> 生为阶级，死为阶级，阶级后如何？得到胜利方始休！

毛泽东一句"留却重任谁承受"，充分肯定了王尔琢的历史功绩，也让这小小的思顺乡充满了英雄的悲壮，闪耀着红色的光芒。

郭名修一听到王尔琢这个名字，对思顺就多了一种英雄情结，老家桂东是王尔琢助力毛泽东与朱德"第二次握手"迎接红军大队的地方，而思顺是王尔琢壮烈牺牲的地方。英雄的事迹，仿佛一下子拉近了两地的距离，以至于与当地老百姓交谈时就无形中多了些话题，多了些亲切。

春分一过，大地复苏，春笋就开始疯长。郭名修就约了弟弟与堂叔一行三人加入了挖笋烘笋干的行列。

不做不知道，一做吓一跳。要把一根竹笋加工成可卖钱的笋干，并不像晒红薯片那么简单。要经过挖笋、削笋、煮笋、漂笋、榨笋、烘笋等多道程序。他们三个人什么也没有做过，只知道挖笋。以前在家里挖一两根竹笋来炒菜倒没什么问题，可到这里要以量取胜换钱花，就从来没有做过。当竹笋还没出土时，三人根本找不到。可一出土，竹笋的价格一天比一天低，五毛、四毛、三毛、二毛、一毛、几分……最后还是没人要。挖到的竹笋要去泥、去根、剥壳，每一根竹笋都马虎不得。

三人挖了一个星期，连伙食费都找不到，照这样下去，能挣到钱？还不如早点回家算了，可回家又两手空空，有什么脸面去见家人？三人你看着我，我看着你，一脸苦笑，一筹莫展。

好在天无绝人之路，正在这时，老板说烘笋干除了木炭火还要煤炭火，因为煤炭火烘过的笋干才不会生虫子，所以生火时要木炭夹着煤炭一起烧。没有公路，买来的煤炭不能直接运到山里，完全靠人力从外面挑进来。老板说，挑一百斤煤炭脚力钱两元五角，来回七十多里山路，问三人愿不愿意干。

三人饥不择食，二话没说就答应了。

三人披星戴月，早出晚归，哪怕肩膀上百多斤的担子再沉，也咬紧牙关，不喊一声苦；哪怕爬山爬得精疲力尽眼冒金星，也奋力前行，不叫一声累！一路上，很多人碰到他们挑着煤炭黑汗直冒时，都让开路深表敬佩地打着招呼，"师傅！师傅！"叫得亲热。招呼过后，三人相视而笑，异口同声地说："真想不到，我们几个挑煤炭的，竟然有那么多人叫我们师傅！"

谈笑间，几乎所有的酸甜苦辣都抛到了九霄云外。

终于，天道酬勤。他们的汗水没有白流，一个月下来，三人一起与老板结账，接到了 351 元，每人分得 117 元。

郭名修怀揣着这 100 多元钞票，像是怀揣着一个金元宝，说不出有多高兴，这是他结婚后，通过自己的劳动挣的最大一笔钱。

回到家里，与老婆一合计，花了 57 元置办了些犁、耙、锹、铲、锅、碗、瓢、盆，剩下的 60 元存了银行，准备到做爹的时候取出来用。

"绿遍山野白满川，子规声里雨如烟。乡村四月闲人少，才了蚕桑又插田。"转眼间，就到了"煮芹烧笋饷春耕"的季节。

郭名修夫妻俩又忙碌开了，犁田、耙田、莳田……

山旮旯里，回荡着甜美的山歌："手把青秧插满田，低头便见水中天。心地清净方为道，退步原来是向前……"

他告诉妻子，山歌可以随便唱，但莳田就挺有讲究，用力重了插得深，难发根，秧苗转青慢；用力轻了插得浅，经风一吹，秧苗浮蔸于水面。

他莳田又快又好，不拉绳划格，也能如鸡啄米，左右开莳，横、竖、斜皆成一条线，里、中、外都是四方格，这让妻子感到格外惊奇，感觉丈夫简直不是在莳田，而是在画画，那双手就是神奇的画笔，把一丘丘田画成了一幅幅最美丽的图画。

莳完田，几个人一合计，又去了汝城县横水垅矿淘钨砂。一到那个地方，一听地名，便觉得有点恐怖，当地叫那座山"刀山岭"，使人不禁想起"上刀山、下火海"的古话，可见要在这里生存，其难度可想而知。

郭名修来到刀山岭，整天不外乎抢手锤、打钢钎、凿炮眼、碎矿石，用"挖锥"掘钨矿，用木桶、竹筛洗钨砂。水洗钨砂看上去像淘米一样，利用钨砂的比重比泥沙大的原理，在水中用筛子不断淘，尽量清理出泥沙。人整天泡在水中，保持着几个固定的动作，久而久之，一般的人腰也受不了，腿也受不了。但为了能搞到几个钱，谁也都忍着。大家把在刀山岭挖出的钨砂，加工成"毛砂"后，再挑到县城去卖给收钨砂的老板，然后根据成色讨价、还价。

两个月下来，一结账，每人竟分得88元。回家的路上，几个人哈哈大笑："别人吹刀山敢上、火海敢闯，这算什么？我们几个竟在刀山上住了几个月，还挖了砂、挣了钱，哈哈哈……"

他们的笑，像一杯杯烈酒，醉了回家的路，也醉了路边的花草虫鱼，更醉了路上苦去甜来的自己……

郭名修一回到家，妻子挺着大肚子笑道："你终于回来了，你看你看，你几个月不在家，咱家的红薯要人收了，茶籽要人捡了，禾也要割了。今年真是运气好，你出门挣了钱，家里肯定丰收，连养的两头猪也长得飞快，等咱儿子出生了，就不用饿肚子了。这段时间多亏了外婆，帮我打理家里的事，还料理我。"

站在一旁的外婆，见名修两口子这般亲热，笑道："哪里哪里，吉人自有天相呢，名修呀，我看得准，你老婆这次肯定会帮你生个儿子呢！"

郭名修笑道："你们怎么知道是儿是女呢？"

"当然是儿子，孕妇肚子尖而挺的是儿子，扁而平的是女儿，你看你老婆这肚子，这身材……"外婆抢着说，"还有，养女打扮娘，你看她气色，哪一点不像生儿子的？肯定是个儿子，我敢肯定……"

妻子笑道："生儿生女都一样呢，生什么都行，只要顺利就行，健康就行。"

郭名修笑道，不断点头称是："是的是的，男女都好，都好！"

说完，三个人的笑声，把温馨塞满了一屋。

转眼就到秋收时节，在自己的承包地里，金黄的稻田，满是沉甸甸的稻穗，像一群群丰姿绰约的少女，羞涩地低着头，在微风中翩翩起舞，那一头温柔散发着成熟的美丽，诱惑着王子归来收获的渴望。

因为妻子身怀六甲，郭名修只好一个人早出晚归，带上禾镰、竹箩，扛上桶缸，割禾，打稻，一天能割回两担满满的谷子。如果天晴，早上就挑到晒谷坪里，铺在竹制的棚垫上去晒，日落西山后，又把稻谷收回来，直到谷被晒干了，过了风车把稻谷吹得全是饱满谷粒了，才挑回家中颗粒归仓。

那段日子，人们看到他天天挑着140多斤的谷子行走在窄窄的田埂上，虽然累得汗流浃背，但脸上就笑得像蜜一样的甜，他感觉肩上挑着的是一年的勤劳、一年的丰收、一年的喜悦，竟然如马踏飞燕，健步如飞。

待稻谷收完，夫妻俩掐指一算，竟然收了干谷3000多斤。

当郭名修把三四百斤的干谷挑到粮站交公粮时，工作人员抓了几把摊在掌心上，看了又看，然后竖起大拇指说："全乡交来的稻谷就数你的最好，粒粒饱满，又干又好！"

在田里稻谷丰产的同时，山上油茶树也慷慨，结满了油茶果。

生物钟是位神奇的魔术师，几声呼唤，前几天还是清一色的油茶果，转眼间个个红中带黄，果皮发亮，少数还张开了嘴，露出一颗颗油光闪闪、或圆或扁的果仁……

郭名修知道，果熟了，要摘了。桂东人叫摘茶籽为"捡茶籽"。

捡茶籽既是项体力活，也是项危险活。山上荆棘遍地，险象环生，稍不留神就会"挂彩"，茶树上的毛虫灰落到身上，让你奇痒难耐。

郭名修背着竹篓，上山打仗一般，一天下来，竟捡了14篓，每篓30斤，一天竟然捡了420斤。一个星期下来，家里堆放了两千多斤的茶果。

那一年，待把从山上捡回的油茶果摊在竹棚垫上，然后让火热的太阳把圆滚滚的油茶果晒得张开了嘴，把里面一粒粒墨黑墨黑、油光闪亮的果仁从肚子里吐出来，然后挑到榨油坊里去榨。过了一个时辰，那茶果仁通过碾碎、加温、挤榨，那茶油就像给奶牛挤出的奶一样流了出来，晶莹透亮，浓香扑鼻。一秤，当年榨得茶油80多斤。

稻谷收了，油茶果也摘了，眼下要紧的是把土里的红薯挖出来挑回家中，晒成红薯丝或红薯干。

以前，没分家时，郭名修只是挖红薯，至于什么红薯丝、红薯干，都是父母负责，有时还嫌红薯丝饭不好吃。分家后，自己动手，他才知道，每一根红薯丝、每一块红薯干都是通过艰辛的劳动换来的。

挖来的红薯先得在水中洗得干干净净，用一个专门刨红薯丝的木刨，放在箩上面，左手握住一头，另一头顶住墙壁，右手握着红薯不断地在上面往前推。这样，一根根的红薯就慢慢成了一条条丝。

把刨好的红薯丝放到水缸里去洗，然后再捞出来，晒干，保存，日后与大米一起做成红薯丝饭，也就成了主粮。洗了红薯丝的水，沉淀后，底下白白的一层就是淀粉，晒干，蒸成红薯面后，是绝好的美食。

郭名修清楚地记得，刨红薯丝除了要求用力均匀外，还得专心，稍不留心，便把手刨伤。洗红薯丝要经得起严寒霜冻，哪怕水再冷，你得赤着手把红薯丝放到水缸中，不断反复地洗，否则，淀粉出不来。刚刚把手伸进冰冷的水中那一会，仿佛能听到两手爆裂的脆响，几天下来，两手全是一条条裂开的缝，里面红肉惹眼像婴儿的嘴。

把那种小的不好刨红薯丝的小红薯就用来晒红薯干。先蒸熟一大锅红薯，然后去掉皮，再切成条或切成片，在架子上晒干，储存，也就成了绝好的干粮。

费了好大的劲，总算把五六千斤的红薯处理完了。

走运的年头，好事一件接着一件。1981农历年十一月十二，儿子远志怀着满眼新奇，来到了他们这个家。郭名修做了父亲，多了一份牵挂、一份责任。

他取出了挑煤、挖砂换来的钱，杀了头猪，好酒好菜，喜气洋洋，豪气冲天，让前来道贺的亲戚朋友们好好地吃了一顿，特别是向一年来无微不至地关心妻子，让妻子顺利生儿的外婆多敬了两碗酒。

从此，这个平凡的家再不平凡，盛满了血浓于水的亲情和刻骨铭心的欢爱，盛满了初为人父的喜悦和望子成龙的期盼……

肩挑一副货郎担　脚踏千山孺子牛

孩子是父母的心头肉，是父母的希望，只要孩子一出生，平白多出一张嘴，做父亲的肯定会"不用扬鞭自奋蹄"。

郭名修知道，儿子刚刚出生不久，妻子要带小孩，自然，家庭的重担全落在了自己肩上。

1982 年 1 月 1 日，中共中央下发一号文件，肯定我国农村正在出现的包产到户、包干到户等各种形式的生产责任制，都是社会主义集体经济的生产责任制。

但人们对"姓资姓社"的问题还挺纠结与困惑。当时的中国，还不允许个人放开手脚挣钱。你想做点小生意，必定遮遮掩掩，像搞地下工作一样，否则，一不小心就会以"投机倒把罪"把你抓起来送进监狱。

郭名修看到一篇报道，说 1982 年的春节，武汉工程师韩庆生是在监狱中度过，他入狱的罪名是"技术投机倒把罪"。说韩庆生和另外三个工程师利用周末休息时间为武汉一家乡镇企业设计了两套生产污水净化器的图纸，还编写了两万多字的产品技术说明，帮助这家濒临倒闭的农机厂起死回生。农机厂的厂长为表示感谢，给他们每人发了 600 元。当时，国内科技人员数量号称 800 万，其中三分之一闲置无事，新兴的乡镇企业却急需科技人员，很多国有企业的工程师在周末被乡镇企业主接走，他们被称为"星期日工程师"。

韩庆生成为第一个被起诉的"星期日工程师",600元被判入狱300天。

郭名修在《羊城晚报》上看到另一篇报道:1982年,中国内地成立了第一家婚介所——广州市青年婚姻介绍所,它规定只给38岁以下的本地男女青年办理登记手续,每位登记的青年都要填一张资料登记卡,如果写不好,要受到批评教育。红娘还不能称"红娘",只能称为"老师"。有位男青年在"选择对象要求"一栏里说明"要最漂亮的",结果被"老师"找去谈心,劝导他要重视内在美。一位干部子弟来登记时,要找一个处级干部的女儿,所里没给他登记,说这是"门当户对"的世俗观念,说得他后来都不好意思公开他父亲的名字。

在那样的背景下,任何人想去挣几个钱都相当艰难,你必须不违反政策。

当时的供销社遍布城乡,由政府经营,统购统销,包揽了老百姓所有生活必需品的供应。几乎所有供销社的门头都有"发展经济,保障供给"的标语,但什么也保障不了。老百姓购买时有钱也未必能买到所要的东西,不光要用钱,还要用各种"票",买布要布票,买粮要粮票,买糖要糖票,买肉要肉票……

而且这些"票"是不能倒卖的,否则,你就犯了"投机倒把罪"。

那时候的售货员都吃"国家粮",个个牛气冲天,也火气冲天。虽然到处写着"为人民服务",但他们的态度一点都不好,不为人民服务,也不为人民币服务。你要是多问一句,他们保证一万个不耐烦,然后吼上你几句。

有顺口溜唱:"打脉方向盘,杀猪售货员。"说的是,打脉当医生的,握方向盘当司机的,食品站杀猪卖肉的,供销社当售货员的,这些职业,在当时都是人们非常羡慕的职业。

有时供销社调来了什么东西,你有钱有票,还得抓紧时间,所以,常常见到供销社门口都排着长队。

供销社也有个收购职能,有山上砍的木荆条、竹尾巴、桶缸藤……有山上采的金银花、五味子、山苍子……有门前屋后种的扁豆、花豆、桃仁……有家里剩的破铜烂铁、玻璃酒瓶、塑料凉鞋、鸡毛鸭毛……反正是集体没有统一砍的、采的、种的，上面又给了指标、指示、指令的，都由供销社统一标准、统一价格、统一时间收购。

郭名修忙完家里的农活，把承包的稻田料理得妥妥帖帖后，就根据供销社的需要去砍、去采、去收。他猛然发现，一些居住在偏远乡村的老百姓离供销社远，又是零零星星的一些土货、废品，花专门时间跑到供销社去卖，花时费力，根本换不了几个钱。他便想办法把那些零散的东西收集起来，或干脆想办法从供销社买来些日常生活用品，直接去换老百姓手上的那些破铜烂铁，再统一卖到供销社去，这样打个"擦边球"，几分几毛，积少成多，造化好时，一天可以赚上一元两元。久而久之，他竟成了名副其实的"货郎担"。

有些人要出门，由于没粮票，有钱也在饭店买不了饭票，便找到郭名修，他十有八九能帮助别人带上一袋米找到一家有人吃国家粮的，换到粮票，多数的时候，别人也不会亏待他这个牵线的。当然，这些事谁都会心照不宣，保守秘密。

所以，他在挑着货郎担走村串户收破烂的同时，也会悄悄地收些卖些一般人无法搞到的紧俏物品，如东家迫切需要三两白糖，西家需要两尺纱布，甚至谁家还节省了两包烟，他都知道得一清二楚。他成了乡亲们眼中的"百事通"，一旦碰上什么难事，就找上门来向他请教，求他给个主意。

有一次，他打听到汝城县田庄乡有一个塑料加工厂，会回收烂凉鞋等塑料制品做原料，价格是4角钱一斤，而远远高于桂东供销部门废品收购价格。

当时，在农村，能穿上一双凉鞋都是一种奢望，多数的人是用一块块烂布做成千层底，再一针一线做成布鞋，还有很多人是穿着用稻草打成的草鞋。因此，要多收些那种废旧的凉鞋，只有到城里或城郊才能收到。

他便一咬牙花了3元钱一晚，住进了县招待所，以2角钱一斤的价格，花了三天时间，以县城为中心，从大街小巷到坊隅郊外，"收烂凉鞋啰——收烂凉鞋啰——"扯开嗓子，吆喝不停，直到把喉咙喊哑，脚皮磨破，东家进，西家出，风里来，雨里去，终于收到了200多斤烂凉鞋。他用几个大麻袋装好，背到汽车站，花了几块钱托运费，把几麻袋烂凉鞋捆在了大班车车顶上，自己便挤上班车连人带货运到了汝城田庄塑料加工厂，验收、过秤、结账，除掉搭车、伙食、住宿等费用，去本算利，满打满算，三天时间竟然赚了9元钱。

回到家里，把收烂凉鞋竟然赚了9元钱的事告诉妻子，妻子笑道："人安全就好，没被狗追着咬吧？"

"那当然啦，城里好些，郊区几乎每个单庭独院都养了狗守屋，平白一个陌生人大喊大叫地走到门口来，那狗能不狂吠不止、追人不放？"郭名修嘴里笑道，但一想到那一条条狗凶凶的样子，仍然心有余悸，好几次险些被狗咬伤。

"那你怎么办？你就不怕？"妻子心疼地追问。

"怎能不怕呢？不过……"见到妻子焦急的样子，他故意停顿了一下，"哪怕被狗咬了，它也吃不完，怕啥？"

"人家都担心死了，你还有心思开玩笑？"妻子嗔怪，不依不饶。

"幸亏有货郎担，那狗一旦追来，便用一头挡着它，像打仗一样边挡边走，且战且退，每一次就这样化险为夷了。不过，越怕狗咬的人越惹狗追着咬，就像鬼一样，越怕鬼的人越容易碰到鬼……"郭名修轻描淡写，又故作神秘，像在讲故事一样，终于让妻子吁了一口气。

"你呀你，到这个时候还敢吹，今后可要当心，不要真的被狗咬了，那狂犬病可是会要命的，我们村里不是有几个人被狗咬得了这病死了吗？小心驶得万年船。"妻子笑道，赶忙去提水给丈夫洗脸洗脚。

看到妻子心疼自己的情景，再看看手里赚来的钱，想想儿子茁壮成长的样子，郭名修觉得这几天经历的一切辛酸劳累和艰难险阻都不足挂齿了，比起当年在煤矿挖煤时，差点连命都没了，这一点惊吓又算什么？

当年的县人民政府招待所，是专门用来接待来桂东视察、指导工作的上级领导，以及出差的各阶层公职人员场所，只有到了20世纪80年代才慢慢对普通人开放，但前提是县里不召开会议或没有其他安排。因为，县招待所还有一个主要的功能，就是承担县里各式各样的会议，县里几乎所有较大的会议都是在这里召开，其中大礼堂是全县室内开会最大的场所，可以容纳上千人。当年召开全县三级干部大会时，没有这么多床位和被子，怎么办？县里一个通知发下去，乡村干部自带铺盖行李进城，几十个人安排在一间屋子里打地铺。但人住下来，伙食得有人管。

因此，一旦要开大会，就像农村大办喜事般，得有一大班专门做饭的、烧水的、买菜的各路人马。

有人告诉郭名修，县招待所要开大会，需要买一批香菇。他连夜跑到江西崇义上堡，挑着担子走村入户，"收香菇啰——收香菇啰——""老表！有香菇吗？收香菇啰——"，吆喝声声，换来生意滚滚，几天下来，又收到香菇几十斤。

挑到县招待所，一结算，一斤赚了一元，总共又赚了四五十元钱。

从此，他摸熟了一条挣钱的路子，从桂东烟草部门批发二毛五分的"老司城"牌香烟，挑到江西去卖可以卖到三毛多钱，然后，又在江西收购回香菇，挑到桂东县城去卖。这样，一个月可来回三四趟，有时一个月竟能赚到几百元。县城没有摊位，他就直接挑到学校、县政府大院、医院、法院等机关单位。由于他的香菇漂亮，价格又相对合理，所以，每一次都很快销完。每一次卖完香菇后，他又赶回江西崇义，挑着货郎担挨家挨户去收购。一来二往，当地人都熟悉了这个来自湖南的挑货郎担收香菇的人，他们同情、敬佩这个外乡人，热情地留他吃饭。夜幕降临了，他们不但留他吃晚饭，还安排他住宿，看到他那么辛苦，还亲自烧水给他洗个热水澡。第二天离开的时候，郭名修给他们几毛钱或一元钱，作为酬谢管吃管住，但他们推辞再三总不肯收下。

人间自有真情在，宜将寸心报春晖。郭名修想，虽然挑货郎担是出于生存的压力，不得已而为之，但通过挑货郎担小打小闹挣点辛苦钱，从别人的言谈举止中获取各种有用的信息，了解了别人的心理，锻炼了自己的口才，提高了自己的沟通能力，供自己货的人再怎么斤斤计较最终还是与自己做成了生意，收自己货的人也能心满意足地付款结账，产、销、购三方都皆大欢喜，都觉得自己赢了。更重要的是，自己翻山越岭走遍千家万户，也是在以另一种方式为人民服务。而在服务别人的同时，自己得到别人的关照、温暖、情谊，这是用任何金钱也买不到的收获。

当笔者采访时问他，挑货郎担收烂凉鞋时，会不会觉得自己低人一等？他说，当时是有些不好意思，但想到自己完全靠汗水光明正大挣钱养家，心里也就踏实了许多。说这话时，他露出了孩子般天真的笑容。他不屈的人生告诉我们：人生不可能一帆风顺，也许你会遇到意想不到的艰难险阻，抱怨过老天爷的不公，但只要你战胜自我，不卑不亢，在实干中谋生存，在逆境中求突破，你就会活出与众不同的精彩！

"肩挑一副货郎担，脚踏千山孺子牛"。他挑的不仅是一种商业艺术，更是一种生活的艺术，一种超越自我的思想境界！

逐梦深山勤播绿　低头喜做拓荒牛

郭名修祖祖辈辈都生活在青山绿水、茂林修竹之中，对树木有着特别的依赖，有着敬畏自然、热爱森林的光荣传统。

他从小就喜欢听爷爷讲关于树木的故事。爷爷说楚霸王小时候爱树，在一个村庄里看到一个老人正举起斧头要砍院子里的一棵桂花树，急忙走上前去，问老人为什么要砍掉这棵树？老人说，我家院子四四方方像"口"字，这棵树长在院中，"口"字里一个"木"，不就成了"困"字吗？那多不吉利呀？楚霸王听后回答说，老人家，照你这么说，院中砍树留人，"口"字里一个"人"字，不就成了"囚"字吗？岂不是更不吉利？老人一听，觉得楚霸王说得有道理，便放弃了砍树的念头。

爷爷讲的故事，不但让名修多认了几个字，而且让他懂得了爱树的道理。从此，每当爷爷讲起诸葛亮与桑树、朱元璋与柿树、左宗棠与柳树等历朝历代名人爱树种树的故事时，他都听得如痴如醉。

爷爷讲孙中山如何上书李鸿章，说中国要强大，必须"急兴家学，讲求树艺""多种森林，要造森林"。因此，国家为了纪念孙中山，将孙中山逝世的日子，即3月12日定为植树节，让郭名修懂得了植树节的来由。

当读到毛泽东"风起绿洲吹浪去，雨从青野上山来""踏遍青山人未老，风景这边独好"的诗句时，郭名修终于懂得了毛泽东要"绿化祖国"的博大胸怀。在毛主席看来，青山绿水才是美丽的社会主义新中国。

1983 年，党中央又向全国人民发出了"植树造林，绿化祖国"的号召，在全国又掀起了一场声势浩大的全民种树热潮。

东山林场积极响应，广泛发动群众秋收以后立马参加植树造林，并以奖代补每亩 10 元，算作报酬。

郭名修就自告奋勇地找到林场场长郭名金，说："场长，给我点任务吧，我来承包一片植树造林的任务，保证把事情干好！"

"行呀，我正愁找不到那么多人手呢！乡里开了会，给林场里下了死命令，今年一定要完成造林 1000 亩，任务重，压力大，唉——"场长激动地招呼郭名修坐下，并递上一杯热茶，说，"说吧，能帮我完成多少亩？"

"我把老婆和弟弟妹妹全带上，看能种多少就种多少，反正我们拼命种。"郭名修笑道，"只是场长要指定个范围让我们去种。"

"当然当然，我们林场 10 万亩，荒山还有这么多，年年又不断砍树卖树，给国家建设贡献木材，如果只砍不种，今后树从哪来？还能叫林场？"说着说着，端起茶杯喝了一口，"你们自己先到外面转一转，看到哪些荒山还没有人去种，觉得哪里可以承包下来种，就把那承包给你们种。"

"好的，那我们就先去看看吧，回来再向场长汇报。"郭名修说道，就起身告辞，走出了场部，上了山。

他找到一个叫深窝的地方，那里通过几轮砍伐，几乎看不到几棵树了，山坡上都长满了茅草，一到冬天，草遇霜冻，变成了黄色，远远望去，就像一张钉在坡上被晒干水分的牛皮，毛茸茸的感觉依稀可见。所以，当地人叫它"黄毛沿"。他想，要是能把这一块荒山再种上树，那一定是件功德无量的事。下得山来，他就又找到了场长，说："我就去黄毛沿种树吧！行不？"

"行呀，我早就想把那个地方种树复绿了，只是没人手，也没资金。今年恰好上面有政策，正好除掉我这块心病，这个任务就交给你吧，只是你今年就得把这块荒山的树种好，树苗，我保证有的是。当然，得实行三包，包挖坑、包种树、包抚育，且保证抚育三年，把树种活了，验收合格了才给钱。不过，钱可没现金，每亩只给 50 斤平价粮指标，且这 50 斤是谷而不是米。"场长一五一十地给郭名修讲，仿佛怕他听不懂，要来一个先小人后君子似的。

"行！我们先种一块再说，到时您觉得我们种得好，再给我们加任务。至于报酬，俺听场长的，反正上级怎么给就怎么给，是谷是钱，都没关系，有了桥还算不了路？"郭名修说完，转身离开了林场，朝来时的方向飞奔而去，人跑得快，心里却明镜似的：稻谷平价每百斤 9 元 5 角，议价每百斤 30 元，也就是说，每 50 斤购平价稻谷的指标 4 元 7 角 5 分，如果种树 10 亩，除了买回 500 斤稻谷外，还可收入 52 元 5 角，如果种树百亩就可买回 5000 斤稻谷，还可挣 525 元……

说干就干，第二天，他把儿子交给外婆看管，夫妻俩带着两个妹妹和一个弟弟组成一支队伍，扛起锄头、拿着柴刀立马上山。

临行前，睡梦中的儿子突然醒了，儿子已经三岁，看到父母要出门，怎么也不肯。郭名修便哄着儿子是去圩市上买西瓜给他吃，懂事的儿子便乖乖听话不吵不闹了。

一行人便来到了深窝，撸起袖子，准备大干一场。

植树造林要经过挖坑、填土、植树、浇水、覆土、固定等六道工序，每一道工序都马虎不得。

挖坑是植树造林的第一道工序。场长说，挖坑的好坏决定造林的质量，是造林工作最重要的一环，意义非常重要：一是清除杂草让其腐烂，增加土壤有机质；二是强化蓄水保湿功能，调整土壤结构；三是改善树苗生长环境，提高造林成活率。

按照场长的要求每亩不少于 240 株的规模，长度、宽度、深度，横行直行，精心布局，行距 5 尺定点挖坑，每一个树坑长和宽都要 2 尺、深 1 尺以上。

开弓没有回头箭。郭名修做事，一旦决定实施，便会无怨无悔、义无反顾地坚持下去，哪怕有再大的困难也要把事情做完。每一天踏着露水出门，晚上戴着月亮而归。渴了，捧上一掬山溪水；饿了，吃几口家里带来的冷菜冷饭，或啃上几块红薯干片。回家时，每人还顺便挑上一大担柴，行走在那弯弯曲曲的山路上，成了另外一道风景。功夫不负有心人，奋斗两个月，他们终于挖了一万八千多个坑。

冬去春来，鸟语花香，转眼就到了第二年春天，那是一个希望纷飞的美好季节。大雁饱含憧憬，成群结队，载歌载舞，翱翔蓝天，踏出了北国之春的旋律；人们满怀希望，精神抖擞，走进山间，走向田野，谱写着春天的故事。

郭名修带着一行人上山找到挖好的一个个坑，填土、植树、浇水、覆土、固定……一切都有条不紊，所有的坑都整整齐齐地种上了树，经过林业部门验收合格，他所承包的 76 亩荒山终于披上了绿装。

为了庆祝首战告捷，在验收完的那晚，郭名修叫妻子杀鸡宰鹅，割下那块悬在灶门前烘烤已久的腊肉，特意暖上一壶水酒，把场长和几个工作人员请到家中，好好地庆贺了一番。

场长几碗酒下肚，人就激动起来，紧紧地握住他的双手，动情地说："名修呀，你带领全家种树这么多，又种得这么好，为咱乡树立了一个榜样，我要好好地向上级反映，好好地表扬……表扬你，你……你为咱乡里做了件造福子孙的大事！"

"哪里，哪里，只要场长满意了就好，明年，我一定多……多种几亩，翻——倍！多……多消灭几座荒山！来！再……再干上一碗！再……"郭名修听到场长一表扬，心里一下子就有了一种成就感，把一大碗酒一饮而尽，感觉舌头好像短了一截，竟然有些语无伦次了，"场……场长，种下的树，我……我一定搞好三年抚育，争取大干几……几年……"

直到场长起身告辞，他才意会到自己真正是醉了。

时间过得太快，真让人不知所措，岁月不饶人，节气不饶苗，转眼间，为种树而挖坑的季节又到了。

郭名修有了前一年的植树经验，便有了后一年要扩大植树规模的底气与豪气。

1984 年，他又承包了大坳、水坑、田垄三块共 351 亩荒地，带领原班人马挖了八万两千多个坑，到第二年春天，又是填土、植树、浇水、覆土、固定……

也许爱的付出得到了爱的回报，就在这一年农历七月三十，他们的女儿秋云又天使般来到了这个平凡、勤劳、幸福的家，那份天真、那份甜美、那份灵气，给这一片饱蘸汗水换来的新绿多了一层爱的温馨、爱的欢乐、爱的纪念以及爱的生机与活力。

付出滴滴汗水，换来片片森林。至此，郭名修带领全家植树造林427亩，他成了全县最出名的造林大户之一。

他的汗水没有白费，党和政府没有忘记他，林场兑现了给他21350斤指标粮的诺言。

逐梦深山勤播绿，低头喜做拓荒牛。1985年10月，他被评为"湖南省青少年植树造林先进个人"，受到湖南省人民政府和共青团湖南省委的隆重表彰。在长沙举办的表彰大会上，时任湖南省委副书记的刘夫生亲自为他授奖。

时过三十载，弹指一挥间。当郭名修再踏上故土去看他亲手栽种的树林时，只见峰谷相连，郁郁葱葱，昔日的荒山野岭变成了绿色的海洋。漫山遍野的树木，高挑的，长而纤细，亭亭玉立，宛如纤腰舞女；粗大的，扶摇直上，直逼苍穹，仿佛巨柱冲天。一排排整整齐齐的杉树，仿佛一队队整装待发的战士在迎接首长的检阅。

郭名修感慨万千：树已茂密成林，儿已长大成人，乡亲们也脱贫致富了，环保、生态、健美、养生……昔日那些城里人嘴边的时尚词汇，如今成了乡亲们的口头禅。乡音未改，真情依旧，但家乡面貌已焕然一新，人人喜气洋洋笑脸相迎，处处蓝天白云鸟语花香，农家小院现在成了特色民宿，成了别具一格的旅游景点，绿水青山已是金山银山……

贩生猪方便乡亲　收木材竞走江湖

当人们还沉浸在秋收的喜悦中尽情享受秋天的凉爽时，冬天已不知不觉来了，她像一位淑女，圣洁、矜持、温柔，以至于阳光都显得那么温馨。如果不是因为那第一场雪，你根本感觉不到她悄悄地来到了你的身边。雪花朝着孩子们天使般的笑脸和笑声从天外飞来，是那么晶莹剔透，那么洁白无瑕，那么天真烂漫，把个冬天闹得生机勃勃，趣味无限。

那是 1985 年冬天，在江西崇义一个小小村庄里，小孩子堆雪人打雪仗玩得正欢，大人们正暖着一壶老酒或泡上一杯热茶，嗑着瓜子，话着家常，乐享天伦，憧憬着瑞雪兆丰年的美好，猛然响起"收香菇啰——有老司城香烟啰——"的吆喝声。这久违的声音是那么悦耳，那么熟悉，那么亲切！乡亲们立刻放下手中的碗走出门一看，挑货郎担的不正是往日再熟悉不过的湖南老表郭名修吗？

"老——表——老表！"他们像久别重逢的老友，抑制不住内心的激动，紧紧地拉着郭名修的手直往家里拽，"来来来，天寒地冻的，到家里坐，到家里坐，先喝杯酒，暖暖身子。"

"谢谢，谢谢，哪好意思又喝您的发财酒。"说话间，郭名修被他们从肩上接下了担子。

"喝了就发财，喝了就发财，来！坐坐坐，坐坐坐。"主人热情招呼着客人坐下，一碗土酒，几块腊肉，亲热得如同一家人，"来来来，没有菜，喝上两碗酒，说说，这么久没见你了，到哪发财去了？"

"哪能发什么财呢？儿子出生不久，我就出不了远门，就在林场里承包了几块荒山造林，造了四百多亩，钱没赚，指标粮倒搞到两万多斤。"郭名修憨憨地一笑，便把如何承包，如何挖坑、植树、抚育……一五一十地讲了，临末还来了一句，"到省城领了个植树造林先进奖，省委副书记亲自为俺颁奖，还住了省政府最高级的招待所呢！"

讲的人侃侃而谈，听的人却眼睛睁得大大的，真是士别三日当刮目相看，一群人对眼前的郭名修简直佩服得五体投地。话投缘了，生意也来了，他们把自己家现存的香菇卖给了郭名修，并换来了他们所钟爱的老司城牌香烟。

那一年冬天，郭名修从桂东至崇义，两个月往返十趟，屈指一算，除掉本钱，竟然净赚六百多元，相当于一个一般的公职人员一年的工资收入。

1986年春，做香菇生意小有名气的郭名修受到了桂东县土产公司、桂东县贸易公司的青睐，两公司愿意与他合作订购一批香菇。他便到汝城等地东家进西家出，走遍三山八坳收来香菇，然后挑到桂东县城卖给两公司，来回三趟，每次赚了二三百元，几个月下来，竟然赚了一千多元。

转眼到了夏天，路边的柳树像得了病一样，叶儿蜷缩枝头，无精打采，一动不动，只有树上的知了发出令人烦躁的呐喊，仿佛在为火热的太阳助威。大地像一个闷热的火药桶，仿佛划一根火柴就会点燃爆炸。

做生意正风生水起的郭名修，突然觉得精神不振，四肢无力，睡不好，吃不香，眼黄、脸黄、尿黄，莫非是中暑了？

他跑到医院一检查，医生诊断：急性黄疸性肝炎，必须住院治疗！

仿佛晴天一声霹雳，差点把他击倒。他可是一家之主，是家庭的顶梁柱，要是有个三长两短，老婆怎么办？儿子怎么办？

妻子听到丈夫要住院，心好像橡皮筋一样，被人用力扯了一把，"咯噔"一下往下沉，立即成了泪人儿。要知道，对于妻子而言，丈夫就是天呀！天要是塌了，那可是暗无天日的日子，怎么过？想到这，妻子决定放下手中一切的活，尽心尽力侍候丈夫，为他端茶倒水，陪他渡过难关。

她在医院里陪着丈夫，谨遵医嘱，精心料理。在医生和妻子的精心照料下，郭名修在医院里躺了一个多月后，顺利出院了。

回到家里，妻子看到他身体还很虚弱，坚决不允许他出门干活，要他老老实实待在家里，继续休养。郭名修在妻子的再三劝说下，好好地休息了几个月，直到脸色红润、额头发亮，身体恢复如初了，妻子才同意他出门干活。

桂东是井冈山革命根据地的组成部分，是有名的老、山、边、穷县，解放战争时期，桂东人民为了民族的解放事业，抛头颅、洒热血，成千上万的英雄儿女壮烈牺牲；社会主义建设时期，桂东人民勒紧裤带过日子，节衣缩食为支援国家建设贡献了大量的木材。可由于交通不便，信息闭塞，生存环境恶劣，到20世纪80年代，乡亲们却还在贫困线上挣扎，曾经流血、流汗的乡亲们，就仍在为温饱问题发愁流泪！乡亲们仍然过着"卖蛋买盐，卖猪过年"的艰难生活。

乡亲们家家户户都养猪，可一年到头却卖不了好价钱。食品站解散以后，乡亲们养的猪，除了解决自己吃油的问题外，想换几个钱只靠卖给当地屠夫。而一个屠夫每个逢圩日，最多只能卖掉一头猪肉。乡亲们越穷越舍不得吃肉，所以，往往供大于求。屠夫就左挑右选，想尽办法压价，养猪的人只有亏本的分。

郭名修看在眼里，急在心上。一个偶然的机会，郭名修发现广东的猪肉价格比桂东贵，但广东没有人直接来桂东收购。郭名修想，何不买辆车想办法把乡亲们的猪运到广东去销售？如果把这条路走通了，何愁乡亲们有猪卖不出？乡亲们的猪卖了更多的钱，而自己也可来来回回赚点运费，岂不两全其美？

想到这，郭名修立马兴奋起来，与妻子一商量，妻子大力支持他的想法。

说干就干，他取出家中所有的钱，一咬牙，花了13600元钱到长沙买了一台橘州牌农用车，老百姓称它为"小四轮"，做起了贩卖生猪的买卖。

由于他收购乡亲们的猪，比起那些挑三拣四的屠夫来，价格高了些，且一手交钱一手交货，从来不会"蒙着鼓来打"，而是明码标价，阳光过秤，绝对不会坑蒙拐骗。他说，与乡亲们打交道，千万不能去想占小便宜，一就是一，二就是二，这样才能长久，生意才能越做越大。

这样，乡亲们相信他，就把养的猪卖给了他。有的还与他签订单协议，根据他的销路，扩大自己的养猪规模，他也绝不食言，只要签了合同的，哪怕因市场原因亏了本，也不会少乡亲们的一分钱。

从此，由于乡亲们养猪再不愁销路，方圆十里八村的人养猪的热情一下子高涨起来，家庭养猪的规模由一头两头三四头，到十来头，许多人还养起了母猪卖猪崽。

搞得几户养公猪的人就东家进、西家出，赶着个公猪走了上村到下村，整日忙得不可开交，以至于亲朋好友请吃饭，赶公猪的就总说"忙忙忙"走不开。人家就有时埋怨道："难道你比咱村长还忙？"

谁知那赶公猪的脱口而出："当然啦，一个村长再忙也只管一个村，俺家的公猪一个可要管好几个村呢！你说，谁忙？"

众人就笑，一传十，十传百，传到了郭名修的耳朵里，郭名修也大笑。笑毕，再回头一想，自己买个农用车做贩猪生意，无形中方便了乡亲，客观上促进了全村乃至全乡养猪产业的形成与发展，这是自己原来没有想到的好事。

由于"六六粉"在桂东禁止使用，使农村用来打"六六粉"的喷粉器再没有了市场，老百姓把它当废品处理，原来供销部门库存的喷粉器再也无人问津了。

郭名修了解到桂东生资公司仓库里还堆放着不少崭新的喷粉器，这东西吃也吃不得，玩也玩不得，放着占地方碍眼，丢了又花了本钱觉得可惜，经理正为如何处理这批货发愁。没想到郭名修找上门来，两个人一拍即合，以每个10元的价格全部购走。

原来郭名修了解到，许多矿山为了要生炉火打铁，就要使用风箱，为了让炉子里的炭火烧得旺，聪明的主人会在旁边置办一个长方形箱子，箱子的两端各有一个进气口，用手将长方形箱子拉出时，空气从一端被吸进来。当它被推进时，空气则从另一端被吸进来。向里向外一拉一推，空气被吸进箱内，又通过排气口排出来，这一鼓风的快捷功能就取代了传统的扇子或吹火筒。郭名修突发奇想，用这种喷粉器来鼓风不又比手拉风箱更进了一步？把手拉变成了手摇，使用更省力更方便，何乐而不为？——这对于郭名修来说，简直是一个极其简单而又聪明的发明！

郭名修悄悄试了一下，果然如自己所想。于是找到了生资公司的经理，把该公司的喷粉器以每个10元的价格全买了，一转手拉到了江西崇义关田矿山工地，以每个20元的价格全部卖给了他们做风箱用。

该矿山便按郭名修所言，用喷粉器稍微改装一下，代替了原来的风箱，果然价廉物美，经久耐用，既实用，又实惠，大大提高了鼓风效率，减轻了手拉风箱的人力负担，一下子供不应求。一车喷粉机，变废为宝，几天之内便销售一空。

但当时由于自己没有车，每次只能通过班车从桂东托运到江西崇义关田，每次托运二三十箱，每箱30余斤。到了班车不能再走的地方，停下车来。一个人要把货从车顶上卸下来，又不能从车顶上直接往下丢，只能一箱一箱用根绳拴住，从车顶上慢慢往下吊下来，箱子落了地，人从车顶上爬下来，解开绳放在路边，堆好，再又上车顶。二三十箱就得往返二三十次，才能把货全部卸下来。有时，好心的司机看到他累得上气不接下气，便会过来帮忙解绳，这样可让他少爬几次车顶。

把货全部卸下来后，再在附近租个地方存放，然后每天挑到矿山去卖，每次只能挑8台，又是来来回回，累得汗流浃背，说不出有多辛苦，但想到每台喷粉器能赚10元，心里就还是美滋滋的。

也许，郭名修与喷粉器有不解之缘，那天去省城长沙购买农用车，又了解到省生资公司还库存一百多台喷粉器，便找上门去，以每台4元的价格拉了一车共150台，转手卖给了江西上犹县供销社，每台赚了9元，一车喷粉器竟赚了1350元，一次生意就赚回购买那台农用车费用的十分之一。

　　郭名修想，刚买这台农用车，便来了个"开门大吉"，今后这台车一定能给他带来好运，他像一个久经沙场的战士突然配上一匹千里马一样，有一种如虎添翼的感觉，做生意也就多了许多信心和勇气。

　　乡亲们也因为他有了这台车，来来往往，村里村外，捎肥搭菜，得了很多方便。

　　农村实行生产责任制后，农民对住宿条件的改善也有了新的要求。虽然还是"干打垒"或泥砖，但就有了批地基建新房的渴望。

　　俗话说："皇帝点兵，百姓建房。"意思是说，国家一旦要打仗，关系到一个国家的生死存亡，必须举全国之力，对于一国之主的皇帝来说，是天下第一难事。而对于老百姓而言，建房是第一难事，有些人花一辈子的积蓄也建不起房。所以，在农村，老百姓建房子，可能要穷尽一生的精力财力，丝毫不能马虎。不但要讲究依山傍水，坐北朝南，青龙、朱雀、白虎、玄武，对材料也精挑细选，绝对不会用使用过的旧材料。

　　因此，那些从旧房子拆下来的旧木材就弃之不舍，烧之可惜，堆无处堆，放无处放，久而久之，日晒夜露，白白腐烂。

　　郭名修想，这样原本还可再次使用的旧木材就这样烂掉了，实在让人心痛，干吗不能再想办法废物利用呢？听说有些城市把它打碎后可再做成复合板，也可造纸，何不在这方面去想想？况且，当时的政策是，对新木材严格按指标管理销售，而木材指标控制得非常紧张，但旧木材不受指标限制，有多少就可卖多少。

　　他凭着一个商人的敏感，发现了旧木材蕴藏的巨大商机，便果断租了村里的大礼堂，然后，以适当的价格从乡亲们家中把一根根零零散散的旧木材收购来，集中堆放。他相信，有朝一日，一定会有人找上门来，买走这些旧木材。

　　果然，功夫不负有心人。不久，安徽一个叫李登友的老板找上门来，按"统装"一口价9000元买下了那一屋的旧木材。运了两大车后，老板觉得有些多余了，看着还剩下的一堆旧木材面露难色，便找到郭名修，欲言又止："兄弟呀，没想到一屋子能装这么多木材，我都绰绰有余了，剩下的能不能再卖给您？如果不能，能否帮个忙帮我处理一下？当然，买卖不回头，这规矩我懂，权当帮忙，权当帮忙。至于价格嘛，好说好说，您开个价吧！"

"怎么不能呢？人出门在外，四海皆兄弟，一回生二回熟嘛，说不定今后我们还要合作。你说，给个什么价？我从你手上再买回来！反正，你给我的钱，还在我这放着呢！"郭名修笑着回答，立刻给了老板一个定心丸。

"900元怎么样？要不，再少点，您说了算。"老板迫不及待地说，用一种乞求的目光看着郭名修。

"900就900吧，一件事做不老人，山水有相逢，咱们也算有缘。"说完，郭名修就拿出钱来，数给了老板900元钱。

老板激动地握住他的手说："兄弟呀，与您这样的人做生意，真是一种福气，好人有好报，您的生意肯定会越做越大……"

说完，老板竖起了大拇指，高兴地上车而去。

郭名修又收购了一些旧木材凑在一起，又有一定数量了，又一个外地老板慕名而来，把他存放在大礼堂的旧木材全部买了去。

一来二往，进进出出，那个大礼堂成了他竟走江湖、广交朋友、生意兴隆的发祥地。

夫妻俩一盘算，那一年单纯从事旧木材生意竟然赚了万余元，成了远近闻名的万元户。

也就在同一年的10月15日，郭名修家喜添一丁，二儿子郭远祥在多喜盈门的笑声中，迎着众人羡慕的目光来到了这个添人添财、生机勃勃、蒸蒸日上的家。

对于郭名修来说，1987年又是他人生中值得庆贺的一年。

1987年，他年满32岁。人生有几个32年？有道是三十而立、四十不惑、五十知天命，郭名修通过多年的摸爬滚打，尝尽了世间的人情冷暖和酸甜苦辣，他已经变得成熟、稳重、老练，不仅不惑、不骄、不狂，且谦虚、敏锐、精明，有了独特的人格魅力、独到的处世哲学以及独有的与众不同的谋生手段，对比同龄人，他显然已经鹤立鸡群，脱颖而出。

　　1987 年，他成了名副其实的"万元户"。其实何止万元？这是当时各级党委、政府乃至群众对首先勤劳致富那部分人的充分肯定，"万元户"是那个时代农民中佼佼者的代名词，是那个时代改革开放最美音符，正是有了农村千千万万的"万元户"，才巩固和发展了改革开放的成果，引领了一代潮流！

　　1987 年，看似偶然，绝非偶然。郭名修由零敲碎打到逐渐形成规模，由瞻前顾后到商海弄潮，由一个农民到一个完全意义的商人，已经化蛹成蝶，来了个华丽转身！那是奋斗的回报，那是坚韧的结果，那是诚信的必然！

　　儿子远祥的到来，是上天对他最好的奖赏，又为他里程碑式的 1987 年，添上了浓墨重彩的一笔！

乡镇企业担重任　同命相怜弼马温

1988 年，七届全国人大一次会议上通过了宪法修正案，将"国家允许私营经济在法律规定的范围内存在和发展，私营经济是社会主义公有制经济的补充。国家保护私营经济的合法权利，对私营经济实行引导、监督和管理"等规定载入了宪法。

这对于郭名修来说，绝对是个好消息，意味着从此任何人都可通过辛勤劳动发家致富，做生意赚钱不用再遮遮掩掩。他便大胆放开手脚做生意，触角由县内逐步延伸到了县外，由山内到了沿海。

在一个阳光明媚、鸟语花香的日子，在热烈的鞭炮声和掌声中，东洛乡企业购销有限公司挂牌成立。出席仪式的有乡党委书记、乡长，还有分管企业的乡人大主席。书记作了热情洋溢的讲话，他说新成立的公司要做到三点：一要解放思想，开拓创新；二要夯实基础，建好队伍；三要大干快上，创造佳绩。

乡企业购销有限公司由乡企业办直接主管，属于乡企业办下面一家独立的公司，公司有员工 4 人。人员由乡里定，工资报酬由公司负责，生产经营收入上缴乡财政。

郭名修因为脑瓜子灵，做生意已小有名气，被选入了该公司，并担任总经理。

公司可经营木材，也可经营其他农副产品。反正，能赚钱不违法就行。

对于乡政府来说，办公司还是新东西，得"摸着石头过河"，所以，乡领导私下里对郭名修说，乡里对公司的要求也不高，至少能赚点钱，不要让乡财政倒贴钱来养活你们公司几个人就行了。

由于是乡政府直接管理的企业，木材指标就不成问题。但几乎是一阵风，各个乡镇都有企业办，都成立了这样的购销公司。因而，在县内想采购圆木很难，各乡镇也为了自身利益，设置了重重关卡，日夜守着木材，你根本不可能明目张胆地从老百姓家收购到木材。

于是，他们几个人便把目光盯上了外省外县，从相邻的汝城、江西等地收购。

听说汝城县一些地方为了解决农民照明问题，要竖电杆拉电网，需要水泥电杆。老百姓没有现金，但山上有树。郭名修便找到桂东电杆厂，电杆厂正愁一坪堆得满满的电线杆没人要，便以非常实惠的价钱卖给了他们。他们与汝城县濠头乡宝沙村的老百姓达成协议，以一根电线杆换6根直径达20厘米以上的圆木。一根电线杆包运到对方工地的价格是100元，而6根圆木可卖到500元。一折算，每拉去一条电线杆换回木材，除去砍伐倒运费用，便可净赚200元。这一单生意，公司以这种特殊的经营方式，赚了6000元。

有了一定的周转金，他们乘势而上，直接与江西、广东、安徽等地做起了木材生意，把个小小的购销公司搞得风生水起。不但为本乡的木材拓宽了销路，让本乡的木材做到了"有女不愁嫁"，还做到了挖掘和利用其他地方的资源"借鸡生蛋"，取得了较好的经济效益，得到了乡党委、政府的高度评价。

当一个人做一件事情特别顺畅的时候，或者取得辉煌成绩的时候，就容易滋生骄傲，容易放松警惕，往往被胜利冲昏头脑，自高自大，忘乎所以。

当年郭名修与公司几个人也不例外。

听说云南的黑木耳厚实肥大，质地柔软，性平味甘，味道鲜美，营养丰富，有润肺补脑、养血驻颜、镇静止痛、祛病延年等功效，被誉为"素中之荤，天然补品"。郭名修立即带着资金前往云南以 4 元左右的价格收购了 500 斤黑木耳，回来后，以每斤 12 元的价格全部卖给了沙田供销社。

谁知第二天，赚来的钱还没焐热，沙田供销社的负责人打来电话，说黑木耳有假，要求无条件退货，否则，法庭上见！

郭名修怎么也不相信自己的耳朵，明明是自己从云南精挑细选而来的黑木耳，怎么一夜之间就变成了假的？他百思不得其解，连忙火急火燎地赶到沙田供销社，一看究竟。他希望是对方看走了眼，或是一场误会。

一到现场定睛一看，他自己都傻了眼。供销社的负责人气呼呼地说："你自己看看吧，这是什么东西？全是假的！"

原来，他收购来的黑木耳，在塑料袋子里密封时，又厚又黑，没什么不同。可把它从袋子里取出来，一会儿，黑木耳就变了颜色。用个脸盆打来清水一泡，在水中揉几下，好像黑木耳脱了一层糊状的淀粉。一斤黑木耳洗干净后，变魔术般只剩下不足二两。这让在场的人目瞪口呆，没想到，连木耳也有人造假，且在干燥时到了以假乱真的地步！

郭名修大惊失色，才知上了大当，自认倒霉，乖乖地归还人家的钱，把假木耳拖走，并不断地向对方赔礼道歉。

这次惨痛的教训，让他交了学费，不但没赚到钱，还亏了几千元。

他终于看到了江湖险恶，人心不古。幸亏乡领导开明，说胜败乃兵家常事，失败是成功之母，没有过多地责怪他，而要他吃一堑长一智，从哪里跌倒，便从哪里站起来，继续把生意做好。

郭名修很受感动，发誓一定要把亏掉的钱再赚回来，回报乡领导的不责不罚之恩。从此以后，凡事都多了个心眼，不管做什么事，都反复想，三思而后行。

通过往后的几单木材生意，步步为营，稳扎稳打，他像球场上的健儿一样，挽回了几局，终于力挽狂澜，反败为胜。年终盘点，扭亏为盈，取得了经济效益和社会效益双赢，得到了领导和广大群众的好评。

1989 年，鉴于他在公司的突出贡献，乡党委、政府召开党政联席会议专题研究决定，任命他为乡企业办公室主任。

领导的信任和支持给了他不竭的动力，让他充满信心，有了很强的归属感和集体荣誉感，他发誓要带领公司一班人攻坚克难，开拓创新，把公司做强做大。

他早出晚归，餐风饮露，四处奔波，寻老板，找销路，瑶岗仙钨矿、711铀矿、梅田矿务局、省变电处、衡阳木材工业公司、宜章麻田煤矿、宜章木材公司、三门水煤矿等工地，都留下了他推销木材的身影。人脉广了，路子多了，他左右逢源，风生水起，一下子把全乡积压的木材销售一空。

当时郭名修送木材到711矿，正逢该矿在举办毛阿敏演唱会，要100元门票。从小爱好音乐的他，非常想去，但想到要花100元，为了节约，为了公司，他还是待在房里，没有去演出现场听这场终身难遇的明星演唱会。

乡党委、政府对他的业绩给予了充分肯定，他辛勤的劳动得到了相应的回报，乡政府给了他每月300元的工资，远远高于书记、乡长的工资，是一般乡干部工资的两倍。

然而，树大招风，枪打出头鸟，他较高的报酬让人眼红，打翻了许多人的醋坛子。各种风言风语、冷嘲热讽扑面而来，有些人还到领导那里造他的谣言，告他的黑状，有些人变着法子故意到公司吃、拿、卡、要，找岔子，使绊子，让他做也不是，坐也不是。

郭名修感到莫大的委屈，可无人可以诉说。他像孙悟空当年在天宫当了个弼马温，人家根本不把你当回事，他感到羞辱、不解、愤怒！

天生我材必有用，青山何处不春风？

1989年7月1日，他一怒之下，像孙悟空离开天庭重回花果山当美猴王一样，连几个月的工资也不要了，离开了企业，自己单打独斗，义无反顾地当起了专职的木材推销员……

一往无前闯市场　举家搬迁到县城

郭名修从乡企业办出来，思前想后，感慨万千。自己敞开胸怀真诚待人，可到头来换来的却是别人的嫉妒、误解和诋毁。

没有了"企业办主任"的光环，在世俗的目光中，自己完全成了另类。

如今，忧愁缠满全身，痛苦洒落一地。累，却无从止歇；苦，却无法回避；怒，却无处发泄！大千世界，芸芸众生，难道却容不下我郭名修一人？

郭名修行走在河边，两岸竹子似乎在摇头叹息，一只离群的大雁哀号着飞向天边。

面对此情此景，郭名修心里掠过一丝惆怅，思绪由遥远的天际回到眼前。

是呀，风吹疏竹，风去无痕，竹子仍在；雁过寒潭，雁去无踪，潭水依然。世界瞬息万变，就有着太多的了无痕迹，谁会在意于你郭名修一个人怎么样？

死了张屠夫，不吃带毛猪，是活人总不能让泡尿给憋死！

想到这，郭名修一下子又平静下来。他知道，生活还得继续，为家人，也为自己，还为所有值得去为的人，必须再次与命运抗争，活出勇气，活出尊严，活出不凡！

那一天下午，微微西斜的阳光爬上了瑶岗仙矿部东面的墙壁，像一只只温柔的大手，从窗户里伸进来，抚摸着窗台下几个人的脸，所有的人都感觉异常惬意、充实、圣洁。矿供销科科长李葆松、副科长罗跃中和采购员毛寿生正在办公室泡上一壶热茶准备商谈采购木材的事。

话还没说上几句，一位不速之客跑了进来，并自报家门："我叫郭名修，桂东县东洛人，做木材生意的。请问哪位是科长？我想与他谈谈。"

"我就是科长李葆松。"李葆松见来人直奔主题，一开口仿佛事先知道他们在商谈如何购买木材似的，异常惊奇，便递上一杯热茶，用惊讶的目光细心打量着眼前这位陌生人，"坐吧，说说看，你怎么知道我们需要木材？"

只见郭名修头上戴着黄军帽，身上穿的是国防装、解放鞋，一身标准的农民打扮，还挎着一个黄帆布袋，袋子上毛泽东题的"为人民服务"五个字赫然在目。可朴素的农民打扮却透出一种与众不同的气质，炯炯有神的目光饱含刚毅，不卑不亢的言谈充满睿智。

郭名修接了茶坐了下来，喝了一口，把茶杯放回桌子上，然后把手伸进了帆布袋里，掏出一包香烟，毕恭毕敬地给每人递上一支，"啪"的一声双手用打火机帮他们一一点燃，说："今天真的造化好，造化好，想找谁，谁就在，还一下子就找对了。"然后笑了起来，"缘分呀，真是有缘，有缘！"

几支烟一点，一下子拉近了几个人的距离，也拉开了郭名修的话匣子："其实我是慕名而来，我早就知道你们到我们那买过木材，而且还不少。以前，我是乡企业办主任，哪些人常常来我们乡里拉木材，我能不知道？以前你们是通过另外的中间人来转手买卖木材，我们没有直接打交道，所以，您对我没多大印象。现在可好了，我单枪匹马找上门来，什么话、什么事都可自己做主。我想，今后如果我们合作，一切都比以前更方便了。我想邀请你们到我家去看看，生意不成情义在嘛，说不定，我们会合作共赢，会成好朋友。我是个说话算数、说一不二的人，我敢保证，一定以最优的价格、最好的服务、最好的诚信与你们交往。"

听了郭名修一席话，李葆松几个人竟有些相见恨晚的感觉。正肚子饿了，就有人送上了美餐，这样的好事到哪去找？

"如果真像你说的那样，我们的生意还真能成。"李葆松说。

"我敢保证，我没有半句假话！你们就当作去玩两天，如果生意没有做成，吃住我包，运费我出。"郭名修说得很恳切。

"那好吧，这事就这么定了，明天我们就弄两台车去。"李葆松笑道，转身对在旁的采购员毛寿生说，"寿生，这事你具体负责，今晚我还有事要处理，就不能在这里再与你们扯这事了。"

李葆生说完起身走出了办公室，同时，副科长罗跃中也跟了出去。

转眼间太阳就要落山了，阳光像依依不舍的姑娘，洒下阵阵金光缕缕温柔，深情回眸告别。

郭名修没想到事情竟然出奇的顺畅，感觉心里充满阳光，充满希望！

眼看吃晚饭的时间到了，郭名修对比自己长十几岁的毛寿生说："老兄，今晚我们出去找个地方，我请您吃个饭吧！您能否帮我把李科长他们约出来一起吃？"

"李科长说了，他们有事走不开，再说，到了这里，还要你请客？在外靠朋友，这样好不好，到我家，随便弄几个菜，咱俩喝上几杯，行不？"毛寿生说道，见郭名修有点迟疑，又说，"这样吧，到了这里，今晚听我的；明天到了你们那，听你的。怎么样？"

郭名修见毛寿生如此热情，再也不好推辞了，哈哈一笑："那我恭敬不如从命了。"

说完，便跟着毛寿生来到了他家里。

其实，所谓的家，是矿里安排的两间平房，一张桌子，几张凳子，一个压力锅，几个碗几双筷子，算是全部的家当。

毛寿生的妻子也是个勤劳朴实、热情好客的人，见来了客人，急忙端茶倒水，生火做饭。

郭名修想，人情好，水都甜。出门在外，能碰上这样的主人招待吃饭，真感到受宠若惊。

毛寿生介绍，他妻子由于没有工作，每到夏天，靠背个箱子出门卖冰棒赚点小钱补贴家用，幸好只一个小孩，日子总算比上不足、比下有余，一家人粗茶淡饭、平平安安过日子，也还算过得去。

两个人边喝茶，边聊天，拉家常，话发展，仿佛久别重逢的老朋友，有说不完的话题。一会儿工夫，他妻子炒的几个菜便端上了桌，两个人席间有说有笑，屋子里充满了快乐与温馨。

那一晚，郭名修睡得特别香，梦中带他们回到了桂东，装了几大车木材，数着一大沓票子，嘴里像塞满了蜜，灿烂的笑口张开到天亮。

第二天，果然好梦成真，几辆大卡车来到了桂东东洛郭名修的家，来而不往非礼也，自然，他也好菜好饭好烟侍候。从此，一发不可收拾，因为木材生意，毛寿生和许多司机成了他家的常客，并成了生意上的好朋友。随着与他们的交往日益加深，友谊也深了，郭名修自己的腰包也鼓了，腰杆也直了硬了。

那一年，省变电处的领导被他的淳朴、务实、诚信所感动，向他订购了一火车皮的枕木。他立马从郴州白石渡储木场发了一火车皮枕木到长沙南，按时保质保量交货。一火车木材出手，屈指一算，差点叫出声来，第一次发火车皮做木材生意，竟然净赚 8000 多元。

他乘势而上，把生意的触角延伸到了长沙卷烟厂、衡阳钢管厂等国有大中型企业，生意越做越大。从 1989 年到 1991 年上半年，郭名修几乎天天都在乡政府所在地等待来运木材的车辆，忙得不可开交，俨然一个专做木材生意的大老板，在众人的羡慕中，生意滚滚，风光无限！

几年下来，郭名修积累的资金已经达到 20 多万元，在当地算是小有名气的富裕人家了。

有道是"皇帝点兵，百姓建房"，意思是国家富裕了，就会想办法兴兵打仗，开疆拓土，攻城略地。而老百姓有钱了，就会想办法置地建房，安居乐业。

郭名修也不例外，赚了钱就想改善一下居住环境。他想把祖上留下来的老房子拆下来建一栋新房，并出钱把公路修到家门口，让全组的左邻右舍都受益。可他怎么也没有想到，有些人是"不患寡而患不均"，大家一起穷得"衣不蔽体，食不果腹"，他无话可说，但你只要生活比他好点，他可容不下你了。红眼病一来，什么理也不讲了。任凭郭名修怎么做工作，就是斟不来土换不来地，最后修路的事只得泡汤。

郭名修一声长叹，放弃了在老家修路、做新房的念头，带着几十万元资金准备到县城买一块土地建一栋房子，彻底离开这落后、闭塞、贫困的生他养他的地方，离开这让他流连不舍、又让他纠结万分的家乡。

1991年8月，他选了一个良辰吉日，举家搬到了县城投资兴业。

真可谓风水轮流转，坏事变好事，一家老小不仅过上了城市生活，享受了城市交通、信息、医疗等带来的便捷，最关键的是让小孩转入城里读书，享受到了最良好的教育。

从此，他终于像带着一群凤凰，飞出了大山！

摆地摊小试牛刀　搞运输大显身手

郭名修做梦也没有想到，要在家乡修一段到门口的路会有这么大的阻力。

按理说，自己掏钱把路修通了，不仅仅是自己一家受益，整个组甚至几个组的村民都要受益，这于公于私都有好处的事，竟会碰到层层阻力。说来说去，还是极少数人的"红眼病"在作怪，有些人就看不得别人比他好，——同样是人，你为啥就比我好？

凭什么我吃萝卜青菜，你却吃红烧肉？

凭什么我穿粗布衣裳，你却穿绫罗绸缎？

凭什么我住泥墙破屋，你却住红砖洋房？

凭什么我走路，你却要坐车？

凭什么、凭什么、凭什么……

有了那么多的"凭什么"，他就不满、嫉妒、自惭、怨恨、恼怒！你比我好，我没有办法，但我要想办法使绊子，把你拉回到同一起跑线，你让我不舒服，我就让你更不舒服；你想办成事，我就要让你办不成！你想修路，要从我门前过，要换我一寸土地，门都没有，我就是不换，让你修不成！

郭名修尝到了别人"红眼病"的苦头，他低声下气，赔尽了笑脸，讲尽了道理，反反复复地说明愿意多出钱多出土地，但几户人家就是执意不肯。

他找村里，找乡里，试图请领导出马帮助解决这些问题，可任凭乡村领导晓之以理，动之以情，那几个患"红眼病"的人就是油盐不进，最后，几位领导只好摇头叹气，无功而返。

郭名修感到一片茫然，这可是低头不见抬头见的乡里乡亲呀！可这又能怪谁？偏远闭塞、信息不灵的环境阻挡了人们的视野，束缚了人的思想，让一些人鼠目寸光，看不到山外的世界，只看到眼前的鸡毛蒜皮、蝇头小利。

夜深人静，明月高悬。片片月光，冷冷地洒落下来，洒在山坡，洒在田野，洒在破屋，洒在伤痕累累、藤葛垂垂的墙头。那弯弯曲曲、满是泥泞的小路上已空无一人，任凭月光倾泻，发出点点银光。远处七零八落的几处灯光朦朦胧胧，时隐时现。

郭名修站在老屋旁，凝视那斑斑竹影，淹没在深深的寂寞里，好像被许多人抛弃、孤立、遗忘一样，一种从没有过的孤独、无助、绝望涌上心头，想到夫妻俩起早贪黑辛辛苦苦好不容易积蓄的建房钱，竟然还没开始花就碰到了这样一个难题，而且是有人在故意为难，他的心仿佛在滴血！

"管它呢，不修就不修吧，有钱还怕花不出？人难人难不死人，只有天难人，才难得死人。"善解人意的妻子悄悄地来到了他的身边，用最朴实的话安慰他，把他劝回屋里，"好多人有了钱都在城里买房呢！"

妻子的一席话，像一束亮光顿时照亮了他的心房，他感觉一阵温暖，一颗茫然失落的心如同一颗被冷落的种子，终于又回归到了家庭那温暖的土壤，又萌生出了对美好生活新的向往。

夫妻俩又把家中的积蓄重新盘点了一遍，下决心把家安到县城去，到城里做生意，求发展。

1991年8月1日，郭名修租了两台"小四轮"，把家里的床椅桌凳、衣服被子、锅碗瓢盆等生活用品全部运到了县城。

在朋友的介绍下，他找到了县图书馆馆长。馆长姓雷，为人豪爽，一听郭名修的介绍，立马把馆内正闲置的一套三室两厅共80多平方米的房子，以每月60元的租金租给了他。

县图书馆位于三台山脚下，傍沤江而建，环境优美。

在桂东人眼里，三台山是座神山，位于县城南侧，因上、中、下三台而得名。山上人文景观与自然景观交相辉映，当年在山上办的濂溪书院可是桂东一中的前身，为桂东培养了大批人才。一座饱经沧桑的文峰塔，见证了整个县城的千年变迁。唐代著名得道高僧寿佛曾在此传经布道，居住数月，不忍离去，惊叹："北有五台山，南有三台山。"有文人赞道："进去方晓三台韵，归来便得半岭诗。"如今是居民和游客旅游观光、休闲避暑和养生的重要场所，是"生态桂东"的一张亮丽名片。

郭名修觉得能租住在这样一个地方，非常满足。

那一天，夫妻俩把家具摆好、床被铺好，带着三个小孩找了附近一家小店，与前来祝贺的亲戚朋友坐了满满的一桌。众人酒足饭饱后，纷纷离席回家，待把众人送走后，夫妻俩回到家里，看到孩子们一脸新鲜高兴坑娈的样子，夫妻俩相视一笑，但笑容里就饱含着太多的辛酸苦楚。他们明白，从今以后，老家可能就是回不去的故乡了。猛然发现，家乡一切的一切，都让人揪心般的不舍，那山、那人、那狗……

城里并非遍地是黄金，对于一个农民来说，拖家带口进城谋生，没田没土没靠山，吃喝拉撒睡全得花钱，生存方式、消费观念、人情世故、孩子教育……城里的一切都与乡下不同。一个月60元的房租也是一个不小的数字，相当于一个公职人员半个月的工资。

但开弓没有回头箭，生性倔强的郭名修静下心来，谋划着如何扎根县城。他觉得自己是个地地道道的农民，却偏偏长了个商人的脑袋，除了找路子做生意，别无选择。

他重操旧业，从乡下收来香菇、木耳、笋干等山货，花了80元钱买了一辆板车，在南大街、下黄桥等离农贸市场较近的地方摆了个摊子叫卖。由于他货真价实，态度又好，生意好得出奇，顾客常常为了抢购到他的土香菇，把个摊子围得水泄不通。一个月下来，他屈指一算，竟赚了2000多元，除去一家人的花销，还赚足了孩子上学的学费。

转眼就到了秋季开学的时候，他把小孩送进了学校读书。从村小到县城读书，不从学校环境、师资、设备来看，都有天壤之别。看到孩子们能享受到良好的教育，夫妻俩觉得吃什么苦也值。他们发誓一定要供孩子们读书，只有读书，只有知识，才能彻底改变孩子们的命运。"万般皆下品，唯有读书高。"这是古人说的，一点也没错。

桂东县城是湖南省海拔最高的县城，群山环绕，一条沤江穿城而过，冬无严寒，夏无酷暑，有"天然空调、自然氧吧"之美誉，春有花，夏有荫，秋有果，冬有绿，夏天晚上睡觉还得盖被子，是个非常精致而秀丽的县城。县城里的唐家大屋是毛泽东当年迎还红军大队、议决重返井冈山的革命旧址，是对青少年进行爱国主义教育的德育基地。可以说，城内自然景观和人文景观都堪称上乘。

郭名修一家人慢慢融入了县城，并爱上了县城。

然而，靠摆地摊小买小卖怎么也赚不了大钱，比起往日做木材生意来，摆地摊早出晚归费时费力来钱来得慢。

机会说来就来了。1991年10月，一个艳阳高照、秋高气爽的日子，郭名修家里来了一位不速之客，来人自称是衡山县城关木材收购站的业务员，名叫文东桥。

正打瞌睡，就有人送上枕头。郭名修当然欣喜异常，赶忙递烟倒茶，热情款待。

"郭老板，听说你以前是做木材生意的，怎么改行摆摊了？"屁股还没坐热，文东桥便拉开了话匣子。

"是的，为了老婆孩子有饭吃嘛。"郭名修扫了一眼文东桥，又继续说，"原来在乡下，挣了一点钱，想盖房子，把路修到家门口，也好为日后做生意解决交通问题，可是，有人眼红，好说歹说，因换不来地，路没修成，房子也就没盖了，唉——"他叹了一口气，苦笑道，"你看你看，别人是被逼上梁山，我可是被逼上县城来了。"

"哈哈哈，郭老板真幽默，你从乡下进了城，可谓从糠箩里跳到米箩里了。"文东桥笑道。

"哪里，我们从乡下进城混饭吃，一切都得花钱，人家还不是把你当乡巴佬看待？初来乍到，人生地不熟的，要挣几个钱还真的不容易。可为了孩子能在县城读书，我也只好咬紧牙关在城里混了。"郭名修又给客人添了点水。

"我现在正需要采购一批杉树圆木，价格650元一方，运到后一手交钱一手交货，来来往往也就那么几天，我想你能赚上一笔大钱，不知郭老板愿意做这一单生意不？"文东桥及时抛出话题，试探地问。

"有钱赚的生意怎么不想做？"郭名修一听送上来的生意竟然是老本行木材生意，自然兴奋不已，便把价格、标准、成本一一在心里盘算了一番，觉得有钱可赚，便一拍大腿笑道，"这单生意我接了，事成之后，我们好好地喝上几杯！"

第二天一大早，他重操旧业，来到了流源乡，找到乡长李有楠，开门见山说要调几车木材。乡政府院子里堆着一大堆杉木正愁没销路，今天有人找上门来要货，等于总嫁不出去的老姑娘突然有人送来彩礼提亲，李乡长自然笑得合不拢嘴，迫不及待地把郭名修当财神爷热情接待。

一个愿娶，一个愿嫁，如干柴碰上烈火，那美事儿当然一拍即合。做生意也是一样，供购双方都觉得价格合理，几车木材的事自然几句话就搞定了。

可谁也没有想到，许多大风大浪都挺过来了的郭名修，这次却在阴沟里翻了船。

当几辆满载木材的大卡车开到衡山县时，文东桥指东划西，拉这运那，几番折腾，把木材卸下来后，就推三搡四找各种理由不付钱，最后甩起了无赖。

乡长李有楠亲自到现场苦口婆心做工作，文东桥就是置之不理。搞得郭名修与乡里派遣来押运的乡干部郭亚飞一连几个日日夜夜守在衡山县，两个人如无家可归、颠沛流离的叫花子，狼狈不堪，欲哭无泪。

一怒之下，一纸诉状把文东桥告到了法院，无奈当时法制还不健全，地方保护主义盛行，最终赢了官司输了钱，一句"执行难"，官司便不了了之，几车木材血本全无。

通过这次被骗，让郭名修交了昂贵的学费，他不再去想那些一夜暴富的事，凡事多了个心眼。他觉得要在城里扎稳脚跟，就必须有一个属于自己的根据地，像要在一个地方繁衍生息的鸟儿，要有一个属于自己的窝，这个窝就是房子。租住别人的房子，总感觉不踏实，哪怕墙上钉个钉子，也好像钉在别人的墙上，心里总是忐忑不安。每一次交房租时，心里总是隐隐作痛，感觉那每一张钞票都积满了自己的汗水、泪水甚至血水。他发誓要在县城建一栋属于自己的房子，做个地地道道的城里人！

1991年10月，一个万里无云、喜气洋洋的黄道吉日，风景如画的三台山脚下，掌声、鞭炮声一阵欢鸣，郭名修新建占地380平方米的房子破土动工了。

由于他以前修过公路，砌过护墙，对建筑比较内行，所以，他请了一帮人来建房子，自己亲自参与管理，从设计图纸、放线挖地基到浇混凝土、砌墙，再到封顶、装修，都异常顺利，不仅保质保量按时建好了房子，还节省了不少不必要的开支。

功夫不负有心人，1992年12月，一个金风送爽、阳光灿烂的日子，在一阵阵的鞭炮声和祝贺声中，郭名修带着一家老小乔迁新居，终于在县城里有了一个完全属于自己的家。

1993年，郭名修把妻子孩子安顿妥帖后，又做起了木材生意，又成了宜章梅田矿务局、麻田煤矿的常客。

因为业务量大，所以运输就成了最大的问题。郭名修突发奇想，何不买辆卡车搞运输？其运费也极其可观呀！

这个大胆的想法得到了县物资局钟建斌的大力支持，他路子熟，答应亲自与郭名修一起奔赴省城长沙提车。当他们到达长沙某汽车销售公司时，现场看到一款汽车性价比高，钟建斌便问："这么好的车，你业务量又这么大，何不一起买两台？"

"我哪有那么多钱呀？一台就要7万多元，我只够一台的钱。"郭名修看了钟建斌一眼，两手一摊做无奈状，"我也好想呀，可惜没有那么多钱……"

"钱没问题，我来帮你想办法，你先把车提回去再说，到时你做个计划分期还我。"钟建斌说。

"有这样的好事吗？"郭名修简直不相信自己的耳朵。

"当然有，不就是七八万元钱吗？"钟建斌看到郭名修还有些迟疑，便又说，"我可不是开玩笑，我是想真心真意帮你。"

"那好吧，两台就两台吧！"郭名修大喜过望，掏出了身上所有的钱，扬眉吐气地买回了两辆大卡车。

回到县城，补了一张8万元的欠条给钟建斌，他抚摸着两辆崭新的大卡车——哈，终于鸟枪换炮啦！郭名修像一位久经沙场拼杀的将军抚摸自己心爱的战马，一种从未有过的自豪感涌上心头，他深信一定能闯出另外一片大地！

为了能拉回往货，他敏感地意识到老百姓所要用的化肥需求量大，如果能拉车木材出村出乡，又从外地拉车化肥回来，岂不是一笔很好的业务？于是，他找到县生资公司的何经理，说明来意，坦诚相见。何经理为他的真诚所感动，把沙田片三四个有木材出口的乡镇化肥安排给他运，每次从山里运木材出去，第二天就能从宜章化肥厂拉车化肥回来。一连三个月，往返45趟，创造了当时同类运输行业运输率的最高纪录。三个月下来，还清了所欠县物资局的8万元购车款，而此时同类的汽车价格已经涨到了11万元，真是"造化来了米结团"，没想到买两台车竟赚了那么多钱。

他一鼓作气，乘势而上，又购买了两台车，一支小小货运队像一群战马日夜奔驰在桂东沤江两岸，奔驰在十里八乡和山山寨寨。

1993年，桂东县运输公司实行改制，郭名修带领他的团队一举收购了该公司，跑起了桂东至郴州、桂东至江西遂川、桂东至汝城的客运。

自此，郭名修搞运输左右逢源，大显身手，成了桂东运输行业一颗耀眼的新星！

一本建材生意经　火红半个桂东城

1981 年中共中央、国务院颁布了《关于保护森林发展林业若干问题的决定》，提出了稳定山林权、划定自留山和确定林业生产责任制的林业"三定"政策：

一是国家所有、集体所有的森林、林木、林地，个人所有的林木和使用的林地，以及其他部门、单位所有的林木，要确定权属，由县以上人民政府颁发林权证，确认所有权或使用权。

二是划给农户自留山用于植树种草，长期使用，种植的林木归农户所有，允许继承。

三是选择和确定林业生产责任制，把责任和报酬、整体利益与个人利益联系起来。

到 1983 年，林业"三定"政策在全国全面落实，农民有了较大的自主权。这是党的十一届三中全会召开以后，我国实行改革开放的又一重大成果。

如火如荼的建设，需要大量的木材。桂东的林业迎来了灿烂的春天，其出口的木材，成了畅销大江南北、长城内外的香饽饽。

从 1983 年到 1993 年整整十年，是桂东林业出口的黄金期，几乎各个乡镇院子里的木材都堆积如山，那些木材不是从林场砍伐来的，就是从农民手中收购来的。

林业的收入占了县乡财政的很大份额，且木材的价格一路猛涨，全县仿佛掀起了全民砍树的热潮。

当时流行的顺口溜是："林业大老板，水电也有钱，教育最可怜。"

县林业局成了一些人晋升县领导的"桥头堡"，只要能坐上林业局局长的位置，晋升当个副处级县人大常委会副主任、县政府副县长或县政协副主席之类的官就是水到渠成的事。好些时候，县里召开县委常委会会议都到林场去开。如果有人在林业局、林工站、木材检查站、林业公安等有关"林业"两字的部门上班，保证一生荣华、九族荣耀。

1994 年，随着国家"长防林、生态林、退耕还林"等工程的实施推进，砍伐木材已经被划出一根根红线。

加上铝合金、塑钢等新型建筑材料的开发、生产和使用，大量替代了原来所需的木材。

随着生态意识的增强，保护生态，保护林木，已是民心所向，老百姓开始放下斧头拿起锄头，由原来砍树卖钱，转变到了植树造福。

禁伐森林的直接结果，导致郭名修的车队已无木材可运。

没有木材生意做了，做什么？

郭名修想过去经营布匹，可一想到要摆个摊子东走西跑，花时费力不算，剩下那点树尾巴样的布碎儿怎么办？

他想过去经营服装，可是服装的更新怎么也追不上人们赶时尚的步伐，弄不好你进来的一款服装还没卖出去，新的款式又来了，剩下的衣服自己又不能穿，怎么办？

他想过去开个皮鞋店，可熟悉的品牌别人早已在经营了，你连真皮假皮都还得好好从零开始学习，靠这赚钱就更没了底气。

他想过去开宾馆酒店，可亲戚中没有几个在当县领导或科局长，没有公款来消费，你根本赚不了钱。就是有公款来消费了，吃了花了，别人嘴巴一抹，签个字走人，到时你上门结账了，别人欠钱的成了老爷，翻脸不认人，左推右拖，不再放你一摊血，就是有钱也不给你结账，你能搬石头去砸天？

郭名修想，随着城镇化进程的步伐加快，以及商品房政策的落地开花，到处的房地产如雨后春笋，水泥、钢筋、红砖、玻璃等建筑材料供不应求，都成了紧俏商品。

他果断调整经营策略，进军水泥、钢筋等建材市场。

他租下了三台山脚下县保险公司 5 个共 400 多平方米的门面作为仓库，做起了水泥、钢材生意。

他到宜章白石渡、杨梅山以及资兴等地以每吨 220 元的价格进购水泥，以 300 多元的价格卖出去，除掉运费，每吨可赚上利润 20 元，等于每包水泥净赚 1 元钱。为了能及时足额抢购到水泥，他在宜章白石渡租了一个 1000 多平方米的大仓库，用来临时存放水泥。

从表面上看，这个利润也挺可观了，要知道，1994 年请个男壮年一天的工钱也就是 10 元钱。但做一行难一行，你只要涉足其间，想做大做强，就并不是件轻松的事。

经营者必须对水泥的材料配比、保质期、运输半径、季节特征有个全面的了解，哪一环也不可忽视。

顾客也就会用另外的眼光打量着你。

——你有没有足够的供货能力？我要 10 吨，不能你只给我 8 吨；我要 8 吨，你拉来了 10 吨，剩下的 2 吨你能否拉回去？

——你的水泥质量是否安全？质量是所有工程建设的核心，事关安全稳定，百年大计，质量第一。不要因用足了你的水泥，最后就成了个豆腐渣工程。因水泥质量倒一座桥塌一栋房，造成群死群伤，作为建设者，必将万劫不复！

——你的价格是否实惠？一个便宜三个爱，再好的东西，你要是卖上了天价，别人也不敢问津。报价高了，说你黑；报价低了，说你骗，怀疑你的水泥，要么质量有问题，要么来路不正；报价正好，他还说再考虑考虑，仿佛买了你的水泥给了你一个天大的人情。

——你供货是否及时？不要我急用了，你的水泥却迟迟没到。所有要用水泥的人，都几乎是生起火来做饭了，才等米下锅。水泥这东西，虽然不像水果，时间久了会烂，但一遇潮湿天气，遇水就又变成了石头，一点不假！

桂东本地沙田镇就有家水泥厂，但由于量少，且价格又比宜章、资兴的要贵，所以，郭名修选择了经营宜章、资兴的水泥。

顾客货比三家，哪家实惠选哪家。久而久之，老百姓口口相传，他的诚信、实惠成了活广告。

他的水泥经销门面正好在风景秀丽的三台山脚下，山上晨钟暮鼓，古色古香；山下机声隆隆，日新月异。因此就有人说："山上有秦砖汉瓦，山下有名修水泥！"

更多的人说："一选二用三比较，还是名修水泥好！"

老百姓不管那么多，不管你是桂东的还是宜章来的，反正，是你郭名修卖的，就记住是来自你郭名修的。至于什么品牌、什么标号，他可不管那么多，实践是检验真理的唯一标准，好，还是不好，用了就知道！因此，这两句话，成了老百姓赐给他最好的广告语。老百姓成了他最佳的推销员。

在经营水泥的同时，郭名修也经营钢材。他从广东韶关、江西新余等地采购钢材，天刚蒙蒙亮便随车出发，到目的地排队装满了钢材才匆匆吃点中饭，然后披星戴月而归。

卖钢材最大的好处是短时间霉不掉烂不掉，一时卖不掉，多放些时日也不要紧，如遇到钢材涨价，放在家里平白就生出一堆钱来，这是再美不过的好事。

老百姓建房子，用得最多的是窗户上要拴上几根竖圆钢，起个防盗作用。窗户多高，圆钢多长一根。采购来的圆条钢往往九米长，而一个窗户就是一米八高。郭名修便买来切割机，根据顾客的尺寸要求，一一切好。

后来，他发现，你说一根根的钢材多少钱一吨，老百姓往往云里雾里。他便按一根多少斤，每寸有多重，然后计算出多少钱，干脆按长度计算价格。这样，老百姓一目了然，又直观，又明白，又合算，且没有半点浪费，省力、省心、省事，都心甘情愿地来他家买钢筋。他这按尺寸卖钢筋的做法，吸引了大量的顾客。

桂东坊间就又多了句顺口溜："桂东有三怪：田里青蛙叫蛤蟆，夏天棉被身上盖，郭名修的钢筋按尺寸卖！"

几年下来，一年比一年好，利润一年高过一年，一本建材生意经，火红半个桂东城！

世事茫茫多少泪　山川历历在眼前

俗话说："不怕贼偷着，就怕贼惦着。"

郭名修觉得此话一点不假。别看你做建材生意正风生水起，逐成规模，在有的人眼中，你就是一园郁郁葱葱的韭菜，他可以掏出刀子割上一把了。在有的人眼里，你根本就不是什么勤劳致富的个体户，而是一头养得膘肥体壮的牛，是到了可以宰杀的时候了，是烹着吃，还是烤着吃？抑或是晒成牛肉干，炒辣椒，还是炒冬笋？下饭，还是下酒？全凭人家一时兴起，反正，你就是别人砧板上的肉！

他做梦也没有想到，因为购买一部手机而会得罪一个要害部门的人。因为那人的妻子在电信部门工作，所以找上门来，要求帮其完成销售一部手机的任务。可找的人多了，郭名修买了张三的，肯定得罪了李四，怎么也会得罪人。想想自己多做解释，人家也会理解，这次没让其如愿。然而，郭名修想错了，有些人就是不会那样换位思考。

欲加之罪，何患无辞？不久，有人以检查为名百般刁难。

鸡蛋碰不过石头，民不与官斗，没办法，郭名修只好花钱消灾。

郭名修感到异常伤心、委屈与愤怒！

世事茫茫，山川历历，回想起从前的一切，仿佛就在昨天。世界这么大，有钱人有的是，难道就容不下我郭名修赚点辛苦钱？

小时候饿着肚子放牛，渴望自己快点长大，也能像大人们一样挣钱，因为牛受伤了，自己那种撕心裂肺的喊叫，仿佛还在山谷回响。

长大了，能挣工分了，挑石灰，拗蕨青，出牛栏……哪一样不是靠洒汗水、拼苦力、挑战极限谋生存？

为了给家里多挣几个工分，要队里派工养路、修路，可不管你怎样与天斗与地斗，却怎么也斗不过穷山恶水，也斗不过自己挨饿的肚子。记得在外修公路时，与同处一棚的三个人实在饿得熬不住了，三人冒着被批斗的危险，把工地食堂里藏在坛子里的一块猪肉偷走，在打铁的炉火上烤着吃了，多年以后还做噩梦被抓被斗。

记得 1973 年，县食品站要到生产队寄养生猪，每头猪按肉价每市斤 0.74 元进行补贴。所谓"寄养生猪"，是计划经济时代的产物，即上级分指标到村到组，然后由村组落实到户，那时候的居民小组叫生产队，也就是说最后落实的是以队为单位。

比方说，食品站要在某个队里"寄养"三头猪，便由队里找到正养了猪的张三李四王老五，把他们的猪现有的重量评估好，按毛重的百分之八十计价，先付清款项，日后，他们的猪再长出的肉，到食品站来调走猪时，再按斤两付清购猪款。这相当于现在做生意给的定金，只要食品站把那"寄养费"给你了，你的猪就是食品站的了，不管出现任何情况，你养猪的人再无权处置。

比方说，张三的猪被"寄养"时毛重 100 斤，那么按八折打个折净重 80 斤，每斤 0.74 元，80 斤猪肉共 59.2 元。而这"寄养费"是生产队代办人员去食品站领个盖好公章的条子，然后凭条子到有关财务人员那里领钱。

俗话说，背时有鬼。一个偶然的机会，郭名修趁工作人员不注意，撕了一张盖有公章的条子，依样画葫芦，逐项填写，分别填了某某组分别"寄养"了 131 斤、151 斤、181 斤共 3 头猪，诚惶诚恐地找到食品站负责"生猪寄养费"发放的财会人员，递上条子，眼睛不敢正视，气也不敢喘，生怕一下子被人识破而被人抓了起来。谢天谢地，工作人员只认公章不认人，看到公章与白纸黑字，丝毫也没有怀疑，算盘一响，钞票一把，便把294元钱交到了郭名修手上。因为做贼心虚，心里扑通扑通狂跳不止，他迅速离开食品站，竟然后悔起来，但事已至此，回头坦白又没有那勇气。回到家，他把钱包了一层又一层，藏在床顶上，然后忐忑不安地坐了下来，想静一静，尽快地忘却这一切，可越想越怕，他感觉床顶上藏着的不是一包钱，而是一颗定时炸弹！弄不好哪一天东窗事发，自己一定会身败名裂！但金钱就像一个诱人的魔鬼，它会让一个受够了贫穷、饥饿的人铤而走险。郭名修怀着一种侥幸的心理，期望神不知鬼不觉。

然而，纸是包不住火的。几个月后，待食品站工作人员凭条子到队里调猪的时候，才发现根本没有这回事。工作人员发现被骗了，立即向乡政府和公安部门报案。

那时候，对于一个乡镇来说，发生了一起被骗二三百元的案子可算是一个惊天大案。很快，公安部门立案侦查，抽调精兵强将废寝忘食昼夜奋战，深入乡村现场寻找蛛丝马迹，最后抽丝剥茧锁定了嫌疑人。他们万万没有想到，这瞒天过海、胆大包天的人竟是未满十八岁的毛头小伙郭名修！

当办案人员找上门来时，他出奇地冷静，仿佛早已料到有这么一天，乖乖地把那294元一分不少原封不动地交到了办案人员手上。

因为年龄未满十八岁，加上又是初犯，钱也被追回，乡政府作出去挑牛栏粪"劳动教养"五天的处罚决定。

去参加劳动的那天，乡党委书记朱昌庭细细打量着眼前这位朴素斯文、一脸憨厚的郭名修，怎么看也感觉他不像坏人，为何做出如此荒唐的事来。他说："郭名修呀郭名修，你年纪轻轻竟闯出如此大的祸来，你看你看，你一个叔叔搞了人家三只鸭子受到了政府处罚，你竟然胆大到搞走人家三头猪！好好劳动几天，反思反思吧，今后做人要走正路，不然，牢底也会坐穿……"

郭名修点头称是，感觉无地自容，恨不得地下有个洞。发誓从此以后，悔过自新，再不做那种骗人钱财不劳而获的事。

郭名修想到自己一度为了想有个铁饭碗，吃上商品粮，在煤矿没日没夜地挖煤，可不但没有端上铁饭碗，差点连命都丢了在那里。那种阴间挣钱阳间用的苦楚，不堪回首，到现在都还心有余悸。

想到自己摆地摊、挑货郎担、收香菇、卖烟丝……在尘世的生活里颠沛流离，在命运的漂流里饱尝艰辛，肩上、手上、脚上，一层层老茧无时不在诉说那段风雨飘摇的峥嵘岁月。

想到自己做木材生意，为公司赚钱，人家怕你出头，百般打压，让你望而生畏。不得不离开公司，自己形单影只行走江湖，可江湖险恶，难以言表。每一次运木材行走在公路上，明明你千真万确没超立方，检查站就说你百分之百超了，不信你卸下货来量？反正，此卡是我设，此门是我开，要想从此过，留下买路钱！有时你千辛万苦赚来几个钱，你不得不要孝敬各路大神，他们占了大头，你才得了个零头。所以，郭名修后来告诫自己的孩子，今后哪怕没有什么活干，也不要去林业部门工作，特别是去做一个守卡的工作人员，因为那些木材检查站守卡的人心太黑了。

郭名修想到自己为了过上一种比较平安的生活，带着家小来到县城，靠点点滴滴起早摸黑做建材生意，处处小心谨慎，天天赔着笑脸，精打细算，诚信于人，薄利多销，好不容易做出了点规模，可人家就看到你便眼红了，想方设法来敲诈你了，甚至想把你置于死地。

郭名修觉得自己成了一只可怜的羔羊，仿佛看到一群穷凶极恶的狼正把一束束贪婪的目光虎视眈眈地投向自己，他感到异常的恐惧。他知道，狼咬了你一次，尝到了甜头，绝对会来咬你两次三次……

郭名修想，看来做建材生意再也做不下去了，如果坐以待毙，不再想办法突出重围，只有死路一条。

他抬头仰望天空，叩问苍穹：真的是天道酬勤吗，我穷居深山无人问，终日辛劳有谁怜？

他遥望大地，大地无语：这人世间太多太多的不公、不平，也许不可言表，罄竹难书。

他俯视那奔流不息的江河，只有滔滔江水在为他鸣不平，声援他歇斯底里的呐喊：天无绝人之路，难道我就这样心甘情愿地任人宰割？

自古商人多磨难　牛刀小试小水电

　　郭名修相信：枪响之后，没有赢家。

　　他认为这世间所有的人和事都是相互的，都有因果。在你抓泥巴扔向别人的时候，最先弄脏的是你自己的手。你拆了别人的台，也给自己挖了坑；你堵了别人的道，也给自己封了路。

　　他觉得一个真正有格局的人，就应有与常人不同的气度——此处不留人，自有留人处。三分天注定，七分靠打拼。

　　他清楚地知道，千百年来商人就没有别人想象得那么风光，多数的朝代都明目张胆地歧视商人。比如西汉"令贾人不得衣丝乘车"；晋代为了侮辱商人，让他们"一足着白履，一足着黑履"；前秦皇帝苻坚规定"去京师百里内，工商皂隶，不得服金银、锦绣，犯者弃市"；朱元璋则规定，在穿衣方面，商人低人一等。农民可以穿绸、纱、绢、布四种衣料，而商人却只能穿绢、布两种料子的衣服。即使你富可敌国，也没权力穿绸子。农民家里只要有一人做生意，则全家不许穿绸穿纱。商人考学、当官，都会受到种种刁难和限制。据《新唐书·推举制》的记载，有两种人不能参加科举：商贾之子不能，罪人之子不能。就连盛唐诗仙李白也不能"学而优则仕"，因为贴上父亲是个商人的标签，被科举考试拒之门外，空有满腔报国之志，也只能望洋兴叹！新中国成立后，也曾经因一点点小买小卖，会以"投机倒把罪"

108

拿你是问。改革开放后,虽然商人的地位有了极大的提高,但许多手握重权者对商人设置重重障碍,恐吓、刁难、打压商人,对商人索、拿、卡、要者比比皆是。

郭名修想,条条道路通北京,此路受阻,干吗不绕道走?

他与妻子商量,处理了所有的库存,把所有的水泥、钢筋等建筑材料全部卖掉变现,寻思着用这笔本钱,另寻他路发展。

山重水复疑无路,柳暗花明又一村。机会总是青睐随时有准备的人。一个偶然的机会,郭名修看到一篇题为"为大山镶嵌'夜明珠'的人"的文章,报道了桂东县增口乡一个叫铁山的地方,村民李本元历尽千辛万苦,最后在县长李亚平的帮助下,从县农村信用社贷款几万元建起了桂东县第一座民营小水电站,结束了全村点松枝竹片照明的历史,在解决了村民照明用电的同时,自己也脱了贫。李本元成了桂东兴办小水电第一个敢于吃螃蟹的人,一时成了全县乃至省、市的典型。

郭名修豁然开朗,原来榜样就在身边!人家都能做,我郭名修为什么不能?他与妻子商量,决定拉几个人一起进军小水电。

1996 年冬,寒风凛冽,呼啸刺耳,只有那棵历经沧桑的松树仍然傲立风中,岿然不动。郭名修望着家乡的山山水水出神,似乎在审视着这命运之风到底能把自己吹到何处。

郭名修斗胆到县水利局请来了专家,拉上吴金明、李学军等好友,来到了三洞乡三洞村,根据实地勘察,找到了一处可做 600 千瓦至 800 千瓦电站的地方。

很快,设计图纸出来了,批文下来了,一行人说干就干。

钢筋、水泥、水管……很多的器材都运到了工地,一切的一切,都似乎顺风顺水,顺理成章。

然而,天有不测风云,就在技术人员到实地测量选择蓄水筑坝的定点之地时,几户人家怎么也不同意,乡村两级怎么做工作,晓之以理,动之以情,无奈他们却油盐不进,好不容易软口了,就是狮子大开口,远远超出了投资方的承受能力。

郭名修没想到，当年私人可投资兴建小水电，在桂东来说还是个新鲜事，老百姓还不知做电站可为当地带来实惠，多数的时候，是考虑做电站对当地灌溉是否会带来影响，不支持不配合，甚至阻挠，这是在情理之中的事。而自己呢，也是新娘子上轿——头一回，既不知怎样安抚群众，冷静周旋，也不知怎样公关政要，借力通融，硬邦邦地直来直去，岂有不碰壁之理？

几个人一碰壁，你看看我，我看看你，怎么办？撤吧！还是那句话：此处不留爷，自有留爷处，咱换个地方再做！

退堂鼓一响，钢筋、水泥、水管、器材、人马……顷刻间又下了山。

转眼到了1997年，几个人来到了增口乡江山村，那里地势险要，高山流水，集雨面宽，水量稳，落差大，正是建设小水电的绝佳地方。

报批、设计、施工，原班人马，原有建材，像一堆刚发芽的种子，从三洞移栽到了江山。

功夫不负有心人，1998年8月28日，在一阵鞭炮声中，装机800千瓦的江山水电站并网发电，那是桂东县第二座私营兴办的股份制小水电站。

江山小水电站的成功兴建，给桂东的决策者提供了一个绝佳的样板，在点亮山村、点亮百姓心灯的同时，让各级领导又看到了一束耀眼的光芒。

桂东崇山峻岭，沟壑纵横，沤江、淇江、泉江……境内有大小河流133条，总长度787.53公里，流域面积1439平方公里，地表径流量14.97亿立方米。全县水能理论蕴藏量23万千瓦，水能可开发量19万千瓦。

然而，由于交通不便，信息不灵，千百年来，桂东人民望着那滔滔江水付之东流，却只能守着金饭碗受穷，望洋兴叹！

如果说铁山小水电站的兴建，让决策者感觉纯粹是一种偶然，让人还有些怀疑、观望、模糊，那么江山小水电站的成功兴建就让所有人的认识、思路一下子清晰起来：因势利导发动群众，因地制宜兴办小水电，不正是一条让老百姓脱贫致富的特色之路吗？

桂东的决策者，对当年主导的产业来了个重新审视。桂东是个老、山、边、穷县，很久以来，都是做着靠山吃山的梦想，天天望着高山，喊着口号："山上办基地，山下办工厂，山外找市场。"

但不管口号喊得震天响，桂东基地难办，工厂难办，市场难找，就成了不争的事实。县里竭尽全力办了一家县竹木胶合板厂，表面上机声隆隆，人声鼎沸，很是辉煌，但由于是粗加工，技术含量不高，市场销路不畅，一谈税收、效益、前景，知情人只能看着爹爹按着妈——不好说！为了让上级领导来了有个地方看，所以县里硬着头皮把这家竹木板厂亏本也要办下去，毕竟社会效益、政治效益决定领导的政绩嘛，花钱买吆喝，这是不得已而为之的事，何况这买吆喝的钱又不是花自己的钱，何乐而不为？现实情况就是老百姓天天举着斧头上山，成天靠卖原材料度日，所谓的基地，就是老祖宗留下来的那绵延不断的山峦。尽管年年造林，可怎么造，树木生长也赶不上斧头快，谁都心知肚明，照这样下去，过不了多少年，山上将再无树可砍！

县里通过招商引资引进了两家化工厂，两厂同一地，离城又近，虽然一年有几十万元税收，但带来的环保问题就不是三言两语所能说清的。且不说所产生的废水流进江河对生态的破坏有多大，单看厂房周围目之所及，山上山下的竹子全部死光，烟尘飘到之处，寸草不生。可以说，化工厂所赚来的每一张钞票，都是以牺牲当地人民生命与健康而换来的，都沾满了人民的血和泪。自化工厂兴建之日到关闭之时，数年如一日，老百姓告状、上访、群访的事件从没有停歇过。厂房又建在国道旁边，所有的车辆从工厂旁边经过时，因臭气熏天不得不捂住鼻子，成了桂东一道独特的"风景"。

县罐头厂是一家生产藠头罐头和冬笋罐头的企业。它与县竹胶板厂不同的是：县竹胶板厂名义上是乡镇企业，但县里对其从里到外几乎大包大揽，是桂东当时企业的大哥大，瘦死的骆驼比马大，大钱不多，小钱不少，很多的时候成了一些领导的"唐僧肉"或"提款机"；而罐头厂说是县罐头厂，其实就是一家地地道道的乡镇企业。虽然是个好的企业，但规模小，主要出口又高度依赖日本等东南亚一些国家，市场极不稳定，要做强做大实在受到许多局限。

但桂东没有办法，不管是中央来的领导也好，还是省、市来的领导也罢，能拿得出手的现场就是这三个。所以，每当上面领导来视察，或兄弟县市的领导来调研，县电视台几乎天天都在播放这三个现场的画面，老百姓把它戏称为"老三篇"，三个厂长的出镜频率也就不亚于一般县领导。

但真正的县领导就天天陪着各色人马去参观，嚼着这陈芝麻烂谷子，重复着这"老三篇"，握着这三张旧船票却登不上经济发展的客船，表面上强装笑脸喜形于色，一转身却五味杂陈针刺于心。有什么办法呢？弱国无外交，弱县焉有底气？

如今，迷茫已久无计可施的领导看到几个老百姓三下五除二，竟然做好了两座小水电站，好像发现了新大陆一样，眼前突然一亮，一条"以水发电"的思路让他们豁然开朗，兴奋不已！

郭名修怎么也没有想到，他们几个农民敢为人先猛打猛撞兴建小水电，竟会给桂东上上下下来一场思想大解放，从某种程度上来讲，他们拉开了桂东干部群众大办小水电的序幕，一场小水电办成大产业的伟大构想正在桂东决策者中酝酿，并初见雏形呼之欲出！

忽如一夜春风来　千树万树梨花开

1997 年底，桂东县水电装机仅 8700 千瓦，导致水能难以利用，用电难以保证，经济难以发展。

很长一段时期以来，桂东的经济支柱是木材，群众靠山吃山，森林资源的大量采伐，群众生存和发展的路子越来越窄，植被的破坏导致恶性循环，引发山洪暴发等自然灾害。

1998 年，郭名修等一群农民兴办小水电的创举，很快引起了在桂东挂点扶贫的省长杨正午的注意。通过调查研究，杨正午充分肯定了桂东县委、县政府发展小水电的思路符合桂东发展实际，并帮助县委、县政府明确了"以山造林，以林养水，以水发电，以电兴工，以工富民强县"的可持续发展战略，并做出开发小水电"宜大则大，宜小则小"的批示，鼓励干部与群众捆在一起，风险同担，利益共享，采取灵活多样的融资方式，因地制宜兴办小水电。

1998 年 3 月，县委、县政府出台了《关于加快小水电建设步伐的决定》，按照"谁投资，谁受益，谁有资金和积极性，就优先审批给谁开发"的原则，敞开大门，放宽政策。政府再不像过去那样，包揽所有水电站的投资与建设，而是通过"政府引导，市场运作"的方式引导各类投资主体以股份制形式兴办小水电。

县里还出台了一系列优惠政策：如投资者在收回成本前，适当减免税费，在工程建设期间，除设计费、工本费外，不收取任何规费；实行新电新价政策，规定新建电站上网电价为0.18元/千瓦时，而当时不是新电新价的上网电价才0.09元/千瓦时，并鼓励用电企业办电和厂家、电力部门联合办电，实行电量互抵和趸售；对引进资金在本县兴办小水电的有功人员进行奖励。

县里成立了以县委书记、县长挂帅，有关职能部门领导参加的小水电开发领导小组，为小水电开发提供了坚强有力的组织保障。针对当时干部怕"参股"、经营者怕吃亏、农民怕负担不合理的"三怕"心理，县委要求全县干部带头投资入股，以自己的行动打消群众的疑虑。

忽如一夜春风来，千树万树梨花开。桂东上上下下形成了一股兴办小水电的热潮。

郭名修沐浴着这股春风，乘势而上，在兴建江山电站的同时，江口电站也紧锣密鼓进行。

1998年12月8日，装机640千瓦的江口电站并网发电。

当谈到当年兴建江山、江口两座电站的酸甜苦辣时，郭名修说，当时最大的困惑是当地群众的思想工作难做，通过兴办小水电最大的收获是解放了群众的思想，了解了群众疾苦，密切了与群众的关系，真正让群众得到了实惠。

郭名修说，当时建电站对于老百姓来说，是个新鲜事。有极个别的人出于一些阴暗的心理，或为了达到某一不可告人的目的，鼓动村民聚众阻工闹事，有几次组织三十多人到县政府上访闹事，幸亏有领导重视、部门支持，最后让电站顺利成功发电。在建电站的过程中，也学会了如何与群众打交道，最后取得了群众的理解、包容和支持。

开始建电站时，常常运上去的钢筋、水泥等建筑材料，一夜之间便没了踪影。

有一个晚上，被请来的保安抓到一个偷材料的，一了解，此人一人吃饱，全家不饿，是一个长期靠偷鸡摸狗为生的单身汉。一见到他，保安气不打一处来，一怒之下，把他拉到了县城，准备送公安派出所法办。

郭名修知道这事后，立即制止了保安的行为，然后到县城见了这一小偷。

　　只见他衣衫褴褛，蓬头垢面，埋头曲颈，手足无措，瘦黄的脸上深深地嵌着一双憔悴的眼睛，身体不由自主地颤抖，仿佛能听到他牙齿与牙齿激烈相撞的声音。

　　郭名修见他一副惊恐不安、怯弱讨饶的样子，顿生怜悯之心，便轻声细语地说："只要你老实告诉我，为什么要去偷我们工地的东西，我可以不送你去派出所。"

　　小偷抬起头看了郭名修一眼，用迟疑的眼光打量面前这位老板，一句话也不说。凭以往的经验，做贼被人抓住了，即使不被送去派出所，也少不了一顿皮肉之苦，最好的办法是不予抗争，做出死猪不怕开水烫的样子，反正最坏的打算，是被公安关个十天半月。

　　郭名修看了看表，眼看已经到了十二点，便对小偷说："不想说也不为难你，我看你也饿了，我请你吃了饭再说。"便在城里一小店点了几道菜与小偷一起吃了起来。

　　饭后，见小偷头发蓬松，凌乱不堪，便把他带到理发店，付钱让师傅为他理了个发。

　　看到小偷衣服破烂得不成样子，郭名修到附近服装店买了一套西装和一双皮鞋让他穿上。小偷对着镜子一照，简直换了一个人，脸上立刻露出了笑容。

　　郭名修笑道："你看你看，把头发一剪，衣服皮鞋一穿，还挺帅气嘛，其实，你好手好脚，凭劳动也可挣饭吃。"

　　小偷低下了头，满脸通红，轻轻地说了声："对不起！我以后再也不会那样了。"

　　郭名修笑道："我要的就是你这句话，走吧，我帮你找好了车，送你回家。以前的事，过去了就让他过去了，就当没发生，今后走好自己的路。"

　　郭名修目送着这年轻人上了车高高兴兴地回家，心里有些酸楚。饥寒起盗心，其实，小偷也是人啊，谁不想有个尊严？

　　从此以后，这位年轻人再也没有偷过别人的东西了，每次碰到郭名修都恭恭敬敬，把他当恩人一样看待。

古人说，冤冤相报何时了，得饶人处且饶人。郭名修终于明白，这是一种宽容，一种博大的胸怀，一种不拘小节的潇洒，一种伟大的仁慈。他明白能以德报怨善待伤害过自己的人是一种充满智慧的修养，宽容大度会让人肃然起敬。这种修养伴随着他的一生，以至于他在后来的事业发展中，少了许多矛盾冲突，多了许多游刃有余；少了许多因小失大，多了许多化敌为友。

不久，郭名修带领一班人来到了新坊乡溪源村一个叫深坑宫的地方，得到了村支书黄存礼的大力支持。整个电站要征用的土地全部是村里的公山，在村支"两委"的协调下，仅补偿村里两万余元，全村老老少少没有一个人说半个不字。

群众是创造历史的真正动力，当地群众的支持，让他们能放开手脚，大干快上。

装机 1000 千瓦的深坑宫电站，从 1999 年 9 月 10 日破土动工，到 2000 年 3 月 6 日并网发电，前后不到半年时间。该电站不论是设计，还是质量，都堪称上乘，是桂东小水电建设史上速度最快、效益最好的电站之一。

深坑宫电站建好后，他们像一支越战越勇的劲旅，厉兵秣马，枕戈待旦，随时准备攻城拔寨。

仅仅用了八个月时间，装机 1500 千瓦的寨下电站又并网发电。

当时恰逢冰雪天气，为了抓紧时间安装发电设备，郭名修与战友们骑着摩托车，从县城送来配件。当把配件送到技术人员手中时，两手冻得发肿，当他不停地摩擦僵硬且已麻木的双手时，技术安装人员笑道："郭名修呀，这就是咱民营企业的活力所在，也是咱与国有企业不同的地方，要是在国企，有谁愿意大雪天骑摩托车来送配件呢？"

郭名修听罢哈哈大笑，心里暖了，一下子手也恢复知觉了，全身似乎又有了使不完的劲。

从此一发不可收拾，郭名修与人合伙兴建石磨岭电站、统江山电站、淇水电站，并先后于 2000 年、2001 年并网发电。

在他们的带动下，全县掀起了兴办小水电的高潮。仅仅十多年时间，桂东以股份制形式兴办小水电产业，小水电办出了大效益，促进了县域经济发展。截至 2010 年底，全县投产电站 158 座，装机容量 15.18 万千瓦，发电量 4.8 亿千瓦时，为 1997 年发电量的 17 倍。

"桂东模式"的小水电发展之路，让桂东得到了丰厚的回报。

一是壮大了经济总量，促进了农民增收。2010 年，全县小水电发电、供电企业上缴税收达 6000 多万元，为全县财政总收入的 60%。全县电站入股农户每年可获股份分红 4500 余万元，户均分红 5600 元。同时，电站修建的拦水坝、引水渠，增强了防汛抗旱能力，提高了粮食和经济作物产量，促进了农民增收。

二是完善了基础设施，改善了生态环境。全县在发展小水电的地区，新修、整修公路 220 公里，新建桥梁 56 座，完善和整修水渠 163 公里。到 2008 年底，全县村组级农网改造基本完成，桂东电力实现自给，实现了户户通电；全县 1.2 万户居民用上了电炊，每年减少林木砍伐 1450 余亩，节约木材 23 万立方米，改善了生态环境。

三是保障了村级运转，巩固了基层党组织。全县 156 个行政村（社区）中有 126 个行政村（社区）入股电站，总股金达 900 万元，每年分得红利 140 万元以上，不仅为村级组织运转提供了资金保障，而且还为农村公益事业提供了有力支持。

中央电视台、湖南卫视、湖南日报等中央、省、市媒体纷纷云集桂东，隆重推介桂东小水电产业的成功经验。

一时间，桂东小水电声名鹊起，像一首激昂的歌响彻长城内外、大江南北！

郭名修见证和参与了桂东小水电产业发展的全过程，心里荡漾着一种从未有过的自豪感：如果说"桂东模式"的小水电是一首动听的创业之歌，那么，自己和所有建设者就是其中美丽的音符！

牛角不尖不过界　马尾不长不扫街

"敕勒川，阴山下，天似穹庐，笼盖四野。天苍苍，野茫茫，风吹草低见牛羊。"每当读到这首耳熟能详的古诗《敕勒歌》，让人情不自禁地想到美丽富饶、辽阔无边的北国草原，让人心驰神往。

谁也没有想到，在南方竟然有那么一个如诗如画、风光旖旎的大草原——万洋山草原，那一望无际的"绿色地毯"，蔚蓝透彻的天空，绵软洁白的云朵，相互追逐的牛羊，还有千金难买的宁静，让你一见倾心。

它位于湖南省桂东县沤江镇秋里村，平均海拔 1500 米，最高海拔 1900 多米，属于湘南特色的"南风顶"气候区，四周翠绿延绵，云雾重重叠叠，是一个与众不同、超凡脱俗的草原。

与《敕勒歌》描写的草原不一样的是，一个在山下，一个就在高山上。

这里空气清新，负氧离子高，加上玉女云鬟、古老仙、古楼仙等景点，是一个可呼吸新鲜空气、体验原始野趣、品尝美味山珍的生态旅游休闲养生的绝佳之地。

一个偶然的机会，郭名修与朋友们来到了万洋山草原，在饱览了大草原风光之后，来到了与之相邻的营盘圩乡，而且这一来，就被营盘圩乡美丽的自然风光和独特的水利资源吸引住了，以至于结下了一段不解之缘。

营盘圩乡地处遂川县西南部，地处两省三县（江西省与湖南省，遂川县、炎陵县和桂东县）交界处。据曾氏族谱所著：咸丰丙辰年泉城失陷，邑侯博厚，避寇于此，设营团练兵，尔后称营盘。后来在此建立圩场，故称营盘圩。1949 年前属戴圣乡所辖，1949 年后期属大汾区，因旧时进乡险要，取"一夫当关、万夫莫开"之意，故称关口乡。1958 年与戴圣乡合并为戴圣人民公社，1959 年又分开为关口公社。1969 年关口、戴圣合并称营盘圩公社。1984 年政社分开，改称营盘圩乡人民政府，沿用至今。乡政府驻地营盘村肖家湾，海拔 860 米，是江西省海拔最高的乡政府所在地。距遂川县城 98 公里，是遂川县最边远的乡镇，也是边贸交易的主要集散地之一。全乡多年来不足 5000 人，是全县人口最少、人口密度最小的乡。

该乡总面积 70.94 平方公里，森林覆盖率达到 82%，拥有成片的原始次森林和红豆杉等大量的珍稀树种。境内群峰高耸，森林茂密，温润多雨，冬暖夏凉，那传说诱人的油笋冲、展翅欲飞的岩婆石、波涛汹涌的龙潭瀑布、层层叠叠的五叠泉、别有洞天的猴坑下、蜿蜒曲折的雷公岩，那演绎着候鸟迁徙史诗的"千年鸟道"，那"采众香于蓓蕾，归万殊于杯盏"的绿色茶园，那背着背篓长相甜美的客家采茶姑娘，还有那石人、石马、石钟、石鼓、山风、山鸟、山茶、山歌……都让人流连忘返。

好山出好水，自然水资源也非常丰富，山谷间溪流穿梭、飞泉叠瀑随处可见。

然而，由于交通不便，信息不灵，多年来，水资源就没有得到充分开发和利用。到 2001 年，全乡仅建成小水电站 2 座，一个装机 250 千瓦，一个装机 640 千瓦，总装机才 890 千瓦，根本不能满足当地群众生产生活需要。

望着一条条哗哗的河水白白东流，当地党委、政府心急如焚，望"水"兴叹，决定通过招商引资，筑巢引凤，兴建小水电站。

2001 年 10 月 1 日，又是一个不一样的国庆节。可谓机缘巧合，天时地利人和，有着兴办小水电丰富经验的郭名修等一班桂东人成了该乡党委、政府的座上宾。

在桂东这班人当中，有郭名修的合伙人——桂东石磨岭电业有限公司董事长兼总经理郭垂桂。

郭垂桂与郭名修同乡同姓，按辈分郭名修叫郭垂桂为叔叔。

郭垂桂是桂东县东洛乡九岭村人，在桂东的民营企业中，是个响当当的人物。他1942年10月生。1976年，他被东洛公社选入社队企业办公室工作，不久担任企业办主任。由于他能吃苦耐劳，熟悉矿业，善于管理，连年亏损的社队企业上坳矿区，不足半年就扭亏为盈，获利数万元。

1984年，他创办桂瑶精选厂，奉行诚信至上的经营理念，由开始只有5名工人发展到100多人，年出口精钨2000吨以上。

1993年—1996年，他从事商业，生意越做越大。在此期间，担任县政协委员，是郴州市企业家协会会员。

1999年，他牵头创建民营石磨岭电站。省水利勘探部门原设计石磨岭电站装机5000千瓦，需投资4963万元。他把电站扩容到装机7000千瓦，仅用了1534万元，不到原计划投资的三分之一。石磨岭电站年均发电3600万度。继石磨岭电站投产后，他又牵头建成装机容量5300千瓦的淇水电站，当然也包括后来在营盘圩乡建成的总装机18000千瓦的东营电站。

他以石磨岭电业为依托，组建了桂东县石磨岭电业有限公司并出任董事长兼总经理。电站全部投产后，总装机容量达到30300千瓦，固定资产近亿元，年产值3000万元，创利税700万元。

郭垂桂创办事业成功后，带动了一大批民众共同富裕，为桂东的经济发展作出了一定贡献。他的企业多次被评为市县优秀企业，他本人当选为政协桂东县第六届委员会常务委员。

2004年，他当选为湖南省第十届人民代表大会代表，被评为郴州市劳动模范。2006年，被评为郴州市优秀中国特色社会主义事业建设者。

他还出版了长篇小说《远山》《错位》等文学作品。

提到东洛乡，提到商界精英，说郭垂桂与郭名修为"东洛双雄"，一点也不为过。

有人说："成功之前，才华等于狗屎；成功之后，放屁都有道理。"

对于郭垂桂来说，由于有了做石磨岭电站的成功，许多人都觉得能让他牵头做电站，是件成功率大的事；能与他合伙做电站，搭上他的"快车道"，是件非常荣耀的事。所以听说他要到外县做电站，许多人就找上门来要入股，可以说，他"登高一呼，应者云集"。

对于郭名修来说，郭垂桂既是自己德高望重的长者，也是自己商场多年仰慕的合伙人。

在营盘圩乡政府，乡党委书记吴健河、乡长古秋云热情地接待了他们，遂川县常务副县长刘晓明听到他们的到来，也从县城赶到了乡政府。

几个回合协商下来，便与营盘圩乡签订了小水电开发合作的协议书。

2002年农历正月初二，郭名修便带着工程队进驻了营盘圩，不久，几十支人马陆续进入工地，营盘圩乡的青山绿水间，顿时机声隆隆、人声鼎沸，掀起了一场轰轰烈烈的大办小水电的热潮。

为了抢在丰水期到来之前，把油笭冲电站的厂房基础工程完工，以及把大坝基础如期砌出水面，年初三，人们还在闻着菜香，品着酒香，浴着花香，沉浸在走亲访友、聚餐集会的春节氛围中，尽情享受人生的快乐和亲情的甜蜜，郭名修便带领两队人马到工地安营扎寨，一队建厂房，一队建大坝。由于当时没有公路，大型的机械设备还运不进工地，几队人马硬是在没有挖机等重型机械的前提下，靠肩挑手提，抢在丰水期到来之前把厂房和大坝的基础按时保质保量完成。

然而，就在厂房、大坝两队人马纷纷告捷之时，另外一队打隧道的人马却传来了坏消息。

由于打隧道的工程队对当地的地形结构没有足够地了解、把握和重视，当两个工人还在里面作业时，开挖的隧道后面突然塌方，把隧道封得严严实实，两个工人被关了在里面。

人命关天，县乡领导火速赶到现场，坐镇指挥抢险救人。但由于松散的渣土不停地往下溜来，救援工作非常艰难，眼看过了24小时，救援工作还没有半点实质性的进展，领导们急得抓耳挠腮，犹如热锅上的蚂蚁。

正当在场的人一筹莫展之际，一位老工人出了个主意，像以前修石拱桥一样，用木材先打一个弧形架子，顶住上面不断泻下来的渣土，逐步深入，打出一条通道。这一招果然管用，又通过一个昼夜的努力，终于把通道打通了，两名工人被困 53 小时后，终于获救，并毫发无损。

通过这件事，郭名修被敲响了警钟，以后做任何工程，都要把安全放在第一位——事故才是最大的成本！且不说事故本身造成的直接经济损失有多么可怕，更可怕的是无形中的名誉损失、工期损失和对整个团队承接项目的影响。

2003 年 3 月 8 日，装机 6000 千瓦的油箩冲电站在一阵欢呼声中并网发电，宣告进军营盘圩开发小水电首战告捷，他们把在营盘圩建立的所有电站叫作"东营系列电站"。

郭名修与他 40 多个工程队的战友，一鼓作气越战越勇，2 座、3 座、4 座……14 座，14 座东营系列电站共装机 18000 千瓦。

短短两年时间，让营盘圩乡一跃成为全县有名的"小水电之乡"，极大地促进了当地社会经济飞速发展，使营盘圩乡的面貌焕然一新。

在建设过程中，企业与政府、企业与群众都建立了深厚的感情。2003 年，郭名修还被选为遂川县政协委员。

郭名修说，当地的老百姓非常感恩，他们哪怕让老百姓搭了一趟顺风车，老百姓也挂在嘴边，千恩万谢。

郭名修清楚地记得，在电站建设指挥部所在地的香苏坪、打火石、排溪三个村民小组，家家户户都争着请他们到家里做客，几乎没有一家没曾请他们吃饭。

有一位老百姓一席话让郭名修记忆犹新，终身不忘，那老百姓竖起大拇指说："牛角不尖不过界，马尾不长不扫街。若建电站没本事，不会来到营盘圩。"

踏破铁鞋无觅处　得来全不费工夫

　　一路走来，艰苦创业，郭名修觉得收获了许多。

　　首先，他觉得收获了金钱，享受到了勤劳致富的快乐。虽然说，在这个世界上金钱不是万能的，可没有钱就是万万不能的。马克思也说，经济基础决定上层建筑，物质决定意识，物质文明是精神文明的基础。作为男人，金钱就是他的胆、他的底气、他的尊严、他的爱心，以及他的动力。有钱才能恃强斗勇，胆壮气壮；有钱才能化敌为友，令鬼推磨；有钱才能谋事干事、成就大业。郭名修想到村里一个当了干部的老人，老年因政策原因被开除公职，没了公职，没了工资，三个儿子与三个儿媳，没有一个人愿意赡养他，日子过得比五保户还凄惨。因此，郭名修常常感叹，茶若醉人何须酒，唯有碎银解千愁。如果没有钱，就是当别人的爹也不好当，甚至连狗都不如！

　　其次，他觉得收获了名誉，享受到了社会认可的尊严。在创业的过程中通过自己的努力，赢得了许多的知识、能力、技巧、人脉、资源、成就……让自己由一个地地道道的农民，破茧成蝶，华丽转身，变成了一个有声望的企业家，终于在社会上有了一席之地，在某一领域有了较多的话语权，从此不再人穷志短、人微言轻，策划、拍板、实施、公关、融资、谈判、竞争、交易……一切的一切都有了相应的筹码，甚至有了一呼百应的凝聚力和号召力。

　　他觉得收获了思想，享受到了开拓创新的活力。思想决定行为，行为决定习惯，习惯决定性格，性格决定命运。思想是一切行动的先导，人无论做什么事情，都是先有思想后有行动，有正确的思想才能有正确的行动，有积极的思想才有积极的行动，有统一的思想才能有统一的行动。通过多年创业，自己形成了缜密的思维、果断的行为、良好的习惯、坚强的性格。每一次迂回，每一次曲折，每一次改弦易辙，都让他多了一次思考，多了一次历练，多了一次成熟。他终于体会到了，一匹日行千里、疾步如飞的骏马是靠跑出来的，一支攻城略地、能战能胜的铁军是靠打出来的。

人一旦有了本钱，有了实力，就有了开疆拓土、做大做强的冲动与渴望。于是，郭名修又准备再找地方另谋发展。

2003 年，做好了东营 14 座系列电站的郭名修，便与其团队转战株洲炎陵一个叫洋溪的地方，承包了株洲电业局与郴州电业局合资兴建的一个装机 7500 千瓦的电站工程。随着洋溪电站竣工日期的快速逼近，郭名修意识到，必须带领自己的团队，开辟新的战场。

2003 年 8 月，他带领一班人马先后深入湘西的桑植县考察小水电开发。

郭名修小时候喜欢看电影《洪湖赤卫队》，因这电影是歌颂贺龙元帅领导闹革命的，从而知道了桑植县隶属于湖南省张家界市，位于湖南西北边陲，是贺龙元帅的故乡、红二方面军长征出发地。贺龙一家为革命牺牲了五位亲人，从北伐到全国胜利，光是贺氏家人为国捐躯的就有数百人之多，电影《洪湖赤卫队》就是以贺龙的姐姐贺英为原型创作的。主题歌《洪湖水浪打浪》的优美旋律，让人记忆犹新，郭名修情不自禁地想起了烟波浩渺、绿荷红莲、渔帆点点、波光粼粼的洪湖。

"洪湖水呀，浪呀嘛浪打浪啊，洪湖岸边是呀嘛是家乡啊，清早船儿去呀去撒网，晚上回来鱼满舱啊……"一曲洪湖水，悠悠几代情。每当唱起这首歌时，郭名修都是那样激情澎湃，声情并茂。因为这，对桑植县就有了一种崇拜和向往。

该县有河流 410 多条，主要有澧水、溇水及两水支流。

郭名修通过几天的考察，都没有找到适合自己投资开发的小水电资源，像相亲找对象一样无功而返，不是自己对不上眼，就是人家早已名花有主，不容你再去染指开发。

他们沿着澧水和溇水来到了慈利县，仍然是一无所获。

那天晚上，郭名修住在慈利县招待所，躺在床上，望着天花板出神，心里满是沮丧。连日的奔波辛劳，耗尽了周身力气，却没有半点睡意，仿佛成了一个流浪江湖的乞丐，或一个身在他乡谁也不知你为何物的苦行僧，昔日创业带来的金钱、名誉、地位、尊严等收获感和优越感一下子消失得无影无踪，孤独、寂寞、焦躁、悲哀、绝望……像一条条长长的巨蟒，吐着信子，透着杀气，冷飕飕地向自己游来，自己想反抗，却找不到任何武器——哪怕半根棍子，猛然发现，此时此刻的自己，除了钱竟然一无所有！

郭名修不太相信命运，但就相信自己的感觉。每到一个地方，每决定做一件事情，如果第一印象不好，他会尽快放弃这一决定，这是他多年的思维习惯，也是他多年的成功经验。在郭名修看来，预感往往是还没有找到合理解释、合理答案时的合理思考和合理反应，是结合自己的知识和经验进行分析，并得出的最可能发生的结果。如果哪天自己突然莫名其妙、心神不定、坐卧不安，那肯定是一种不祥之兆。每当这个时候，郭名修会格外小心。既然感觉不好，那就此地不宜久留，走为上策吧！

他们便离开了慈利县来到了隆回县。

隆回县隶属于湖南省邵阳市，位于湖南省中部稍偏西南的资江上游。东临新邵县，南接邵阳县、武冈市，西抵洞口县，北界溆浦、新化县。总面积2868平方公里。地势西北高、东南低。西北为雪峰山余脉，主峰白马山海拔1780米。东南属典型丘陵山区，山丘河川交错纵横。

隆回县是革命老区，山清水秀，人杰地灵，有汉族、回族、瑶族、苗族、蒙古族等24个民族。近代杰出的思想家史学家和诗人魏源、地质学奠基人邹汉勋、资产阶级民主革命家谭人凤、中国共产党早期领导人彭述之、历史学家李剑农等均诞生在这里。县内有著名的花瑶风景名胜区、魏源湖国家湿地公园、白马山森林公园、高田奎峰塔、长铺石笋寨、桃城八景、荷田溶洞、魏源故居、旺溪瀑布、高洲温泉、打鸟坳、宝莲寺、望云寺、岩口九龙洞，这些都是绝妙的游览胜地。有国家重点文物保护单位魏源故居，有花瑶挑花、呜哇山歌、滩头年画、手工抄纸等国家级非物质文化遗产。

隆回县工业发展迅速，建成轻工制造、智能制造、电子信息、富硒食品和生物医药产业区，成为"省级高新技术产业开发区""湖南省双创示范基地"，是湖南省特色县域经济重点县。

隆回县是湖南省高档优质稻"湘米工程"示范县、袁隆平院士超级稻高产攻关基地重点县、国家和省产粮重点县、国家农产品质量安全县、全国水土保持先进县。其中金银花、龙牙百合、虎爪生姜、宝庆辣椒、红皮大蒜等畅销国内外；隆回金银花、隆回龙牙百合获国家地理标志商标；辣王剁椒、龙牙百合面、"佳瑶猕猴桃"等农产品获得中国中部（湖南）农博会金奖。

说来也巧，郭名修不太相信命运，却相信缘分。他相信，"有些人终会被缘相遇，有些人终须会被别离，谁是谁生命中的过客，错过了永远不再回来……"

郭名修一行来到隆回县小沙江一带考察小水电开发，正为没有人牵线搭桥而发愁，此时，一个打交道多年的老朋友，自告奋勇地说："老郭呀，怎么没想到我呢？我与小沙江镇党委书记是好朋友，我可以为你们带路！"

此人叫袁玉成，原隆回县机械厂销售科科长，负责单位设备营销，是厂里屈指可数的业务骨干之一。他供职的隆回县机械厂主要生产冲击式水轮发电机，是一家国有企业。

袁玉成为人豪放，精明能干，广交天下朋友，是一个老江湖，1999年与正在桂东县新坊乡做寨下电站的郭名修相识，一来二去，从寨下电站到江西东营系列电站共15座电站的发电设备全是他一手提供。因质量过硬，价格合理，又恪守信用，袁、郭两人成了生意上的合作伙伴。一个做电站，一个卖设备，供购双方两个商界奇才你情我愿，相见恨晚，无所不谈，合作共赢，转瞬五年，成了过硬的黄金搭档。

当两个人再次相见，竟哈哈大笑，袁玉成一点也没变，仍然还是那样目光炯炯，气宇轩昂。

"怎么会把你忘记呢？因为你，我们才来隆回。赚了我们那么多钱，不喝你几杯酒，能放过你？"郭名修握着袁玉成的手，爽朗的笑声撒满一地。

听说小沙江镇可做二级电站，装机可达一万多千瓦，郭名修心中窃喜，兴奋不已。

酒足饭饱之后，一行人在袁玉成的带领下，迫不及待地开车驶进了小沙江镇大院，找到了该镇党委书记。

镇党委书记听说有外商找上门来投资兴业，喜形于色，又是递烟，又是倒茶，热情非常。

郭名修说明想来投资兴建小水电的来意，并介绍了原来做的几十座电站情况。

郭名修说完，没想到镇党委书记一脸遗憾。

只见镇党委书记不无惋惜地两手一摊："真的好可惜，你们不早点来，要是原先是你们那么有实力有经验的企业来做这二级电站，该有多好呀！可惜我们与福建人签了开发协议了，现在白纸黑字，盖了章画了押，除非他们自己放弃开发，或者违约收回开发权，否则没办法再给别人做了。"

说完，镇党委书记找来相关合同文本给在场的人过目。

郭名修一听，心里顿时凉了半截，没想到，还是别人捷足先登下手更快，这次又碰上了名花有主。

告别镇党委书记时，几个人拖着沉重的脚步，脚上像灌满了铅，那种高兴而来、扫兴而归的滋味实在不好受。

在回宾馆的途中，袁玉成看到郭名修坐在车上沉默不语，闭目养神，还完全沉浸在无功而返的懊恼中，便半开玩笑地说："郭总，车到山前必有路，我突发奇想，是否可换个思路？我倒是想到一个能让你发财的机会，不知你有没有兴趣？"

"什么机会？"郭名修立马睁开了双眼，来了精神。

"全国上下都在搞企业改制，我们厂也不例外，准备对厂里所有资产进行拍卖。"袁玉成说。

"关键是有没有钱赚，没钱赚，说什么也不感兴趣。"郭名修冷冷地应道。

"当然有呀，你自己算算。每吨铸铁是 4200 元，每吨铸钢是 4500 元，你把它加工一下成水轮机后，每吨价值 3 万元。加工后剩下的边角废料照样可卖钱，所以，加工这种产品损耗非常小。"见郭名修来了精神，袁玉成又继续说道，"我搞了多年的销售，知道现在的行情，到处都在发展小水电，产品供不应求。"见郭名修聚精会神的样子，袁玉成又故作神秘地说，"不瞒你说，我手头上已经掌握的订单都有上千万元，只要能生产，根本不愁销路，可惜我没有本钱，不然，我百分之百地下手，一辈子也难得碰到几个这样好的发财机会，机不可失，时不再来哟！"

郭名修的心算快得出奇，边听边在心里盘算，当袁玉成话音刚落，他一拍大腿大呼一声："行呀！我看这个项目可做。我俩一起合伙来搞怎么样？我占 51%，你占 49%，风险同担，利润均占，有福同享嘛！"

"可惜我怎么也筹措不了那么大一笔资金，再少也得几百万。"袁玉成叹了一口气，说，"没钱，看着银子也会变成水呀。"

郭名修笑道："凭我们多年的交情，我相信你，只要你下决心合伙来搞，你有多少钱出多少，不够，我先借给你，只是利息得付。"

"那当然当然，有这等好事，我还在乎这点利息？"袁玉成说完哈哈大笑。

"那就一言为定吧！"郭名修笑道，"这点子是你出的，就是亏了，你也不能怪我哟！"

"这活都能亏，今后还去挣什么钱？我向你保证，绝对亏不了！"袁玉成拍着胸脯信誓旦旦。

对于郭名修来说，袁玉成可谓"一语点醒梦中人"，真是"踏破铁鞋无觅处，得来全不费工夫"，自己正在为找新的项目山穷水尽之际，突然柳暗花明。

回家后，袁玉成找到一起在外跑销售的同事陈自民，两个人一起筹措资金 80 万元，一拍即合加盟竞拍。

在 2003 年 12 月一个大喜的日子里，郭名修在当地政府组织的拍卖会上，以 680 万元的价格竞拍成功。

郭名修一诺千金，按约定各占 51% 和 49% 比例分配了股权，并借钱给袁玉成、陈自民一起交竞拍资金。从此，新的公司郭名修决策拍板，具体业务由袁玉成、陈自民负责。三人各司其职，把公司搞得风生水起，就在当年光完成现成的千余万订单，就净赚了 500 多万元。

2004 年 9 月，郭名修用同样的方式，以 2800 万元收购了湖南省邵阳资江水电设备厂，又一次名声大振。

不久，又逢号称全国水电设备制造行业"八大金刚"之一的湖南省零陵发电设备厂改制，郭名修又以 4000 万元的价格竞拍成功。该厂原来的董事长廖金元，当满眼惊讶地看到轻松将自己昔日为之呕心沥血的阵地收入囊中的新主人时，他做梦也想不到，这个其貌不扬、不事张扬的郭名修，原来竟然是桂东一个地地道道的农民，现在就是一个身价数亿，活跃在大江南北，能点石成金、化腐朽为神奇的企业家。

而让郭名修至今还津津乐道的是，在收购几个水电设备厂的过程中，上天赐予了他们两段情缘一世佳话：一是成就了一段天作之合的美好姻缘；二是创造了一段银企合作的完美绝唱。

2004 年，郭名修在加拿大留学的儿子郭远志学成归来了，为了检验儿子所学的知识是否管用，他安排儿子"商场试水"，去推销厂里生产的水轮机等发电设备，没想到儿子二话没说便走马上任当起了推销员，几个月下来，竟一单接一单，单单惊喜，火爆异常。

此时，袁玉成的独生女儿袁如情也于湖南师范大学以优异的成绩毕业，并以优异的成绩考入了邵阳双清区委组织部。

不知何时，这对前世有缘的金童玉女都被对方的才华所倾倒，郎才女貌又志同道合，很快由恋爱到谈婚论嫁。双方父母本来就成了莫逆之交，一听这桩婚姻，自然笑得合不拢嘴。2006 年 5 月 1 日，有情人终成眷属，郭远志与袁如情步入了婚姻殿堂，让所有的亲朋好友都羡慕不已。

许多朋友对郭名修笑道："你真是赚大了，昔日的生意伙伴现在成了你的亲家，他就是这么一个女儿，女儿成了你家儿媳妇，岂不是你以前让你亲家赚的钱连人带钱全部都娶回来了？"

郭名修自然是哈哈大笑："缘分啊，缘分，我也没想到会有这么好的缘分，那是几代人积德行善修来的缘分……"

那个年代，作为私营企业，要得到银行的大力支持，往往是件不易的事情。

就在郭名修准备收购零陵机械厂时，一个偶然的机会，认识了一个贵人——永州市建设银行行长刘锡平。

那天上午11点多钟，郭名修怀着试试看的心理来到了永州建设银行。行长业务忙，待把几个客户的事情办妥以后，转眼就到了12点，便起身准备出去吃中餐，此时发现已经在办公室坐了半天的郭名修，问道："您有什么事吗？"

"我就想与您谈谈，争取您的支持。"郭名修很快自报家门，说明来意，"只是您太忙，好难有这个机会向您汇报。"

"哦，您就是那个收购零陵机械厂的郭总，久闻大名了，只是没有见过面。急吗？要不，我正好去前面一个小店里吃个盒饭，我们边走边聊，或者我们一起吃，边吃边聊。"刘行长看了郭名修一眼，笑道，"如果不嫌弃，我请您，前面那家店的煲仔饭好有特色呢，味道好，又实惠。"

"好呀好呀，有这样的机会，我求之不得呢！"郭名修高兴得想跳起来，压根儿没想到，堂堂的一个大行长，会这样平易近人，便紧跟行长来到了那家小餐馆。

小餐馆虽不大，但朴素、干净，来这里吃饭的人早排起了长队。两个人便点了两个煲仔饭，每个12元，边吃边聊了起来。也不知什么原因，两个人竟然聊得十分投缘，虽然是初次相识，但就仿佛是久别重逢的老朋友，话匣子一打开，便一发不可收拾。一餐煲仔饭，两个人成挚友，从此结下了不解之缘。

2007年，郭名修便看准了商机，果断进行房地产开发。此时的刘锡平行长二话没说，带领一班人进行考察、评估、放款，一下子给予了7000万元的贷款支持，创造了银行与企业合作双赢的美丽佳话。

两家的情谊也得到了前所未有的升华，一连五年，在万家团圆的春节，两家人都是在一起过年，共度这无限温馨的良宵节日。

郭名修想，有缘千里来相会，无缘对面不相逢。缘分这东西真是太奇妙了，能让两个原本天各一方的人，突然一天走到一起，相识、相知，甚至牵手一生，相伴一世。莫非真是缘由天定？

他告诫所有的亲人，缘由天定，分靠人为，一定要好好珍惜这可遇而不可求的缘分，坚守初心，要情深似海，义重如山……

为求晚岁身可托　泪别沤江到怒江

导致郭名修决心离开桂东背井离乡谋生的原因有两个。

一是地方太小，难有出头之日；二是人心叵测，难有生存空间。

"人往往是这样，自甘堕落的路上没人拦住你，出人头地的途中却万人阻挠。"郭名修对这句话感同身受。

郭名修万万没想到，当年做水泥、钢材生意时，因花8000元买一台手机，会得罪一名税官。

按理说，买台手机跟税务一点也不搭界，然而，世间的事就有那么巧，人背时了喝开水也塞牙。

郭名修买手机时，主观意识是为了方便联系做生意，到电信部门经营手机的正规店选购时，只考虑款式合不合眼，价格合不合理，电池经不经用，至于是谁卖手机，根本没有考虑。

可这样做，偏偏就出了问题。因为，一税官的老婆在电信部门工作，单位下了推销手机的任务。这下可好，人家说你郭名修不照顾我老婆的生意，我会关照你的生意吗？既然你目中无人，就休怪我不客气，不让你长点记性，你不知道自己有几斤几两，等着瞧吧！

俗话说，不怕贼偷着，就怕贼惦着。不久，税官果然像只饿狼一样找上门来，鸡蛋里挑骨头，罗列了一大堆"证据"，要郭名修缴纳天价"罚金"。

郭名修敏感地意识到来者不善，为当初买手机没考虑周全而懊恼，知道没油不脱锅，况且当时正逢改革喊得最响之际，全国上下"都在摸着石头过河"，许多法律法规都还不健全甚至相互矛盾打架，执法不规范、不严格、不透明、不文明以及不作为、乱作为等突出问题俯拾皆是。当然，郭名修更加明白很多事情，上纲上线是千斤，大事化小、小事化了一两都没有。

郭名修知道民不与官斗，胳膊拧不过大腿，便递烟端茶，毕恭毕敬地对税官说："我一个做小本生意的，一贯以来守法经营，每个月定税 300 元，已经是我们县最高额度的了，我可是不折不扣地按时交了，现在又要交什么罚金，都把我弄糊涂了。以前有什么得罪之处，希望您大人大量。"见税官仍然板着脸，面无血色，知道自己这次不放点血难逃厄运，便又强装笑脸，说，"您看您看，这几年托您的洪福，我的生意才有点起色，今后还得您关照关照。"

税官仍然没有回旋的余地，用眼睛扫了一眼店里停着一辆崭新的摩托车，话中有话地说："不错呀，郭老板这几年大发了，又买手机又买摩托……"

"哪里哪里，我知道，这些东西都是为了方便做生意。"郭名修听着税官的话，似乎什么都明白了，但转念一想，似乎什么也不明白，莫非他看上了那辆摩托车？要是这样，一切都好办了，花钱消灾吧！便把声音放低了八度，试探地说，"我知道，您夫人是卖手机的，手机有的是。如果这辆摩托车您喜欢，您开走吧，权当交个朋友……"

"哈哈哈，郭老板真是精明人，可惜这次我不是来要小钱，而是要大钱，摩托车我可不要！"税官一阵诡异的冷笑撑破了屋子，让人毛骨悚然。见郭名修已被吓得面如土色，税官说，"这次，我们是公事公办，县里也要抓典型，至于钱嘛，照章办事，该交的交，该罚的罚！能交钱不坐牢，就算你万幸啦。"说完扬长而去。

郭名修想，这次对方不是来刮点油的，是想将自己置于死地倾家荡产。

他动用一切关系，求爷爷告奶奶，最后还是以罚款 7 万元才免了牢狱之灾。那个年代，7 万元在县城可购几套房子，可是个天文数字。

这件事情，让郭名修明白了一个道理，在桂东那个小县城，别人是容不得你富有的。你觉得自己一不偷二不抢，起早摸黑靠汗水勤劳致富，有了一定的积蓄，可以谋更大的发展，理所应当可享受更美好的生活了，可你又错了。在别人看来，你致富了，你就是一头已经长肥了的牛，是到了可以宰杀分牛肉的时候了，至于用牛肉来小炒，还是红烧？是火锅，还是煲汤？全凭别人一时的兴趣和爱好。

郭名修为了融资，到当地农行借款，行长是个"指甲很长"的人，为了获得行长的支持，他不得不又是请喝酒吃饭，又是陪打牌唱歌，最后借到了该银行 26 万元，为表谢意，他找了个合适的理由封了个几千元的红包。后来行长出了事，被检察院抓了。没想到平时趾高气扬的行长，一到检察院就成了个十足的软骨头，就把这事竹筒倒豆子般招了，本以为，数目不大，检察官不会当回什么事。哪知检察院认为行长在避重就轻，就把这当成一条线索，二话没说，就把正在炎陵县帮别人兴建电站的郭名修"请"上了车协助调查。往日常常在他家吃饭的检察官，忽然变脸如同陌路，一副冰冷的手铐把郭名修铐在审讯室，站也站不得，坐也坐不得，整整折腾了两天一夜，可除了这几千元的事，再也没审出其他结果，检察院不得不把他放了。

郭名修想，"银行是娘"，全他妈的是鬼话！虎毒不食儿，可那雁过拔毛的行长，一到大难临头，便把那些昔日把他当祖宗供着的客户全牵扯了进来。试想，当初，不孝敬一下你行长，我能在银行借到半文钱不？如今，行长倒霉了，就还要拉下一批客户来垫背，你说行长该不该死？如果一个地方，不送礼办不了事，送了礼又办砸了事，送不行，不送也不行，什么叫人情客往？什么叫行贿？这样的生态，这样的环境，一个商人能有活路？还能发展壮大吗？

通过这事，让郭名修下定决心，要离开这个让他不舍又让他纠结、让他魂牵梦绕又让他伤心梦碎的家乡，他要找一个能让他生存、让他发展、让他终老的地方。

2004 年，桂东县许多人通过参与小水电的开发，积累了一定的经验，有了资金，有了技术，便把投资小水电的触角延伸到了县外和省外。

郭名修有个叫郭俊伟的朋友，已经挺进云南开发小水电，他邀请郭名修前往云南考察。郭名修怀着试试看的心理，安排黄国平、吴金明前往探路。

黄国平就带着郭名修的重托，与吴金明一道到云南西双版纳、大理、怒江等地寻找投资项目，通过十多天的考察，把目光锁定在怒江。

怒江是中国西南地区的大河之一，又称潞江，上游藏语叫"那曲河"，发源于青藏高原的唐古拉山南麓的吉热拍格。它深入青藏高原内部，由怒江第一湾西北向东南斜贯西藏东部的平浅谷地，入云南省折向南流，经怒江傈僳族自治州、保山市和德宏傣族景颇族自治州，流入缅甸后改称萨尔温江，最后注入印度洋的安达曼海。从河源至入海口全长3240公里，中国部分2013公里，云南段长650公里；总流域面积32.5万平方公里，中国部分13.78万平方公里；径流总量约700亿立方米，省内流域面积3.35万平方公里，占云南省面积8.7%。

怒江两岸居住着傈僳族、独龙族、怒族、普米族、白族、汉族等22个民族，他们和谐相处，守望相助，团结奋进，守护祖国边疆，建设美丽家园，阔时节、卡雀哇节、仙女节、吾昔节等民族节日精彩纷呈，摆时、哦得得、白族小调等民族文化丰富多彩。

怒江境内沟壑纵横，壁立千仞，森林茂盛，雨量充沛。

然而，神秘见原始，激流显无奈。老天爷在构建"山有欲飞峰，水无不怒石"的迷人风景的同时，也构建了"山羊无路走，猴子难爬过"的恶劣生存条件。千百年来，两岸的人们靠溜索飞越峡谷江河，一条条溜索和一座座索桥，颤悠悠地挂满了危险和心酸。新中国成立后，怒江各族人民翻身做了主人，历届党委、政府虽励精图治试图改变怒江的贫困，但由于基础太差，交通不便，电力不足，总不能如愿。怒江的艰难触目惊心，有的村民还似乎停留在原始社会。

怒江在哭泣，亲人在流泪。

怒江的极度贫困再度引起了党和国家的高度关注，开发农村水电资源，推进绿色发展，已成为怒江助力脱贫攻坚、实现乡村振兴的现实需要。

2004年，西部开发的春风给古老而沧桑的大峡谷送来了福音，怒江迎来前所未有的机遇！

经济要发展，电力要先行。怒江州出台了《关于开发小水电的实施方案》，大力招商引资，巧借东风，合力发展。真情招商的声音，通过各种渠道传遍了祖国四面八方，也吸引了各地有志之士前来投资兴业，各路豪杰开始云集怒江，大显身手。

2004年3月，在云南考察的黄国平传来消息，说云南怒江非常适合投资开发小水电，郭名修非常兴奋，决定亲自前往一探究竟。

4月3日，郭名修与老乡郭俊伟一起到了云南云龙、福贡、贡山几县考察，最后决定开发子楞河与子里甲河共两条河的小水电。

福贡县常务副县长张和仁一听到郭名修欲来投资兴办小水电，把他当上宾款待。

一顿手抓饭，浓浓政商情。当地政府的重视，让郭名修有一种宾至如归的好感，他下定决心回去拉上一帮人马在此落地生根。

郭名修坐大巴车从福贡回到昆明，途中十五六个小时，路上坎坷不平，车上又闷又臭，人颠簸得厉害，多次想吐，但想到有项目可做，他全忘了一路的艰辛。

4月15日，郭名修与郭垂桂、黄国平、钟建雄等人集结昆明。在昆明以800元一天的价格租了辆商务车，风雨兼程，当天就来到了六库。

在六库住了一个晚上，第二天便马不停蹄地前往子楞河，可路上碰上塌方，交通中断，一时去不了，只好又回到六库。直到4月17日恢复交通，几个人才终于到了福贡。几个人以每月2000元的价格租用了当地一栋民房，安营扎寨，立马开展工作。

4月19日，为了让电工李拥林顺利到岗，郭名修命何华军开车从桂东出发，经过两天两夜的奔波，终于在21日把电工送到了福贡。

听说何华军开车两天两夜都没休息，以超常的毅力和精湛的开车水平按时完成了任务，且不说一声苦，不喊一声累，郭名修很是感动，为手下有这样能吃苦耐劳的得力助手而感到欣慰。

其实，何华军与黄国平一样，原是桂东建设银行的正式职工，且同样是军人出身。能开车，车技一流；能喝酒，善于与老百姓打交道；能唱歌，天生好嗓子，能飙高音，在团队里面是个活跃分子。后来在企业改革中果断"买断工龄"离开桂东建行，跟随郭名修转战云南做电站，几十年如一日地摸爬滚打，何华军的才能得到了充分发挥，也得到了公司领导的一致认可。当然，这是后话。

时间再回到2004年4月25日，一切都在有条不紊地进行，可一场百年不遇的大雪把福贡几乎所有的电网都毁得瘫痪。

到了6月初，还没有恢复电网供电，项目无法施工，一行人除了让电工李拥林夫妻俩镇守"大本营"外，其余的人不得不撤回桂东。

一晃就到了8月份，一行人又赶回福贡，可工地仍然无法供电。没办法，时间不等人，郭名修一咬牙，没电供应也要干！他们便买来柴油机，准备用柴油机发电打隧道。

随着柴油发电机一响，子里甲电站建设立马紧锣密鼓地进行。

一声炮响，两处惊鸿，打破了往日的寂静，昔日沉睡的山谷忽然响起了机器的轰鸣声。

郭名修与他的工人们一起在工地上挥汗如雨！

天道酬勤，他们的满腔热情，他们的冲天干劲，他们的惊人速度，立即感动了上帝。

在一个美好的日子里，福贡县女县长密秀芳带领水利局局长余邓南来到工地了解情况，当问到什么时候可并网发电时，郭名修直言不讳说："只要县委、县政府重视，各部门支持，及时帮我们把相关的证件办下来，我们就能放开手脚大干，保证在一年内发电！"

女县长立即指示相关负责人，要搞好相关服务工作，为企业排忧解难，边施工，边办证，按县委、县政府的相关精神，特事特办，坚决不能因为相关职能部门办证的事，影响了电站的施工。

在女县长的重视和支持下，郭名修顺利取得了干布河、扎利河两条河总共可装机 8000 多千瓦的小水电开发权。

2005 年 10 月一个艳阳高照的日子，装机 4060 千瓦的干布河电站并网发电。

同年 12 月 5 日，在一片喜庆声中，装机 4060 千瓦的扎利河电站又顺利并网发电。

从开工到竣工，两个电站仅仅一年时间就成功并网发电，郭名修与他的团队像一支南征北战的劲旅挺进怒江，立即出手不凡，首战告捷，让怒江两岸的人刮目相看！

听着水轮机的欢唱，看到哗哗的流水变成了沓沓钞票，郭名修笑着对黄国平说："看来我们真的可在云南养老啦……"

郭名修的幽默立刻把在场的人逗乐了，那电站的厂房里充满了用智慧和汗水换来的欢笑……

度尽劫波情义在　相逢一笑泯恩仇

　　郭名修说，在云南做电站的过程中，一个很大的收获就是学会了宽容，领悟到了一个道理：宽容是一种智慧、一种美德、一种涵养。

　　他说，在这个平凡而又复杂的社会里，一个人要想求生存、谋发展，单靠自己一个人的力量只能是事倍功半，要想生存、发展、壮大，成就一番事业，就必须得到别人的理解、支持和帮助。而要得到别人的理解、支持和帮助，就要学会与他人友好相处，正确处理好人际关系。要处理好人际关系，就要有宽广的胸襟。世界因宽容而精彩，人生因宽容而绚丽！所谓"宰相肚里能撑船""忍一时风平浪静，退一步海阔天空"，就是这个道理。

　　他非常欣赏法国作家雨果在《悲惨世界》的那句名言："比陆地更宽阔的是海洋，比海洋更宽阔的是天空，比天空更宽阔的是人的胸怀。"

　　郭名修说，人要像怒江两岸的巍巍大山一样，能容簇簇鲜花，也能容丛丛荆棘；能容参天大树，也能容无名小草。

　　回想起兴建子里甲电站时那惊心动魄的一幕幕，郭名修至今还心有余悸。他说，要不是当时有一种宽容的态度，沉着冷静，处变不惊，子里甲电站后果简直不堪设想。

　　2004年底，像以往做任何电站一样，选了一个黄道吉日，在一阵鞭炮声中，子里甲电站破土动工了。

工程队分成 5 个打隧道组，分别到指定位置安营扎寨施工。李桂祥组与罗定祥组在山下一小溪旁共同搭建了一个棚，吃、喝、拉、撒全在里面。两队人马同时住在一个地方，春天一过，每到下班回来，这里树木葱茏，和风习习，泉水叮咚，蛙声阵阵，让人心旷神怡，好一个神仙住的地方！

这里一切的一切，是那么平静，那么安详，谁也没想过有死神会嫉妒这么一个地方，悄悄地朝这边走来。

2005 年 5 月的一个晚上，像往常一样，两队人马下班回来，晚饭后，又说又笑，天淅淅沥沥下起了雨，雨打芭蕉叶带愁，心同新月向人羞，所有的人都把这当成美妙的音乐，带着心爱的人或想着心爱的人进入了梦乡。

他们全然不知，此时的大山就像个非常饥渴的大汉，开始贪婪地畅饮着这落个不停的雨水。

到第二天凌晨，往日文静温柔的大山忽然变成了一个喝得一塌糊涂的贪杯醉汉，他打了一个大大的嗝，喷出了一些黏液和酸水，那种恶臭充斥着嘴巴和鼻孔。他想忍住，却丝毫忍不住，一个又一个恶心仿佛一个又一个令人生厌的泼妇，顷刻间变成了一群受惊的野马，咆哮着往上冲，随着又一次冲锋，"嗝！呃……哇！哇……"呕吐物沿着食道以排山倒海的气势突破他喉咙那道封锁线，从他张大的嘴巴里喷射而出——那浑浊的山洪与凶猛的泥石流就是他翻江倒海吐出来的污秽！

肆虐的洪水与泥石流翻滚着、怒吼着，像猛兽一样冲出山谷，扑向山下的大棚和田野，扑向了深夜里熟睡在大棚里的民工。当民工互相叫喊着冲出大棚的时候，泥石流已经快推倒整个大棚了，惊慌失措的民工在黑暗中来不及穿上裤子，惊叫着狼狈不堪地向棚厂侧面的山坡上逃命。

罗定祥猛然从温柔乡里惊醒，可还来不及跳下床，就被淹没在泥石流中，再也不能起来，一条活生生的生命瞬间就被无情的泥石流吞噬。

灾情就是命令，郭名修立马与黄国平赶到现场，组织抗洪抢险救灾。他不怨天尤人，不藏着掖着，不推诿责任，该赔的赔，要钱出钱，要人出人，要力出力，寻找死者遗体，安抚死者家属，并在第一时间及时将妥善处理好这起意外事故的经过向当地党委、政府汇报，获得了当地党委、政府的理解和肯定。死者家属由于得到了公司领导及时足额的赔偿，以及仁至义尽的关怀，非常理解配合，没有说半句过分的话。

郭名修利用这次天灾，对所有的民工来了一次安全再教育，强调一切都要以人为本，安全第一。

可不管怎么强调，人生无常，险象环生，有些事情就怎么也会出人意料地发生。2006年5月，好不容易把电站建好了，试水发电时又遭遇了第二次惊魂一刻。

那一天试水发电，当工作人员拉开闸门，清澈的水沿着压力管道倾泻而下，水轮机立即转动起来，发出了欢快的轰鸣，仿佛在唱着一曲激越的凯旋曲，所有的人都为之欢呼雀跃，沉浸在成功的喜悦中。

细心的郭名修带领工作人员从水渠到前池，从管道到机房再到上网的线路，都一一再仔细检查了一遍，都没有发现任何不正常的地方。

可又是到了后半夜，离前池下来80米处，一段压力管道由于焊接时一丁点疏忽，针眼大的地方被强大的水流撕开了一条缝隙，由缝隙变成了一张大大的嘴巴，压力管逐步变成了一条吐着海水的巨龙，水从压力管外形成了一个瀑布飞流直下。这下可好，大水把下面老百姓的一间木板做的吊脚楼冲倒，并冲走了老百姓的一头猪和一只老母鸡。万幸的是，那间吊脚楼没有住人，所以没有造成人员伤亡，但就把所有的工作人员吓得面如土色。

天一亮，郭名修听说冲倒了老百姓的房子，立马带了几万元现金来到了老百姓家，给老百姓赔礼道歉，商量妥善解决这突然发生的事件。他说，做任何事情，必须把老百姓的利益放在首位，不能让老百姓吃亏。

老百姓看到郭名修身上穿着泥巴裹满裤腿、汗水湿了衣背的工作服，特别是脚上穿着一双破旧的解放鞋，以为最多是个来跑腿的电站管理员，怎么也不相信坐在他面前这位与农民没什么两样的人竟然是来云南兴建电站的大老板，便满眼迟疑地问："您就是那位郭老总？"

"是的。"郭名修看了他一眼，感觉这老乡也是个讲情讲理之人，一下子拉近了两人距离，便说，"我们老远来这里投资建电站，一是响应你们当地政府的号召，觉得你们当地政府对我们很真诚，所以通过招商引资，我们来到了贵地；二是想为促进当地经济建设做点事，让老百姓受点益，最后我们自己也挣点钱，做到你好我好大家好。没想到在试机的过程中，会出现这样一点小插曲。事情既然已经出了，就得面对现实。真对不起，我这么早来，就是想来与您协商解决这问题。您有什么要求或者好的建议，尽管提，我们尽量做得圆满些，我保证说话算数，且说一不二。"

老乡看到郭名修态度这么诚恳，便消除了当初所有的怨气，把损失一五一十地算给了大家听，说要赔偿2万元。

郭名修听后，说："老乡这么理解我们，我们要为我们的过失负责，就按您提的两万就两万吧，我们绝对不会与您讨价还价！"

说完便叫身边工作人员拟好赔款协议，交给老乡过目，并逐条念给老乡听。

老乡点头答应了，签字，按上手印，郭名修亲自掏出准备好的钱如数交到了老乡手上。

等到乡里的领导赶到这老百姓家时，一切的一切都圆满解决了。一问老乡，老乡说："没想到有这么诚恳的老板，该赔的他都赔了，并一大早主动找上门来协商，人心都是肉长的，我们还有什么话可说呢？谁也有过困难的时候，一件事做不到人老，我们还能趁此机会漫天要价？"

老乡的话语间，溢满了淳朴、耿直和真诚，溢满了理解、同情和支持。老百姓都满意了，自然那些下乡来的领导干部无话可说了，纷纷称赞这样的企业、这样的老板诚信、宽容、大气，是干大事的料。

一会儿，当县里相关部门的领导怒气冲冲地来到现场准备兴师问罪时，乡党委书记竟然站在企业这边，为郭名修据理力争。他理直气壮地说："人家该负的责都负了，该赔的赔了，老百姓都没什么意见了，我们还七嘴八舌说什么？既然是试机，就可能还会出现问题，不然，叫什么试机？谁也不必大惊小怪，该怎么做，我自有分寸，大家回去吧！我们的义务就是服务企业，服务群众，群众与企业双方都圆满地解决了问题，我们不正是要这个结果吗？"

乡党委书记的一席话，让在场的人心服口服，来自方方面面的人都打道回府了，那个村子里留下了一段握手言和化解群众纠纷的佳话！

郭名修立即组织全体员工再次汲取深刻教训，对电站来了个彻底的安全隐患排查，投入80万元对压力管进行返工和加固。

也许好事多磨吧，就在用索道重新吊装已经加固了的压力管时，又出现了一次惊魂一刻。当把那截压力管吊到20米高的时候，焊接在压力管上的吊环被钢丝索拉断，压力管掉了下来，幸亏这次及时疏散了人群，对安全做了相关的预案，所以，虚惊一场，没有酿成悲剧。

2006年6月，历经三次"惊魂一刻"、装机8000千瓦的子里甲电站终于并网发电，成了一个质量与效益俱佳的小水电站。

就在子里甲电站即将竣工验收的同时，子楞河电站也开工了。

为了建厂房，要征收沙瓦村子楞河组的一块地，对地上的树木进行补偿，那块地正好是一个老百姓的板栗园。按县里有关部门出台的补偿标准，以及相关领导现场鉴定，每损毁一棵板栗树要补偿60元。但不管乡村干部怎么讲政策，老百姓就是不听，死活不肯。

郭名修找上门去，想与其协商，还没讲上几句话，那位老乡见他身上穿着只是黄跑鞋、工作服，脸晒得黑不溜秋，很不耐烦地下了逐客令："你来谈还不是浪费我的时间，有什么用？回去叫你们老板来谈吧！"

与郭名修一同来的何华军指着他抢着话头说："坐在你面前这位就是我们的老板呀！"

老乡一听是老板，终于换了语气，便丢下手里的活坐了下来，开口要了每株300元。

在场的人一下子目瞪口呆，惊讶得说不出半句话来，都认为这老乡是狮子大开口，屋里顿时鸦雀无声，空气像凝固了似的，寂静得掉下一根针也能听见。

眼看谈判陷入了僵局，全部的人都把目光齐刷刷地投向了郭名修。

谁知郭名修立马拍板说："行吧，就按您说的办！"

最后按株点数共赔偿了这名老乡 3 万多元钱，终于啃下了征地时的一块硬骨头。

随行的人觉得这钱出得有点冤，斗胆地问郭名修："您一向以来都老成持重精打细算，每一次谈判都沉得住气，这次为何就那么轻易爽快地答应了那老乡？您不觉得我们赔偿得太多了吗？"

郭名修笑呵呵地说："与平民百姓打交道我们就要大气些、宽容些，试想，乡村两级那么多领导上门做工作了，他都死活不答应，你去说他就会答应？人心都是肉长的，老百姓讲的是利益，他可不管你那么多大道理。在别人眼中，那上百株板栗树就是树，可在他眼里，是赖以生存的摇钱树，就像他养的一只正下蛋的鸡，你看到的就是最多两斤肉，而他看到的是日后能生多少蛋，蛋又生多少鸡，鸡又生多少蛋，你能算得清？还有就是他为之付出的心血和汗水，那板栗园就是他的梦想、他的希望，那可是用金钱无法衡量的感情。你换位思考，你就不会觉得吃亏了。请记住，今后办事情，凡是能用钱解决的事情，就不是什么大事！"

随行的人听了，一下子豁然开朗了，内心佩服郭名修的宽容与大气。

建电站要修一段施工公路，按设计要拆掉老百姓一间旧板房，当工作人员与房主协商多次，愿意按远远高于市场价 8 万元补偿，可那老乡仍然不肯。

在交谈中，村里的领导透露出村里的小学破陋不堪，邀请郭名修前往去看看。郭名修一看，电站的施工公路正好与建设学校的道路一起规划，爽快地答应，由公司捐资 20 万元兴建了一所希望小学。

解决了当地孩子上学难的问题，赢得全村家长的衷心拥护，有了村干部和群众的支持，郭名修在那个村建电站，牵涉到关系群众的问题，一切都迎刃而解了。

事隔多年，当地人一提起那所希望小学，就对郭名修竖起大拇指情不自禁地满口称赞。

郭名修说，在任何地方，赚了钱以后，再捐些钱来行善积德做公益事业，都是值得的，这也是一种回报社会的品行修养。

在建设电站过程中，有个技术员叫周学新，在20世纪80年代是桂东公安战线的一名干警，因为人本分，工作积极，便提拔到了桂东流源锡矿当矿长，名副其实地当了一名手下有三四百员工的企业负责人。后来因多生一个小孩违反计划生育被开除公职回家务农，通过自学半路出家学会了测量。他走投无路之际，找到在云南创业的郭名修，想以测量技术能混口饭吃。

郭名修念他是老乡，又对他的处境表示同情，便安排了他当技术员。

可周学新的技术还没完全学精通，一条隧道被他直线变成S形，足足多打了70米，幸亏水平面没错，不然下不了台。他鼓起勇气找到郭名修，说自己羞愧难当，让郭总多花了那么多冤枉钱，再没有脸面混下去了，准备收拾行李走人。他长叹一声，抬头望了郭名修一眼，就这一眼，让郭名修悚然一惊，只见周学新一下子苍老了许多，原本表情还算丰富的脸，仿佛顷刻间荒芜了，凝固了，眼里所有的希望就要熄灭，像月黑风高的寒夜没了半缕星光，如末日来临全是绝望。

郭名修顿生怜悯之心，半句话也没有责怪，说："急什么呀？谁没有过失误的时候？在这里好好干吧，今后不要再出现这种失误就是了。"

郭名修的宽容如一掬清澈的甘泉，款款地抹去了周学新心头的内疚、不安与忧愁。

周学新感激涕零，留了下来，发誓要奋起直追，穿越平庸，好好报答郭名修的谅解、旷达与博爱。从此，刻苦钻研技术，兢兢业业，一丝不苟，尽职尽责，跟着郭名修一干就是15年，再没有出现过类似技术上的失误。

郭名修说，古人说得好，"人非圣贤，孰能无过"？通过这些事悟出了一个道理，做任何事该放手时就放手，得饶人处且饶人，度尽劫波情义在，相逢一笑泯恩仇。

他说，宽容是一种理性，体现出一个人的修养和气度，宽容别人，其实也是给自己的心灵让路。

郭名修的宽容成了一把钥匙，开启了幸福之门，仿佛一叶扁舟载着他的团队涉过了一个又一个暗礁险滩，取得了一个又一个辉煌。

郭名修的宽容为他人打开了一扇窗，也让他自己看到了一个无比美丽的天空，那里有新月，有朝霞，有美丽的梦想……

醉卧青山醒望月　淘金逐梦到大黎

　　就在子里甲电站整改加固的同时，郭名修带领黄国平等人来到了德钦县寻找小水电开发资源。

　　当他们毛遂自荐找到德钦县招商局时，局长根本不认识郭名修，出于礼貌，给了他们每人一杯茶，却用怀疑的眼光打量着面前这几位不速之客。

　　郭名修并没有急于求成，而是非常诚恳地发出邀请，请求县领导带领相关部门负责人到福贡县考察他们做的几座电站。

　　果然，他们的坦诚感动了上帝，县里很快决定组成一个调研领导小组，由一名老副县长带队前往福贡县学习考察。

　　考察组回去以后，立即向县委、县政府作了详细汇报，一致认为郭名修这支队伍，不论从资金还是技术上，都值得引进合作。

　　县委书记、县长当即召开专题会议研究决定，同意引进郭名修的企业到德钦县开发小水电。

　　郭名修看中了该县境内五六条河的水资源，心想，通过招商引资到当地来开发，肯定是捷足先登，左右逢源，水到渠成，便兴高采烈地来到了德钦县，准备撸起袖子甩开膀子大干一场。

　　然而，这一次却出乎他们的意料之外。

　　当郭名修一行第二次找到县长时，县长一改往日的热情，只答应给三叉河这一条河可装机 2 万千瓦的开发权让其开发小水电。且态度非常坚决地指令：必须先办完各种手续后才能破土动工。

要在短时间办完各种手续，谈何容易？

首先需要在办理所有手续之前，搞好环境评估。

其次就是办理各种证件，从立项到开工，包括水能资源开发申请和水电站建设项目流域综合规划同意书、水电站建设项目防洪规划同意书、水资源论证报告书审批、水土保持方案审批及选址意见书、项目环境影响报告书（表）审批、用地审（预）批、林地征（占）审（预）批、立项审批、初步设计文件审批、开工审批、水电站工程竣工验收备案等十多种审批项目的文本，都得白纸黑字、部门公章、领导签字……

等办完各种各样的手续，大半年一晃就过去了。

当郭名修好不容易办完各种手续后，当地一首富找上门来，说这一条河就在他家门口，无论如何也得让他入伙来做，否则日后的工作可能会出现一些意想不到的后果。

郭名修当然能听懂对方的潜台词，对方所谓的"意想不到"其实就是"你可以想象到"，说白了就是"你不让我做，我就让你不好做，让你吃不了兜着走"。

郭名修想，强龙难压地头蛇，干脆忍痛割爱吧！与其今后麻烦不断，倒不如现在快刀斩乱麻！

于是，郭名修要回了一点前期已经投入的项目资金，拱手让给了对方，带着遗憾与心酸，卷起铺盖离开了德钦县，再回到了福贡县建设子里甲电站的扫尾工程，集中精力建设子楞河和阿鲁河电站。

阿鲁河电站装机 12600 千瓦，上网需要架设一公里到变电站的 35 千伏的高压线路。

然而，做这两个电站也不是那么一帆风顺，也同样遭受到了当地一些地皮蛇的"青睐"。

郭名修正着手请有关工程队施工，县电网公司调度室的李主任找上门来，说要"推荐"一个工程队来承包。吴是当地有名的"电老虎",说是"推荐",实是强揽,他掌管电网的调度大权,掐住你的咽喉,摁住你的命门,他要做的工程你能不给?

就这样,不仅要给,还得赔着笑脸"给"。

李主任本来就是一个"狮子型"干部,常常狮子口大开。这次有这样一个机会,下手自然不轻。按常规,按照当时的市场价格,架设一公里高压线路,满打满算有了50万元应该绰绰有余,可他"推荐"的工程队就要了110万元。

郭名修明知被他狠狠地宰了一刀,但考虑日后还得在那里做电站,只好打落牙齿连血吞,毕恭毕敬照付不误。直到李主任因索贿受贿贪污腐败东窗事发被开除公职,也只能忍气吞声,丝毫也不敢说半个不字。

李主任的飞扬跋扈,让郭名修深深地领教了"电老虎"的威力,为日后下决心退出阿鲁河电站埋下了伏笔。

2008年,子楞河电站与阿鲁河电站运行情况都非常正常,但来自福建的张自民与来自广东的林艳和两个合伙人,在如何管理经营这两个电站的意见上,出现了严重的分歧。

正应了那句老话,一个和尚挑水喝,两个和尚扛水喝,三个和尚没水喝。夹在中间的郭名修敏感地意识到,如果一个团队内讧,必定死路一条,企业不可能做强做大。他提议把两个电站作价出售处理。

郭名修的提议得到了另外两个合伙人的一致通过,最后合伙人之一的张自民以每千瓦5200元的价格分期付款把两个电站收入囊中,半年后付清余款,其他合伙人各自携款另辟蹊径发展,均皆大欢喜。此事标志着郭名修在福贡第一期投资兴办小水电圆满结束。

2008年3月一个寂静的夜晚,居住在长沙的郭名修突然接到蔡佳贵的电话,询问他大黎的铅锌矿有人准备与原矿主洽谈整体转让事宜,问他是否知道此事,让郭名修一头雾水。

郭名修放下电话,思量片刻,立刻明白是什么事了。

原来,在2007年冬,郭名修与几个人准备合伙经营矿山,听说广西藤县的大黎镇有一座矿山欲整体出让，一行人来到了大黎镇。

大黎镇，隶属于广西壮族自治区梧州市藤县，位于藤县西北部，与东荣镇、蒙山县陈塘镇交界，南接平南县同和镇，西邻宁康乡，北连蒙山县文圩镇和夏宜瑶族自治乡，全镇总面积313.54平方千米。

该镇地处山区，山高坡陡，沟壑密度大，地形地貌复杂。地势南高北低，最高峰位于六练山，海拔884米。有石英、铅、锌、金、银、铜、钼、硫、钛、砷等矿产资源，特别是铅、锌储量大，品位相对较高。

当地人最引以为豪的是，该镇为太平天国"四王故里"，太平天国运动时，英王陈玉成、忠王李秀成、侍王李世贤、来王陆顺德就出生在这个小镇的几个贫苦农民家庭。当地党委、政府因势利导打造"四王"故里文化，发展特色旅游产业，境内有"四王"纪念馆、"四王"史绩陈列馆、"四王"故里牌坊、"四王"纪念亭、"四王"森林公园、"四王"天然泳场及"四王"漂流等景点。

2021年，当地政府顺应民意，因势利导组织民间募集资金近百万元，在黎江旺官渡口修建了一座长200米宽9米16孔漫水桥，并在江畔兴建了一个高8.9米六角重檐凌云亭，名叫"四王风雨亭"，亭上有一联："革命着先声，天国四王从此起；前程思奋迹，过江名士问津来。"建设者期望"行于桥，桥通心畅；坐于亭，亭庇荫佑；思其惠，惠及子孙；论其功，功在千秋……"可见当地对历史文化的重视、传承和发扬是下了一番功夫的。

也许是一种机缘巧合，郭名修在大黎镇认识了在矿山经营多年的蔡佳贵。

蔡佳贵，1969年出生，湖南益阳人。人长得高挑帅气，从21岁开始，分别在广东阳春硫铁矿、山东枣庄金矿、广西凤山锌铜矿、江西瀨粱金矿等多个地方工作，2004年11月来到广西藤县大黎，对矿山的各个工种都了如指掌。

郭名修一行来大黎建大矿业有限责任公司考察，蔡佳贵井上井下全程陪同，双方都留下了很深的印象，握手告别时，相互留下了电话号码。

2008年3月，当别人准备踢开郭名修收购建大矿业有限责任公司时，蔡佳贵一个电话顿时把他敲醒，真是商场如战场，在利益面前，很多人把"义气"两字早已抛到了九霄云外。

郭名修咽不下这口气，决心主动出击。

事不宜迟，郭名修与蔡约好，捷足先登同赴福建找到原矿主洽谈。

第二天，郭名修从长沙出发，蔡佳贵从桂林出发，两个人坐飞机同时赶到了福建福州。

下午四点，两人找到了原矿主潘波。通过饭前饭后共四个小时的洽谈，终于达成一致意见，签订了以3800万元转让矿山开发权的协议。

第二天，郭名修一回到长沙，便按照协议付清了所有的款项，该项目终于尘埃落定，郭名修接管了建大矿业有限公司开采权。

郭名修个人占有67.5%的股份，郴州谢成湘占20%，原股东周龙占10%，蔡佳贵占2.5%。郭名修委托原郴电国际总经理刘某管理，由于刘管理不懂业务，又碰上金融危机，银子的价格不高，矿山经营陷入困境。

2009年，郭名修当机立断，以原收购价转让给了郴州市桥口铅锌矿。

"桥口"管理并无起色，他们想脱手，又愁无人接盘。

郭名修通过研究市场发展规律，又出人意料地以3800万元再次回购。

这次天遂人愿，从2010年到2011年，短短两年，市场发生了巨大的变化，银子的价格由每克2.5元一路猛涨到了每克10元以上。郭名修的投入终于得到了丰厚的回报，还清了本钱，还稍微赚了一些。

生意场上，很多事外人看不懂，如同打牌，一手好牌，要看是谁去打，有时，一手好牌就未必能赢。该出手时就出手，这是很多人能做到的，但该收手时能收手，做到见好就收急流勇退，就是很少人才能做到的。商海弄潮，往往都是波浪式发展，有高潮就会有低谷，有赢家就会有输家。谁有耐心，谁就是强者；谁抢占了制高点，谁就是赢家。

2012年，就在郭名修开矿风头正劲时，他做了个大胆的决定，把51%的股份转让给了郴州的许运平，自己留了16.5%。

2013年，因国家调整相关政策，地处大黎的建大矿业有限公司的矿山被暂停开采。

2015 年，看到复工复产遥遥无期，谢成湘将 20% 的股份作价 400 万元再转让给了郭名修，而周龙 10% 的股份作价 200 万元转让给了蔡佳贵。

郭名修与蔡佳贵又成了名副其实的生意伙伴。

处事无非人心，谋局无非人性。郭名修坚信，把时间花在哪里，收获就在哪里。从 2017 年开始，郭名修与黄国平一起，东奔西跑，上藤县，奔梧州，跑南宁，争取相关部门支持。功夫不负有心人，终于，到 2022 年 1 月 19 日，建大矿业有限公司又取得了矿山开采许可证。

"路虽远，行则将至；事虽难，做则必成。"郭名修深深地体会到，赚钱并不一定要有很高的文化或智商，但必须有敏捷而又沉着的商业思维和足够的坚守耐心，必须把时间和信念投入你看准了的投资项目中，像打仗一样，绝对不计较一城一池的得失，直到坚持最后的胜利。

多少个白天，经历满眼坎坷；多少个夜晚，望着满天星辰；多少次奔波，换来的就是满脸辛酸与无奈！如今，山重水复，苦尽甜来，一手"好牌"又回到了郭名修等人手中，沉默了十年的大黎矿山，又有了机器的轰鸣和工人们的欢笑……

二改方案三竞拍　丹珠河花落谁家

　　郭名修站立在怒江边，望着江水出神，江水仍然肆意奔跑，波涛依旧撕心呼号，一江怒水，曲曲悲歌。

　　他想起怒江两岸的各色面孔，想起怒江的过去、现在与未来，声声波涛如阵阵鞭子，抽打在他的身上，痛在他的心里。

　　多少年来，时间如江水奔流不息，在浊了又清、绿了又黄的流转中，怒江却依然在时代的钟摆上摇晃——寻找平衡，渴望美好，而两岸的父老乡亲却还在无尽的祈盼中代代受穷，只能望着这滔滔江水白白流走而兴叹！

　　多少年来，历届党委、政府都呕心沥血，励精图治，想带领乡亲们摆脱贫困，但由于地处偏僻，交通不便，基础差，底子薄，脱贫致富举步维艰，许多群众还在为温饱发愁。

　　当国家发展小水电产业的春风吹到了怒江两岸，当地的执政者，当然会紧紧抓住这一大好的发展机遇。

　　郭名修来到了怒江，他想尽自己最大的能力，为怒江两岸的人多建几座电站，为造福当地多尽一份心、多出一份力。

　　2008 年 9 月一个美好的日子，一只头戴皇冠的大公鸡亮开了金嗓子引吭高歌，仿佛吹响了激越的号角，唤醒了天地间所有的生灵。太阳像一个楚楚动人、羞羞答答的少女，慵懒地挪动着曼妙的身材，撒着娇儿露出了稚嫩的脸庞，透过粉红色的轻纱把缕缕温馨和勃勃生机洒向了人间大地。和风抚着绿叶，告别柔情蜜意的夜晚。朝霞拥着花开，感慨依依不舍的爱情。怒江扬起金波，诉说往日熟悉的故事。两岸层林尽染，展示今日多姿的风采。漫山遍野的鸟儿飞上了枝头，叽叽喳喳地摆弄着漂亮的裙裾，载歌载舞，击鼓和鸣。顷刻间，高山亮了，深谷响了，那些点缀在大峡谷中晨雾与峭壁相随的古村古寨，升起了袅袅炊烟，那浓郁的腊肉香开始在空中弥漫，立即勾起了乡愁，勾起了味蕾，勾起了人们对崭新一天的企盼与期望。

郭名修走在那古老的石板路上，百感交集，思绪万千。

叮铃铃，叮铃铃，叮铃铃……

随着一阵手机的铃声，郭名修思想的野马立刻拉住了缰绳，戛然而止。

定睛一看，是民和电业有限责任公司财务总监钟文伟的电话，郭名修毫不迟疑地接了电话。

"郭总，去昆明玩不？"电话那头爽朗的笑声，虽隔了那么远的距离仍旧那么清脆，仿佛他就在身后，郭名修似乎能触摸到他的身影，甚至还能闻到他身上昨晚残留的烟酒味。

"我哪有你那样的闲情逸致？没什么事可没有心情去玩。"郭名修笑道，猜想对方肯定有什么事，不然，今天不会一大早就打电话来。

"我要是说出去见一个人，把那个人的名字说出来，我想郭总肯定会感兴趣的。"对方果然卖起了关子，又是一阵大笑。

"谁？"郭名修下意识地问了一句，心想有什么人此刻能吊起自己的胃口？

"毛—成—文！"对方故作神秘慢吞吞地说出了名字，停了一会，又慢吞吞地说，"这次他代表民发公司去竞拍丹珠河小水电开发权，据说第二次又流拍了，难道你不想去问问是什么原因？"

这话果然像一杯烈酒，让郭名修立刻精神一振，来了兴趣。

毛成文是民发电业有限责任公司的董事会秘书，原来与郭名修早已认识，并且比较投缘。这次被钟文伟一说，仿佛一下点醒了梦中人，这样的信息，原来自己一点也不知道。

郭名修想，这样的拍卖会，既然两次没有成功，就必定会有第三次，说明自己还有希望抓住这一次机遇。

郭名修幻想着下一次拍卖会的场景，仿佛看到了自己坐在了宽敞的拍卖大厅现场，望着那个拍卖师手里举着个小小的黑檀木槌，正眉飞色舞地煽情主持拍卖。

在郭名修看来，拍卖师那个传统的黑檀木槌是公平、公正、公开的代表，是机遇的象征、财富的象征、智慧的象征，是无怨无悔、义无反顾、一锤定音的选择与决断！在阳光下，在方圆里，在高手林立、群雄逐鹿中，只要他那个小小的木槌为你敲响，就标志着你赢得了机遇、赢得了财富、赢得了智慧。

郭名修便坐上了钟文伟的车，一道前往昆明去接毛成文。

都是熟人，一见面便少了许多客套，在回贡山的路上，几人一下子拉开了话匣子。

原来，贡山县为了招商引资，对丹珠河进行小水电资源开发，已经为此举行了两次拍卖会，可惜都流拍了。当地政府求贤若渴，招商心切，决心举行第三次拍卖会。

郭名修听到这一消息，如获至宝，立即电话与黄国平商量，要其火速准备资料报名，争取在拍卖会上举牌竞拍。

在通宝宾馆，贡山县的常务副县长杨俊义热情地接待了他们。杨俊义常务副县长说，对郭名修这支队伍早有所闻，且对他们做的几座电站情况也有所了解，希望他这次能抓住机遇报名竞拍，且希望他能竞拍中标，合作成功。

杨俊义的坦诚，让郭名修感受到了当地党委、政府招商引资的诚心、决心和信心，他感到异常温暖，决心拿下丹珠河流域的小水电开发权，为助力当地经济发展做一番事业。

果然，在拍卖会上，郭名修公司的代表郭远辉举牌，力压群雄，笑傲群英，脱颖而出，随着拍卖师一锤定音，以801万元资金一举拿下了丹珠河流域的小水电开发权。

拍卖会上有人犹豫不决，过后却后悔莫及。事过三天，有人愿追加1000万受让该开发权，郭名修断然拒绝。又过两月，有人愿追加2000万，郭名修仍不为所动。

当年11月，贡山县恒远水电开发有限公司邀请湖南省怀化市水利水电勘察设计院承担丹珠河流域开发规划及电站的主要设计工作。

拍卖时电站装机容量2.5万千瓦，开发高程2000米，可在电站选址时，原计划厂房的位置出现了个难题，那里有个稀有金属矿——铌钽矿，"矿藏压覆"到省里批，怎么也批不下来，第一方案就这样泡汤了。

第一方案不行，只好搞第二方案。擅长做流域规划的工程师钟建雄大胆提出了将干流丹珠河跨流域引到西月各河，将西月各河一并开发的开发方案。此方案将开发高程提高到2350米，丹珠河电站的装机容量达到6.4万千瓦。在预可行阶段，随着设计工作的深入，经论证，装机容量为7.2万千瓦。在可行性研究论证阶段，经向云南水电设计的霸主——中水顾问集团昆明水电设计院咨询，昆明院规划分院提供了更加详细的水文资料，因此，经仔细分析计算论证，将装机容量加大到8万千瓦。

根据丹珠河电站预可行性研究评审意见，2010年6月，受贡山县恒远水电开发有限责任公司委托，中国水电顾问集团昆明勘测设计研究院承担丹珠河水电站压力钢管道及厂房土建专题设计和机电专题设计。主要包括四个方面：一是完成可行性研究阶段的《压力管道及厂房土建设计专题报告》和《机电专题设计报告》；二是施工详图阶段的压力管道及厂房土建专题机电专题施工图设计；三是解决本合同现场技术问题；四是配合承担项目的竣工验收。

中国水电顾问集团昆明勘测设计研究院，简称"昆明院"，成立于1957年，是国家大型综合甲级勘测设计科研单位，主要从事国内和国外水电水利、风电规划研究、咨询、评估与工程项目勘察、设计、科研试验、工程总承包、项目管理、监理；水电、风电项目的投资与经营；环境保护设计、水土保持设计、路桥设计、工业与民用建筑设计、岩土工程设计与施工、工程概（预）算、水资源评价、安全评价、地质灾害评价、勘测定界、工程监测等相关工作。

自 1992 年国家开展勘察设计单位综合实力百强评比以来，在全国勘察设计单位综合实力百强排名中一直居于前列，在水电勘察设计单位中处于领先地位，为云南省勘察设计单位综合实力五十强第一名。多年来，保持着云南省先进"文明单位"、全国"质量效益型先进单位"，全国电力行业"实施用户满意工程先进单位"和"用户满意企业"荣誉称号。2008 年，被中央精神文明建设指导委员会办公室授予"全国精神文明建设工作先进单位"称号；被云南省委、省人民政府评为"社会扶贫先进集体"，被国务院扶贫开发领导小组评为"中央国家机关等单位定点扶贫先进单位"，是一家技术实力雄厚、勘察设计装备一流的现代化设计院。

这个 780 米水头的开发方案，其中厂房位置的长度只有 100 米，宽度不足 50 米，要布置一个中型水电站厂房及其附属建筑物，场地使用已是相当紧张，还要布置一个 220 千伏的变电站，且有 2 回 220 千伏出线、3 回 110 千伏出线，左摆右摆，怎么也摆不下去。当中国水电顾问集团昆明勘测设计研究院来到现场，同样的问题摆在了他们面前。毕竟是大型综合甲级资质单位，他们提出，升压站采用最先进的 GIS 布置方案，采购设备虽然多花点钱，但土建部分也省了不少，对于用地紧张的怒江峡谷来说，也是一个很了不起的设计方案了！

此方案在常务副县长杨俊义的鼎力支持下，得到贡山县委、县政府的同意，很快拿到了市、省两级的批文。

为了准确测量，获得第一手资料和相关数据，郭名修带领董事长兼总经理黄国平、工程师钟建雄爬山越岭、餐风饮露，像探险一样在悬崖峭壁上穿行。

当谈到工程师钟建雄时，郭名修满是溢美之词，他说，在云南做电站，钟建雄做出了巨大的贡献，让他的企业节约了很多的设计成本，更重要的是，在技术上把好了关，让企业少走了好多弯路，可以说以一当十。

钟建雄，出生于 1965 年 7 月，湖南省桂东县人。

1984 年，他以优异的成绩考入湖南省水利水电专科学校（现长沙理工大学），专修水利水电工程建筑专业。

　　1987年6月，圆满完成学业、顺利毕业后，被分配到桂东县水利局工作。

　　钟建雄刚参加工作时，县里正在兴建当时一个最大的电站叫勒里电站，领导看到他谦虚谨慎、任劳任怨，便特意安排他去一线锻炼，把学校学到的理论知识用于实践。他果然不负使命，业务能力得到了极大的提高，很快能独当一面。

　　1989年春，他崭露头角，独立完成了人生第一个项目设计——建林电站拦河坝设计，并现场指导施工，拦河坝建好后，得到了许多领导和专家的好评。

　　1989年9月，钟建雄又被送进中南学院深造，系统学习概预算，通过这次"回炉锻造"，技术水平又得到了一次提高。学成回单位后，先后在水利股、水政股、设计室等多个股室工作，熟练地掌握了水利法律法规和各项业务知识，成了一个适应性强的多面手。

　　从1994年到1995年两年的时间里，他先后参与了东山电站、松山电站的设计工作，并负责松山电站的技术设计和全过程的施工结算。

　　1995年，钟建雄以个人名义免费设计了第一座民营电站——铁山电站。

　　1996年，郭名修正在兴建桂东县第二座民营电站，即江山电站，负责设计的工程师正好是钟建雄。郭名修欣赏钟建雄高超的技术水平和"钉是钉，铆是铆"的工作态度，钟建雄敬佩郭名修脚踏实地、不事张扬、唯才是举、能谋善断的企业家精神，一来二去，两个人建立了深厚的感情。

　　1996年10月，钟建雄取得了水利专业工程师中级职称资格，成了桂东县水利局数一数二的工程师。

　　1996年12月12日，钟建雄光荣地加入了中国共产党。

　　从1995年到2004年，钟建雄独立完成和参与设计的电站就达26座，包括石磨岭电站、淇水电站、寨下电站、深坑宫电站、统江山电站等近5万千瓦的装机容量，积累了丰富的水电站设计经验。江西崇义县、遂川县多位业主慕名而来，请他进行了多座电站的设计。

　　2004年5月，党中央吹响了西部大开发的号角，钟建雄应郭名修之邀，来到了云南怒江考察。

怒江的美丽神奇，怒江的波澜壮阔，以及怒江两岸人民恶劣的生存条件和对美好生活的向往，让身临其境的钟建雄心潮澎湃，久久不能平静。他决心把自己的满腹才华奉献给怒江，奉献给怒江两岸的父老乡亲。

从怒江回到桂东后，钟建雄经过激烈的思想斗争，毅然向县水利局领导递交了停薪留职报告。

当时县里很多单位人浮于事，为了改变这种状况，县委、县政府曾出台了一系列措施对干部职工进行下岗分流，鼓励干部职工停薪留职自谋职业，甚至还出台了工资照发、福利照领、下海经商归自己的"打工训干"政策。

钟建雄想，自己主动提出停薪留职，不正好为领导分忧？领导肯定会同意的。可这次钟建雄想错了，他的单位领导坚决不同意。

钟建雄看了看别的单位，大凡在单位能享受如此待遇的人，要么是可有可无、无所事事的人，要么是头上长角、身上长刺、领导驾驭不了的人，还有就是那些可趁机去旅游、去疗养、去创收的官太太或者官二代，凡是单位的业务骨干，几乎不太可能！

表面文静、骨子里就倔强的钟建雄把牙一咬，做出了一个更大胆的决定：辞去公职，跟着郭名修挺进怒江开发小水电！

2004年8月，钟建雄带着一腔热情，再次来到了怒江州福贡县，首期测量了子里甲电站、干布河电站、扎利河电站，编写流域规划、预可行研究报告、可行性研究报告、水资源论证报告、水土保持设计报告等一系列报批手续所需资料，还兼职工地主要工程的测量放样。后来又陆续有子楞河电站和阿鲁河电站开工，总装机达5.1万千瓦。这样一干就是三年，克服了重重困难，硬是在2007年10月前5座电站都陆续投产了。惊得怒江人目瞪口呆，给予了高度评价。

2007年冬，钟建雄紧跟郭名修转战香格里拉德钦县，设计了三岔河一级、二级两个电站，2009年10月取得项目核准手续后，由于多种原因，转让给了当地一个开发商。

2009年，取得了丹珠河的小水电开发权后，为了能精准设计该电站，郭名修与黄国平、钟建雄一道，在那一片原始森林间穿梭。

他们用野藤捆住自己的身子，死死地抓住野藤攀上几百米的悬崖，探下几百米的深谷，每一次上上下下，都经历了一场生与死的考验，手上、脸上、身上、脚上，不知留下多少鲜红的血痕，但为了一份信念，为了一份事业，为了一份执着，他们几乎都忘记了钻心的疼痛，谁也没叫声苦，谁也没喊声累！

通过一年的准备，万事俱备，只欠东风。

2010 年 3 月一个喜气洋洋的日子，在一阵鞭炮声中，举行了一场丹珠河电站破土动工仪式。

偏偏天公不作美，仪式一搞完，老天爷便连续下了四五十天的雨，工人无法进场，设备无法运进，一直等到 5 月，老天爷终于才发善心，很不情愿地扯走了它的雨帘，露出了久违的蓝天、白云，还有被它囚禁了四五十天的太阳。

郭名修的团队终于带着工人们进场施工了。

搞建设步步惊心　丹珠河笑傲江湖

丹珠河一期二级开发，总装机 9.71 万千瓦，2015 年 5 月全部投产。

与此同时，二期三个电站东月各河一级、二级，丹珠河三级总装机 7.4 万千瓦的电站也相继取得了核准批复，陆续开工，并于 2016 年 11 月全部并网发电。

一路走来，步步惊心，丹珠河可谓让郭名修铭心刻骨，留给了他太多太多的感慨，在丹珠河亲身经历和耳濡目染了太多的惨烈与悲壮，所有的日日夜夜、点点滴滴，都历历在目，仿佛就在昨天。

山，超越想象的陡，许多都超过了 45 度，要想在那山坡上稳稳当当地放上一个石头都异常艰难，但就要在那 800 多米高的山崖上建造一个前池，其难度可想而知。

人要爬上那悬崖峭壁，只能把古藤当保险绳拴住自己的身子，然后紧紧地抓住古藤一寸一寸往上攀，空手也很难攀上去，仪器设备和钢筋、水泥等必需的建筑材料怎么运上去？

正当郭名修一筹莫展之际，当地人告诉他，可租用马帮来完成这项艰巨的任务。

马帮是云南的一种特殊运输工具。1949 年前，云南境内没有大的交通干线，所有货物运输长途和短途都靠人背马驮。山高林密，峭壁悬崖，饥狼饿虎，毒蛇猛兽，加上悍匪骚扰抢劫，瘟疫疾病侵袭，随时随地都有可能置马帮于死地，每一单生意都以自己的生命去冒险，其艰难可想而知。

他们绝大多数的时间都在野外生活，大山、大川、大雨、大雾，毒草、毒水、毒虫、毒气……对他们来说都是严峻的考验，所以，干马帮就等于拎着脑袋找饭碗，没有非凡的坚强勇敢，没有超强的坚定意志以及高超的智慧本领，是干不了马帮的。

只要走上了马帮路，就等于立了军令状，是死还是活，是赚钱发财还是血本无归，全靠马帮自己的运气和能耐。

历史已经到了今天，那些交通文明还延伸不到的地方，却仍然还活跃着马帮。

为了生存，他们铤而走险。

为了生存，他们孤注一掷。

为了生存，他们别无选择、无怨无悔！

郭名修零距离地接触着马帮，为他们的勇敢、坚强和诚信所折服。他亲眼看见过一匹又一匹驮着钢筋、水泥的马，在山崖上负重前行，"马蹄凿岩留石窝"，每走一步像一颗钉子扎进了大山，留下一个深深的坑，每走一步都发出歇斯底里的嘶鸣，用尽最后一丝力气，瘫倒在地，再也不能起来；也亲眼看到过一匹又一匹马，马蹄一滑，重重地摔下万丈深渊，最后粉身碎骨，怀着满眼遗憾闭上了双眼。

然而，这些马帮，从没有怨天尤人，也没有讨价还价，他们一诺千金，不折不扣地完成了郭名修交给他们的任务。

那山、那人、那马，都让郭名修肃然起敬。

云南的深山老林有很多的神秘色彩，很多的现象用现在的科学知识和科学方法都还很难解释得通，但就常常在身边发生。

几个去测量的技术人员，明明带着罗盘、电筒等设备，可夜幕在你还没反应过来就已经降临，转瞬间就看不清对方的脸。几个人在当地向导的催促和带领下，急急忙忙下山，可不知怎么走，白天离山下就那么几百米的距离，他们在山上转来转去又转回了原点，整整一个通宵，却怎么也转不出那片森林。

2010 年冬天的某一天，有 3 个工人在挖厂房地基的过程中，其中两个从山坡上连人带泥摔了下来。一人因为忘了系安全带，当场就断了气；另一人因系了安全带，被悬在半空，虚惊一场，但总算保了一条性命。

此时，郭名修正在那条河坝隧道现场指挥施工，听说出了事，一路狂奔两公里，爬过一个 160 米的大坡，赶到了事发地，看到一条活生生的生命由于粗心、缺乏安全意识转眼就没了，他心情无比沉重。血的教训，又一次敲响了安全生产的警钟。

在打隧道时，郭名修在煤矿时认识的老朋友李新泉，被突然掉下的石头压住了双腿，另外一名与他一起打风钻的工人吓得面如土色，没能第一时间搬开石头把受伤者转移到安全地方，而是跌跌撞撞惊慌失措地跑出隧道喊人。当一帮人再跑进隧道施救时，被压住双腿的李新泉早已没了气息。

通过这件事，郭名修又一次认识到了对工人进行应急处置突发事件、保护生命安全知识培训的重要性。

安全隐患像魔鬼一样，似乎时刻隐藏在这深山密林之中，在你不经意间，死神突然伸出一双无形的大手朝你扑来，张开那血盆大口要把你生吞活剥，一旦落入它的魔掌，转瞬被它吃了，连骨头也不剩下半截。

有一天，两名职工开着一辆大卡车在路上行走，忽然山坡上掉下一个小小的石头，可那石头就像一颗炸弹一样，砸向车顶，"轰"的一声，车顶就被砸出一个大坑，司机稍不留神，一阵惊吓，连人带车便葬身怒江，两条活生生的生命瞬间消失。在"宁撞岩也不撞江"的怒江，千百年来，还没听到过有人掉入江中还能生还的。

一个工人为了避开人的目光，悄悄地躲在悬崖边上解大便，当他放下"包袱"一阵轻松，提起裤子正要走人之际，他怎么也想不到，死神就在他的脚下。只见一阵山风吹来，他身子一晃，脚下一滑，便掉下悬崖，落入江中，来不及留下一句话，便抛妻弃子，阴阳两隔，到了另一个世界。一个小小的不以为然，断送了自己年轻的宝贵生命。

郭名修清楚地记得，2010 年 8 月的一天，工人黄建军从悬崖上掉下来，造成骨折达 24 处。他还算命大，被及时送到医院，经医生全力抢救，捡回了一条性命，但身上留下的伤疤与心理上留下的阴影，是永远也无法抹去的。事隔多年，黄建军还经常做噩梦，常常在半夜中被惊醒。也许，闯了一次阎王殿所付出的代价到底有多大，只有他自己心里清楚。

郭名修想到这里，心里总不是滋味，丹珠河共 5 座电站，累计死了 6 个人。每当回忆起这些惨烈的场面，他都心如刀绞。要知道，那 6 个人就是 6 个家庭，这些人本想跟着他出来挣点钱养家，或干一番事业，可壮志未酬身先死，留下年迈的双亲和年幼的儿女，整日过着以泪洗面的日子，何其悲惨？人心都是肉长的，郭名修仿佛听到了那一个个家庭亲人们撕心裂肺的哭喊，心里充满内疚。

2010 年 8 月 18 日，丹珠河电站对岸有个铁矿，五六十名矿工当日刚刚领到薪水，晚上许多人从城里买来鸡鸭鱼肉，买来美酒，邀来美女，准备尽情地享受一下劳动成果，过上一个浪漫的狂欢之夜。他们喝着、唱着、吼着、闹着，吃够了，喝够了，吼够了，闹够了，便抱着美人进入了梦乡，梦里不知身是客，直把他乡当故乡。他们全然不知，死神正张开了一张大网，向他们扑来。在温柔乡里，一场巨大的泥石流顷刻间把整个铁矿山的宿营地夷为平地。除了一人提前到对岸约会未归外，五六十个人全部遇难。

这样由自然灾害造成的人间悲剧，虽然没有落到郭名修头上，但随时给他敲响了警钟。频繁的自然灾害，让所有的施工人员心里都蒙上了一层阴影，无形中对大自然增添了几许敬畏，在施工的过程中，不得不对地质等自然灾害引起高度重视。可以说，在建设丹珠河电站的每一个日日夜夜，郭名修都不得不小心谨慎，如履薄冰。

做丹珠河电站时，四号坝的施工工棚布置在几株几百年的古树下。谁也没想到，一个雷电交加的夜晚，一阵大风刮来，那几株数百年不倒的大树竟然被连根拔起，倒下来把工棚压垮了一半，幸亏这一半工棚里面没有人住。

谢天谢地，睡了人的那一半工棚没有压垮，人安然无恙，真是老天有眼，没有造成人员伤亡。当郭名修赶到事发现场时，倒吸了一口冷气，原来他自己也曾在那被压垮的房子里睡了一段时间。

后来在这个工棚不远处建了两个仓库，雷管与炸药分别放置在相隔20多米的两个仓库中，一天晚上，不知什么原因，放雷管的那间仓库突然起火，噼噼啪啪像放烟花爆竹一般，雷管被炸得满天飞，吓得所有人赶快撤离现场逃命。这一次，算不幸之中大幸，被引燃的一万发雷管竟然没有一发掉到了那间放炸药的仓库上，否则，那放了两三吨炸药的仓库被点燃，不被炸得人仰马翻、鬼哭狼嚎、山崩地裂才怪！

2011年春，正值春暖花开之际，丹珠河电站的二号、三号坝刚刚完工，工人们从工棚里搬走，工棚里还剩下一些线路器材还来不及转移，在没有任何预兆的一个夜晚，一场雪崩铺天盖地而来，把整个工棚掩埋得不见了踪影。

2016年4月12日，东月各电站正在紧张装机之中，午夜一场大雨让山坡上一堆石头滚下山崖，像从机关枪里射出的子弹，瞬间把山脚下电站副厂房三层的楼顶"打"成了筛子，几十厘米厚的水泥楼顶竟然被打出几十个洞。其中一个几吨重的石头从几百米高的山坡上滚下来后，砸穿三楼而过，把二楼也砸了一个大洞，稳稳地挂在上面，好像一个外星人，钻穿了二楼的楼板，伸着脑袋瞪着一双奇怪的眼睛，望着一楼所有的机器和人出神……

值得庆幸的是，这次惊魂之夜，那些石头仿佛长了眼睛，不但没有伤及一人，就连所有的机器也没有损害半点。

事后，许多人都说，这是郭名修好人有好报，不然，简直不可思议。

郭名修明白，恶劣的自然环境，造成的天灾有时是不可避免的，但人祸有时也防不胜防。

云南作为少数民族地区，民风强悍早已不足为怪。虽然，郭名修对他的团队都强调要高度重视与当地人处理好关系，但一样的米养出百样的人，人的格局不一样，处事风格不一样，水平也不一样，造成的结果也就不一样。

一次，一名手下正开车在崎岖的山路上爬行，一株大树从路边倒了下来，手下与那名当地村民发生口角，由于言语不通，被激怒的那个村民举起砍刀一阵乱砍，那名手下被那村民乱刀砍死，芝麻大的小事没处理好，就酿成了死人的人间惨剧。虽然杀人者被绳之以法，但被杀者也一样，因为冲动，而付出了生命的代价，背后毁掉的就是两个家庭的幸福。

这血色的悲剧，成为郭名修在怒江永远不可忘怀的心痛。

搞建设步步惊心，丹珠河笑傲江湖。所幸的是，丹珠河电站的建设取得了最后的胜利，也造就了郭名修人生事业的巅峰。从2009年冬，通过招标取得开发权，到2016年11月全部并网发电，郭名修带领他的团队，以骄人的业绩，让丹珠河华丽转身，5座电站像5颗夜明珠，谱写了一曲曲惊天地、泣鬼神的壮歌！

求发展靠大联强　创辉煌怒江神话

　　郭名修说，企业要想在市场竞争中赢得主动，提升竞争力，必须靠大联强、加强合作，谋求发展，壮大资金，聚集人才，强化管理，提质增效。

　　他说，在云南之所以能在这么短的时间内，取得如此辉煌的成绩，离不开敢于解放思想，靠大联强，利用自己建设团队的专业优势和在当地所取得的资源优势，与国企的资金及管理优势进行完美结合，通过多轮协商谈判，最终与国企达成了深度合作。

　　当丹珠河电站第一期8万千瓦电站主体工程还处于装机的过程中，第二期电站的前期准备工作就已经全部做完，好像一个妇女已经生火把锅里的水烧开，正等着有米下锅。

　　此时的郭名修，感觉有点分身无术，时间、精力、财力、物力……像一列列堵在心头的火车，都呼啸着要往上挤、往上冲，似乎一切都迫在眉睫，不论哪一列脱轨，都会让整个工程失去控制而停摆。

　　高强度的劳动，已经让郭名修身心疲惫，他真想随便找一个地方，或溪边，或山谷，或草地，或树下，然后往地上一倒，两脚一伸，眼睛一闭，天不管，地不愁，好好地睡上一觉，睡他个混沌不分天昏地暗，睡他个忘乎所以斗转星移……

　　然而，他不能睡，别人也容不得他睡，一个又一个电话像催命符似的，无时无刻不在震得他头昏脑涨，所有的事情似乎都挤在一起，都火烧眉毛，都十万火急……

2013年1月3日，在贡山丹珠河电站建设项目部，郭名修又接到一个电话，安徽水利股份有限公司的工程师洪荣根、何大勇、王久建以及财务总监谢玉国、法律顾问张勇一行要登门造访。

俗话说："在家靠父母，出门靠朋友，多个朋友多条路，朋友多了路好走。"既然有人亲自登门造访，生性好客的郭名修自然是满口答应，还说再忙也要恭迎大驾光临。

其实，对于安徽水利公司，郭名修早有耳闻。该公司是一家国有企业，几年来就对云南的水利资源窥探了个遍，总想抓住国家西部大开发的机遇，在云南分得一杯羹，争得一席地，建立自己的水电王国。当他们到云南省市发改委、水利局咨询时，不问不知道，一问吓一跳！——他们就像几个伐木的樵夫走进了大山，面对山高林密，就不知从何下手；或像一群自认为见多识广的美食家走进了大酒店，面对满桌佳肴，桌小菜多，却不知从哪碗开头。是看花了眼吗？根本不是！而是别人早已捷足先登，许许多多的资源早已名花有主了。

就开发小水电而言，有关部门就向他们推荐了丹珠河的水资源是最有区位优势和发展前景，且郭名修所带的团队是最务实、最专业、最团结、最有战斗力的团队，其所建设投产的电站不论从设计、质量，还是速度、效益，都堪称一流。他们早已对郭名修创建的"福贡县恒远水电开发有限公司""福贡县恒大水电开发有限公司"如雷贯耳，对郭名修"一套人马，两块牌子，一个指挥部，集设计、施工、设备制造于一体，凭诚信、实力打天下"的企业管理模式以及闻名省内外的"恒远模式、恒远速度、恒远效益"企业管理业绩，佩服得五体投地。

对于他们来说，郭名修名下所建的丹珠河系列水电站，就像几个红彤彤、水灵灵、快将熟透了的水蜜桃，早已让他们垂涎三尺。更多的时候就像一排亭亭玉立、绝美无比、待字闺中的清纯少女，让他们胡思乱想、梦寐以求。他们知道，面对这些有主的"名花"，要她们改弦易张、移情别恋并不是件容易的事，甚至根本不可能，只能与她们寻求合作，变"小家为大家"。

此次前来造访，当然是无事不登三宝殿，有备而来。

"与君初相识，犹如故人归。"主宾相见，几句寒暄，自然是开门见山，直抒胸臆，洪荣根像来提亲一般，把想与郭名修"联姻"合作办小水电的事和盘托出。

郭名修也果然爽快，大笑道："哈哈哈，大树底下好乘凉，我郭名修若能靠上国企这棵大树，傍上您这样的大款，还愁日后吃不到香的、喝不到辣的？"说完，转身又对身边的董事长黄国平说，"我们要解放思想，靠大联强，大气一点，让一点利没关系，如果真能达成合作，这样可以大大地节省时间成本，壮大企业实力，提高管理水平，有钱一起赚，有福一起享，你好我好大家好，何乐而不为？"

郭名修说完，嘱咐黄国平把有关丹珠河建电站勘探、立项、可研、初设、选址等相关资料及安全、防洪、环保等相关部门的批复，毫不保留地送了一套给洪荣根。

洪荣根如获至宝，可谓"乘兴而来，尽兴而归"，兴高采烈地打道回府，向安徽水利股份有限公司的领导眉飞色舞一五一十地汇报，公司领导一拍大腿称快："好呀，你老洪果然慧眼识珠，找到了几棵摇钱树！"

很快，该公司召开领导会议，决定派分管投资工作的副总经理林伟忠立即奔赴云南实地考察，就合作事宜作进一步的磋商。

林伟忠是一个比较务实又亲力亲为的人，接到这个任务，丝毫也不敢怠慢，便风雨兼程、马不停蹄地来到了怒江，来到了郭名修所在的丹珠河。

在郭名修、黄国平等人的陪同下，林伟忠一行每到一处，只见工地上吊车起落，焊光闪烁，机声轰鸣，挖掘机、推土机、压路机、水泥搅拌机等各种机械齐上阵，一群戴着安全帽、穿着工作服的工人正在加紧施工，各路人马如八仙过海，各显神通，撸起袖子加油干，呈现出一派热火朝天的建设景象。

整整一个星期，林伟忠披星戴月、早出晚归地对郭名修正在兴建的电站作了深入细致的了解，郭名修、黄国平全程陪同，不厌其烦地耐心讲解。林伟忠不禁被眼前这两位民营企业负责人的淳朴、低调、真诚、胆略所感动，心里油然而生敬意，他想，在体制内的领导干部队伍里，是很难找到这种人的。强将手下无弱兵，难怪郭名修带出的队伍会如此能征善战，走南闯北，敢于走出湖南，转战云南，挑战怒江，建功立业！

林伟忠感觉不虚此行，觉得收获挺大，他从郭名修身上看到了民营企业那种敢闯敢干、不屈不挠的精神，以及谋发展、求突破、靠大联强的希望。回公司以后，他把这次耳闻目睹的事，整理形成了一个详细的考察报告，交给了公司领导，并声情并茂慷慨陈词，说郭名修的这个项目"有基础，有希望，有得天独厚的区位优势、产业优势、政策优势，前景非常乐观"，说机不可失，时不再来，极力主张公司要解放思想，打消顾虑，抓住机遇，抓紧时间，与郭名修的企业进行深度合作。

安徽水利股份有限公司高度重视，便叮嘱洪荣根、王久建、谢玉国、张勇等人继续长驻怒江，对这个项目做更深入细致的了解。他们通过大半年的清产核资，查验各种批复文件，核实环境保护、水土保持、矿藏压覆、地质灾害情况评估、水资源认证等大量相关材料，认真了解分析移民搬迁、征地、资金等相关情况，形成了一个可行性报告，交公司领导集体研究后，最后决定，立即把与郭名修协商合作作为当前头等大事提上工作日程。

2013年10月的一天，在云南昆明仟和酒店，郭名修、黄国平应邀前往与安徽水利公司进行协商谈判。

在会议室，安徽水利公司副总经理林伟忠、董事会秘书赵作平、财务总监朱元林作为该公司的全权代表，郭名修、黄国平作为民营企业这方的代表。

因为是应邀而来，郭名修、黄国平被安排坐在了客方代表的座位上。郭名修与黄国平一进会议室，看到那张长方形的会议桌，心领神会，相视一笑。两个人都觉得安徽水利公司不愧是国企，在这种细节上的考虑与安排也一丝不苟毫不含糊，选用这种长桌谈判，双方面对面而坐，有利于谈判双方和各自内部的信息传递与交流，也有利于双方代表在同伴之间相互接近，在心理上产生一种安全感、实力感和团结感，有利于双方各自凝聚力量、提振士气和增强信心。而把民营这一方代表安排坐在客方座位上，在表达寻求合作的愿望的同时，表达了对郭名修这一方民营企业代表的尊重。之所以安排一个副总带队，或多或少也亮出了国企这个"大哥大"财大气粗的金字招牌，非常巧妙地给对方增加了一种无形的实力感和威严感，让人联想到战国时期"田忌赛马"的故事——哼！我堂堂国企难道还对付不了你几个"土八路"不成？今日前台来了个副总足矣，真正厉害的、想事的、成事的"孙膑"还在后头呢！

然而，对方当时根本不知道，一脸佛相低调朴素的郭名修，通过几十年的走南闯北摸爬滚打，早已是一个浪迹天涯身经百战见多识广的"老江湖"了，别看他表面不露声色，平静得很，而心里就亮堂得很，什么蛛丝马迹也逃不过他的眼睛。

而黄国平呢，本身就是军人出身，在乡镇、在组织部、在银行，不管在哪一个单位都是一把好手，他是在当县建设银行行长最红火的时候毅然决然地辞去公职跟着郭名修下海经商，早已练就了一身口笔两利、文武双全的本领，既有军人那种敢打敢冲的果断与勇猛，同时也有文人雅士谦谦君子的风度翩翩与冷静沉着，面对这样一个国企谈判代表的阵容，他能心虚胆怯？

两个人在来谈判的路上，就认准一条——皇帝女儿不愁嫁，谈得成，当然好，谈不成，女儿还在我家，漂亮依旧，风采依然，大不了，下次再谈呗！况且，好事多磨，哪怕这一次不成功，也不值得大惊小怪。

果然不出所料，对方绝非等闲之辈，一出手就不同凡响，把草拟的协议一亮，就让郭名修、黄国平几乎不相信自己的眼睛，提出的一些苛刻条款超乎想象，根本让民营方无法接受。两个人感觉特别搞笑的就是，好像来提亲的一方，不但没带来半文聘礼，反而要求女方先置办多少嫁妆，要如何遵守"三从四德"，恪守妇道，如果胆敢越雷池半步，就家法处置，重刑侍候……

郭名修与黄国平根据对方提供的文本逐条逐项予以讨论，据理力争、有礼有节地阐述自己的观点，表明自己的看法与态度。比方说，对方要求什么时候办好用地手续，如逾期几日则重罚多少问题，此类问题不是主观努力就可以如期办好，要相关部门鼎力支持配合，还得求个"天时、地利、人和"，不是你想什么时候办好就能什么时候办好的问题。

郭名修说，我们双方应坦诚相待，在公平公正、互信互利、合作共赢的指导思想上下功夫，而不应指望通过签订一个"霸王协议"的形式来推卸或规避责任。

话已经说到这个分上，双方没有达成一致意见，第一次谈判宣告暂停。

真正的变化源于谈判双方清醒的定位——携手共进，整合发展。

双方通过不断磋商，求大同存小异，不断讨论、修改、完善协议条款。有心人，天不负，双方的诚意感动了上帝，终于，在 2013 年 11 月一个可喜可贺的日子，安徽水利开发有限公司、云南瑞能投资有限公司、贡山县恒远水电开发有限公司三方签订了框架协议。公司靠大联强，进行资产重组，安徽水利开发有限公司先后分两次注资 6.63 亿元控股了贡山县恒远水电开发有限公司，来了个华丽转身，一夜化茧成蝶。

终于，郭名修在怒江的见证下，书写了一段民企与国企靠大联强"联姻"发展、合作共赢的传奇与佳话，民企的灵活性与国企的规范性形成互补，民企的务实作风和拼命精神与国企的严格管理高度融合，通过增资扩股为企业输血强身健体，大大地增强了企业的抗风险能力，提高了管理水平，整合后的企业取得了骄人的经济效益、社会效益，成了助力当地经济社会发展实至名归的明星企业。

如今，怒江两岸，千山耸翠，万水欢歌，电力丰富，经济发展，到处呈现出一派政通人和、人民安居乐业的景象。

时光如水，岁月如歌。九年峥嵘岁月，九年激情似火，九年奋战怒江，九年风雨兼程，九年砥砺前行……

郭名修带着他的团队，用了整整九年的时间，创造了这来之不易、令人神往的怒江神话。

这神话是党群干群融洽的神话！

这神话是企业与群众鱼水情深的神话！

这神话是民营与国企完美结合的神话……

如今，郭名修每当故地重游，他总不忘去看望那些老领导老同事，以及那些支持他创造了怒江神话的父老乡亲，说不尽感恩话，道不尽感恩情；他总不忘去他捐资兴建起来的学校，看一看孩子们天真的笑容，听一听学校的风声雨声读书声；他总不忘去摸一下他使用过的锄头和坐过多年的老皮卡……

当听到他几个外孙女用诗意的语言、用稚嫩的童声勾起他对云南、对怒江的美好回忆时，讴歌他那神奇的怒江神话时，他百感交集，思绪万千，他仿佛又回到了怒江……

他尽情地回忆着，享受着，那天籁之音是那么甜美，那么难以忘怀！

1

外公口中的怒江

是盘古的杰作

童年的我睁着大大的眼睛满是惊讶

盘古是何方神圣

本事竟比外公大

外公笑呵呵地说

盘古的本事比天大

因为天都是盘古开

他的巴掌胜过外公的斧头

一巴掌下来

劈出了大峡谷

劈出了怒江

劈出了一个崭新的世界

外公口中的怒江

是创业者的战场

有志者来怒江

凭本事吃饭

八仙过海也过江

那汹涌澎湃的江水

丝毫也阻挡不了前进的步伐

报效祖国何惧绝壁悬崖

消瘦却精神的外公

在怒江点石成金

绝对不是童话

他在崇山峻岭中

用钢筋水泥修建通天的大路

用花草树木缝合大山的伤口

用心血和汗水撒下了一颗颗夜明珠

把光明送进了村村寨寨

把温暖送到了万户千家

外公口中的怒江

是人间的天堂

刀山火海溹螗会

神人共居丙中洛

云端高挂石月亮

各族人民大融合

那大峡谷的皱褶里

藏着羊肚菌和苞谷香

藏着山歌唱对唱

藏着地久与天长

那高高的碧罗雪山和高黎贡山

承载着盘古的欣慰

承载着外公的梦想

怒江

是外公呕心沥血的发祥地

怒江

是外公魂牵梦绕的第二故乡

22

外公重游怒江

乡音未改两鬓霜

仿佛一别千年

满腹话儿不知从何讲

含着眼泪口呢喃

怒江

我魂牵梦萦的怒江

外公

像一个离家已久的孩子

又回到了妈妈的身旁

怒江

一如往日思儿心切的妈妈

泪如雨下又惊又喜把外公端详

那缕缕江风是妈妈的大手

抚慰着外公满脸沧桑

那哗哗流水是妈妈的絮絮叨叨

更是妈妈的语重心长

怒江

永远温暖我心房

外公重游怒江

往事如烟涌心上

仿佛一壶老酒

久别重逢欢喜从天降

激动握手道离愁

兄弟

如今的日子是否安康

怒江

一如往日并肩战斗的营房

故地重游历历在目忆往日辉煌

那声声笑语是丝丝的甘泉

浇灌得外公满心欢畅

那万家灯火是外公的块块丰碑

更是外公的朝思暮想

怒江

永远温暖我心房

3

外公把一辆废旧的皮卡车

当成一尊大佛

供奉在怒江外公发祥的地方

青山为它起舞

江水为它歌唱

万家灯火

袅袅炊烟

是为它献上的炷炷心香

外公说那辆老皮卡

是一本厚重如山的天书

写满了怒江的动人故事

写满了外公的人生传奇

写满了怒江的柔情似水

写满了怒江的惊涛骇浪

写满了人情冷暖世态炎凉

写满了汗水泪水

写满了美丽与芬芳

写满了坎坷曲折

写满了收获与希望

外公说那辆老皮卡

是一匹战功赫赫的神马

外公在南征北战

它就如影随形

外公餐风宿露

它就栉风沐雨

它仿佛怒江儿女滑溜索

穿梭索桥稳又快

它好像一叶扁舟把峡谷变成海

整天畅游在云里云外

攀悬崖它如履平地

破险阻它不惧坑坑洼洼

踏平坎坷成大道

抚平伤痕又出发

赤胆忠心天可鉴

磨破铁鞋永心甘

外公说那辆老皮卡

是地上行走的太阳

乡亲们在哪见到它

温暖关怀就在哪

外公说那辆老皮卡

是定海神针

企业见到它

就有了主心骨

职工见到它

就不会迷失方向

老皮卡在哪

希望就在哪

外公说

没有那老皮卡

即使星星再亮

也寂寞难耐

没有那老皮卡

即使近在眼前

也像远在天涯

我终于明白了

外公的老皮卡

是我们的传家宝

哪怕化成泥土碾作尘

但精神永存

多情遥寄中秋月　相逢已是鬓成霜

中秋的月亮，圆得就像一个完美的句号，像昨天的梦想变成了今天的现实，昨天播下的种子变成了今天的果实，昨天的汗水变成了今天的收获。

中秋的月亮本是无声的，可是此时无声胜有声。每当明月高悬，有人就仿佛听到了嫦娥婉转幽怨的歌声，有人则听到了吴刚伐木时枯燥的闷响与无奈的吆喝。一样的月亮，不一样的心情，或缘聚，或别离，或倾诉，或思念……

那丹桂吐出的缕缕芬芳，仿佛嫦娥轻歌曼舞时飘出的体香，醺醉了月光下的每一座山峰、每一片田野、每一株花草、每一滴露珠，以及每一户人家、每一碗佳肴，甚至每一个刚从精美盒子里掏出来的月饼……

郭名修感觉仿佛人世间一切的一切都被这馨香的空气漂洗过，从头到脚，从里到外，全是香喷喷的。

是呀，中秋是达官贵人、文人雅士的中秋，也是三教九流、平民百姓的中秋，是孤悬中天、传承千年的中秋，也是岁岁年年、不尽相同的中秋。

中秋盼月，只因世上还有孤独；中秋赏月，只因人间尚存真情；中秋颂月，只因心中仍有牵挂……

中秋的月亮也就成了郭名修香喷喷的故事箩，里面装满了香喷喷的故事。每当月亮升起来的时候，他就会把里面的故事翻出来亮一亮，有些讲给别人

179

听，有些只讲给自己听，有些讲给吴刚听，有些讲给嫦娥听，他相信每一个人心里都有一个不一样的月亮，也有一个不一样的嫦娥。

也许是否极泰来、乐极生悲的缘故吧，此时此刻，郭名修抬头望着风情万种的月亮，思绪在风中飞扬。他低头俯视银灰色的世界，心中涌起淡淡的忧伤。

朦朦胧胧中，故乡那条熟悉的山路上，一个柔情似水、翘首期盼的身影依稀向他走来，好像故乡那朵迟开的栀子花，被桂花香味淹没却仍然矜持地散发着独有的清香，是那么洁白如玉，那么不落俗套，那么让人魂牵梦绕、念念不忘。

1977 年，郭名修在煤矿挖煤时，正好 22 岁，真可谓风华正茂、血气方刚。

挖煤是高强度的苦力活，井下是容不下女人的，因而，除了地面极少的工种有女人外，矿工都是男的。所以，在矿上，不要说美女稀缺，就是母的动物都难看到，好不容易逮到从山上下来觅食的一头野猪，众人上前一看，却还是一头公的。在矿山上待久了，看见老母猪都是双眼皮的，这话一点也不假。

矿山食堂里做饭的罗小明是个美女，在家排行老二，人称罗二姐，天生丽质，楚楚动人，简直是一只白天鹅，在矿上飞来飞去，几乎吸引了矿上所有单身汉的眼球。

男人们觉得她做的"捞米饭"很好吃，不软不硬，又香又甜，耐饥可口。

所谓的"捞米饭"是桂东数千年来的一种煮饭工艺。

做"捞米饭"必须有一种类似蒸笼的专用工具，桂东人叫它"饭甑"，一般由杉木做成。之所以选择杉木，是因为桂东山山岭岭遍地杉木，便于取材，而杉木纹理通直，材质轻韧，结构均匀，强度适中，不翘不裂，易于成型，且不会像松木那样有树脂或异味渗出，是南方做餐饮工具的绝佳材料。

饭甑由甑身、甑底、甑盖三部分组成：甑身呈桶状上大下小，中间用竹篾、藤条或铁丝箍紧，有一双耳朵分竖两侧为方便端持；甑底是一个镂空透气的圆形底盘，水蒸气能透过镂空木缝将米饭蒸熟，一般安放在甑身四分之一的地方，是为了防止蒸饭时将饭浸泡在水里；甑盖是用木头做的盖子，一般不易损坏，用于掀开盖子观察米饭是否蒸熟。

做"捞米饭"有三道工序。

第一道工序是淘米，洗去表皮的杂质，既保证米的美观，更保证米汤的纯净清爽；第二道工序是水煮，即将淘净的米放入水中煮成半熟的"夹生饭"，其间要不断搅动，以避免粘锅；第三道工序是蒸饭，即把夹生饭用笊篱捞起来，把"米汤"滤干后再倒进饭甑，放入装有开水的大锅，大锅水面低于饭甑底下限位置，用大火蒸到那水蒸气从饭甑盖笔直地冲出来后，打开木盖子立即没了水分，说明饭就全熟了。

煮了米的白色液体就是米汤，什么时候把米从汤中捞起来，这个环节挺重要，捞得太早，米还太硬，做出来的饭自然太硬，老年人咬不动，年轻人就觉得同样是三两米显得没堆着，桂东人叫"没料"。捞得太迟，饭差不多成了粥，再捞出来，放到饭甑里去蒸，锅中的水蒸气挤不过那些饭粒，蒸半天也蒸不熟，锅中的水像一只老鸭公在嚎叫，得花更多的时间才能蒸熟。蒸饭的时间也是技术活，时间太早，饭还是夹生饭。时间太长，浪费柴火事小，弄不好锅中的水烧干了把饭甑底也烧了。

矿工们都夸罗小明做的饭晶莹剔透，松软适宜，口感甚佳，香味独特……总之，就是那么恰到好处！他们总用夸奖的目光欣赏着她，仰视着她，哪怕有什么非分之想也只能烂在肚子里，不敢说出来，都说矿上的人谁要去追她做老婆谁就是癞蛤蟆想吃天鹅肉。但尽管这样，矿上的男人们，每当吃饭的铃声一响，就齐刷刷地往食堂跑，在抢饭吃的同时，抢着多看几眼美女。吃完饭后，还要多喝几碗米汤，为的是能够在食堂里多待上一会。自从罗小明来矿山做饭后，食堂里的米汤就从没有剩过，就成了紧俏货。有人说这米汤有美白、补水、去黑头、收毛孔之功效，是止渴、解酒、润肺、强身健体的绝好饮料，有的说这米汤能立竿见影补肾壮阳，说得神乎其神。有些人为了抢米汤而争强斗狠，且明里暗里都较着劲。

矿长心知肚明，那些男人们抢米汤赖食堂是假，想在美女面前表现表现自己是真。

矿长怕那些职工争风吃醋会影响生产，便把三餐的"捞米饭"改成了"钵子饭"。

所谓的"钵子饭"，就是把米加水后，放进用粗陶做的钵子里直接去蒸，蒸熟后变成的饭一钵钵的，叫"钵子饭"。

"钵子饭"简单，但就少了米汤，口感也比不上"捞米饭"。矿长的这一招，让矿工们少了直接赖在食堂拖延时间堂而皇之的借口，但丝毫也管不住矿工们蠢蠢欲动的色心，有几个不怕死的，就变着法儿在罗小明面前大献殷勤。

有矿工说，只要能在罗氏三姐妹中随便挑一个，哪怕牵个手看场电影，他也愿意交给那美女一个月的工资。有的说，要是能娶上这样的美女做老婆，愿意为她做牛做马当一辈了的奴隶！

不知哪一天，矿山就传来了"坏"消息，说她姐姐因为漂亮，嫁了个吃皇粮当官的，说这二姐也早已经名花有主，成了名副其实的军嫂。这让许多矿工扼腕叹息，都怨自己没有这个艳福与运气。许多人的目光就盯上待字闺中、一枝独秀的三妹罗小红，说看谁有这样的福气，能把她娶到家做老婆。

谁也没有想到，这罗小明突然对处事低调、不事张扬的郭名修热情起来，许多人百思不得其解，难道这军嫂也会吃着锅里的看着碗里的？

郭名修发现，每天打饭菜时，罗小明有意无意间，给他的碗里多打一点，见面时总是笑容可掬，且先开口打招呼，时不时说长道短，问寒问暖，问他家里的情况。

女人的主动，让郭名修腼腆起来，他有意躲开罗小明的目光。要知道，与军嫂打交道可不是闹着玩的，一不小心，破坏军婚，就得治罪坐牢。郭名修想，自己可没吃熊心豹子胆。可越是这样，女人越是主动。

吃晚饭时，罗小明悄悄对郭名修说："等会我想单独与你说个事，保证不会把你吃了。"

"什么事？"郭名修一阵慌乱，不知所措。

"肯定是好事，不会为难你，人家求我，我还不会理他们呢！你一个大男人，还真怕我把你吃啦？"罗小明仍旧笑呵呵地说，见郭名修丈二和尚摸不着头脑，又补了一句，"就两三分钟时间，耽误不了你什么事！"

晚饭后，食堂里早已没了人，郭名修如约而至，感觉像做贼一般，心里七上八下打着鼓，仿佛有人在暗中举着枪瞄准了他的胸口，随时都会扣动扳机，让自己倒在血泊之中，死无葬身之地。

罗小明见他果然来了，端上一杯白开水，说："喝吧，与你谈个正事。"

"说吧，有什么事就说吧，我们两个人单独坐在这里，别人看见了会说闲话。"郭名修看着眼前这位美女，一脸不解，心想，她神秘兮兮的，到底葫芦里卖什么药？

"身正不怕影子斜，我都不怕，你怕什么？"罗小明见他诚惶诚恐的样子，笑道，"我问你，找了女朋友没？"

"你不是有男人了吗？矿上的人都说你成了军嫂了。"郭名修怯生生地说，脸上一直红到了耳根。

"你误会我了，我是有男人了，但我妹妹没有，我看你忠诚老实，像个男人，想把我妹妹许配给你，不知你愿意不？"罗小明连珠炮似的，一口气把要说的话一下子说完了。

郭名修早听到罗小明有个妹妹叫罗小红，长得与她一样标致，心中窃喜，昨晚做了个梦，梦见仙女下凡，走进了那一片灿烂的桃花林里，今天就有人提婚姻之事，难道自己真的走桃花运了？

"好呀，不知你妹妹看得上我不？她有你那么漂亮吗？"郭名修胆子突然大起来，竟脱口而出。

"肯定比我漂亮呢，不信，哪天约个时间，你们见个面，先瞧瞧再说，如果有缘分，保证能成。"罗小明笑道，"我小妹聪明能干，脾气好，她的名字叫小红。"

就这样，郭名修走出了食堂，见四周无人，便舒了一口气，大步地往宿舍里走，脑海里就在不停地想象着罗氏三姐妹中三妹小红的样子，心想，真的有别人传说的那样漂亮吗？想着，想着，竟然有种迫不及待的感觉，恨不得立马就能与她见面。

过了几天，罗小明悄悄地告诉郭名修："我妹妹来矿上挑煤了。"

所谓的挑煤工，就是因为当时交通不便，把挖出来的煤挑到某个地方，然后获取一定的报酬，或从矿上买来直接挑到家里。煤矿里，大凡干活的工种，有采煤工、选煤工、卸煤工、挑煤工等，其中挑煤工是男女老少都可以从事的工种。挑煤工除了考验一个人的体力外，更考验一个人的耐力，有"挑煤不歇脚，插田莫直腰"的说法。挑煤讲究的是"脚步落地，扁担闪下；脚步抬起，扁担闪上"，只有脚步"一起一落"与扁担"闪上闪下"配合默契，才能顺利挑煤，如果脚步与扁担不协调，就容易闪断扁担，前功尽弃。特别是路弯坡陡时，如果控制不住脚步，就会摔跤，造成煤倒人伤。

挑煤是个苦力活，但在当年农村，女孩去挑煤，一点也不稀奇。多数的时候，是村民家里买了煤，自己挑回家来做成藕煤即蜂窝煤生火做饭，所以男女老少都得去挑煤。

"走，去看看我妹妹！"罗小明不由分说，就要郭名修跟着她走。郭名修跟在她身后，朝一群人走去。只听罗小明向人群大喊："小——红——！小——红——！"

"呃——姐——！"随着一声清脆的应答，一个姑娘放下扁担笑吟吟地从人群里跑了出来，蝴蝶般飞到了面前。

"小红，这就是我经常向你讲到过的那位帅小伙子，我们矿上的，人帅气又有才气，怎么样，我没骗你吧？"说完，姐姐拉着妹妹的手，一转身对郭名修说，"名修，这就是我妹妹小红。"

"哦，小红好，小红好。"郭名修边打招呼边打量着面前这位初次见面的美女，果然名不虚传。

只见她上着百花衫，下穿蓝色裤，朴素打扮掩不住玲珑凹凸的绝妙身材，典雅却不失俏皮，端庄却不失妖媚。一头乌发扎成两条羊角辫，一甩一甩满是青春的活力。脸似桃花吐蕊，容光焕发；眉似春山带雨，清新淡雅；眼如秋水含情，顾盼生辉。肤似凝脂，白里透红，吹弹可破；声若黄莺，酥麻入骨，摄魄难逃。身像琼枝植青山之上，沐天地之灵气，美丽清雅；颜如美玉藏百姓之家，集日月之精华，晶莹剔透。

郭名修立即被她勾了魂、锁了魄，迷了个七荤八素，感觉她像一朵含羞待放的栀子花，洁白如玉就不忍采摘，却又觉得她像一个成熟娇艳的水蜜桃，令自己垂涎欲滴，忍不住想去咬上一口，但想到自己的身份、地位、处境，闪念顿消，隐忍自卑，只敢远观，不敢近亵。

郭名修觉得对这样的女人，心急吃不得热豆腐，必须要有足够的耐心。以至于第一次见面，连两个人谈了几句什么话都一点也记不起来，或压根儿没说什么话。郭名修还没缓过神来，罗小红便说："姐，你们忙，我挑煤去！"

说完，便又隐没在人群中，转瞬不见了踪影。

郭名修有点失落，这机会来得太仓促，以至于见面前背的那些台词，一句也没有用上。一转身，罗小明笑道："我说了，我妹妹好漂亮吧？"

"嗯！"郭名修点头称是，就叹了一口气，说，"不知她能看上我不？"

"那全在于你自己呀，有机会，全要你自己把握。"罗小明说着，笑着，仿佛妹妹的终身大事都由她来定似的。

从此，郭名修心里就多了一份无法割舍的牵挂，日子却似乎过得慢得出奇，他盼望着与罗小红再次见面的日子。

秋高气爽，丹桂飘香。机会终于来了，就在那年的中秋佳节，万家团圆之际，罗小明高兴地领着郭名修来到了她父母家——沙田镇大河村步背组。

"爸——！妈——！"罗小明还在屋外便大声喊道，生怕父母听不到。

"呃——，来了，来了。"父母应声从屋里出来，见到女儿带了个小伙子回来，有些诧异，打量了这位不速之客，笑着问，"哦，还来了客人，这位是……"

"哦，对了对了，忘了先告诉爸爸妈妈了，他是矿上的小郭，名叫名修，是我的同事，人可好呢，我们矿上技术标兵、学习积极分子，领导经常表扬他呢，还说要我们向他学习……"罗小明说了一通，就不见小妹，问道，"妈，小红怎么不在呀？"

"她呀，总是闲不住，刚摘猪草回来，又到菜园里摘玉米去了，马上就会回来。"母亲笑道，"你这个做姐姐的，就知道心疼妹妹，这次带了点什么接妹妹呀？"

"哈哈哈，这可是个大礼物！"说完，罗小明向妈妈使了个鬼脸，朝郭名修拢了拢嘴。

"傻丫头，总长不大，还是那样调皮，等会看你妹妹怎么收拾你。"妈妈笑道，又看了一眼郭名修，心里乐开了花。

郭名修此时才意会到没有与主人打招呼，便挠着头朝两位行了个注目礼，说："叔叔好，阿姨好……"

他感觉这声音简直是从喉咙里抠出来的，竟然感觉那般吃力。

"姐——！你回来啦，终于回来啦，想死我了，想死我了……"小红终于背了一篓玉米棒子回来，还没有放下背篓，便大声喊着姐姐，仿佛没有看见坐在客厅里的郭名修。待放下背篓，把羊角辫一甩，擦了一把额头上的汗，转身看到了英俊潇洒的郭名修朝自己笑着，顿时傻了眼，一朵红云飞上了自己面颊，轻轻地说："是你？你……你怎么就来了？"

"小红，你怎么能这样说话呢？人家不是来咱家看你吗？要不是你姐姐邀请他来，人家还不一定会来呢！"小红妈责怪着女儿笑道，"你看你看，客人茶杯里都空着了，快去，快去，给客人添点茶水！"

小红也笑笑，给郭名修添上了一杯茶。转身从背篓里拿出一束栀子花，对妈妈说："妈，没想到桂花都全开了，园子里那株栀子花还开了几朵，我摘了几朵，准备插在我房间里的花瓶中，你看你看，漂亮不？"说完，放在鼻子下闻了闻，然后满是陶醉，"嗯……真香，比桂花香好闻多了呢，桂花香太浓太呛人，而这栀子花是清香，怎么闻也闻不够……"

小红像是自言自语，又像是故意说给郭名修听。

"是的，是的。"郭名修也附和着，仔细打量小红，这小红的的确确像一朵洁白的栀子花，果然天生丽质，与众不同。

从此以后，郭名修有事没事就来到了小红家，小红的父母每次见到他就笑逐颜开，他们打心眼里喜欢上了这年轻稳重的小伙子，每次来都尽家中之所有炒上几个好菜，把郭名修当上宾款待。特别是小红妈，每次必蒸上一碗鸡蛋酒，和蔼可亲地端详着郭名修一口一口把蛋酒吃下，那幸福的样儿，无法用语言表达。

郭名修也不会白吃，每次来到她家，便帮助两位长辈料理家务，打水、劈柴、做煤球……不嫌苦，不嫌累，样样抢着干。

爱一个人的主动，想一个人的冲动，愿意为一个人付出的感动……郭名修该"动"的都动了。

但让他没有想到的是，小红在婚姻问题上就异常地理性，简直超出她这个年龄人的想象。

每当两个人单独相处时，小红都会说："两个姐姐都嫁给吃国家粮的老公，希望你在矿上也好好干，早日转成正式工，吃上国家粮。"

郭名修嘴里"嗯嗯嗯"地应着，心里就总不是滋味。他知道，在那个年代，吃上国家粮仿佛比上天还难，鲤鱼跳龙门，那可是自己多年的梦想。每当这个时候，郭名修就发誓要努力工作，争取有朝一日吃上国家粮，抱得美人归。

然而，理想还是那么丰满，现实却仍然那么骨感。不管郭名修在煤矿怎么拼死拼活苦干实干加油干，那转正吃国家粮的事就像挂在空中的月亮，永远可望而不可即。

1979 年 6 月，郭名修告别了为之奋斗了三年的煤矿生活，在叔叔的帮助下，进了县水电工程队做临时工。

郭名修想，这次肯定可以吃上国家粮成为正式员工了。但现实就是那么残酷，由于多种原因，这次不仅没吃上国家粮，连"县筹粮"也没吃上。

"国家粮"三个字像横在他与小红面前一条无法跨越的坎，阻碍了他事业的发展，也阻挡着恋情的生根、发芽和开花结果。一个住在县城，一个住在乡下，物理上的距离拉大了，可感情就还在原地踏步。两个人在对方的心上就像天上两颗平行的星星，遥遥相望，若即若离，似乎怎么也走不到一起。

一年以后，郭名修万念俱灰，又离开了县水电工程队，他感觉彻底地幸负了小红的等待与期望，他感觉自己给不了小红想要的生活，慢慢地没了底气与勇气再踏进小红家的大门。两个人没牵过对方的手，更没有吻过对方的泪痕，两个人甚至没想过这算不算一段恋情？

不久，小红远嫁福建，据说对方是个推销卖水泵的。几年以后，小红成了四个孩子的母亲，最终也没有追求到当初所要的生活。从此多年，杳无音信。她就像那朵洁白的栀子花，永远留在郭名修心中。

许多年以后，又是一个中秋节，靠小买小卖开始发家致富的郭名修，搭上从汝城往桂东的班车，车上只剩下最后一排两个位置，自己坐了一个，还有一个，等车辆快启动时，又来了一人，两人相见，竟目瞪口呆。

来的人不是别人，正是他曾日思夜想、纠结万分的罗小红！

久别重逢，相视无语。郭名修打量着对方，岁月是把无情的刀，已经削去了小红昔日的矜持与美丽，留下的是满脸沧桑与疲惫。

大班车里，人们大呼小叫，可两个人就觉得死一般寂静，空气像凝固了一般。

"你过得还好吗？"还是郭名修先打破沉默。

"你看我现在这狼狈样，像是好吗？"小红大大咧咧地笑，全没了往日的羞怯与矜持。

小红的一句反问，让郭名修觉得仿佛被人当胸打了一拳，顿觉心口发紧，好久缓不过气来，内心深处沉睡了多年的记忆猛然被这一击敲醒，他感到了痛——一种久违的、真切的、直击内心的痛！

"对不起，当年我真的吃不上国家粮……"郭名修满是内疚地说。

"不怪你呢，怪我，当初干吗对那该死的国家粮那么在乎呢？放着你那么好的男人不嫁，偏偏……"小红一脸苦笑，叹了一口气，说，"不说啦，自作自受，认命吧……"

郭名修一路默默无语，他知道，此刻自己说什么也是于事无补，甚至会给对方带来心灵上的伤害。他心里明白，小红的日子肯定不好过，不然，她这样一个爱美丽、爱面子的女人，不会一个人再回到娘家来推销小菜养家糊口……

当年不识情何物，读懂已是白头翁。又过了多年，又是一个中秋节，古稀之年已是富翁的郭名修，在广西蒙山县自己经营的矿山上，又看到几朵洁白的栀子花，他又想起了小红，想起了那段纯洁美好的日子。

郭名修想起明代诗人沈周的一首咏栀子花的诗：

雪魄冰花凉气清，曲阑深处艳精神。

一钩新月风牵影，暗送娇香入画庭。

郭名修感慨，许多东西都是失去了才会明白，谁想回到过去都是不可能，谁是谁生命中的过客，失去了就永远不再回来。那从前的美好，经过了许多年还能大胆说出来，那份陈酿多年的相思酒一定是刻骨铭心的真与爱。郭名修想，时过境迁了，你还会时不时想起那个人，一定是思其清纯，念其善良，羡其人品，慕其才华。

缘，仿佛那朵花开，艳了，凋了。

爱，恰如那晨云雨，来了，去了。

月，阴晴圆缺。

人，悲欢离合。

有人，枉自嗟呀。

有人，空劳牵挂……

郭名修想，故乡的那株栀子花是在凋零，还是已再度绽放呢？

极目不见故乡，头顶就是同一轮明月，在静待花开的叹息声里，郭名修点上三炷香烛虔诚祈祷：明日，她若安好，便是晴天……

炒股喜上英雄榜　疯狂险留忠烈祠

"欲要让人灭亡，必先让人疯狂。"此话对于郭名修来说，是自己在股市上砸了几亿元学费才悟出的道理。

郭名修是个爱思考的人，他认为人与人最大的差别，不是努力的程度，而是思考的深度。只有思考的深度，才决定人生的高度。

他觉得炒股是块检验一个人思考深度的试金石。他怀疑过自己的运气，但从未怀疑过自己的智商，别人能炒股一夜暴富，自己为什么不能？

2013 年，金秋十月，丹桂飘香。在一帮狐朋狗友的煽动下，一向老成持重又独具冒险精神的郭名修扑通一声跳进了股海。

从此，他的人生又来了一次翻天覆地的变化。

他再无心看武侠小说，追抗日神剧，而新闻联播、财经视点等与炒股有关的节目几乎逢播必看。

他不抽烟，但他知道抽烟会让人有烟瘾；他不吸毒，但他知道吸毒会让人有毒瘾。沉迷醉酒的人，自然是有酒瘾；沉迷赌博的人，自然是有赌瘾。他认为炒股就是一种合法的赌博，自然会有"股瘾"。

郭名修小时候钓过鱼，把《钓鱼四季歌》背得滚瓜烂熟："春钓滩，夏钓潭，秋钓阴，冬钓阳……"

如今学炒股，也先找来《炒股四季歌》：

冬炒煤来夏炒电，五一十一旅游见。

逢年过节有烟酒，两会环保新能源。

航空造纸升值币，通胀保值就买地。

再炒黄金和军工，加息银行最受益。

地震灾害炒水泥，工程机械亦可取。

市场商品热追捧，上下游厂寻踪迹。

资源长线不败地，稀土萤石锗钼锑。

偶尔爆炒高科技，超细纤维石墨烯。

重组向来都无敌，定增注资也给力。

牛市买入大蓝筹，弱市就玩 ST。

年报季报细分析，其中自有颜如玉。

高送转股先潜伏，每逢四月涨积极。

赚钱有道勤动脑，股友致富献秘籍。

然而，所有理论的东西，越看越让他云里雾里，越研越让他不着边际。比如说这"ST"，本是英文 Special Treatment 的缩写，意思就是"特别处理"，特别处理的股票就是 ST 股，常被股民戏称为戴帽子的股票。既然是"特别处理"了，为啥还要去炒？郭名修像一个三岁孩童去研究《易经》，哪怕能背出几句经典语言，可怎么也不知所云。原来，炒股的学问博大精深，不是三言两语就能弄得清。看来靠自学成才，绝对遥遥无期，没有高人指点，永远也成不了气候。

儿子远祥看出了父亲的心事，他知道父亲经商几十年几乎没失过手，这次想在股市上试试水，自然有父亲的道理。父亲说，人不能把赚取的钱全部存到银行里，去赚取那点四平八稳的利息，要拿出三分之一的资金来，投资一些有点儿冒险的项目，利润与风险往往是一对亲兄弟，是相辅相成的。没有一点冒险精神，永远也成不了大器。

郭名修认识了一个叫何造中的人，此人思维敏捷，谈起国内国际形势来头头是道。据说，他还是北京几所大学的客座教授。儿子远祥在他的指导下，曾赚了些钱。

在何造中的指导下，郭名修买了一股，几个月后，竟赚了1000多万元，这让他欣喜若狂，像打了鸡血一样兴奋：原来炒股赚钱来得这么快、这么刺激！

何造中指导他买了一只叫"富临运业"的股票，不久，便涨了3倍，要不是出手太早，肯定赚到了大钱。

初试牛刀，便获成功，炒股的喜悦一下触动了郭名修每一根神经。炒股赚了几笔钱，几天连续"日入斗金"，他没觉得是自己运气好，也许是种偶然。而是认为自己脑子聪明运作得好，而这样"哗哗哗"来钱将是一种常态。他仿佛在茫茫夜空，被人点亮了一盏心灯，把又一条康庄大道照得透亮，炒股就会像滚雪球一样，让他的钱今年两亿、明年四亿、后年八亿……成倍成倍遍地开花加速度增长。

在一旁察言观色的何造中更是添薪助燃："郭总有这么雄厚的资金，不在股市大显身手，真是太遗憾了。"看郭名修还在犹豫，又撑腰壮胆，"有我们这样的人教你，还怕赚不了大钱？本大利大嘛，小打小闹，永远也发不了大财哟！"

郭名修想想也是，牛羊逐水草而居，商人逐利益而走，一咬牙，准备在股市上搏一把！

2014年，尝到甜头的郭名修在深圳租了两套房子，像当年做电站办公司一样，拉上一帮人马，准备专心致志地大干一场。

也许是人以类聚、物以群分的缘故吧，在深圳，郭名修认识了一个名叫赖少波的桂东老乡。

赖少波是桂东县大塘镇人，是当年出了名的"老三届"。

赖少波与同龄人一样，当过"知青"，在农村插过队；当过工人，在煤矿下过井。在井下当工人时，当过掘井队队长，因工作突出，当年还受到过中央首长的接见。

1977 年 7 月，邓小平同志复职后，承担起分管教育和科学的重任。在邓小平同志的推动下，中共中央和国务院决定一改过去"自愿报名，群众推荐，领导批准，学校复审"的高校招生做法，恢复以"自愿报名，统一考试，择优录取"的高考办法。

高考制度的恢复，向赖少波敞开了大学之门，给他提供了靠自己努力、通过考试公平竞争获得接受高等教育的机会。

赖少波毅然报名参加高考，结果顺利地考上了大学。

大学毕业后，分配在煤田矿务局工作多年，后来调到了深圳工作。

俗话说，甜不甜，故乡水；亲不亲，故乡人。这次郭名修与赖少波，老乡见老乡，两人虽然没有泪汪汪，但就多了许多话题。

不久，赖少波成了郭名修的座上宾。两个人相见恨晚，谈童年，谈饥饿，谈种地，谈挖煤，谈上山打五味子摘金银花，谈下水摸鱼虾觅螃蟹……

当然，自然而然就谈到了改革开放，谈到了经商曲折，谈到了炒股神话……

那一天，赖少波几杯酒下肚，话就多了起来，突然话锋一转："郭总，恕我直言，你以前根本没有炒股的经验，不交点学费，掌握好技巧，根本赚不了钱，弄不好还会血本无归！多少人因自不量力，贸然下水炒股，被弄得倾家荡产家破人亡……"

赖少波的一席话，给郭名修狂热的心头泼了一盆冷水，心里凉了一阵紧了一阵，又仿佛被他抽了一闷棍，好一阵疼痛，就还茫然不知所措。

"此话怎讲？"郭名修望着赖少波，不解地问。

"很多成功人士是踩在巨人的肩膀上去的，你不一定要自己亲自操盘，可请几个操盘手为你操作，外国人打仗都可以让雇佣兵去战场拼杀，你炒股为何不可请高手为你去操盘？这样，你可利用别人的智慧为你炒股，这样胜算的概率大些。"赖少波笑着说，并点名道姓列举了几个请人帮其炒股的实例。

"这样的高手，我要到哪去找呀？"郭名修又问。

"这个问题，你找我就算找对人了，我可以找几个人为你操作，保你稳赚！"赖少波信誓旦旦地说，"你只管坐在背后天天看着你的账户哗啦啦进账，到时别忘了请我喝酒！"

"那当然当然，赚了钱就得好好花，保准让你喝个够！"郭名修笑道，果真让赖少波帮他物色了几个合适人选，天天在企业上班一样，准时为他操作炒股。

其中有个叫许昆松的高手，真名不虚传。按照他的操作，郭名修购买的几只股票由几万到几十万再到几百万，简直像玩滚雪球。其中一只叫"长春高新"的股票，郭名修一下子砸进上亿元，可惜他没有那种忍耐性，到2015年不涨时，一下子卖掉。但股票也有时饿死胆小的，撑死胆大的。当郭名修卖掉那只股票后，那只股票着了魔似的，一路疯涨，直至涨了10倍，还没有停。郭名修把肠子都悔青了。

2015年，郭名修共砸进几亿元资金炒股，加上银行融资，最多时账户上的资金达到10亿元以上。

正逢股市牛市，郭名修白天黑夜屋里屋外，一片赚钱声，有时一天就涨了几千万元。

从那时起，兴奋与郁闷，狂欢与失落，庆幸与后悔……

股市上的一记记重锤周而复始地撞向他的心灵，诱惑着他，刺激着他，折磨着他，让他在虚拟与现实间，时而仰天大笑，时而低头叹气，时而沉默不语……

其中股票账户高峰时浮赢3亿多元，可就是忍不住收手，没有及时变现出来，最后还是亏掉了。

儿子远祥一个产品赚了两亿，结果又把钱投了另一个产品，又被套牢了。

郭名修最多的时候赚了3.8亿元，可惜没有及时变现，最后还亏进去了。

最后，炒来炒去，屈指一算，一家人炒股，不仅没赚到钱，还亏掉了至少4亿元。

其中有一天，一下子亏掉了1亿元，与妻子一起坐电梯上楼的时候，郭名修心情沉重地对妻子说："我们今天一电梯的钱又没啦……"

因为一亿人民币钞票大概重量有一吨重，每次坐电梯，电梯包厢大概也就只能限载一吨的样子。

谁知，妻子一听郭名修叹着气，不但没有半点责怪丈夫的意思，反而笑呵呵说："没了就没了呗，反正那不是咱家的钱！"她还说，"命里有时终须有，命里无时不强求。"

妻子的理解、宽容，让郭名修感到异常欣慰，也让郭名修清醒过来，他觉得不能再沉迷股市不能自拔了，得想办法及时收手。

想起2005年，郭名修召开了一个家庭会，做了几个五年计划，即到2010年全家的资产要达到5亿元，到2015年要达到10亿元，结果都达到了。

股市的冲击，让郭名修把家庭的重点来了个大调整。他不再提到2020年达到多少钱，而是提出要怎么把孙儿这一辈培养出来。全家努力的方向，调整到了如何教育培养后代上来。

通过炒股，郭名修悟出几个道理：

一是人要有点冒险精神。不管是实体经济，还是虚拟经济，是从政，还是经商，概莫能外。如果一味求稳怕乱，前怕狼，后怕虎，永远也不可能成大气候，不可能成精英。世界上没有温床，也没有什么世外桃源。那些不用劳动就能享受到劳动成果的人，那些不用冒险就能过上四平八稳生活的人，是因为有人为他们付出了劳动，替他们承担了风险。我们不是游戏规则的制定者，也不懂得割韭菜，只好抛弃所谓的"安全感"去做一定的冒险，去更快地追求我们所要的生活。人生就要大气，不要犹犹豫豫，没有不冒风险、百分之百成功的事。人生最大的价值就在于冒险，整个生命就是一场冒险，走得最远的人常常是愿意去冒险的人。冒险不只是一种勇气和魄力，其最重要的意义在于，不论最终的结果是成功还是失败，你从没停止奋斗和拼搏，胜而不骄，败而不怨，你获得的这种精神非常珍贵。

二是人千万不能疯狂。天狂必有雨，人狂必有祸。"人外有人，天外有天。"一个人无论有多大的本事，面对外界的一切，都可以变得"一无所有"或"一无是处"。昨天你可能腰缠万贯，今天就可能身无分文，计划永远没有变化快。

风水轮流转，世事难预料，曾经看不起的人，可能一朝得志，飞上枝头变凤凰；曾经嘲笑的人，可能平步青云，得财又得势。但"人无千日好，花无百日红"，做人太狂，迟早遭殃，今天你挤上了英雄榜，明天你就可能被摆在忠烈祠。凡事不可做尽，言不可说尽，财不可享尽，权不可用尽，维持"半盈半亏"的状态，即是人生的最佳状态，炒股如此，做人也如此。

三要懂得中庸之道。1981年，诺贝尔经济学奖得主詹姆斯·托宾说："鸡蛋不要放在一个篮子里。"他的意思是，如果把所有鸡蛋都放在同一个篮子里，一旦篮子翻了，所有的鸡蛋都会碎掉；如果不把所有的鸡蛋放在一个篮子里，一个篮子翻了，还会有其他鸡蛋剩下。对于投资者来说，这句话的意思是要通过分散投资来降低风险，因为资产配置实际上是利用不同资产间的风险差异降低整体风险，合理的资产配置在一定程度上能够降低波动带来的损失，甚至会在遇到行情好的时候，让投资者获取更多收益。股市里的钱，非常诱人，谁也想拣好的股票投资，但不是所有的人能看得准。你如果有钱，千万不能把所有的家当都押在了股市，要懂得均衡配置资源。股市可玩，但千万不能作为家庭发展的主要方向，最终只有依靠实业才能让你立于不败之地。任何时候，做事做人，如同开车，上路、加油固然重要，但懂得及时减速、刹车、下车更加重要！

如今的郭名修，带着满身伤痕、满脸的遗憾，又从股海中爬了上来，对于曾经的幻想、拥有、辉煌、疯狂、失落、沮丧……他都付之一笑。他觉得，搞实业才能让他心里踏实。

他又一头钻进了大山，谁也不知道他曾经赚过那么多钱，又曾经亏掉过那么多钱。人们只常常听到他念着苏轼的那几句词儿："人有悲欢离合，月有阴晴圆缺，此事古难全。但愿人长久，千里共婵娟！"

雨后天晴的山峦，一碧如洗，又重现往日的容颜……

送子留学加拿大 大爱无声一盏灯

在别人眼里，郭名修最让人羡慕的不是他的金钱，而是他培养的一群孩子。

郭名修认为，良好的家庭教育是优化孩子心灵的催化剂，所以他非常重视对子孙后代的培养。

1988年9月1日，刚吃过早饭，郭名修拉着儿子远志的手问："远志呀，你知道你多大了吗？"

"七岁！"远志脱口而出，就瞪着大大的眼睛望着爸爸，以为自己犯了什么事，要不，爸爸怎么会突然问这个问题？他不解地问，"怎么啦？爸爸！"

"是的，我儿子就七岁了，该去读书了。"郭名修看着儿子这天真的样子，笑道，"走，爸爸送你报名上学去！"

"真——的？"远志高兴地跳了起来。

"当然是真的，你妈妈早就连书包都帮你买好了，你看，漂亮吧！"郭名修说着从房里拿出个书包递给儿子。

"嗯，真漂亮！"儿子立马接过书包，就迫不及待地把里面翻了个底朝天，然后，伸出舌头扮了个鬼脸，"漂亮是漂亮，就是没有书呀！书在哪呢？"

"还没有报到，哪来的书呀？书还在老师手里呢！"郭名修笑道，"走，到学校报到，找老师要书去！"

郭名修带着儿子像去赶集一样高兴地来到了上洞村小学。

因为上洞小学是村小，所以没有"幼儿园"和"学前班"这样的字眼，郭名修就按学校的安排把远志交给了一个叫刘继权的老师手里，与村里其他同龄的孩子一样，一"开蒙"便是读小学一年级。

因为爸爸当天帮儿子缴清了学费，所以远志当天就拿到了新书，这让一同坐在教室里、那些因交不起学费还没有领到新书的同学羡慕不已。

农村穷，许多家长送孩子读书，学费就只好欠着。老师也没办法，课本费是代收的，不交钱，新华书店是不会给书的。有时候碍于都是邻里乡亲，不便开口催家长交钱，就想出谁还不交清学费就暂时不发新书的土办法。当然，这是没有办法的办法，但这办法就来得实在，有时还挺管用。小孩一回家，说别人的孩子都领到新书了，就我没有，老师不发书，我就不去了。又哭又闹，有些家长还真心软，便东借西借地把学费凑了，乖乖地送到老师手里，孩子就终于领到新书继续上学了。

其实，老师也穷，就那么几十元工资，帮不了几名学生垫学费。那年月，凡教过书的，收学费这个事都是非常头痛的事，学校隔三岔五要班主任把该交的钱一分也不能少交上去，学生交不起，只好先垫着，由老师先向学校打个欠条写个保证，然后再从月初到月尾，从期初到期末，盼星星，盼月亮，盼家长卖几只鸡几个蛋，早点把欠费的漏洞补了。有时候厚着脸皮上门去讨，然而，许多时候还是空手而归，听到最多的还是那句话："老师呀，真的对不起，我一定会交，等到我家那头猪可以卖了，我一定帮孩子把学费交了……"

等你听说那家长真的杀了猪，上门去讨学费时，其他的债主早张三一坨李四一坨地去抵债了，根本没了几个现钱。还好，还剩下几坨肉，你也就不用还价，秤回家抵他的欠费，班里终于又少了一个欠费的学生名单。可把肉带回家里，老婆就面对这几坨肉发愁了。冬天还好，把它加工成腊肉，有贵客来了可顶上用场。但要是春暖夏热，怎么办？吃，舍不得，家里人都还是勒紧裤带过日子，还没有达到想吃肉就可吃肉的水平；不吃，又会发臭，你不吃，虫子会吃，那臭掉烂掉的就不仅仅是几坨肉，那可是丈夫唇干口燥吃"粉笔灰"换来的辛苦钱、保命钱、养家钱！多数的老师都是上有老下有小的，恐怕吃了这几坨肉，那用来买米的、抓药的什么钱也没有了。

因此，多数的情况下，老师是不想用实物抵数，而是那几张少得可怜的钞票重要。许多老师人都调走了，甚至调到别个村别个乡别个县，仍然还得老远跑回来，找到那些家长，说尽好话，去收当年帮其孩子垫付的学杂费。有的老师到死也没有收清帮学生垫付的学杂费。

更有个别不自觉的家长，儿子的儿子读书了，儿子又成了家长了，还欠着儿子当年读书时所欠老师为其垫付的学杂费。

郭名修在当地是属于先富裕起来的那批人，是改革开放以后第一批勤劳致富的万元户。

这让儿子远志一进学校就有一种优越感、自豪感。班上很多同学交不起学费，大人们就扯上孩子与他是同学这一关系，前往郭名修家借钱。

有道是"笑贫不笑娼，救急不救穷"，每当这种情况，郭名修总是有求必应，还说："《贤文》里说得好啊，万般皆下品，唯有读书高。乡亲们只要是为了缴孩子读书，我一定鼎力相助，有钱出钱，有力出力！"

就这样，郭名修帮助了很多人。儿子远志的启蒙老师有一次碰到他说："你真是一尊财神爷，自从你儿子远志在我手上读书后，其他家长要我垫学费的情况少多了……"

郭名修听后哈哈大笑，但内心就掠过一丝酸楚。百年大计，教育为本。都什么年月了？老师、家长、学校，就还在为学生这点学费发愁。想到这，郭名修的心在隐隐作痛。

城乡二元结构的巨大反差，导致教育资源配置对偏远地区的严重不公，让郭名修清醒地认识到，让儿子在乡村接受文化教育，本身就比城里的孩子落后了一大截。

转眼就是三年，郭名修觉得要想办法为儿子创造条件，让他接受更良好的教育，不能让他输在起跑线上。他觉得没有能力彻底地改变一个地方，但想方设法离开这个地方总是可以的。于是，郭名修下定决心，把小孩送到城里读书，便与妻子商量，征求妻子的意见。

"城里当然好呀，可咱们城里没有可靠的亲戚，孩子在城里上学，谁管？"妻子笑道，"很多事，想是容易，但做起来就难呀！"

"我们自己管！"郭名修认真地说。

"那我们家里怎么办？你不是准备在乡下把房子建起来吗？我们好不容易存了点钱准备盖房子。"妻子反问道。

"房子暂时不建了，我要把这笔钱花在孩子身上，供他们到城里读书。"郭名修理解妻子的苦心，在农村，房子就是面子，很多人辛苦一辈子，就为了建几间房子，甚至几代人省吃俭用，才能建几间房子。房子可是老百姓能安居乐业的窝呀！在老家做一栋漂亮体面的房子，同样也是自己奋斗多年梦寐以求的大事。

"城里没田没土，我们吃什么住什么，总不能为了孩子读书，大家去喝西北风吧？"妻子满是忧虑。

"你放心好了，我绝对不会让你们吃西北风，也不会让你到街上乞讨，我们可做点小生意，没房子，我们可租房子住，只要能让孩子享受良好的教育，我砸锅卖铁也值，何况我们现在也有这点积蓄。"郭名修尽量打消妻子的顾虑，安慰妻子道，"这也算好钢用在了刀刃上"。

"那我听你的，其实，我何尝不想过城里人的生活？"妻子笑道，她知道自己的丈夫一旦做出了什么决定，谁反对也没用，她相信丈夫永远都是正确的，丈夫才是家里的栋梁，才是家里的主心骨。

就这样，郭名修把家里的田土转给了别人去耕种，在县城图书馆院子里租了一套房子，举家搬到了县城，并请人帮忙，把儿子远志转进了城关小学读四年级。

郭名修说了一通城里读书的好处，把妻子说了个心服口服，见妻子同意了他的观点，又加了一句："今后你就尽管好好地做你的饭洗你的衣服，让孩子安心在学校读书就是，如何挣钱养家，我自有安排。如果万一没时间做饭，城里到处有卖，多花几块钱便是，你看那么多的人早上就是到街上买点馒头、包子呢！"

郭名修买了一辆自行车，早上起来第一件事，就是催着孩子吃早餐，然后，拉着两个小孩往学校跑，放学后，又骑着自行车去校门口接孩子回家。他骑着自行车搭着孩子走在大街上，两脚像生了风，仿佛自己一下子成了城里人，过上了往日做梦都想过的生活，顿觉心旷神怡，妙不可言。

几年后，儿子远志以优异的成绩升到县城关中学读初中。

贪玩是孩子的天性，远志也不例外。

1995年，郭名修花了一万多元买了一台摩托车，这让远志兴奋至极，有事没事都想摸一摸，甚至骑上一程。

有一个周末，趁父亲没注意，远志悄悄地配了锁匙，开上摩托车，搭上一个同学朝青山乡飞奔而去。在青山绿水间玩了个痛快，哪知在回来的半路上，摩托车熄火了，下车一看，原来是没油了。两个人只好推着摩托车，步行几十公里往沙田赶，因为只有到了沙田镇才有加油站加油。

这下可把郭名修急坏了，摩托车不在，人半夜没回，把电话打遍所有亲朋好友和儿子那些要好的同学家，可音信全无。到天亮，正想去公安派出所报案时，儿子就带着那位同学拖着疲惫的身子回来了。这一次，郭名修气不打一处来，拉起一根竹枝，朝儿子身上一阵猛打……

但摩托车对儿子的吸引力实在是太大了，好了一段时间后，远志看到摩托车又心痒难耐，全然忘了父亲挥舞竹枝猛抽在他身上的疼痛。

那天，郭名修岳母娘生日，远志又故技重演，骑着摩托车，搭着弟弟跑到汝城县转了一圈。

这下，让郭名修终于领教到了儿子的倔强，他知道，儿子打都不怕了，再打也是于事无补。郭名修第一次在儿子面前作了妥协，忍痛把不到一年的摩托车以5000元贱卖了。

为了让儿子的成绩保持平稳，确保不偏科不掉队，郭名修来到学校找到儿子的班主任何长新商量对策。

班主任笑道："马无夜草不肥，老师在课堂上该讲的都会尽力讲，都想自己的学生能学得好，能成绩优异。但人与人是不一样的，个体的差异很大，有人记性好，有人悟性高，同样一个老师，同样这样讲，学生的成绩就是不一样。所以，要因材施教。一些学生，在课堂上解决不了的问题，那就只有从课堂外来想办法解决，如吃饭一样，正餐吃不饱的只有加餐再弄点吃的，所以很多的家长，想到了请家教给孩子补课。"

儿子班主任的一席话，让郭名修茅塞顿开，他相信天道酬勤，勤能补拙。

于是，根据儿子的学科情况，毫不吝啬地按每节课 20 元请家教为儿子单独补课。

功夫不负有心人，1997 年，儿子远志以优异的成绩考入了郴州市一中读高中。

2000 年，远志高中毕业，觉得英语水平还达不到去国外留学的要求，便又请人辅导，卧薪尝胆恶补英语，终于如愿以偿考入加拿大一所大学，圆了一个国外留学梦。

那个艳阳高照的日子，夫妻俩送儿子去国外深造。在北京机场，一想到儿子一下子要远离自己到异国他乡去读书，妻子心里总说不出什么滋味，是高兴？还是不舍？还是担忧？反正说不清。当儿子一进入那安检门，挥手告别的一刹那，妻子竟号啕大哭……

为了给儿子搞到足够生活的美钞，郭名修找到正在桂东建设银行上班的黄国平，热情仗义的黄国平帮他兑换到了足够的美钞。黄国平从桂东建行的中层领导到当上行长，都一如既往地支持郭名修，两个人的感情得到了升华，成了莫逆之交。在帮郭名修兑换美元的同时，帮助他争取到了 500 万元的贷款支持，这在当时县城买套房子才几万元的桂东来说，简直是个天文数字。

2004 年底，远志从加拿大学成归来，郭名修并没有要求儿子去挤独木桥考公务员或事业编制，而是让儿子去做销售，营销水电设备，并鼓励他，做什么事也有个"开始"，且要有失败的思想准备。他说，真正的铁饭碗是掌握在自己手中。

怀着试试看的心理，2005 年 3 月，郭远志受聘邵阳恒远资江水电设备有限公司销售经理。

没想到，远志上任几天，便做了一单100多万的业务，这让郭名修这个当父亲的对儿子刮目相看。

几个月后，远志不负父望，又做了1000多万的业务，按照公司提成，得到了10多万元的提成回报。

2005年8月，远志被聘任为福贡县恒远水电开发公司总经理助理。

郭名修把远志送到工地一线，让他与一线的小包工头、工人还有当地群众零距离接触，开车、采购、社交、管理……进行全方位的锻炼。

远志很快与周围的人融为一体，左右逢源，风生水起。谁也没想到，眼前这位皮肤晒得黝黑、憨态可掬的小伙子，竟是一个留过洋喝过洋墨水的"富二代"，他完全没有那种花花公子身上的矫情与傲气。

2006年6月，逐渐成熟的远志终于成立了自己的房地产公司——湖南远志房地产开发有限公司，并任董事长。他很快在银行贷款7000万元，在永州搞起了房地产开发，挖起了第一桶金。

2009年9月，又成立了邵阳远志房地产开发有限公司，并任董事长。而后乘势而上，触角延伸到隆回、郴州、临武、桂东等地。

2009年至今，任湖南时代瑞银投资有限公司执行董事。成了与父亲一样商海弄潮的精英。

当笔者前往采访时，郭远志给了我一篇他写的《深深父爱：一盏明灯照我行》，他动情地说："我虽然写得很粗糙，但写的全部是真实发生的事，这些事仿佛就发生在昨天……"

深深父爱：一盏明灯照我行

郭远志

谈起我的父亲，我的脑海里就会浮现出很多他朋友的样子，其中有上市公司董事长、银行家、教育名师、博士、政府官员、矿长等等，他们在各自的领域都是佼佼者，虽然互相不一定认识，但他们都有一个共同的特点，那就是对我父亲打心底里的认可和敬佩。他们当中的大部分人后来也都陆续成了我的忘年交，对我的影响同样深远，因为大家生活在不同的城市，平时接触不多，但逢年过节都会互发祝福短信。

我的父亲对我影响很大，他曾经对我说："年轻时就要敢想敢干，只要给家里留好够基本生活的钱，就要敢于去闯，即使失败了也不要紧，要吃点苦头以后就会慢慢知道怎么干了。"

他出生在湘赣边境的偏远山村，祖祖辈辈都是种田的农民，由于父亲是家中长子，小学只读了五年半就辍学在家帮忙干活，后来学习到的文化知识都是在沙田煤矿下井工作之余学来的。他不甘于一辈子种田，从小就跟着他的堂哥"走江西"，其实就是挑着担子走村串巷的货郎。那时候江西很多地方没通公路，物资缺乏，我父亲发现商机后十几岁就开始了从商生涯。我父亲曾经是湖南省植树造林先进个人，20世纪80年代被聘请去东洛乡负责经营乡办企业，帮助乡办企业扭亏为盈。

1991年，搬到县城之后开始做香菇生意，每天在农贸市场摆摊儿，印象中有一台自制的黄色板车，每天早早地就出门了，收摊回家已是夜幕降临。每到春节前，我们家的香菇便会堆成山，每间屋里都放着大包大包的干香菇，满屋子的香味，因为那年代物资匮乏，办年夜饭家家都少不了香菇这道大菜。父亲做建材生意租了保险公司一排的门面，我父亲负责联系货源，我母亲负责看店销售，生意还算红火。父亲做一行就爱一行，所以做哪一行都能成功。

1997年，正赶上省政府提出把郴州打造成"小水电之乡"，时任省委书记杨正午的扶贫点就在桂东，我父亲也乘着政策的东风加入了投资小水电站行列，这一干就将近二十年，从桂东到遂川再到云南，他带领一支敢闯敢干的"水电湘军"，建造了大大小小39座水电站，成了名副其实的"小水电大王"。记得在与上市公司安徽水利合作谈判的过程中，我陪父亲参加了三次考察和谈判。第一次初步谈判是在蚌埠市水利集团的会议室。当时安徽水利的谈判代表是以常务副总经理林伟忠先生为首，法律顾问李素萍女士，财务总监朱元林、董事会秘书赵作平等买方团队，谈判之前父亲嘱咐我们说："只要大的原则不变，有些方面我们该让步的就让步，咱们要看大局"。就这样就合作大框架双方达成了共识。第二次是陪同安徽水利调研团队去贡山现场考察。当时五六台越野车浩浩荡荡沿着怒江奔驰，从怒江的东岸到西岸，考察过程非常顺利，回程时我驾驶的车上坐的是财务总监朱总，他和我一路交流，谈论的话题非常多，涉猎也非常广，他称赞我父亲有大智慧，特别是对后辈的培养。第三次是在安徽水利东方会议中心签约。协议达成后举行了庆祝午宴，宴会开始，大家围着一张大圆桌，赵时运董事长举杯说："今天洪总代表新郎，小郭代表新娘"，于是大家就开怀畅饮了。这是一笔3.63亿元的巨额投资，但父亲那天表现得非常淡定，宴会上基本没喝酒，他在回程路上对我说，"越是重要的场合，越要保持清醒"。这句话我受用至今。

我父亲的记忆力特别好，在做实业的时候，他的手机里没有号码，所有人的电话号码都是在他的大脑里。他仿佛就是台计算机，需要测算时，心算能力超群，几个数字组合起来，要比身旁的人算得更快更准。

父亲每做一个行业都要做深入的研究。我是2006年离开怒江到永州市从事房地产行业的，因父亲和永州建行刘锡平行长的关系密切，刘行长撮合永州市二建公司经理的儿子和我合作房地产开发，取名"远志·新外滩"，总建筑面积19万平方米。项目在当地很有影响力，获得了湖南长沙地产奥斯卡最佳人居环境奖。父亲在项目融资和管理上都给了很多指导，有一次他来永州看我，他对我说："做任何一门生意，都要自己把钱管好，这样你就知道哪些地方是赚钱的，哪些地方是不赚钱的，你心里有本账，就能把生意做好。"后来我开发了五个楼盘，财务都由我亲自管，做到像父亲一样心中有数。"远志·新外滩"项目的成功也为我带来很多荣誉：永州市工商联执委、永州市冷水滩区政协常委等职务，

2008 年被评为"永州市十大杰出青年""永州十大纳税大户"；2012 年我顺利当选为湖南省青年联合会委员。这些荣誉的获得都离不开父亲在背后默默的支持和指导。

我父亲有五兄妹，父亲是家中长子长孙，四个弟弟妹妹们都因为生在农村没有读多少书，最开始做木材运输生意就带着最小的弟弟一起干，分家的时候还把最好的车子分给了满叔。二叔以前在农村种地，后来做些小生意，2004 年父亲在云南投资电站时就把他带到了项目上承包了一个打隧道施工项目，后来安排他在昆明负责采购，很可惜因为身体原因早几年就去世了，父亲在二叔的葬礼上哭得非常伤心，这也是我看到父亲最感性的一面，看得出他对弟弟倾注了很多感情，在那一瞬间他也破防了。两个姑姑和姑父也曾经在项目上做过一些事情，也赚了些钱脱贫致富了，都在城里买了房子，从此一大家子在他的带领下走出了农村。我母亲有八姊妹，我的四个舅舅和三个阿姨都在我们家里工作过，农村赚钱的方法不多，如果稍不注意可能做生意就会亏钱，我父亲一直带着他们从一个项目到下一个项目，多多少少都入点股份，还能拿一份工资，这样每家每户都有固定的收入，也都先后从农村走出来了，有些还在省城买了房，安家立业了。

父亲常对我们说："我们家里的成员有两样东西绝对不能沾，一是毒品，二是赌博，只要沾上了就不会有幸福的生活。"我们三姊妹铭记于心。父亲对家庭事务事无巨细都要关心，大到找对象、结婚生子、事业选择，小到孩子们某次的比赛得奖，我父亲都要关注和点评。有一次郭逸俊在幼儿园获得了一个奖，我父亲专程从深圳过来请他吃牛排，因为父亲说："对孩子们的奖励不一定是物质，请他们吃顿大餐就是很好的鼓励。"有一次我夫人袁如倩神秘地对我说："我发现一个有趣的事，我注意到爸爸和妈妈散步时总是牵着手，他们一直是这样的吗？"我回答说："从我记事起，他们就是牵着手挽着手散步的啊。"我夫人眼中露出了羡慕的表情。最令我难忘的是父亲为母亲张罗六十大寿办酒，还在仪式上办了一场晚会，每个来宾的安排和每个节目都由他亲自审核，自己早早写好致辞稿，还在晚会现场为我母亲献上了一首歌。当时正值疫情暴发期，还靠运气好，平平安安顺顺利利地把喜事办了。父亲对家庭的责任心和爱一直影响着我，从小耳濡目染，受益匪浅。

父亲对教育事业的爱心和奉献精神也深深地影响着我，在母亲六十生日的时候他决定成立一个家族教育基金，用于奖励家族及亲朋的优秀学子，特别是对考入名校的孩子们。2022年9月，我陪父亲到一个堂叔家颁奖，我的堂弟考入了一所985的院校，父亲亲自从广西赶回来，安排了一个上午的时间去办这件事，足见他对教育的重视程度，他对我堂弟郭远程说："远程不错啊，成为我们大家族第一个读985学校的后辈，希望你努力学习，做好榜样，以后挣钱了也要加入教育基金捐赠者的行列，继续发扬我们家族的优良传统。"

在我的成长路上，父亲对我的影响特别深远，1988年9月1日，父亲带着我到上洞村小学去报到，刘继权老师让我背100个数，我一口气就背出来了，刘老师对我父亲说这孩子记忆力不错，于是就这样提前入了学。后来偶然在一次活动上，我遇到曾经在东洛工作过的老领导郭锦标，他说起我父亲在1990年与他的一次对话，我父亲特意向他请教如何才能上大学，我父亲说想把三个孩子送入大学读书，请他给些建议，郭书记说我父亲在那么早的时候就有培养孩子上大学的想法，这在当时的农村来说是罕见的。四年级时，父亲把我转入了县城的城关完小读书。三年后成功升入城关中学，初中最后一年，我父亲找来班主任何长新老师商量，给我请了老师给我补课，在老师们的帮助下，我成功考入郴州市一中。记得高三第一次月考，我的成绩突飞猛进，当时爸爸来学校看我，对我说："照你现在这样进步的速度，只要一直努力下去，考清华北大也不是不可能。"毕业后我选择了出国留学，选择了公立学校——多伦多百年理工学院。送我出国时，父亲策划了一次全家旅行，包了一辆面的，我们沿途参观了井冈山和炎帝陵，到长沙后直接乘飞机去了北京，在北京的那天我们去了地坛公园参观，机场告别那天，我背上书包就往登机口走了，家人们使劲地向我挥手，我自己觉得已经长大了，你们就放心吧。在国外的时光父亲一直在为生意打拼，当时电话费比较贵，一般两三个礼拜才会与家里联系，父亲不管生意上资金多么紧张，都会给我打足学费和生活费。后来我才知道因为兑换美元的事情，我父亲与黄国平叔叔成了非常好的朋友，至今还是亲密无间的合作伙伴。

在下一代的教育上我感触最深的就是父亲为即将参加中考的长孙郭逸豪物色名师补课，功夫不负有心人，父亲在深圳中学找到了一位为数学课文编写教材的郭慧清老师，他是桂东老乡，早年就到了深圳发展。后来郭老师对我说，我父亲找他许多次，最后被我父亲的诚意打动，他才答应了补课的事。经过逸豪刻苦努力，以优异的成绩考入了长沙四大名校之一的湖南省长沙市第一中学，现已读高二，正在备战明年的高考。

父亲对我的影响是方方面面的，不管是在学习、事业还是家庭方面，父亲都是我的榜样。尽管距离父亲的期望还有一定的差距，但我相信只要沿着正确的方向努力，坚持不懈，就能行则将至。

父亲像一盏明灯，伴我前行，照亮着我的人生！

血浓于水话亲情　孝女心中一超人

　　而对于女儿秋云的培养，郭名修也是煞费苦心。

　　当把远志转到城关完小读四年级的同时，郭名修把女儿秋云转到了该校读一年级。

　　那天，一回到家，妻子就笑着问："女儿不是该读二年级了吗？怎么又是一年级？"

　　郭名修笑道："读一年级能跟上就算了不起了，试想，人家城里的孩子读了幼儿园读学前班，咱女儿在乡下读了啥？再说，咱乡下的学校、老师能与城里的去比？女儿在乡下读的那年一年级就权当读了一年学前班了。"

　　妻子觉得丈夫说得在理，也就高兴地笑了，为两个孩子终于能在城里读书放下了心中的一块石头。

　　秋云是个非常听话、乖巧的女孩，从乡下转学到城关完小读小学后，非常努力，成绩一直很优秀。在全县的珠算比赛中，还得了个第一名。

　　1997年，秋云小学毕业后，通过考试，顺利进入郴州市第六中学读初中。

　　秋云是个多愁善感的姑娘，第一次远离父母去郴州读书，好久不习惯。有一天晚上，看到明月当空，想起父母不在身边，突然间一种从未有过的失落感涌上心头，便拨通了父亲的电话，一声"爸爸"便号啕大哭，半天说不出一句话，把父亲吓得面如土色，以为她受了什么伤害。

郭名修听到女儿的哭声，内心的恐慌立刻提到了嗓子眼儿，心像一只惊慌的兔子，七上八下直跳，整个人像掉在冰水里，后背发凉，冷汗淋漓，脑子里成了一桶糨糊，说不清是惊慌，是恐惧，还是愤怒，真可谓"哭声尽揪心，满目尽血光"，最后就是一个念头——要不顾一切手刃仇人为女儿报仇雪恨！

他尽量克制住自己的情绪，安慰着电话那头哭得伤心的女儿，又迫不及待地追问了半天，原来是虚惊一场，女儿并没有出现什么意外，而是太想爸爸妈妈了。

初中毕业时，班上只考了两个到市一中的尖子班，秋云是其中的一个。

许多人都说，她是一个内敛的女孩，是一个深藏不露的高手。

就在她准备去市一中就读的时候，长沙中加国际实验学校向她抛出了橄榄枝，且学费全免。

郭名修潜意识里，就教育资源而言，县城比乡村好，市州比县城好，那省会长沙肯定会比郴州好。他打听到那所学校校长是湖南师范大学附中原校长黄楚松——那可是在全省乃至全国赫赫有名的金牌校长！

有那么一个"老帅"出马挂帅，还能不放心？因此，郭名修毫不犹豫地将女儿送进了该校。

谁知好景不长，由于国家政策的调整，中加国际实验学校被整合，与郭名修想象的相差太远。郭名修骑虎难下，不得不把女儿转学到了长沙广益中学读高三。

女儿秋云几番折腾，高考失利，没有考上心仪的学校。2003年9月至2004年6月，在长沙同升湖实验中学复读高中一年，2004年秋，终于考入了成都理工大学。

2008年8月，大学本科毕业的秋云，以优异的成绩考入长沙力元新材公司工作。

2008年11月，又考入建设银行长沙侯家塘支行工作。

2009年，辞职在郴州开发房地产。

不久后，秋云在广东大风资产管理有限公司从事财务管理工作。

郭名修说:"女儿是上苍奖给我的最好礼物,此生有此一女,足矣!"

后来,秋云结婚生子,两胎生了三个女儿,第一胎是一对双胞胎,分别取名"玳亦、玳羽",做了外公的郭名修笑得合不拢嘴。

很快,玳亦、玳羽又上学读书了,两个女孩子像一对明珠那么灿烂,唐诗、宋词、元曲、明清小说……头头是道;主持、演讲、写诗、作文……样样都行。两个女孩子进的是汉语、英语都要同时精通的"双语"学校,能同时用两种语言交流、朗诵,这让郭名修感到无比新奇。特别是看到两个女孩能用英语有板有眼与老外打交道时,心里比喝了蜜还甜。

玳亦和玳羽非常懂事,一写了作文就给外公看,每一次都能让外公惊喜,一些优美的句子,让外公看得津津有味。

每当这个时候,才六七岁的小女儿笑伊就闪着大大的眼睛说:"我也要像姐姐一样,长大后写文章给外公看,让外公也高兴高兴!"

小女孩的天真把所有人都逗笑了,笑毕,郭名修就对旁人说:"看到自己的后代能一代强过一代,自己这辈子吃再多的苦也值了。"

郭名修与女儿及女儿的女儿之间这种血浓于水的感受,笔者在秋云写的一篇《爸爸是超人》的文章中得到了印证和共鸣。

爸爸是超人

郭秋云

从我懂事起,在我的印象中,我的爸爸就是无所不能的超人,他想要做的事,就会想尽办法达成目标。不轻言放弃——这对我后面自己的学习生活,还有教育子女的理念,都给了我强大的信念支撑。

记得还在东洛居住的时候,我还是5岁。那天傍晚,夕阳很美,一条乡间小路蜿蜒到家,妈妈刚干完活,我跟着她在小路上往家走,远远望去看到了爸爸。爸爸背对着夕阳朝我们走来,柔和的橘色阳光洒在爸爸的头上，他开心地向我招手，大声叫道："云，快过来。"我兴奋地边跑边叫"爸爸"。跑过去一看，爸爸手里拿着一条崭新的漂亮裙子。原来这是爸爸刚出差回来给我买的礼物。我当时可开心了，那时候在乡下，是很少能穿上漂亮的裙子的。爸爸出差在外都还记得给我买裙子，甚至还为了我能早点穿上，特意去路上迎接我和妈妈，当时就满满的幸福感，被宠爱的感觉爆棚。后面爸爸带哥哥去郴州治眼睛，回来给我和弟弟买了面包，那是我第一次吃上面包。虽然爸爸总是很忙，但是心里一直都想着我们三兄妹，所以从来没有感受到父爱的缺失。

1991 年上小学的时候，妈妈在忙建材店，爸爸很多时间都是在外面忙碌，所以很少能见到爸爸的面。整个小学阶段就无忧无虑地上完了。但是爸爸妈妈给了我很多自己可支配的时间，所以我懂得了规划自己的学习，养成了好的学习习惯。

1997 年开始，我在郴州上初中，爸爸那时候在桂东忙着水电站的事，经常要一个多月才回家一次。但是爸爸每次回家，都会抽出时间跟我聊班上的人和事，所以爸爸对班上同学的名字非常熟悉。我也很喜欢跟爸爸分享班上的一些趣事，哪些同学成绩好，月考怎么样。在学校遇到了什么问题，爸爸都会提出他的一些建议，让我慢慢感受、体会、学习了爸爸的思考方式和处事风格，也让我觉得不管在外面遇到什么事，我都有一个坚强的后盾，会支持我、鼓励我。这种踏实的安全感，让我从初中开始就敢去外面闯荡。开始是一个人坐大巴从郴州回桂东，然后是自己找路线坐公交车去打卡本地的旅游景点，再到后面一个人出去旅游，让自己面对更复杂的环境。因为心里知道爸爸一直都在背后支持我，给我力量，我就无所畏惧了。

初中三年，能跟爸爸坐下来聊聊天，就变成了我最期待的一件事。为了爸爸回来的时候，我能有更多的话题与爸爸聊天，我会每次都努力考好，并且跟爸爸分享自己的得失。有时候为了逗爸爸，我还会在取得好成绩的时候，回家故意跟爸爸说没考好，然后看爸爸的反应，再给爸爸一个大大的惊喜。因为平时爸爸在外面都是很严肃的，这样我就能看到爸爸不在外面展露出的另一面，满脸的笑容，一扫爸爸在外面积攒的疲惫。现在回想起来，感觉初中三年是爸爸给我最高质量陪伴的三年，虽然很少回家，但是爸爸对我的爱一直没有缺席。所以初中的我内心很平和，充满了力量。没有学习的焦虑，对学习也有自己的规划。整个初中，我的学习都处于年级的前茅，还考上了郴州一中的重点班。

出于对大都市的向往，我高中选择了去长沙的中加国际学校读书，开阔了自己的视野。后面又在广益中学学了一年，第一次高考意料中的不理想。知道高考成绩以后，爸爸没有生气，没有批评，只是放下了公司的事，填志愿的那几天，每天顶着长沙42度的高温，去帮我联系学校。平时看习惯了叱咤风云的爸爸，因为我的考试不理想，现在要顶着烈日，在几所学校几个部门轮着转，汗流浃背，狼狈不堪。看到这一幕幕令人震撼的对比，我心里非常内疚，觉得是因为我的懒怠，让爸爸承受了这些后果。

所以我决定复读。通过一位老师的介绍，我选择了去同升湖学校复读一年，爸爸依然是无条件地支持。在这一年，才真正感受到了浓厚的学习氛围，才有了清晰的目标。爸爸依旧忙碌，但是在同升湖的时候，爸爸每次来学校看我，都会给我买一大包的零食。因为他自己也不吃零食的，不知道哪种零食好吃，就每种零食都买一包，我就是这样吃到了我以前没吃过的酸枣，到现在都还很喜欢酸枣的味道。虽然这段时间爸爸很少有时间能坐下来跟我聊聊天，但是每次都能在这些细节上感受到爸爸对我的爱。

后来在我进入成都理工大学读书四年中，爸爸在江西建设了几十座水电站，我每个星期打一两次电话给爸爸妈妈，虽然相隔那么远，虽然我都已经长大在上大学了，爸爸在电话中，还是会关心我的近况，聊聊我的大学生活，有时候实在很忙，也只能简短地说一两句，然后就把电话交给妈妈。

　　大学毕业后，因为我的专业是材料科学与工程，所以进入了力元新材上市公司上班，但是因为太远，几个月后我就辞职了。爸爸跟新世纪花园楼下的建设银行侯家塘支行的刘锡平行长很熟悉，让我去建行考试。没想到还考了笔试第一名，于是顺利进入了楼下的建行工作，离家里非常近。

　　在建行工作了大概 9 个多月，我的业绩、办业务的速度一直都很好。因为派系林立，不喜欢这种站队的事，再加上眼睛不太好，不想每天对着电脑，就想着辞职。要从这么好的工作单位辞职，是很多人都想不通的事。所以我也犹豫了很久，我知道肯定会受到很大的阻力，大家都会觉得这么好的工作我不懂得珍惜。我每天都在想着要怎么跟爸爸说我这个辞职的想法。终于找到了一个合适的机会，我跟爸爸小心翼翼地提出来了。本以为我会遭遇一顿疾风骤雨的训斥，我已经做好了几个月的思想准备了。但是没想到迎接我的是爸爸一句轻描淡写的"不想上班，就不去上班了"。这一句话，超出了我以前所有提前设想过的场景。就算不骂一顿，至少也应该会进行一番思想教育，要好好珍惜这份工作之类的话吧。我一下子还没反应过来，轻声问爸爸："就这样？"爸爸说："是啊，你不想上班，还继续去上班的话，反而容易发生差错。"我说："那我明天上班的时候跟主管说辞职？"没想到爸爸直截了当地说："今晚就跟主管说不去上班了，明天直接去交接！"

　　我纠结了几个月的事，辗转反侧想了这么久，居然被爸爸一两句话就迎刃而解了，幸福真是来得太突然了。虽然我一直都知道爸爸很开明，他很尊重我的想法，但是在建行工作这么大的事情，爸爸也能由我自己决定，在我明显底气不足的时候，给我足够的支持。爸爸真的是太民主了，从不会把他的想法强加于我们。爸爸在外面都是说一不二的人，但是在家里，对我们几个孩子并没有专制，没有大家长的作风。还是像我初中的时候，把我们当成平等的朋友一样对待，让我感受到了尊重。所以我后面做很多事，都习惯了自己作决定，自己承担后果，慢慢地我就这样成长起来了。当然在这过程中，我的很多决定还是会跟爸爸商量，继续学习他的思考方式和做事方法。

我从建设银行辞职以后，就再没有在其他公司上过班了。到后面的结婚生子、教育子女，这一路上都有爸爸的支持与影响。

2014年，在玳亦、玳羽两岁半的时候，我们搬到了深圳，买了"东海国际公寓"的房子。爸爸妈妈2015年的时候买了"安柏丽晶"和"深业上城"的房子，也搬过来了。他们只要一有空，就会来家里看望孩子，也会跟孩子们聊聊他们在幼儿园的生活。再后面玳亦、玳羽都上小学了，陆续参加了一些活动和比赛，也在慢慢地成长中。爸爸看到我两个孩子的主持和演讲表现非常好，在2019年与桂东县教育局专门策划了一场活动，然后还开了一个专场，让孩子俩主持、表演、演讲，在这个准备的过程中，玳亦、玳羽得到了极大的锻炼。这件事情给了我很大的启发。原来我总觉得孩子的能力不够，没必要去做这件事。但是爸爸一直在背后鼓励玳亦、玳羽，她们就一直在用心准备，初生牛犊不怕虎，也没想过做得不好会怎么样。没想到就这么坚持做下来了，还非常完美。所以任何事情，不能因为开始很困难，就轻言放弃。没努力过，怎么能知道自己的潜能在哪里呢？

后来学校评选十佳美少年，玳羽从班级推选上去了。那时候一边准备期末考试，一边备战评选，每天都很忙。玳羽有的时候也觉得太累了，我其实心里也没底，但是我跟她说："我们要像外公一样，不轻言放弃。评选的结果我们不能左右，但是我们能掌控现在这个准备的过程。过程做到无愧于心，结果也就不重要了。"于是孩子调整心态，最后一举夺魁。一直到现在，外公都是玳亦、玳羽心目中最厉害的榜样。每次说起外公的一些事，总是能给她们的内心注入强大的力量。她们也想成为外公那么强大的人。

时光荏苒，我的三个女儿在慢慢长大，我的爸爸妈妈却在慢慢变老了。想起我6岁的时候，一次我生病在诊所打针，医生无比羡慕地跟我说"你很会投胎"，我当时也不明白为什么，只是把这个场景、这句话记了三十多年。这三十多年中，我不断地印证着这句话的正确性，也不断地感慨着，我上辈子真的拯救了银河系吗？怎么地球上这么多人，就只有我，能这么幸运地找到地球上最好的爸爸妈妈来投胎呢？

女儿真是父亲的小棉袄，字里行间满是父爱。

在郭名修眼里，女儿永远是长不大的孩子，他最喜欢女儿挽着他的臂膀在绿荫下散步，最喜欢吃女儿做的饭菜，最喜欢穿女儿为他做的毛衣，女儿的歌声、笑声甚至撒娇的声音，永远是那么甜美，那么迷人，他认为是上天赏赐给他的人间最美的天籁之音……

浓浓父爱深似海　不负时光不负卿

桂东人说："爷奶爱头孙，父母疼满崽。"

桂东人说："疼老大、爱老三，不疼不爱是中间。"

其实这两句话的意思都一样，这样的说法失之偏颇，但现实生活中，这样的现象还真是随处可见。

第一个孙子一出生，可谓又添了一代人，做爷爷奶奶的，才真正感觉到后继有人了，加上年老的心理，对于孙子的宠爱是无法用语言来表达的。爷爷奶奶对于孙子的宠爱，绝对超过了孩子的父母，尤其倾注在第一个孙子身上的情感，一来新鲜感更强，二来呵护的精力更甚。到后来二孙三孙出生后，自然也就没了第一次做爷爷奶奶的新鲜感了，见怪不怪了，故"爷奶爱头孙"成了一种社会常态。

而"父母疼满崽"，更是人之常情。因为，不论年龄多大，在父母心里，"满崽"永远是最小的那一个。

郭名修"满崽"叫远祥。

"三株禾儿圆通通，不知哪株好做种。"郭名修夫妻俩总是强调，老了自己不知真正能依靠哪一个，三个孩子都是自己的亲骨肉，他们不断告诫自己千万不要小看了哪一个，不要分彼此，什么事尽量做到一碗水端平，做到公平、公正、公开。

然而，尊老爱幼的家庭传统教育，就无形中让"满崽"远祥自小就得到了更多的爱怜和呵护。他一出生以后，就有了一种得天独厚的优越感，被哥哥和姐姐让着、护着、宠着，什么好事儿都最先考虑他这个弟弟。

兄弟姐弟间有什么争论，做父母的总情不自禁地对做哥哥姐姐的说："你们更大了，当然要让让弟弟，弟弟还小，还不懂事……"

父母总是对弟弟更加宽容，有时甚至是弟弟犯了什么事，往往父母最先责怪的是哥哥姐姐，说哥哥姐姐没管好弟弟，让弟弟犯了事儿。

在享受教育方面，远祥远比哥哥姐姐起点高，不仅上了幼儿园，一读小学就是在县城最好的城关小学读书，不论学校环境、教学设备、师资力量……都是全县最好的。

1997 年，郭名修把女儿转入郴州市六中读初中的同时，把远祥也转入了郴州市第九完小读小学四年级。

由于郭名修忙于投资建小水电站，根本没有时间管教儿子读书，这艰巨的任务，自然落到了女儿秋云的身上。他相信女儿的独立生活能力，相信女儿的孝顺、乖巧和懂事，相信女儿一定会船伴船、水伴水，与弟弟相依为命，管好弟弟让父母放心。

也许穷人的孩子早当家，郭名修家不能说穷，但就是穷苦出身，穷过，苦过，女儿自然有着那种吃苦耐劳、艰苦奋斗的品质。父母不在的时候，做姐姐的还真是有条不紊地把个弟弟管理得服服帖帖。

有心人，天不负。远祥果然没有辜负父母的一片期望和姐姐的一片苦心，勤奋学习，刻苦钻研。1998 年，远祥捧着一张"三好学生"的奖状回家，这让郭名修喜出望外，在表扬远祥的同时，也把做姐姐的秋云表扬了一阵。

2000 年，当女儿秋云到中加国际实验学校读高中的时候，郭名修也把远祥转到该校读初中一年级。他相信有了女儿这个做姐姐的榜样，远祥这个做弟弟的也一定会学习越来越努力，成绩会越来越好。

两年后，由于政策原因，中加国际实验学校退出历史舞台，郭名修不得不把儿子远祥转到广益中学读书。

郭名修正为没人监管儿子发愁，没想到班主任兼教化学的邓老师对这个来自农村的孩子厚爱有加，邓老师对郭名修说："那么远送子女来长沙读书，也实在不容易，如果你儿子愿意，就住在我家吧。"

"这样太麻烦老师了。"郭名修很是感动，心想有这样的老师，是儿子的福气，也是家长的福气，要不，哪能遇上这么好的贵人？

"说什么麻烦不麻烦？都是为了孩子读书嘛，如果你相信我，就把你儿子送过来吧，住我这里，也便于管教。"邓老师见郭名修有些难为情，又说，"要让一个孩子成才，需要学校、家庭、社会共同配合，作为老师，目标就一个，愿自己的学生早日成才。"

"那真的难为您了，有您这样的好老师，我放一万个心！"郭名修感激不尽，便把远祥送到了邓老师家。这样，远祥整整一年就吃住在邓老师家，这让许多同学都羡慕不已，以为远祥是老师的什么亲戚。

2004 年，郭名修感觉总这样麻烦老师还是过意不去，觉得欠下的人情债永远都会还不清。再说，远祥也不小了，应当要锻炼他的独立生活能力了，思来想去，还是帮儿子在外租了房子住，他相信自己的儿女都能像自己当年一样，能自强自立，自己管好自己。

然而，当时的远祥可谓是血气方刚、风华正茂的年龄，又生性耿直，好打抱不平。一次在校园内，碰到一群学生欺负他的同学，他不顾一切挺身而出，抱着"软的怕硬的，蛮的怕不要命"的理念，以少胜多，三拳两脚把对方打得人仰马翻，真可谓"抱头鼠窜，落荒而逃"！

在学校打群架的代价是家长被约谈，并写保证书赔礼道歉，采取有效措施"亡羊补牢"。

那天晚上，郭名修心情非常沉重，一向听话的孩子，怎么会一下子变成与人打群架的"难教之子"？面对低头不语的儿子，他感觉空气似乎都凝固了，沉闷得让人心里发慌。过了好久，郭名修轻轻地问："老师说你打架了，怎么回事？"

"是的，爸爸，对不起您，让您老远跑来，又伤您的心了。"远祥抬起头，看着有些憔悴的父亲，自己忍不住泪光闪闪，说，"您听我解释，我是打架了，但事出有因，我……"

"别急，慢慢说，到底怎么回事？"郭名修看着儿子，他相信儿子不是个喜欢惹是生非的人。

"爸爸常常教育我做人要仗义，要明辨是非，我都牢记在心。那天，我与一个同学在校园里玩，不知怎么，来了一群高年级的学生，见了我那个同学就是一顿拳打脚踢，那么多人欺负一个同学，您说，这种时候，我能袖手旁观吗？"远祥看了父亲一眼，又继续说，"我当时什么也没想，认为大欺小、强欺弱就是不对，就奋不顾身去保护那个同学，就与他们拼了，他们其实是被我拼命的样子吓跑的，我也不知怎么的，我们没去告状，他们倒恶人先告状，告到老师那去了，老师批评了我，但也批评了他们，就不知怎么，还把您叫来了。"

"当时为什么不先告诉老师呀？"郭名修问。

"他们见了我那同学就打，要是去找老师，来得及吗？等老师来了，弄不好人都被他们打死了。"远祥心里还是一肚子不服气。

郭名修想了想，觉得孩子说得也有一定的道理。但孩子打架意气用事，不分轻重，如果不及时改变这种状况，弄不好还真弄出人死人伤的大事来。

郭名修叹了一口气，说："你敢作敢当行侠仗义是对的，但不管怎么样，在学校打架了，影响就是不对的了，要是真弄出人命来，倒霉的就是咱家了，任何时候不要吃亏呀！"

远祥低下头再没说什么，郭名修也就再没责怪儿子，事已至此，还能说什么呢？

但这事就给郭名修敲响了警钟，在这样的情况下，还不能让儿子离开父母的管教。

他一回到家，便与妻子商量，要妻子放下家中一切事务，专门到长沙陪儿子读书。

妻子怕儿子又失去监管惹出事来，每一天把远祥送到学校门口，直到看到儿子进了教室才转身离去。

那年考高中，远祥考了 626 分，仅以高出湖南广益实验中学录取分数线一分被幸运录取进该校。

转眼又过三年，远祥高中毕业后，考入了北京防化指挥学院读大学。

半年后，正当全家人为远祥读大学吁了一口气的时候，远祥就出人意料地把所有行李捡回了家，说再也不去那所大学读书了。

郭名修见状，又是一次沉默了很久，心情沉重难以言表。好一会，才问："远祥，好端端的大学，说不去就不去了，你能说出理由吗？"

"爸爸，这不是我喜欢的专业，我感觉在那里学不到我要的知识，您要是逼着我把这几年读完，最多就是混了个大学文凭，到头来，对于我，什么也没有用，我会变成一个有大学文凭的废人。"远祥很是激动，他抬头注视着父亲，又说，"我想，这也不是您想要的结果吧？您费尽心思把我们三兄妹送进大学读书，还不是为了让我们能学到知识、能成有用之才？我现在已经长大了，我得自己把握自己的命运，所以，我要回来，再去复读高中，重新参加高考，考上我喜欢的大学，学我喜欢的专业。我这不是退却，我这是以退为进，试想，把伸出去的拳头收回来再打出去，是不是会更加有力？我知道，您供我们上大学的每一分钱都来之不易，但我只要能上好的大学，能学到真才实学，日后能找份好工作赚钱，我会十倍百倍地还您。"

远祥一口气说了一大堆道理，似乎早已经决定，郭名修知道，这种时候说什么也是多余，便叹了一口气，说："哎——，你们三兄妹，读书的事，就你让我操了更多心，你可要想准，天下是没有后悔药的。"

"嗯！"远祥态度坚决，父子俩一夜无话。

一向宽容的郭名修，又一次尊重了儿子的选择。让远祥进了永州一所高中复读高三，重振旗鼓再迎高考。

一年后，果然如愿以偿，远祥考入了湖南财经高等专科学校，专修自己喜欢的专业。

在学校期间，远祥欲把所学专业"试水"市场炒股，郭名修便给了一些钱让儿子在交学费中汲取教训，增见识，长才干。

当儿子把钱亏掉了，郭名修没有责怪半句，而是安慰儿子："开始涉足商场，做任何生意，只要能保本就不错了，略亏也正常，所有的教训、经验，是要用钱才能买到的……"

在郭名修的支持下，远祥果然在资本市场里发挥了独有的天赋，也赚了大钱，成就了一番事业。

远祥说："我的成功，得益于父亲的勤劳与睿智！"

郭名修在孩子们眼中，是一个正能量巨大的人，带着要让后代"嫩笋高过老竹"的神圣使命，在许多不为人知的地方，付出了常人难以想象的代价。

在儿子远祥写的《我的父亲》一文里，郭名修是一个勤劳、真诚、果断、创新、智慧的榜样，是父亲的言传身教让孩子们茁壮成长并立足社会脱颖而出取得了辉煌。

我的父亲

郭远祥

追溯文字的演变，"父"字有两种解释，一是手持斧的家庭劳作者，二是手持杖的家风教育者。无论是劳动，还是教育，都在我父亲身上得到了完美的演绎。

父亲成长于湘东南的一个贫困山区，直到我出生，仍然住在山脚的小山村，一家五口挤在仅有的两间残破的砖瓦房里，生活的压力全都压在父亲和母亲身上，生活特别艰难。

迫于生计，父亲开始想尽办法解决一家人的生活问题。经过不断尝试，辗转多个行业，父亲凭借他的智慧和勤劳，实现了我们这个小家庭的变迁，带着我们从小乡村到了县城，后来到了省城，再后来定居一线城市。

肩负着一家人的生活压力，父亲总是异常忙碌。小时候，父亲总要忙到大年二十九才能回家过年，在我的记忆中，父亲总是匆匆忙忙，很少能陪伴我们兄妹三个。但是，回首我成长的时光，每次人生的关键时刻，父亲都从未缺席，并且用他的智慧深深影响着我。

2006年底，刚上完大一上学期的我决定辍学回家复读，这在很多人眼里是不能吃苦、逃避问题的行为，家里亲友也反对我这样辍学，毕竟距离第二年的高考只有半年的时间，再考也未必能取得更好的成绩。唯独父亲，在与我长谈一次后，第二天便去给我找复读的学校。父亲的理解和尊重，给了我选择的自由和决策的勇气，以至于在人生重大问题面前，我从未胆怯，也不留遗憾。

父亲不仅是对他的孩子们，对于跟随他的工人，也是同样的尊重。2011年，我随父亲参加建设云南怒江的水电项目工程，白天与父亲在工地察看，晚上与父亲一起住在简易的工棚内。当时父亲跟我说：工作职位有高低之分，人生没有贵贱之别。所以，无论是工人，还是村民，父亲都是一样地尊重。工程款项从不拖欠，生活需求尽量满足。我终于明白为什么公司的员工和施工队都愿意死心塌地跟随父亲了，即便是父亲的项目更换了好几个省，他们也一直不愿意离开。

父亲一直秉承着敢于冒险的精神，鼓励我们多尝试，不能守旧。其实父亲也是在一步步尝试探索，从收香菇到木材买卖，从建材销售到水电开发，从房地产到铅锌矿收购……有过许多坎坷，但父亲一直勇于尝试。

我从事现在的行业也是受了父亲的影响。高三的寒假，父亲让我开立证券账户，我第一次正式接触股票。高考结束后，父亲便安排我跟着一位专业的投资人学习，系统深入地了解股票投资。这在当时来说是比较超前的，毕竟我刚高中毕业，资讯的获取也不如现在便捷。在二级市场演练四年后，2011年，在父亲的鼓励下我开始接触当时正在风口上的创投行业，经过三年的学习，我对创业投资有了自己的见解，在这期间，我也有幸遇到了我终生的良师和合伙人。2014年我们决定独立创业，很幸运，第一个项目便获得了极大的成功。

父亲是一个很果断的人，一旦决定的事情，就会立即执行。这一点从我们几次搬家的过程中也可以看出来。每一次搬家，对于我们的小家庭来说其实都是一次挑战，更大的城市意味着更大的生活压力，更何况举家搬迁还涉及语言、生活方式、子女教育等方方面面的问题，更需要走出去的勇气和魄力。即便如此，为了给我们提供更好的教育和生活环境，父亲还是毅然带领我们走向更宽阔的世界。

父亲在股票市场上的当机立断，让我更深刻地体会到了这一点。2008年是我接触股票后的第一个股灾年。2007年底在老家过年时，与父亲交流，当时对后市还比较看好，但是始料未及，年后行情就开始下跌。让我印象深刻的是父亲在4月份账户即将跌破成本的时候全部清仓，当时大盘已经从5500跌到了3800点，回撤幅度很大，事后看父亲确实清得果断。

2015年是很戏剧化的一年，上半年大家在股票市场都赚得盆满钵满，而下半年行情急转直下。父亲通过一段时间的消化，坦然总结：钱都是挣回来的，何况还没到影响生活的地步，看开点，再慢慢挣回来。没做好说明自己不适合，人千万不能自己骗自己。父亲的坦然接受，并敢于承认自己的不足，让我明白自省的可贵。

我们家有家庭会议的习惯，一直坚持了十多年。第一次正式的家庭会议是我参加工作后的第一个春节，全家人在一起召开了第一次家庭会议，每个家庭成员都对自己未来五年做了规划。后来家庭会议的习惯被保留了下来，每年过年，全家人都会聚在一起，讨论过去一年的得失与感悟，规划新的一年。事实证明，这个传统对我来说是受益匪浅的，在父亲和哥哥姐姐的影响下，我也学会了反省自己和规划未来。

对于父亲，我常怀感激。不仅是他凭一己之力为我们提供优越的生活，更感激他在精神上对我的滋养。他身体力行地阐释了勤劳改变命运，也潜移默化地教会我待人处世的人生哲学。如今我也成了一个父亲，越发深刻地体会到了作为父亲的压力和责任，我将终生以父亲为榜样，做一个勤劳的劳作者和睿智的教育者。

当笔者采访再次见到远祥时，他简直是其父亲的"复制品"，全然没有做"满崽"的那种优越感和特有的娇气、傲气，他完全与父亲一样，平易近人、低调朴素、沉稳老练、智勇双全……

世事如烟随风远 大浪淘沙始见金

凡成大事者，究竟需要哪些力量和资源？简单概括起来，不外乎"五人"，即高人、贵人、内人、敌人、个人。

有人说："一个人的成功，离不开高人指点、贵人相助、内人支持、敌人监督、个人奋斗。"

郭名修觉得这句话说得非常实在。高人指点，能让你明确目标，找准方向；贵人相助，能让你克服困难，少走弯路；内人支持，能让你后院安稳，家和万事兴；敌人或对手的监督，能让你居安思危，防微杜渐；个人奋斗，能让你勤能补拙，脱颖而出。

郭名修说，他一生创业离不开几个贵人，他们同时也是高人。

郭名修说，他有个堂兄叫郭名益，比他大 13 岁。堂兄脑瓜子特别灵，生在农村，却不甘心一辈子困在农村过那种面朝黄土背朝天的穷苦生活，一有机会就溜到村外搞点小买卖赚点钱补贴家用。在那个整天喊着"割资本主义尾巴"的年代，有人去卖几个笊篱、畚箕也会被村干部五花大绑拉去以"投机倒把罪"游街示众。可他堂兄就总能在别人眼皮底下搞点小买小卖挣钱，常常在没有外人的地方，悄悄地在口袋里掏出一张十元大钞来，然后在郭名修眼前晃晃，让他眼花缭乱，羡慕不已。因为那个年代，面值最大的人民币就是十元，一张十元的钞票，在郭名修眼里可是一笔不少的财富，一个鸡蛋才八分钱，你说一张十元的钞票，在别人眼里是一堆多么大的鸡蛋？

那年秋天，一个秋高气爽、艳阳高照的日子，郭名修了解到，上级把尿素的供给按指标分配到各村各组，他所在的村组其指标是分管沙田片的沙田生资公司负责。他还了解到，大湖村水尾组有 230 斤的尿素指标，可以按照每百斤 25 元的价格，在生资公司购买到相应数量的尿素。

在那计划经济时代，物质十分贫乏，对于尿素这种靠日本进口的产品，对于老百姓来说，是一种既宝贵又神秘的东西，不是想搞到就能搞到的，那可是了不得的紧俏物。许多人看到这东西都垂涎三尺，都想抓上几把据为己有。

因为，在他们看来，这东西用在植物上，所有的植物就会像人喝了还魂汤、打了兴奋剂、吃了人参果一样，快死的会立马活过来，已黄的会立马绿起来，长得慢的立马会疯长，产量低的立马会变得产量高……

这东西简直不是肥，而是植物的灵丹妙药，可让朽木逢春，病树发芽，让所有植物像人一样返老还童，青春再发！

郭名修在沙田生资公司围着工作人员转了几圈，发现工作人员有个非常大的漏洞，就是凡是来按指标购买尿素的，只按照已经造册中的某村某组多少指标，而从未去考虑核实是代表哪村哪组来购买尿素的村民，全凭那些来提取尿素的村民自己说是哪村哪组的，就当他们是哪村哪组的。工作人员只按表上的数据，按每百斤 25 元收款过秤了事，至于谁是挑走尿素的人，他们谁也记不得。

郭名修把这事向堂兄郭名益一说，堂兄一拍大腿说："天来财也！"

郭名益说完，便把同组的郭名亮约了出来，眉飞色舞地一说，真是"造化来了米结团"，三人兴奋极了，觉得是天上掉下来的一笔好买卖。

于是，三人拿了扁担，大摇大摆地来到沙田生资公司，谎称是大湖村水尾组派来提尿素的劳力，便按要求在那里交了 57.5 元，然后，排队，提货，神不知鬼不觉地买走了本该属于水尾组的那 230 斤指标尿素。

三人把尿素挑走后，立马进行了伪装，悄悄地藏在了一个叫马屎坳的地方。然而，尿素是弄出来了，可这东西太稀缺、太显眼，在本地用不能用，卖又不能卖，怎么办？怎么办？三人像捡上几个烫手的山芋，握在手里难受，丢掉又不舍得。更多的时候，三个人像几个倒卖枪支弹药的军火商，感觉挑回家的不是尿素，而是几颗定时炸弹，如果不小心东窗事发，那可必定坐牢无疑！

三人骑虎难下，觉得只有硬着头皮撑下去。对金钱的渴望，已让他们失去了理智，三人都怀有极大的侥幸心理，决心想办法把这珍珠般的尿素变成一张张钞票。

三人像潜伏的特务一样，组成了一个"尿素变现临时小组"，自然，郭名益是大哥，又见多识广，由他当起了队长，负责去联系汝城的人，像搞地下工作一样，在别人的眼皮底下，悄悄地把尿素卖出去。

正值秋收捡油茶籽的季节，组里所有的劳动力都得在组长的号令下上山捡茶籽，早上出工听口令，晚上所捡回来的茶籽过秤验收按重量记工分。

怎么办？郭名益没有分身法，他怎么能分身去邻县汝城推销？

郭名修人小，但点子多，此刻俨然一个军师，给堂兄献了一计。早上出工时，向组长说，郭名益为了多拿几个工分，早早就上山捡茶籽去了。工分是按重量计分，众人也就没当回事。反正，满山都是油茶树，大家天亮了就可去，只是强调要把树上的油茶籽捡干净些，不能专门选果子多的油茶树来捡罢了。

其实，桂东人所谓的"捡"，就包含了"摘"和"捡"两层意思，即把树上的油茶果子摘下来，当然，也要把掉到地上的茶果"捡"起来，为表示茶果的金贵程度，故称摘茶果的活动为"捡茶籽"或"捡木籽"。

郭名修便与郭名亮两个人拼命多捡了茶籽，悄悄地放了100多斤在一座坟前，约好，夜幕降临了，就让郭名益去那里担回，就说是自己捡的。这招果然灵验，天天郭名益都有茶籽交组里验收，组长也就没说什么。可过了两天后，还是被别人怀疑了，别人告状到组长那，说白天根本不见郭名益上山，晚上他哪来的茶籽？难道他能变戏法似的，空手可变出一担茶籽来？

更有好事者就悄悄地跟踪他的茶籽到底从何而来，当看到郭名益天天鬼鬼祟祟从那座坟前挑回茶籽时，吓出了一身冷汗，紧张得一颗心快要从嗓子眼蹦出来，难道死了的人能从坟墓里爬出来帮他捡茶籽？他们大气不敢出，继续观察，要一探究竟，郭名益到底是撞了鬼匪夷所思，还是遇了仙有神灵显灵？

当他们费尽心机弄清楚天天从坟墓前冒出来的那担茶籽原来是郭名修与郭名亮两个人先把捡到的茶籽神神秘秘地藏到坟前时，好像发现了新大陆一样，立马向组长告状，把看到的事一五一十、绘声绘色地讲了一遍，他们说，十有八九郭名修等三人中了邪，碰到什么鬼缠身了。

此事一传十、十传百，越传越神，一种恐怖的气氛立即像瘟疫一样在整个村子弥漫，以至于很多人都怕上山捡茶籽了，提心吊胆，惊慌失措，生怕自己一不小心真正碰上了鬼。更有甚者，有人向组长提出要不要请几个和尚来给当事人做法事驱驱邪压压惊？

组长不信邪，一了解，郭名益压根儿没上山捡茶籽，而是跑到汝城去了，这还了得？他想，人无常态必有鬼，事出反常必有妖，好端端的人就不出工，竟然跑到汝城去了。而另两个人就帮他来打马虎眼，这事情太蹊跷了！于是，找到三人要问个究竟，看看其脸色，摸摸其额头，见三人脸不发热神经也正常，就是说话吞吞吐吐，想必山上没鬼，而是他们心里一定有鬼！组长把桌子一拍，吼道："快说呀，到底怎么回事？如果你们不老实交代，就将你们三人送到公社里作为破坏集体秋收的典型治罪游街示众，到时谁也保不了你们！"

幸好三人早就有所准备，说万一被别人发现郭名益没有上山捡茶籽，就一口咬定，说他去汝城谈老婆去了。因为年纪大了，早也该有个婆娘了。组长一听，原来是这么一回事，想想郭名益那么大年纪了，也该成个家了，自己是过来人，早已经体会到在那种山旮旯里要想娶个婆娘还真不容易，都是乡里乡亲的，自然也就释然了。组长还说："男大当婚，女大当嫁，是这事，干吗不早跟我说？请个假光明正大地去就是了，我当组长还会不同意？组里的人不是亲就是邻，谁还会因这事与你过不去？你看，我们队里那么多大嫂还不是连哄带骗从汝城娶过来的？"

组长还表扬了郭名修与郭名亮，说他们两个人讲义气，能为了让堂兄娶上老婆，帮他出点子、担担子、捡茶籽，值得表扬……

三个人就摸着头憨笑，相互使着鬼脸，说"是是是，是是是"，说不告诉组长，不想让大家知道，是因为怕去见了那女人，不一定能成，万一不成，那就更不好意思了……

郭名益还羞红着脸，头也不敢抬，仿佛真有那么一回事。

当然，到这个时候，他们三人心中的一块石头早已落了地，因为，通过几天的"地下交易"，那230斤尿素早已经按每百斤70元换成了161元钞票，除掉购买尿素的本钱57.5元，一下子赚了103.5元，三人平分，三三得九、三四一十二，三五一十五，恰好每人分得34.5元。

三人守口如瓶，从不敢声张，觉得这是一件非常丑陋的事，一直把这秘密守了一辈子，也在心里忏悔了一辈子，内疚了一辈子。后来郭名亮吃了"国家粮"，还当上了乡镇医院的院长，一与郭名修谈到这事，说幸亏从那事以后，能迷途知返，从此走上正道，不然，后果不堪设想。

在郭名修眼里，堂兄郭名益倒卖香菇一定是一个又赚钱又刺激又能长久做的差事，要是能跟上堂兄学会做香菇生意，自己这一辈子就不愁吃不愁穿了，一定能过上比村里其他人更好的生活。

那天晚上，刚吃过晚饭，郭名修来到了堂兄郭名益家，诚惶诚恐地对堂兄说："哥，我听说你明天去江西收香菇，我也想跟你去，不知你……"

郭名修欲言又止，生怕说出来堂兄不答应。

"哈哈哈，你能吃得这样的苦？我可以带你去，但话得说清楚，这次去了，本钱照摊，赚钱平分，亲兄弟还得明算账，一就一，二就二，赚钱亏本我不敢打包票，只是有福同享，有难同当！"没想到郭名益满口答应。

郭名修兴奋不已，立即告辞回家准备行李。

那一晚，郭名修洗了个热水澡，早早地上了床睡觉，他做了个梦，梦里与堂兄收了满满一担香菇，到圩市上一转手，便赚了一把钞票，他高兴地数着，一角、二角、五角、一元、二元、五元……竟然有一张十元的钞票，仔细一看，与堂兄当年在他面前显摆的那张一模一样，且是一张刚刚印出来的票子，郭名修把这张十元崭新票子对着灯光照了又照，看到那票子上清晰的水印儿笑得合不拢嘴……

一声鸡鸣、几声狗叫以及堂兄的敲门声把郭名修从梦中惊醒，他赶忙翻身起床，走出屋外，天已蒙蒙亮。

郭名修随着堂兄走了60多里山路来到了江西省崇义县上堡乡。

"收香菇喽——"

"收香菇喽——"

堂兄张开喉咙吆喝一句，郭名修也扯开嗓子呼喊一句，两个人挨家挨户地走。每逢有人把家里产的香菇拿出来，堂兄就负责讨价还价过秤付钱，郭名修就负责收货装袋。一天下来，两个人收了足足两担香菇，有八九十斤重，便二一添作五，分成两担，马不停蹄地往回赶，披星戴月回到了家。第二天，又走了十多里山路，挑到了沙田圩上去卖。第一次没卖完，下一次逢圩时又去卖，直到卖完为止。回到家，两个人屈指一算，除掉本钱和伙食费，每人赚了20多元。

这一次虽然没有想象中的能赚到那么多钱，但就让郭名修在堂兄的带领下，探索了一条新的路子，原来，走出村外，还可以这样赚钱，相较于在家种田种土，那收入可是好几倍。

师傅领进门，修行靠自己。从1980年以后，郭名修就可以一个人来往于湘赣两省，悄悄地做香菇生意了，许多时候，一点也不亚于堂兄郭名益了。

郭名修说，狗上树有条路，如果当初没有堂兄郭名益引路，他与村里其他的农民没有什么两样。他是个知恩图报的人，每次赚了钱，总会第一时间向堂兄汇报，常常打点小酒，搞几个好菜，特意请这个当了师傅的堂兄喝上几杯。一有能赚钱的路子，立马告诉堂兄，约他一起有福同享。常常与他一起，悄悄在湘赣两省穿梭，明里购销香菇、木耳、冬笋，暗中也就做些粮票、糖票、布票的买卖……

2022 年，郭名修回到家乡，找到了已是 81 岁高龄的郭名益，把身上带的 2000 元现金封了个红包给了他，嘱咐他买点补品调养身体，并拉着他的手，动情地说："我永远不会忘记，堂兄你是带我走上经商之路的第一个引路人！"

如果说郭名益引路让郭名修一度成了桂东有点名气的小商贩，那么，瑶岗仙钨矿的罗跃中就让郭名修真正当上了做木材生意的小老板。

郭名修生活在大山之中，山上有的是木材。1988 年，郭名修曾在乡企业办待过，他了解乡镇，几乎所有的乡镇领导天天都在为财税、计生、综治三个"一票否决"奔波，三个"一票否决"就像三把利剑悬在乡镇领导的头顶上，不论哪把不小心掉下来，都将让他们前功尽弃、前程尽毁。特别是财税任务不完成，连生存也成了问题，更谈不上发展了。他所在的乡林场——东山林场，被砍下来的杉木与松木常常堆积如山，乡领导也一度为木材销路发愁。

郭名修在煤矿里下过井挖过煤，知道所有的矿山开采都需要大量木材，一个煤矿生产一万吨煤炭就要消耗坑木几十乃至上百立方米，钨矿也不例外，总之，凡是要打隧道打竖井的矿都需要大量的木材。

说来也巧，那次郭名修怀着试试看的心理来到了瑶岗仙钨矿，找到了矿供应科科长李葆松、副科长罗跃中和采购员毛寿生。几人一见如故，很是投缘，谈到动情处，郭名修说："我们那有的是木材，你们去了先拉走几车再说，看货出个价，我保证不讨价还价，只要我不亏本就行，包你们满意！如果不满意，放空车的钱，我出！"

几人见郭名修那么真诚直率，便当即安排采购员毛寿生调个货车亲自前往桂东一探究竟。

当毛寿生随同郭名修坐大卡车来到桂东后，跑到东山林场一看，到处都是堆着待售的木材，谈好的价格也如购方所愿。郭名修又好吃好喝予以款待，吃过喝过后，不妨还送上一包香烟。一来二去，与那些来运木材的司机也成了朋友，凡是来的司机，哪怕郭名修不在，也会在圩市上定个吃饭的点，让司机自己去点菜吃饭，然后挂账在店里，过后郭名修去结账。

那时每销售一车木材就能赚上三四百元，算一个不小的数据了。从

1988 年到 1991 年，三年时间里，郭名修依靠罗跃中、毛寿生做木材生意，总共赚了 10 多万元，在当时可以买三四套房子，在当地已经是一个小有名气的木材老板了。

几十年一转眼就过去了，罗跃中、毛寿生早已经退休安享晚年，感恩心切的郭名修总是惦记着他们曾经帮助过自己的点点滴滴，经多方打听，终于于 2022 年 5 月找到了毛寿生。当郭名修递上从老家带来的古树茶叶时，毛寿生久久地拥抱着他，两位老人激动得话也说不出。

通过毛寿生儿子的帮助，又找到了罗跃中的电话，终于通过电话听到了昔日熟悉的声音。2022 年 9 月，郭名修从广西藤县专程奔赴湖南郴州，见到了日夜思念的罗跃中，老友相见，自然有谈不完的话。

郭名修说，关照他做木材生意的除了罗跃中、毛寿生外，还有一个人也让他终身难忘，那就是原麻田煤矿的矿长兼矿党总支书记曾某。

曾某当矿长时，郭名修在生意场上的诚信打动了他，每年年初计划一出，他便将矿山里需要采购多少木材的数量告诉郭名修，郭名修总能保质保量及时把木材运到矿山上，曾矿长也从不拖欠过购销木材款。有一年春节，为了不拖欠矿工的工资，让工人能过个安稳年，作为矿长的他，风雨兼程，连夜开车跑到郭名修家，以私人的名义借了 7 万元钱，过春节后不久又按时归还，这让郭名修很是感动。两个人逐渐成了好朋友，在郭名修眼里，曾矿长是个思想解放、勤奋务实、敢闯敢干的人，他从矿长、乡党委书记、县委副书记，到市安监局局长、党组书记，再到市人民防空办公室主任、党的十六大代表，没有本事是爬不到那个位置的。当年任宜章县新华乡党委书记时，带领乡里全体干部艰苦创业做了个电站，成了一个先进典型。但人是会变的，郭名修怎么也没有想到，曾某随着官越当越大，权力的膨胀导致了腐败的滋生，后来被绳之以法进了监狱，这让郭名修为之扼腕叹息。但郭名修觉得，评价一个人功就是功，罪就是罪，他觉得曾某昔日帮助了他，他不能忘记别人对他曾经的付出，哪怕人家已经是阶下囚。2022 年 9 月，郭名修想方设法来到长沙某监狱，探望了曾某，并通过视频与他通了话，四目相对，两个人都是满眼泪花。

郭名修说，从 1994 年开始，随着国家政策的调整，以及许多替代木材的建筑材料问世，他及时调整商业决策，由经营木材转到了经营水泥、钢筋等建筑材料。

一个偶然的机会，郭名修找到了资兴水泥厂厂长谢越南。作为厂长，有人找上门来采购水泥，自然欣喜若狂。所以，当郭名修来到厂里谈生意后，被谢厂长当上宾款待。郭名修采购水泥量大，且周期短，双方很快建立了一种非同寻常的互信关系。每次，郭名修拉货的车一到，谢越南都保证他及时保质保量发货。郭名修一时采购资金周转困难，谢厂长先让他把货拉走再说，先记好账，从不催郭名修上交欠款，最多的一次欠款达到了 28 万元。郭名修也从不让厂长为难，一有资金，便第一时间把欠款付清。

在同等的价格下，谢越南让郭名修采购了部分该厂包装水泥的纸袋子，郭名修便以每个 1.15 元的价格从广东某地进货，然后拉到资兴，以每个 1.47 元价格给了水泥厂。这样，一个袋子赚了差价 0.32 元，拉一车纸袋子达一万多个，每车袋子往往可赚 3000 多元。这样三年下来，郭名修成了桂东经营水泥生意最好的个体户。

后来谢越南转了干，调到一个镇里当了副镇长，两个人经常通电话，聊家常，话发展，一聊就是个把钟头。

听说郭名修在桂东大塘集资做统江山电站，县、乡两级政府为打消农民顾虑，鼓励"干部与农民捆在一起调整产业结构"，谢越南把 10 万元积蓄掏了出来，投在了郭名修名下的电站里，产生了不少的效益。

随着岁月的增长，两个人的友谊也与日俱增。2016 年，郭名修小儿子郭远祥结婚，谢越南亲自跑到长沙祝贺。

郭名修也当起了红娘牵线将谢越南一个高学历高素质的女儿，嫁给了桂东一个在深圳工作的帅小伙子，成就了一段美好姻缘。现在谢越南的女婿带着一个几十人的团队，研究"联想"名下系列产品开发，搞得风生水起。夫妻郎才女貌，比翼齐飞，让所有的人都羡慕不已。恩爱有加的夫妻俩，每年总不忘请郭名修这位"红娘"喝上两杯，用最朴实的方式，延续着几代人来之不易的情谊。

在谈到这些过去生意场上的"贵人"时，郭名修说："其实，经商是需要经济作支撑的，往往融资的能力和规模，决定你产业的壮大与发展。"

他说，他能有今日的成就，离不开金融系统几个贵人的帮助，原桂东建行行长黄国平与他成了莫逆之交，笔者在此书中有专门一章向读者介绍，这里就不必多说了。他说，另外两个行长也让他终生不忘，即郴州建设银行原行长李澎和永州建设银行行长刘锡平。

郭名修欲借款500万元投资兴办小水电，便找到了建行桂东分行行长黄国平，因为数额比较大，按程序要报市建行审批，这样，在请求审批的过程中，就认识了郴州建设银行行长李澎。当时，桂东作为国家级贫困县，怀着对桂东老区人民的深情厚爱，李澎给予了桂东极大的支持，亲自带队深入桂东考察、立项、审批，最后让郭名修如愿，获得了贷款支持，为他发展实体经济奠定了坚实的基础。后来，李澎调到了长沙工作，郭名修的大儿子远志也在长沙发展，李澎便以长者身份为远志出谋划策，帮助他分析市场、筛选项目、牵线融资，让他成功地收购了隆回、邵阳两个水电设备厂，建立了自己的房地产开发有限公司。

在李澎的引荐下，郭名修父子俩认识了湖南永州建设银行行长刘锡平。

刘行长是个热心人，对郭名修三个孩子的读书、就业、发展都提供了极大的帮助，在他的关心支持下，郭名修听从他的建议，让女儿郭秋云大学毕业后以优异的成绩考入了建行工作。让小儿子高考后因为没有读上心仪的大学，而果断回湘并帮其转入永州八中复读，东山再起，后来终于考上了自己所喜欢的大学。刘锡平在任建设银行永州分行行长期间，严格遵守相关政策规定指导郭名修大儿子远志在银行融资7000万元，让远志突破了资金制约瓶颈，解决了远志创业之初所需资金问题，终于有了立足之地，其企业逐渐发展壮大起来。郭名修一家感激不尽，从2005年至2009年，连续五年盛情邀请刘锡平一家一起过年，两家在快乐的氛围中度过了五个祥和、难忘的除夕之夜。

现在刘锡平早已离职自办公司，郭名修也仍然闲不住还在经营实体经济，两家人常来常往，不是亲戚胜过亲戚。

刘锡平的公司生产了一种白酒，一投向市场，郭名修便向其购买了20万元，以支持他再次创业。

郭名修说，人情好，水都甜，何况是酒？他说，闻着那浓郁的酒香，感觉格外亲切与舒爽，仿佛听到了老友在远方呼唤，知心的话语在耳边回响，幸福的时光在陶醉中摇曳；喝着老友酿的酒，立马荡气回肠，豪情万丈，友情在酒中升华，相思在心上浓烈，正如这陈年老酒，愈久弥香……

郭名修说，人生一世，草木一秋，在人生的旅途上，总会碰到一些坎坷曲折、坑坑洼洼，一个人能力再强，再有本事，如果没有贵人相助，就难成正果。你今天可能不知明天在哪里，不知会遇到谁与你同行，但就在你前进的道路上，当你遇到挫折时，总会有某个人或物质或精神上帮助你克服困难，勇往直前，走出逆境，奔向光明。当你头上成功的光环引人夺目时，你要明白，那是"贵人"的光辉在照耀着你，引领着你，到达成功的彼岸。

郭名修说，那些"贵人"是他心中的太阳。

他说，帮助过他的贵人不胜枚举，正因为自己得到过许许多多人的帮助，所以，一旦自己具备一定的能力时，他也尽量帮助那些需要自己帮助的人，做别人心中的太阳，做能帮助别人改变别人命运的"贵人"。

他说，虽然自己年事已高，可谓夕阳西下，但一定要老骥伏枥，志在千里，余热生辉，壮心不已，为他人，为社会，多发一分光，多献一分热……

携手天涯终不悔　翻身不忘结发妻

郭名修说，自己能取得如此成功，离不开妻子的付出。

他说妻子既没有夺目妩媚，也没有不可方物，就是一个普普通通的农村妇女，但就是这样一个端庄朴素、实实在在的女人，与他同甘共苦，相濡以沫，经受了一场场风雨，渡过了一个个难关。

他说，几十年来，妻子就像一朵云，在他身边飘来飘去，和蔼可亲的脸上总是荡漾着春天般美丽的笑容。在妻子饱含深情的眼睛里，郭名修随时都能捕捉到她的温柔，她的热烈，她的贤惠，她的聪颖，她的敏感。

郭名修说，妻子是一朵"祥云"，如影随形，随着他，贴着他，腻着他，给他带来了温馨，带来了充实，带来了好运。

他妻子叫陈有连，像许许多多中国传统女性一样，她认为与丈夫有缘相识，缘深而婚，就应该珍惜缘分，无条件给丈夫生儿育女，传宗接代，给丈夫一个家，这是女人义不容辞的责任。成家后，要一如既往，夫唱妇随，料理丈夫生活，理解丈夫心情，帮助丈夫创业，给丈夫一个抚慰心灵的港湾，这是一个妻子的德行与智慧。

这种德与智在陈有连身上得到了淋漓尽致的体现。

几十年来，当郭名修一起床后，陈有连便及时递上牙刷、牙膏，端上洗脸水；晚上，郭名修拖着疲惫的身子回家，陈有连便提来早已为他烧好的热水，让他泡脚、洗澡，并为他递上换洗的衣服。自从有了妻子在身边，郭名修几十年来没端过一盆洗脸水，没倒过一次洗脚水，妻子从没有让他煮过一餐饭，炒过一次菜。每次看到郭名修把妻子端上的饭菜吃得津津有味，妻子在一旁笑得合不拢嘴。

有一年，郭名修因痔疮做了手术，为了让他及时补充营养，恢复体力，陈有连在一个月内连续杀了28只土鸡，每天一只，熬汤给他喝，并守着他把汤喝完。

郭名修结婚40多年来，陈有连就陪着他过了40多个生日，从没落下一个。丈夫哪怕去再远做生意，陈有连也要想尽办法与他一起，在生日那天，让丈夫吃上一碗鸡蛋或长寿面，为丈夫祈祷，为丈夫祝福，求神灵保佑丈夫平安健康。听说土鸡蛋更营养，陈有连就把自家土鸡生的、娘家给的、亲友送的那些土鸡蛋让给丈夫吃，自己就吃那种饲料鸡生的蛋。

有一年，家里养的几个老母鸡在关键时候还没下蛋，等到郭名修生日那天，妻子陈有连发现家里竟然找不到几个鸡蛋，这下可好了，怎么办？

陈有连只好硬着头皮跑到婶婶家，吞吞吐吐地向婶婶开了口："真的不好意思，孩子一出世，什么都得花钱，我家原来的鸡蛋被我卖钱花了，现在几只老母鸡不争气，只打鸣不下蛋，我老公今天生日，我想向您借几个鸡蛋。"

"哦，是这事，真是来得早不如来得巧，今天我家恰好有4个呢！有一个是我家母鸡刚刚下的。"婶婶边说边从房里把鸡蛋掏了出来，"你瞧你瞧，有一个是我刚从鸡窝里摸出来的，好像还有点热呢，快拿去蒸给你老公吃吧，记住多放点甜酒，就可少放点糖。酒，咱们可以自己酿，但糖，咱得花钱买……"

婶婶把4个鸡蛋塞到了陈有连手里，还不断叮嘱她要怎么样加工，这让她非常感动。

回到家，陈有连精心蒸了碗蛋酒端给了郭名修，说："孩子出去玩了，你趁热把它吃了吧！"

郭名修只看到自己一碗，问："你怎么不陪我吃呀？"

"我还饱着呢，一点也不想吃，所以就只蒸了几个给你吃。"陈有连笑道，见丈夫有些饿了，又催促道，"赶紧吃吧，冷了就不好吃了。你看，你造化多好，下了几天雨，逢到你生日，今天大天晴了。"

郭名修笑了起来，高兴地把蛋酒吃了。他哪里知道，这4个鸡蛋都是妻子从婶婶家借来的呢！

近几年，生活好了，每当郭名修生日，妻子总提前张罗好，先会订好一桌美味佳肴，蛋糕、酒水、水果等必须准备得妥妥帖帖，然后就近邀上一群亲戚朋友，在酒宴上，在祝福声中，在笑声中，夫妻俩与众人开怀畅饮。为了让老公生日开心，陈有连情不自禁地喝起酒来，那豪爽的模样就像个竞走江湖的女中豪杰，把老公喝醉了，自己也一醉方休。

"我妻几乎有着中国传统女性的一切可贵品质——内敛温和、贤惠宽容、忠贞善良、勤劳坚强，她是一个好妻子，也是一个好母亲，能几十年如一日，任劳任怨地照顾我和我的家人，像母鸡呵护小鸡一样尽心尽力。"郭名修动情地说，"在过去那段相当困难的日子里，因为有了妻子，虽然贫穷艰苦，但就苦中有乐；虽是粗茶淡饭，但就温馨无比。"

1983年，郭名修承包了乡林场400多亩荒山造林任务，陈有连没有半句怨言，与丈夫一起起早贪黑植树造林，不仅包揽了所有做饭的任务，每天夕阳一下山，她必定抓紧时间再砍上一担柴回家。当时儿子远志才三岁，还离不开大人看管，她就把儿子交给了自己最小的妹妹小红看管。常常是早上儿子还在睡梦中，陈有连就与丈夫上了山，晚上一回来，儿子又已经入睡了，儿子远志因好久没看到妈妈了，竟然记不清妈妈的模样了。一天，见小红叫陈有连"二姐"，小家伙也跟着叫"二姐"了。儿子一声"二姐"，让陈有连的心都碎了，为了支持丈夫的事业，她觉得亏欠儿子太多太多。不过，当郭名修几年后成了"全县的造林大王"，并在1985年被评为"湖南省青少年植树造林先进个人"，受到湖南省人民政府和共青团湖南省委的隆重表彰时，陈有连比谁都高兴。听说丈夫在长沙的表彰会上，省领导还亲自为丈夫授奖，她心里比喝了蜜还甜，觉得为了丈夫，吃再多的苦也值。

当丈夫从长沙受了表彰回来，陈有连就像迎接凯旋的英雄一样，老远就跑上前去接着丈夫的行李，把丈夫迎回家。

郭名修一进屋，屁股一落凳子，便从包里拿出一件毛线衣来，对妻子说："这次能到长沙领奖，这军功奖啊，有我的一半，更有你的一半呀，我在省城买了一件毛线衣给你，算是对你的奖赏吧！"

陈有连接过毛线衣，试了试，挺合身，笑道："这么好的礼物，我哪舍得穿哟。"边说边把毛线衣脱了下来，含情脉脉地看了丈夫一眼，说，"等我去娘家或去走亲戚时，再穿吧！"

说完，陈有连小心翼翼地提起毛线衣，领口对齐，袖子理顺、内折、铺平、拉直……妥妥地叠好后，像收藏宝贝一样放进了柜子里，直到去赶集或走亲访友时，或感觉要体面地展示自己形象的特殊日子时，才舍得拿出来穿。直到几十年过去，那毛线衣已经旧了、破了，可陈有连怎么也不舍得丢掉，她说："这是老公当年奖给我的礼物，它是一份美好的记忆，我一定要好好珍藏，每次从柜子里翻出来晒晒，我就想起了过去那段苦中有乐的日子……"

为了让丈夫做香菇生意有点本钱，陈有连连夜把辛辛苦苦养大的两头猪卖了，共得到 300 元，自己一分不留，全部交给了丈夫。

很快，郭名修从江西收来了一批香菇，为了让香菇有个好的"卖相"，夫妻俩便一朵一朵地把收来的香菇进行把关，把形象差的香菇精心挑选出来。每到深夜，瞌睡虫粘得他抬不起眼皮时，妻子陈有连便拿出家里仅有的那瓶酒，陪着丈夫喝上两杯，让家里所有的香菇都沾了喜气，更增添了一种浪漫色彩。久而久之，不胜酒力的妻子，意想不到陪丈夫熬夜加班劳动陪出酒量来了，竟然能与丈夫旗鼓相当地对饮喝酒了！

哈哈哈，这山村之夜，这百姓之家，这寻常夫妻，竟有了不平常的浪漫——似水的柔情在灯光下朦胧，醉人的光阴在酒杯里摇曳，一杯薄酒两相欢，胜却人间无数……

最后一朵香菇选好了，最后一滴酒也喝干了，夫妻两个人安然入睡，酒香、菇香、梦香……

记得有一次，陈有连赶忙去生火做饭，可当把切好的菜正要下锅时，就发现家里早已经没了盐，口袋里竟然没有了分文。只好轻轻地、不好意思地向郭名修开了口："买盐都没钱了，怎么办？"

郭名修赶忙翻箱倒柜，搜遍全身，竟然也没凑够一包盐钱，只好两手一摊，一脸尴尬地对妻子说："我也没钱了。"

"卖猪的 300 元钱全部用光啦？"妻子笑着问。

"所有的钱全都用于收香菇了，真的没钱了，没钱了，不要慌，不要慌，我……我再想想办法。"郭名修笑道，当目光扫到墙脚那堆好几年积累起来的酒瓶时，眼前一亮，对妻子说，"早上就吃豆腐乳下饭了，中午我保证有钱买盐放菜啦。"

早饭后，两个人便把酒瓶清点好，挑到供销社去卖，白酒瓶一分或两分钱一个，食盐一毛七分一包，夫妻屈指一算，竟然卖酒瓶卖了几块钱，全部用来买了盐，两个人相视一笑："这下可好，吃几年的盐也够啦……"

夫妻俩笑得开心的样子，把售货员和所有在场的人都逗乐了，谁也没想到，这夫妻家里连盐都断了，才来卖酒瓶，还不断夸这夫妻俩，说这家子生活好、出产好，连酒瓶都卖了这么多钱，可见平时挣了多少钱喝了多少酒，要是再来一次土改划成分，他们家肯定不划个地主也得划个富农……

郭名修只当没听见，笑呵呵地带着妻子提着盐往家走，路上幽了妻子一默："别人富，有钱，要做到财不露白；咱家穷，没钱了，也要做到空不露底、穷不露馅呀！"见妻子会心一笑，又说，"穷并不可怕，咱人穷可不能志短。"

妻子笑道："咱都靠用酒瓶换盐吃了，你还理论一大套，真是穷开心，不留几毛钱，下次又急着要买东西了，怎么办？"

"不是还有香菇在吗？把那些香菇卖出去，我们的钱不是又回来了？说不定这些钱像母猪下崽一样，还多出蛮多来呢！"郭名修又是一阵大笑，笑声惊起路边一群喜鹊"啪啪啪"地飞向蓝天，几朵白云像几个天真烂漫的孩子在使着鬼脸憨笑……

郭名修长年在外经商，家务的重担几乎全落在妻子陈有连柔弱的肩膀上。孩子还小，人们常常看到她，手里牵着一个，背上背一个，拖男带女，挑水浇菜。经常看到她带上襁衣去田里干活，先在田边找块空地把襁衣放平，然后哄着儿子坐在襁衣上玩或睡，自己就背着女儿把田里的功夫做完。

有一次，女儿秋云突然病了，陈有连急得像丢了魂一样，火烧火燎地往乡卫生院跑。跟在后面跑的儿子远志因跟不上妈妈，急得大哭起来，忽见妈妈一转头，脚下一滑，跌倒在地。懂事的远志，急忙跑到妈妈面前，去扶妈妈，然后擦干眼泪再也不哭了。他知道妹妹病了，找医生要紧，不管怎么也得跟紧妈妈，这样才能快点找到医生。终于咬紧牙关，与妈妈一起跑到了医生跟前，让医生及时为妹妹打上了针吃上了药。

郭名修做生意亏了钱，陈有连从没有责怪他半句。那年炒股，亏掉几亿元，当郭名修把这消息告诉陈有连时，没想到她竟笑呵呵说："亏掉就亏掉了，气有什么用？反正，命里有时终须有，命里无时不强求，说明那钱本来就不该属于咱家的。"

后来，别人问陈有连："你老公毁了那么多的钱，你真的一点不心疼吗？"

陈有连说："当然心疼呀，但看到老公那个样子，我肯定不能责怪他呀，其实他比我更心疼，只是男人比我们女人更坚强罢了，我只能说认命吧！"

"认命"两个字，从陈有连嘴里说出来，表现了一个农村妇女能正视现实的宽容与大度，以及敢于面对未来的勇气与胸襟。

郭名修没想到妻子柔弱的外表下，竟然隐藏了一颗有着强大承受能力的内心，这让他感到莫大的欣慰。

当笔者问陈有连："几十年来，夫妻俩就没吵过嘴、打过架？"

"当然吵过，是夫妻，哪有不吵架的呢？"陈有连竟不假思索地回答，见笔者一脸好奇，又把声音降低了八度，不太好意思地说，"不过……他动手打人只有一次。"

陈有连说，有一天，儿子与邻居家的孩子打了架，邻居就来家告状，说远志欺负了她家的孩子。

正为生意心烦意乱的郭名修一听，顿觉怒火冲天，五脏六腑就要气炸，不由分说，立即给了儿子远志一个耳光。

儿子的哭声像刀子一样刺进了陈有连的心窝，她不顾一切地把儿子拉到身后，护着孩子："孩子还小，你怎么不问情由，就打孩子，还下手这么重？！"

"啪！"随着一声脆响，郭名修一个耳光以迅雷不及掩耳之势甩到了陈有连的脸上，丈夫已变成一只狂怒的雄狮，歇斯底里吼叫："就是你惯的！"

陈有连被眼前这一阵势吓傻了眼，她怕郭名修再伤着儿子，拉着儿子转身就走。

夜幕降临了，陈有连哭着来到婶婶家，一五一十地把事情原委说了。婶婶作为女人，自然理解女人的难处，安慰了她许多话，说要她不要放在心上，说："男人么，床头吵架床尾和，你让让他，他想通了，过了这一阵，很快还会回心转意的，特别是名修这种男人，是非常顾家的。"

婶婶的一席话，让陈有连逐渐平静下来，她猜想丈夫可能碰到了非同一般的棘手难题，不然，他从来不会这样烦躁，更不会动手打人。幸亏自己赶快走人，不去与他较劲，不然，在那气头上，还去与丈夫理论，还不等于火上浇油？要大事化小、小事化了，总得有个人让步。谁叫俺是他的老婆？让让自己的老公又有何妨？再反思一下，在老公打儿子的那一瞬，自己不要对着老公吼那么一声，丈夫也不至于就会动手打自己。

而郭名修呢，这一耳光甩过去，立马就后悔了，耳光打在妻子身上，却痛在自己心上，不停自责：君子动口不动手，与女人动拳脚，算什么男人？

但生性倔强的郭名修，又拉不下面子、低不下头来向妻子道歉，他只好一转身离开了家，与朋友又行走江湖去了。

过了一个星期回家，打好了腹稿如何向妻子赔礼道歉，一进门就鼓起勇气："我……那天……不该……"

一句话还没说完，陈有连便抢过了话头："什么都不要说了，吃饭吧，回来就好，这些天我都为你担心死了。"

说完，好像什么事也没发生，仍然笑容满面，嘘寒问暖，但眼里就闪着泪花。

郭名修低头吃饭，默默无语，满怀愧疚，心里发誓，此生哪怕天大的事也不能动老婆一个指头了。

从此以后，夫妻俩再也没有这样大吵大闹过，哪怕有什么意见分歧，双方也能心平气和地交流。

俗话说："男人有钱就变坏。"这话听起来有些偏颇，但现实中就随处可见。

男人没钱，女人抱怨，怨男人没本事挣钱；男人有钱了，女人又担心男人拈花惹草，变心变坏。

在当今这个物欲横流的时代，金钱绑架了男人的事业、婚姻、地位、车子、房子……

没钱时，男人被压抑；有钱后，男人终于有了"发泄"的资本。而想傍大款走捷径的女人就比比皆是，当吊豆角般的女人自己送上门来时，有几个男人能抵得住诱惑独善其身？

当笔者斗胆问陈有连会不会担心丈夫有钱了会变坏的问题时，陈有连笑呵呵地说："说不担心是违心的话，但我还是相信他，不会随便去怀疑他。"见笔者还想一探究竟，她干脆又加了一句，"不瞒你说，以前真有人在我面前挑拨离间，说他在外面怎么样怎么样，有个女的还把电话打给我，说怎么样怎么样，但我非常理智，没有与老公大吵大闹，待我调查清楚根本没有那么回事后，我就更相信老公了。但我那次暗中去调查老公的事，老公至今也还不知道。"

陈有连说，那年她几个小孩都在郴州读书，她不得不去郴州陪读，料理小孩的生活。

那个时候还没有手机，出租屋里只安装了一台老式电话机，且没有来电显示。

当时郭名修还在桂东做电站，工作忙得不可开交。所以，管理孩子的事，全交给了陈有连。

一天深夜，电话铃突然响了。一接电话，竟然是一个女人的声音，顿时，一种不祥的预感袭上心头，让她的心一阵紧似一阵。

果然，女人说得有板有眼，说郭名修趁老婆不在身边，天天在外明目张胆地带着个女人莺歌燕舞花天酒地。接到这个电话，陈有连好像晴天霹雳被人当头一击，又好像被人从头到脚浇了一盆冰水，两只握话筒的手不由自主地颤抖起来，头脑一片空白。

可当陈有连追问对方姓名时，对方怎么也不说，便挂了电话。

陈有连放下电话，简直不敢相信自己的耳朵，她张着嘴，半天说不出话来，过了好一会儿，才摇了摇头，自言自语："这是真的吗？是真的吗？不——我不信，我不信……"

陈有连思来想去也理不出一个头绪来，她觉得肯定是碰上了骗子，或有人搞恶作剧，便没把这当回事。

可过了几天，那女人又打来电话，还是有板有眼，如何如何。陈有连又索要对方姓名、电话号码、联系方式，可对方仍然不给，丢下一句"信不信由你"，又挂了电话。这一次，陈有连仍然没有声张，但心里就激起了波澜。她想立马回去看个究竟，但看到两个早已睡熟的孩子，她又心软了。

又过了几天，还是那个女人的神秘电话。这一次那个女人绘声绘色地讲着故事，仿佛她就在现场一般。最后，声情并茂地对陈有连说："你再不回去看看，老公可就成了别人的了！"

谎言重复多了都会变成真理。这次，陈有连再也坐不住了，与姐姐一商量，悄悄地跑回桂东一探究竟，通过几天深入了解，只见丈夫天天在工地挥汗如雨，为赶工期，摸鼻子都没空，那神秘女人电话讲的那些事纯属子虚乌有。

为了防止类似电话的骚扰，回郴州后，陈有连请人换了一台能来电显示的电话机，心想，一旦有人借机造谣生事，便可留着号码报案，让执法人员对那些不法分子绳之以法。

可说来也奇怪，自从安装了来电显示电话以后，再也没有接到那种女人的神秘电话了。

为了不让丈夫心生烦恼，影响工作，陈有连没有把那女人深夜来电的事告诉丈夫，也没有对其他任何人提起过。她说，她庆幸自己有点头脑，不会一听到这种事，就不分青红皂白找丈夫算账，不然，没有事也会弄出事来。她说，商场如战场，生意上的竞争，有些人为了搞垮丈夫，可能什么歪点子都会想出来。

当有人问陈有连："现在年纪这么大了，还天天跟着丈夫跋山涉水，走南闯北，光坐车也够呛，你就不怕苦、不怕累吗？"

陈有连总是笑着回答："为了丈夫，我哪怕再苦再累，也值！"

没有云的陪伴，天空不可能那么美丽多彩。

"莫怪长相逐，飘然与我同。"郭名修觉得妻子是一朵缠在他头上、绕在他身旁的云，像山谷里盛开的雪莲，那么朴实，那么纯洁，那么可爱……

郭名修称赞妻子陈有连是个有德的女人，笔者阅读了他大儿子远志写的《妈妈在哪，我们的家就在哪》，女儿秋云写的《母爱深深无绝期》，小儿子远祥写的《妈妈是典型的农村妇女》，从他们的字里行间里，感受到了母爱的伟大，一个善良、勇敢、贤惠的中国农村妇女形象跃然纸上。

妈妈在哪，我们的家就在哪

郭远志

说起我的妈妈，共度的美好时光有很多很多。妈妈年轻的时候是村里的女民兵队长，还当过三八红旗手，她很喜欢和我们讲她年轻时的故事，特别是民兵队长这一段。

小时候，我喜欢吃西瓜。在我四岁的时候，妈妈去田里做事，每次我都会叮嘱一句："妈妈，记得买西瓜回来接我呀。"

"好好好，一定买一定买，只要宝贝乖乖听话，在家里不乱走，妈妈就一定。"但几乎每次都没有见到妈妈买西瓜回来，而是满身大汗精疲力尽地把肩上的担子或农具往家里一放，有气无力地笑着对我说，"这次卖西瓜的没来，下次一定买，一定买。"

我看到妈妈劳累的样子，似乎明白了什么，就不吵不闹了，不过，等到下次妈妈出门，还是不忘提醒妈妈："这次可要给我买西瓜哟！"

见妈妈答应了，我才放手让妈妈走，乖乖地不跟脚出门，日复一日不断重复着缠着妈妈要买西瓜的故事，似乎我是在对西瓜的渴望中逐渐长大了，成熟了，懂事了，直到有一天，我终于明白了，妈妈为什么总没能给我带来西瓜，原来……

到现在，我每次看到西瓜，就会回想起我们家昔日的艰难，以及体会到妈妈的勤劳、不易和伟大；我每次看到西瓜，那首《世上只有妈妈好》的歌就会在心头激荡，让我心潮澎湃，久久不能平静！

农村的赶集特别热闹，我们所在的东洛乡距离湘赣边界四大圩场之一的沙田圩大约15里路，每逢周末赶集的日子，我都会陪妈妈去沙田赶集，上午走1个多小时的路程赶到圩场，集市上简直是人山人海，到处都是人头攒动。那时候基本上没有理发店，我妈妈把我带到一个专门剪头发的亭里，每个师傅都只有一张椅子，一个脸盆架子，还有一个水桶和开水壶，理发师傅动作非常快，10分钟就剪好了，稍微拿水冲一下就算结束。到了吃饭的时间，我和妈妈就会到亭里固定的饭档吃碗饭，相当于现在的盖碗饭，在米饭上舀一勺或者两勺菜，一碗大概是五毛钱，现在来回味那种儿时的味道，心里依然是美滋滋的。傍晚时分，散圩了，我们本村的人就会约着一路走回家，有时候要借着月色翻山越岭，一群年轻人唱个歌，追逐打闹着就到家了。

每年大年初二与妈妈一起回外婆家是我们家的传统节目，妈妈是大年初一过生日，第二天一早我们就会启程去外婆家，那时候外婆家走山路大概需要3个小时，我们吃完早饭路上走走歇歇，到外婆家快中午了，舅舅和阿姨他们一般会在山茶坳来迎接我们。每次妈妈回娘家心情都特别激动，因为她又可以和兄弟姐妹们在一起了。记得有一年，我考试成绩特别好，在去外婆家要经过东洛乡供销社时，爸爸特意给我买了一辆电动玩具火车作为奖励，到了外婆家，我迫不及待地拿出来玩，一直玩到深夜也不愿意放手。在外婆家的日子总是充满着欢乐，大人们打牌划拳喝酒，我们小朋友们就自己找乐子，特别是和几个表兄弟在乡间小路上玩鞭炮的情景，至今历历在目。

冬天街边摆摊儿卖香菇，大概是读小学四年级的时候，我们家搬到了城里，家里也开始做香菇生意，爸爸从江西收香菇回来，由我妈妈还有三姨帮我们卖。年前办年货的时候香菇是最好卖的，大部分的时候午饭都是在摊位上解决，而且是囫囵吞枣式，边和顾客讲价钱，边吃饭。我们家的香菇是从山里搜集来的，特别受欢迎，香菇也要分等级，晚上我帮妈妈挑选花菇和平菇，妈妈说："花菇的价格是平菇的两倍，要花点时间把它们选出来。"有些压碎了的香菇和香菇脚，妈妈一般会给我们蒸蛋吃，这也是小时候特别美味的菜肴。

我读初中一年级的时候，我们家开了水泥钢材店，爸爸负责进货，妈妈负责走店（看店），我则负责每天中午去给妈妈送饭。每次送过去在妈妈吃饭的时候，我就会把停在店里的摩托车摸一摸骑一骑。有一次我趁妈妈不注意，就把摩托推出去，在汝桂路上骑了一圈，当时心情特别激动，特别有成就感。有几次，因为骑摩托被爸爸骂了，在一旁的妈妈也因我的调皮不懂事，在我挨骂的同时，妈妈也陪我不知掉了多少泪。

如今，我已经长大成人，也为人父了，常常想起昔日妈妈的故事，越来越觉得母爱的伟大。我想，如果没有妈妈，爸爸也不可能做出那么大的事业，创造那么多的辉煌。如果说爸爸是那耀眼的红花，妈妈就是那一片绿叶。爸爸的"军功章"里有我妈妈的一半，正因为有我妈妈默默付出、无怨无悔地支持爸爸，才让爸爸能全身心投入创业。

如果没有妈妈，我们不可能有这么一个令人羡慕的大家庭——妈妈在哪，我们的牵挂就在哪；妈妈在哪，我们的幸福就在哪；妈妈在哪，我们的家就在哪！

母爱深深无绝期

郭秋云

　　我的妈妈是一个乐天派，不管遇到什么烦心事，她都会很积极地去面对、去解决。小时候大部分的时间都是妈妈陪在身边，印象中，我随时随地都能听到妈妈爽朗的笑声，总会让人不自觉地就把心中的尘埃拂去了，笑对生活。在妈妈的心中，总是有无穷无尽的爱，这种纯粹的爱，滋养着我的成长。

　　母爱，让我学会了坚强。我上小学的时候，家里开了建材店。妈妈每天在店里忙碌，很辛苦。但是妈妈每次面对客户都是满面笑容，就算不是来买东西的人，也会一起唠家常。因为妈妈的平易近人，热情好客，大家都喜欢来我们店里买建材，所以生意非常好。但是树大招风，生意做大后，就有很多小人开始眼红，暗中使坏。有一次桂东下过暴雨后，路上填满了山上冲下来的泥巴，我跟远祥在开心地玩着泥泞。远远地看到妈妈走了过来，近了后，妈妈愁容满面，还隐约看到妈妈的眼睛是红的。妈妈看到我们后，心疼我们怎么把衣服打湿了，满眼关切，赶紧带着我们回家换衣服。这件事我也是后来才慢慢了解，原来爸爸因为小人的诬陷，要紧急去处理这件事。妈妈知道后，心里很焦急，她不了解爸爸当时的情况，又不知道怎么处理，在看到我们之前，可能都哭了好几回了。但是在面对儿女的时候，妈妈能把她的情绪掩藏起来，没有把这种焦虑和不安传染给当时完全不懂事的我们。现在想来，妈妈一直都把我们幼小的心灵保护得很好，然而，妈妈并没有专业地学习过心理学，这一切都是凭借着她作为母亲的强大的本能。因为她心里有对爸爸的爱，有对儿女的爱，她一个人靠着信念，把这些事都默默承受下来了。直到过后没多久，家里又听到了妈妈开心的笑声。

母爱，让我学会了自律。初二的时候，有一段时间我的学习放松了，结果直接体现在期末考试考得不理想，排到班上 20 多名了，我看到这排名，回家都不敢说成绩出来了。妈妈问我考试怎么样，我说还要三天后出结果。这三天中，我一直在预想着妈妈知道我的成绩以后会怎么反应，我要怎么应对，并且在心中预演了很多次。结果到了第三天，妈妈也没问我成绩，她压根儿没把这事放心上。反而是我做贼心虚主动告诉了她我的考试成绩，但是妈妈居然没有任何的责骂，也没说我考得不好，"哦"了一声，继续做她的事去了……结果就是我想了那么多应对的招数都没用得上，没有等来预想中的暴风骤雨，出乎了我的意料，反而是我自己觉得不好意思了。妈妈这么信任我，我考出这个成绩真的太不应该了。于是后面调整了学习态度，不敢再放松了。因为妈妈心底里对我的爱，她会无条件地相信我，让我没有背负心理压力，继续前行着。试想如果妈妈当时对我狠狠批评一顿，可能我所有的精力都放在怎么给自己找借口，应对让我不舒服的批评上去了。妈妈真是有大智慧的人啊，不显山不露水地激发了我的羞耻之心，自觉自主努力学习了。妈妈是深藏不露的教育专家。

母爱，让我学会了自信。记得刚拿到驾照没多久，开着手动挡的车，还处于磨合期。有一天晚上要去长沙火车站买车票，妈妈很自然地坐我的车一起去。我坐在驾驶室，心里都直打鼓。我这刚拿到驾照的人，自己开车都还没把握呢，自己一个人也就算了，开得差一点就差一点，慢慢来。可现在是我的妈妈还坐车上呢，而且我也没开车去过这么多人的火车站啊……想想都心虚，抱着怀疑的态度问妈妈："妈妈，我刚拿到驾照，你就敢坐我的车？"结果妈妈毫不犹豫，斩钉截铁地说："你都拿到驾照了，我有什么不放心的啊！"这么简单轻松的一句话，重重地砸在我心上，瞬间打消了我心中的所有疑虑，最重要的是，扫除了我开车的不自信。为了不辜负妈妈的这句话，我也要安全地把车开到火车站。事实证明，我做到了，这一天过后，我从一个新手司机，慢慢地敢开复杂的道路，再后面能开上高速公路了。因为妈妈无条件的信任，我感受到了强大的力量，正是心中充满了力量，后面遇到有困难的事，自己没把握的事，都会想起妈妈的这一句话。妈妈都相信我可以，我还有什么理由轻言放弃呢。

母爱，让我学会了奋斗。2014 年，带着两岁多的玳亦、玳羽来到了深圳，后面又有了笑伊。由于深圳的内卷环境，从小就给三个孩子报了很多的课外班。上小学后，还加上了语数英的课外班。孩子每天都很忙，很多的作业。爸爸妈妈来看三个外孙女，有时候孩子都还在上课外班。我问妈妈："看到三个孩子这么多课，这么辛苦，你这个外婆会不会很心疼啊？"妈妈面带微笑着说："大家都是这样的，又不是只有她们三个人这么累。别人能吃这个苦，我们家的孩子也能吃这个苦，这有什么心疼的啊！我们做好后勤保障就可以了。"听了这话，我恍然大悟。原来的我一直纠结于孩子会不会太累了，会不会课太多了。妈妈这轻描淡写的几句话，就如同四两拨千斤，把我心里的大石头搬走了。确实是这样的，孩子小的时候，我们能护他们周全，但是孩子长大了后，必然要去参与社会的竞争，如果我们想让孩子优秀，又舍不得他们吃苦，那最终孩子能拿什么去跟别人竞争呢？每个年代的人，都要吃属于那个年代的苦，这是父母替代不了的。但是孩子在小时候努力学习了，不管未来的结果怎么样，长大了总不会有遗憾。我的妈妈很少严肃地跟我讲什么道理，但是每次我都能从她不经意的话语中、不刻意的行为里，感受到她内心的强大。妈妈这股强大的力量也潜移默化地感染了我。不管遇到什么事，都要勇敢面对，只要不轻言放弃，就没有过不去的坎。

爸爸是家里的顶梁柱，妈妈是家里的主心骨。爸爸为我们三兄妹奋斗出了一番大好的事业，妈妈成了我们三兄妹的纽带，把我们一家人的心紧紧地连在一起。母爱深深无绝期，纵使现在五个人分了几个地方居住，我们之间的爱，也永远不会变淡。

母亲是典型的农村妇女

郭远祥

我的母亲是一个非常典型的中国农村妇女，善良、勤劳、俭朴、持家、乐观开朗是她身上的宝贵品质。母亲对我的影响总是潜移默化的。

打记事起，母亲的关爱就无处不在。那时已经搬到了县城，家里砌了新房子，开了建材贸易店，父亲在外跑业务，母亲看店、收银、盘存、收发货等店面工作一肩挑。随着城镇化建设发展，店面也从一个扩展到了五个，日常还是由母亲管理。没上学的时候我们会给母亲送饭，时常能看到母亲忙碌的身影。虽然忙碌，但对我们的关心一点都没少，饥寒冷暖都无微不至。

每年稍微清闲一点当属过年了，也是团聚的日子。印象最深的是除夕夜，每到除夕，母亲一早就开始准备年夜饭，井井有条地安排了我们兄妹三人任务，在母子母女的配合下，一会儿满大桌的菜就到了餐桌上。年夜饭后是春晚时间，母亲收拾完一起看春晚，通常母亲都会看着看着就睡着，等着12点放烟花。虽然辛苦，但很温馨。母亲的生日是大年初一，所以每年都能一起给母亲过生日。一般年初二就会出发去外公外婆家拜年。母亲兄弟姐妹比较多，每次去外公家都有好多亲戚，家长里短特别有过年气氛。那时候只是觉得走亲戚很好玩，后来才明白，这是一种仪式感或者说是大家庭的一种氛围吧。

后来我们兄妹三人到郴州求学，母亲放下手上的事情随我们到郴州陪读照顾饮食起居。母亲说她小时候学习成绩很好，但受条件限制，读完小学就没机会读书了，要我们好好读书。在郴州上学的几年，周边环境复杂，多亏了母亲的监督，我们才没有走偏。后来，我们去了长沙读书，因为是寄宿学校，母亲便随父亲创业，从湖南到江西再到云南，一直照顾父亲起居，只有长假或寒暑假，母亲才迫不及待来到长沙看我们。

姐姐去成都念大学后，父母亲放心不下我，怕男孩子在高中的关键时刻不努力，耽误学习。母亲便从云南回来陪读了两年，也是在母亲的督促下，我抵制住了很多诱惑，没有因为青少年的叛逆而耽误了学业。母亲常说不努力读书就只有回家种地了，我知道从农村到县城再到省城，每一步都很艰难，母亲规劝显得很质朴，却透露着对我学有所成、留在大城市发展的期待。

母亲是个非常乐观开朗的人，她对很多事情都比较看得开，譬如2015年下半年，我们因股票投资失利，损失惨重，母亲便安慰我们说，都是赚来的钱没了就没了，不要挂心上，日子照样过。几句简单的话，却体现了母亲的得失心，开明，豁达。

最感谢母亲的是在我的婚姻上，相对农村来说，我成家算比较晚的，但母亲一直理解我。在我结婚后，她对婷婷的关心远超出对我的关心，虽然都很朴素，但很真切。

母亲的爱陪伴我成长，不华丽却很温暖，不壮阔却细致入微。母亲为我们创造了一个松弛有度的成长环境，让我们拥有温暖的童年和愉快的求学时光。在我们兄妹三人成家立业后，母亲依然用爱和乐观影响着我们的大家庭，和睦与温暖充满了家的每一个角落。

偶然谈笑得佳矿　坦然礼让别灌阳

　　世界之大，无奇不有，缘分更妙，或说偶然，或说巧合，没有预期，就碰在一起，让人觉得不可思议，却又经常发生。令人疑惑，令人惊讶，令人遐想，冥冥之中，觉得有一种神奇的力量在策划、在实施、在操纵、在成全着这一切。

　　树上掉下一片树叶，被卡在了木板的缝隙里，从天上突然飞过一只鸽子拉了一坨粪便掉在树叶上，立即巧夺天工地画成了鸽子的肖像，一位名不见经传的摄影师偶然拍下了这张镜头，让这一偶然的一瞬成了永恒，当地正好举行关于鸽子的摄影比赛，这张精美的照片获得了最高奖，给这位摄影师送上奖杯的是当地的形象大使——一个绝美无比的姑娘，两个人四目相对，一见钟情，姑娘竟奋不顾身地嫁给了摄影师。

　　国共两党争夺江山你死我活，两个军人各为其主兵戎相见，说时迟，那时快，两个人同时掏出手枪同时扣动扳机，两颗同时射向对方的子弹，竟然在空中相撞，这惊心一"撞"，挽救了两条鲜活的生命。后来碰到日寇犯我中华，国共合作联手抗日，两个人成了一条战壕的战友，一了解，两个人就是同名同姓同年同月同日生，且是同年同月同日当的兵，同年同月同日摸的枪。后来共产党胜利，另一个人起义也成了解放军战士。中华人民共和国诞生后，两个人又是同年同月同日转业回到了各自的家乡。两个颇具传奇的人，后来竟是同年同月同一天寿终正寝。

你说，这世间的偶然或说是巧合，成就了多少传奇，多少佳话？

郭名修与灌阳结缘办企业，纯属偶然。

2021年6月22日中午，在郴州一个叫"桂东味道"的小餐馆，郭名修约了商界朋友王伟忠协商生意上的事情，王伟忠带来了一个姓姚的老板共进午餐。

席间，出于礼貌，郭名修端起了酒杯敬酒，问道："不知姚老板在哪发财？"

"在广西桂林，搞石英矿加工，明天准备回去，公司还有好多事要处理。"姚老板也不推辞，把酒喝了，亮了杯底，说，"认识您很高兴，日后欢迎到我公司指导，也顺便喝上两杯。"

"真的呀，真巧，我在广西桂林的隔壁收购了一座矿山，具体位置在梧州藤县，也想明天去那里看一下。"郭名修一听"广西"两字，一下子找到了话题。

"哈哈，原来您也是矿老板！"姚老板听说郭名修也在广西，同时也是开矿的，立刻拉近了距离，笑道，"既然也在广西发财，咱俩真是有缘呀，明天何不坐我的车一起去？我在桂林的灌阳，在我那玩一下，再过去，几个小时就到，好近的。"

"是的，真是有缘。"郭名修笑道，"明天，如果能搭上姚老板的顺风车，我还真的想去，我没去过灌阳，想到贵公司学习学习。我以前擅长的是做电站，对于开矿，我确实要好好研究研究。"

"那明天去，趁热打铁！"

"行，趁热打铁，一言为定！"郭名修端起酒杯咕噜一口把酒全喝了下去，呛得眼泪都流了出来，擦了擦眼睛，笑道，"今天高兴，多喝了几杯。"

又是一杯，郭名修便敲定了第二天的行程。

郭名修坐上姚老板的车，前往桂林灌阳。

灌阳县位于广西桂林东北部，北连全州，南接恭城，西靠兴安、灵川，东与湖南道县、江永接壤，地势南高北低。东边是都庞岭山脉，西边是海洋山脉，两条山脉中间夹着一条秀丽的灌江。全县总面积1837平方公里，辖6

镇 3 乡，总人口 29 万人。它于西汉建县称观阳，隋朝改称灌阳。境内有灌阳黑岩、千家洞世界瑶族发祥地、文市石林、月岭古民居、九龙岩、赤壁山、灌江山峡、太子山原始森林等旅游风景区。

说到灌阳，说到吃，人们就会津津乐道于灌阳油茶。

提到茶，郭名修当然不陌生，茶园、茶庄、茶室、茶具，在古色古香的茶室里，泡上一壶茶，点上一支香，放上一段音乐，一碗喉吻润，两碗破孤闷，三碗搜枯肠，四碗发轻汗，平生不平事，尽向毛孔散……那种恬静，那种悠闲，那种飘逸，是一种高雅的艺术。

然而，灌阳油茶就是一种吃饱喝足的享受，据说当年乾隆皇帝誉它为爽神汤。另外的一种说法是，灌阳山高林密，云缠雾绕，山里的瘴气湿气很重，为了驱寒祛邪，就发明了这种饮料。客人进店，身着瑶族服饰的阿婆便招呼他们在茶灶前落座。先观摩，再品茶。阿婆熟练地把炒得酥脆的米花、花生米倒入瓯子，加入香葱段和焯过水的米粉，再放一个象征日子红红火火的红色酸辣椒……待这些必不可少的主料备妥后，将生姜、蒜米加上洗净的高山茶和煮熟的绿豆入锅，用一个呈"7"字形的木制"茶锅挞"捣烂、翻炒，加水煮沸，再用筷子拦住茶叶等佐料，将油茶水筛入瓯子。一般，第一杯挞出来的茶会加入白糖或黄糖，叫作"糖清茶"，用来开胃，碗里配上两个剥好的土鸡蛋，以表示对客人的热情接待。到了第二杯、第三杯，才是正宗的灌阳瑶族油茶。放了配料的瓯子往托盘上一摆，香气浓郁的油茶水满上，再矜持的客人也忍不住来上几碗。那褐色的茶水，微黄的炒米，翠绿的葱花，红色的酸辣椒，三五粒作点缀用的花生米，香气袭人，让人胃口大开。灌阳人说"一杯苦、二杯夹、三杯四杯好油茶"，你越往后面吃，就越能品味到油茶的精华。

提到灌阳的事，最著名的是湘江战役三大阻击战之新圩阻击战。

灌阳新圩，因这场惨烈的战斗被载入史册。1934 年 11 月，红军长征行至湘桂两省交界处。闻之红军进入广西，新桂系首脑李宗仁、白崇禧急将恭城一带的桂军北调至灌阳，此举直接威胁到红军的左侧翼安全。鉴于此，中央军委命令红三军团第五师赶赴新圩设防，阻击北上的桂军，以保证党中央和红军大部队顺利渡过湘江。不甘失败的桂军开始调集火炮和飞机轰炸红军阵地。轰炸过后，桂军开始轮番进攻，如潮水般地冲向红军阵地。战斗激烈之时，双方短兵相接，开展白刃战。由于敌众我寡，已阻击敌四夜三天的红五师以伤亡2000多人的代价，完成了掩护大部队过江的任务。新圩阻击战之后，因为红五师在新圩附近设立了一个临时的野战医院，撤走时比较匆忙，临时野战医院只好将一百多名重伤员交给当地群众进行照顾。没想到叛徒告密，这一百多名重伤员全部被民团俘虏，刽子手将红军战士的衣服全部扒掉，然后用绳子捆住手脚，扔到了当地的"酒海井"中。据当地群众回忆，"酒海井"中红军战士的惨叫声整整持续了几天几夜。

提到灌阳的名人，当地最引以为自豪的是唐景崧。兄弟三人通过科举考试，都中进士，被钦点为翰林，成为广西仅有的"同胞三翰林"。唐景崧是广西灌阳县新街镇人，清朝爱国英雄、中日甲午战争抗日将领、文化名人、桂剧创办人、广西第一张报纸创办人。唐景崧曾在抗法战争中发挥了举足轻重的作用，还在清廷与日本签订《马关条约》后，力阻割让台湾获得了台湾民众的支持。台湾沦陷后，唐景崧回到了灌阳。他把桂北的地方戏和中国戏曲相融合，亲自写剧本编曲，开创了桂剧一片天地。现在，桂剧已经成为灌阳县一张响亮的文化名片，成为中国十大戏曲之一，灌阳县因此荣获"中国桂剧之乡"殊荣。

在车上，一行人谈论了有关灌阳的人和事后，姚老板向郭名修透露了一个信息。他说灌阳的石英矿资源非常丰富，位居全国前五名。目前，有一家公司，由于资金困难，原来设计的生产线与目前的生产能力不相匹配，加上交通瓶颈制约，融资能力不足，生产异常艰难，眼睁睁看着那座资源丰富的矿山，就只能望"山"兴叹。现在的老板，在苦苦支撑着，想寻找人融资合作，一起开发。

说者无心，听者有意。商人的敏感，让郭名修顿时萌生了到灌阳现场察看矿山的想法。

车在厦蓉高速行驶，路况好，车辆又不多，两个多小时，一转眼就到了灌阳。

姚老板联系了灌阳地德公司的老总蒋珍祥，决定到马山矿山现场考察。下了高速，过县城，个把小时便到了马山矿山。

郭名修下得车来，仰望正在开采的马山石英矿山，像一座千年雪山一样，在阳光的照耀下闪闪发亮，光彩夺目。

郭名修印象中的石英矿都是一线一线的矿脉，哪见过如此几乎整座大山全是白茫茫一片的矿藏？他惊叹于造物主如此神奇，也惊叹于矿主能拥有这么一方宝地，在他眼里，简直就是一座金山银山，那一山洁白的石英矿石就是一堆白花花的银子！

眼看吃午饭的时间已到，郭名修恋恋不舍地上了下山的车，来到县城一家酒店。

席间，地德公司的老总蒋珍祥详细地介绍了整个公司的来龙去脉，介绍了矿山巨大的贮藏量以及当前国际国内石英矿加工产业的发展前景。说这种石英矿石，利用率非常高，上等的可做手机上的芯片、飞机上的外壳，是航天、航空、航海等产业必需的原材料之一；中等的可做防弹玻璃、高档汽车玻璃、茅台酒酒瓶，还可以做各式各样的高档消费品和工艺品；下等的也可做一般的窗户玻璃，可做台做盆做碗，哪怕通过水洗出来的泥渣也可烘干压缩做成各式各样价廉物美的地板砖。

蒋珍祥本来就是一个大学教授，思维敏捷，逻辑缜密，口若悬河，滔滔不绝，王婆卖瓜，自卖自夸，一席介绍，声情并茂，让郭名修怦然心动。那一餐，到底上了些什么美味佳肴，郭名修一点也记不清，马山那座雪白的石英矿山，仿佛不停地在他眼前晃动，像一个穿着洁白婚纱的新娘，在深情地呼唤她的白马王子去牵手一睹自己绝美无比的容颜。

饭毕，郭名修猛抬头，站起身，注视着蒋珍祥，说："怎么样？我们现在再上山去看看！"

"行呀，郭总真是个爽快之人，我乐意奉陪。"说完，蒋珍祥哈哈大笑。

一行人出了酒店，驱车又上了马山。

这一次，郭名修不仅仅是仰望，而是从山脚沿着那陡峭的山路爬到了山顶。郭名修仿佛返老还童走进了童话世界，徜徉在那座金山怀抱里，心旷神怡，美妙极了。整整一个下午，如初会情人，兴致勃勃，意犹未尽。

下山时，看到郭名修如此高兴，蒋珍祥笑呵呵地问："感觉如何？郭总愿意加盟一起发财吗？一看您就是个务实又果断的人，我期待与您能合作。"

"等我三天吧，就三天！"郭名修仿佛心里有了盘算，说，"我立马回去考虑一下，三天内回您准信！"

"好，静候佳音！"说完，蒋珍祥的手又与郭名修握在了一起。

匆匆吃了晚饭，郭名修没有奔赴藤县，而是往回走，连夜赶回了郴州。

6月23日，在郴州资兴，郭名修见到了原地德公司分管销售工作的副总经理胡辉球，通过20分钟的交谈，向其了解了当前产品的行情，以及公司存在的具体困难。

当了解到该公司主要是资金困难制约了产品开发时，郭名修有了投资输血合力重组该公司的想法。

考虑到要投资数亿元，为慎重起见，郭名修又于24日，再次深入马山石英矿山现场。看毕，当晚住进了灌阳县城"城市便捷"大酒店，正式就合作重组地德公司事宜举行双方协商。

6月25日晚，双方基本议定，郭名修注入7680万元资金，以持百分之九十的股份，重组原地德公司，并决定于28日正式签约。

郭名修一行人满怀喜悦地回到了郴州。

6月27日，恰逢姚老板生日，为感谢他巧合之缘与牵线之恩，郭名修特意赶到资兴某大酒店，为他隆重庆生，表示最真诚的祝福。

6月28日，协议双方成功签约。

6月29日，郭名修依约把500万定金打到了蒋珍祥指定的银行账号。

6月30日，郭名修又来到了灌阳。

7月1日，郭名修作为战略决策人，带领一班人正式接管了地德公司。

说来也巧，深圳某公司胡银燕女士，其丈夫在郴州与人开了一家专门加工石英矿产品的公司，叫长星公司。长星公司正为原材料日益短缺而发愁，早就把敏锐的触角伸到了灌阳，并考察了原地德公司所拥有的马山石英矿山，终因多种原因没有及时下手。没想到有人捷足先登，几天之内，就把项目搞到了手，他们只好扼腕叹息，恨自己瞻前顾后，优柔寡断，让这么好的项目失之交臂。

就在签约的 6 月 28 日晚，长星公司相关领导驱车来到灌阳，想看一看究竟是从何方杀出的一匹黑马。他们一了解，非常惊讶，怎么也想不到是不显山不露水的农民企业家郭名修！

胡银燕后来一了解，无巧不成书，郭名修的儿子郭远祥正是自己昔日交情甚好的师弟！

胡银燕仿佛发现了新大陆，把这一关系与丈夫一说，真是"山重水复疑无路，柳暗花明又一村"，夫妻俩又从绝望中看到了一片光明。

当郭名修回到深圳后，胡银燕夫妻俩立马找上门来，开门见山地提出，看在她与远祥是师姐弟的情面上，想与郭总进行深度合作，也顺便扶丈夫的企业长星公司一把，以解其"无米下锅"之急。

郭名修是个重情重义之人，得知胡银燕与自己的小儿子远祥相识相交多年，并在远祥创业之初第一个给予支持，对远祥有提携之恩，心里甚是感激。今日人家找上门来有求于己，便什么都没想就毫不迟疑地答应了，说："滴水之恩，涌泉相报，你胡总本是我家恩人，那就有钱一起赚吧！"

就这样，郭名修把自己百分之九十的股权让了一半给胡银燕，两个人在重组的公司里各占百分之四十五的股份。

为有牺牲多壮志，敢教日月换新天。在灌阳，就有了一家勇于创新、敢于拼搏的大型企业——灌阳地德新材料科技有限公司，一家着力开发、生产、经营石英矿产品，集科研、开发、矿山运营、创新于一体的技术密集型发展企业。

郭名修通过优化资源配置，重组企业，为地德公司注资"输血"，确定了"建设灌阳硅都，振兴灌阳经济"的发展目标。

针对公司开发的"深度开发高品位石英系列产品项目"作为灌阳岭南硅基产业园的重要组成部分，属于灌阳县政府重大招商引资项目工程，郭名修作为战略决策人，带领公司按照灌阳县委、县政府提出的"实施特色产业发展百亿工程"战略规划，恪守"技术是企业的灵魂，质量是企业的生命"职责，建设涵盖石英矿开采、硅基材料研究及深加工产业一体化高科技企业，着力锻造一支集科研开发、生产、销售等于一体的专业队伍，大力投资灌阳岭南硅基新材料产业园建设。

2021 年，企业攻坚克难实现了入规入统，年度实现产值 2261.7 万元，上缴税费 122.34 万元。在原有占地面积 79.3 亩的情况下，投资 2580 万元购置工业用地 80 亩，为打造灌阳硅都开发石英系列产品、壮大企业规模提质升级打下了坚实基础。

为了打破交通瓶颈制约，公司投资 1000 多万元，征地 37.04 亩，加宽、硬化、修建了一条长 7 公里、宽 7 米的水泥公路，不仅解决了矿山道路运输问题，而且大大方便了沿途群众生产生活。

为了将矿产品提质提纯，增加产品的科技含量，提升产品附加值，推动资源开采、加工一体化发展，实现由资源输出向产品输出的转变，把资源优势转变为经济优势，公司投资 2.9 亿元兴建年产 80 万吨以上石英系列产品生产线。

按照三期规划，公司将为灌阳"岭南硅都"建立一个石英矿综合利用深加工基地。目前，公司在灌阳硅基新材料产业开发的第一期项目计划投资 2.9 亿元人民币，规划占地 120 亩，年生产 80 万吨优质超白石英砂、20 万吨高纯石英砂、10 万吨高纯石英粉，计划工期 10 个月。整个生产线采用国内领先的生产工艺及生产设备，能耗、噪音、粉尘都优于国家相关标准，产品涉及电子电工原料、建材原料、陶瓷原料、玻璃行业用石英砂、高纯石英砂、硅微粉及纳米级硅微粉等。达产后预计年产值可达 5 亿至 6 亿元，实现税收5000 万元以上，提供 300 多个就业岗位，不仅发展了灌阳经济，还促进了灌阳乡村振兴。

公司在发展壮大的同时，致力于企业文化，崇尚"狼性"精气神，提升"地德"竞争力，坚持以"地生富矿，德惠黎民"为宗旨，发扬民本思想，争取群众支持；以"打造灌阳硅都，助力灌阳经济"为目标，把公司的建设、发展、壮大，融入当地经济建设的发展蓝图；以"敏锐、拼搏、团结"为企业精神，作为企业文化建设的核心，着力打造一支攻坚克难、务实创新的队伍；以"敢为人先，主动作为"为理念，主动出击，抢占商机，做强做大做好企业。

郭名修一直致力于公益事业，在疫情防控工作中，地德公司向灌阳县有关单位捐款 1.2 万元，捐赠防疫口罩 10 万个，以及对奋战在抗疫一线的工作者进行了慰问。2021 年，捐款 3.25 万元资助当地一批在高考中取得优异成绩的应届大学生。

为了延长产业链，郭名修"以商招商"引进了福建老板余美针在灌阳创办了"鑫凯新材料科技有限公司"，合力攻坚，进行石英矿产品研究与开发。

郭名修还经常与本地企业老板磋商共同发展灌阳有机农业、观光农业、旅游业和养老事业，促进乡村振兴，持续探索打造灌阳经济和教育发展新模式，为中华文化的回归、发展、传承和推广提出了一系列建设性意见。

郭名修办企业的理念、风格与成效，引起了当地领导的高度重视和充分肯定。

在一个艳阳高照、春暖花开的美好日子，县委书记带领县委、人大、政府、政协四大家领导和全县各部门负责人来到了地德新材料科技有限公司的项目建设工地，只见机声隆隆、热火朝天，工人施工紧张有序、有条不紊，他紧握着郭名修的手，说："爱企业，帮企业，是各级领导义不容辞的责任，你们一天一个样，才是真正的企业家，这种速度这种效率值得肯定和推广，希望你们新上的生产线能在三季度正式投产。"

他多次亲自带领有关部门领导到地德公司调研，并强调要以"四个百亿工程"统领全县经济社会发展，加快实施特色产业发展百亿工程，全面推进产业振兴战略，努力将灌阳岭南硅基新材料产业园建成桂林百亿级工业园区，打造成桂林工业经济发展的新引擎；要求各级领导和各部门聆听地德公司的心声，对公司的诉求、困难、意见和建议，第一时间帮助协调解决，并跟踪督办；要建立县级领导和县直部门负责同志联系企业家制度，深入企业走访，了解企业情况。

春节刚过，乍暖还寒，县长一行便来到地德公司，谈家常，话发展，了解节后复工复产情况，并实地察看了企业厂房建设、运行、企业制度文化建设等情况。他说，企业要了解市场及自身建设需求，做好统筹，把握方向，合理规划，逐渐把企业做大做强。

县人大主任深入地德公司调研，深有感触地对郭名修说："你们才是我们的衣食父母，为企业排忧解难是我们的义务，我们一定尽其所能为地德公司创优环境！"她边走边看边嘱咐陪同调研的镇党委书记田丰，一定要尽地主之谊把企业的事当成镇里的大事来抓，优化环境，服务企业。

县政协主席多次带领县政协委员到地德公司视察，为企业做强做大建言献策，对地德公司的现状和发展提出了一系列建议。

县委常委、常务副县长从工程施工的图纸到工程质量、工程进度都一一把关，在他的调度下，公司项目建设所需的土地使用证、建设用地规划许可证、建设工程规划许可证、建筑工程施工许可证等"四证"均及时办好。

县委常委、县委政法委书记到公司调研，他说："我们一定为企业保驾护航，谁要是破坏环境寻衅闹事，我们一定保持高压态势，露头便打！"

县委常委、县委统战部部长把一束鲜花送到了郭名修手上，动情地说："振兴灌阳，众望所归，灌阳经济发展要靠企业和全县人民的共同努力，关心企业生存就是关心灌阳发展。"一束鲜花，缕缕温馨，让在灌阳创业的外乡人有了家的感觉。

在县委、县政府的高度重视下，县工信、发改、自然资源、环保、应急、交通、住建、公安、税务、宣传等相关部门多次深入公司调研，为企业排忧解难；桂林银行灌阳支行推荐该公司为市级重大工业项目银企对接单位，签订了《战略合作协议书》，授信 1.5 亿元金融贷款额度支持硅基产业发展；桂林理工大学承诺对公司进行人才培养和技术支持，有意向在地德公司建立学校的科研基地。

新街镇的领导更是把地德公司的发展壮大当成头等大事来抓，广泛发动群众，支持企业发展，创造了企业与村民鱼水一家亲的佳话。在地德公司的建设过程中，没有发生一起强揽工程、阻工闹事的事件。

领导的支持与厚爱，为地德公司提供了强大的发展动力。

2021年，第五届全国石英大会暨展览会举办，该公司荣获"全国石英行业优质供应商"殊荣。

《今日灌阳》分别以《地德公司：建设灌阳硅都，振兴灌阳经济》《灌阳地德："五个一工程"助力乡村振兴》为题，隆重推介了公司的建设经验。

一曲《浓浓地德情》在灌江两岸回荡：

都庞岭巍巍

灌江水悠悠

在一个难忘的日子里

市委书记来到了工地

听呼声

吐心声

喜鹊满枝头

地德传佳音

洒向地德都是爱

一枝一叶总关情

回想那不平凡的2021年

企业陷入困境

县委书记一锤定音

发展特色产业

推进乡村振兴

那掷地有声的话语

仿佛还在耳边响起

地德就已重组突出重围

县长裹着早春寒

话发展进工地

嘘寒问暖把脉问诊

企业是我们的衣食父母

那可是县人大主任的告白真情

县政协主席的百宝箱里

金点子教你点石成金

常务副县长细细把图纸看

企业安危不能差半分

县委政法委书记斩钉截铁

谁要来闹事别怪我铁拳硬

县委办主任轻声细语把金桥架

县委统战部部长的鲜花朵朵是温馨

领导重视是定海神针

部门支持是北斗星辰

人民是创造历史的真正动力

地德终于化蛹成蝶华丽转身

于是

地生富矿

德惠黎民

银企合作

校企联姻

修公路建厂房

人心齐泰山移

打造灌阳硅都

助力灌阳经济

一曲灌阳颂

浓浓地德情

漫漫征程路，回首感慨多。谁也没有料到，正在地德公司走过艰难，正要开花结果之际，郭名修却毅然决然地把胜利果实拱手让给了他人，离开了地德公司。

离开灌阳的时候，郭名修站在新街唐景崧故居前，只见小桥、流水、人家、古村、古道、古屋……虽历经百年风霜，但依然充满生机。古树枝繁叶茂，古屋错落有致，江水清澈静谧安详。

郭名修望着江水出神，也许，灌阳、唐景崧、桂剧、同胞三翰林，还有那山、那水、那人、那油茶，一切的一切，都是那么偶然或巧合，可人生一世，相遇相知，到底有多少偶然与巧合？

他看到江中的浪花，来也匆匆，去也匆匆，是那么偶然，那么巧合，但相遇时激情迸发的光亮，是那么美丽，那么耀眼，那么震撼……

人生乐在有知己　君有德才我不愁

谈到自己的创业能取得如此成就，郭名修说，离不开一个关键人物——内外兼修、德才兼备的黄国平。

提起黄国平，郭名修很多感慨。他说："我郭名修事业的成功，离不开黄国平这个人，从某种程度上可以这样说，是黄国平成就了我郭名修。"

黄国平，生于1957年10月15日，湖南省桂东县新坊乡人。

1976年2月，高中毕业的黄国平光荣参军，在新疆成了一名解放军战士。当时在部队，有了高中学历，算是文化层次较高的战士，因为他勤奋好学又能吃苦耐劳，特别是能写一手好字，又挺有文采，所以很快鹤立鸡群，脱颖而出，深得部队领导的信任，当了连部一名文书，发通知、出板报、写报道……认真细致，有条不紊，成了军营里一名小有名气的笔杆子。

1978年10月，黄国平光荣地加入了中国共产党。

1981年1月，黄国平脱下军装，光荣退伍，又回到了生他养他的故乡——桂东县新坊乡（当时称乡为公社）龙溪村，当了一个地地道道的农民，与乡亲们一起无怨无悔，战天斗地，投身家乡火热的社会主义建设。

1981年8月，由于他在部队有过从事宣传工作的经历，被新坊公社领导看中，成了一名走村入寨服务群众的电影放映员，成了当地妇孺皆知令人艳羡的宣传能手。

1983 年，县里进行招干考试，黄国平以优异的成绩，被录用为国家干部，分配在流源公社担任团委副书记。

1985 年，被调入县委组织部工作，1991 年 10 月，从湖南省委党校进修两年毕业回来后任办公室主任。

1993 年 3 月，离开行政单位，到桂东县建设银行工作。工作成绩突出，1999 年 5 月，提拔为桂东建设银行行长。

说来也巧，郭名修的儿子远志 2001 年要去加拿大留学，因为出国要办签证，必须要有家庭 50 万元以上存款的资信证明。

郭名修首先找到县工商银行去申请办理，结果被该银行工作人员婉言谢绝。他转身跑到县农业银行去申请办理，该行工作人员愿意效劳，但在那个时候审查签证的相关部门又不认可。万般无奈之下，他怀着试试看的心理，硬着头皮去找中国建设银行桂东支行帮忙。

那天上午，桂东建行一上班，郭名修便以试试看的心态来到行长办公室，找到了行长黄国平。

黄国平像接待所有找上门来的客户一样，给郭名修端上了一杯热茶，笑容满面地问："请问找我有什么事吗？"

"我想找黄行长打听个事，不知是哪位？"

"我就是，有事请讲。"

郭名修抬头一望眼前这位行长，感到有些吃惊，在他的潜意识里，像这种当了行长的一把手，一般都比较威严，很多人一旦有求于他，会或多或少端个架子，以显示自己的与众不同和重要性。而眼前这位行长就那么和蔼可亲，可以说一点官架子都没有。

"因为我儿子去国外留学，办签证时需要有一张 50 万元存款的资信证明，我想请您帮个忙办一张。"郭名修轻轻地说，用乞求的目光凝视着对方，生怕对方拒绝，又一五一十地把找了几家银行都泡了汤的情况说了出来。

黄国平一听，对郭名修深表同情，一个农民为了送儿女读书，为了儿女日后有个好前程，哪怕砸锅卖铁也在所不惜。想想自己也是从农村走出来的，深知农村的贫穷，农民的艰辛，更深知一个农民、一个父亲望子成龙的迫切与期盼。

"儿子读书是个大事，只要我能帮上的忙，我一定尽力帮。不过……"黄国平话锋一转，"我们建设银行是不会出具任何一张虚假的证明，您如果在我们建行还没有开账户，得先去开个账户，存上这笔钱。"

"当然，当然。"郭名修点头称是，"我立即到建行城中储蓄所去办，行吗？"

"过两个小时，我准备到市分行去汇报工作，干脆到那帮您把这个证明开出来，这个事就圆满解决了。"见郭名修还有些迟疑，黄国平又说，"如果顺利的话，我今天晚上还会赶回来，明天一上班您就来我办公室取。如果您相信我的话，就先去开好账户吧！"

郭名修转身朝建行城中储蓄所走去，为了争取时间，郭名修还在半路上，黄国平便打了个电话嘱咐该所工作人员立马特事特办帮郭名修开好了账户，让他顺利地存进了50多万元。

第二天一上班，郭名修迫不及待地走进了行长办公室，黄国平果然交给了他一张盖着中国建设银行郴州分行大红印章的个人资信证明。

第一次打交道，黄国平那种平易近人的态度、乐于助人的品格、说一不二的严谨作风，以及干净利索的办事效率，给郭名修留下了深刻的印象。

郭名修儿子远志顺利进入了加拿大留学深造，但新的问题又来了。在加拿大读书，所有的花销都得用美元。手里拽着一沓沓人民币的郭名修，就在为儿子如何换成美元发愁。情急之下，又只好找到黄国平。黄国平二话没说，亲自到郴州找到市建行有关领导汇报，争取支持，让他如愿以偿地根据相关政策兑换成了美元，解了他儿子读书的燃眉之急。

如何能及时把钱打到身处异国他乡的儿子远志账上，就又让郭名修犯了愁，因为中国建设银行在国外很多地方没有网点，只有中国银行才更方便。黄国平立马在郴州帮郭名修办了一张卡，而外汇兑换、汇款、转账等一系列的事，都帮其代劳。黄国平从没有半句怨言，不计任何报酬，不折不扣地帮他完成了这个艰巨的任务，直到郭名修儿子留学圆满完成学业。所有账目往来，黄国平都及时一丝不苟、明明白白地列出清单交给郭名修，这让郭名修一家很受感动。

一来二去，郭名修与黄国平建立了深厚的感情。有时，郭名修搭黄国平的顺风车去郴州办事，总想请黄国平吃个盒饭，以表谢意，但黄国平从不让他掏钱买单。两个人每一次住宾馆，也是各结各的账。

为了让黄国平对民营企业有个更深的了解，郭名修热情邀请他到正在兴建的东营电站考察。

黄国平通过深入工地耳濡目染了郭名修的所作所为，认定他是一个淳朴、务实、勤劳并与众不同的人，更增加了一种信任，觉得自己无私帮助这样一个人，值！

黄国平深知民营企业融资难，是一个普遍的、不争的事实。究其原因，既有民营企业先天性缺乏信用、缺乏担保物等企业内部原因，也有金融体制、融资环境等外部原因，还有银企之间信息不对称，更加剧了民营企业融资难的难度。银行发放贷款最基本原则，是注重贷款对象要具有安全性、稳健性、盈利性特点，偏向于把资金贷给盈利稳定、信誉较高、安全可靠的生产项目。为了降低风险，各银行都建立了一套风险担保机制，而大多数的民营企业缺乏足够的担保资产，也没有足够的抵押物，也就很难从银行贷到款，从事个体经济的个人，就更是难上加难了。

郭名修曾想以沙田镇竹园街自己名下的一处 200 平方米的房产作抵押向银行贷款 7 万元，但跑遍几家银行都未能获批，原因是该房产处在乡镇，而不在县城。

郭名修深知，建设银行的贷款业务程序化、政策性都很强，审批流程复杂，没有足够的抵押物是不可能办成贷款业务，特别是数额比较大的贷款。想到自己与人合股兴建了那么多的小水电站，袋子里装着一本本股权证，却做不了抵押贷款，想"开疆拓土"大展宏图，却因融资无力望洋兴叹。

2003 年，郭名修想向银行借 500 万元去收购隆回县机械厂，又找到黄国平，求他想想办法。

黄国平决心再帮他一把，同时更好地服务地方经济发展。他立即带领工作人员深入小水电企业，进行深入细致的调查，把收集到的关于桂东发展小水电的材料加以系统整理，分析研究，形成了一个内容翔实、逻辑清晰、真知灼见的项目调查报告，既有对全局性和局部性的思考，也有对宏观性和具体性的分析，多次赴市建行汇报，要求上级领导根据桂东实际，可以小水电股权作担保发放抵押贷款，以助力桂东贫困县的脱贫致富，推动桂东经济发展，在支持桂东小水电发展的同时，银行也实现经济效益和社会效益"双赢"。

功夫不负有心人。不久，在黄国平的努力下，省、市建设银行果然同意桂东支行以电站股权为担保发放抵押贷款，支持地方发展经济。郭名修如愿以偿得到了 500 万元贷款支持，解决了资金困境。

当时，凡 50 万元以上的单笔贷款要市里批，500 万元以上的单笔贷款要省里批，从申请到收集整理资料，从报送省、市建行审批到发放贷款至客户手中，自始至终，黄国平没吃过郭名修一餐饭。

帮了郭名修这么大的一个忙，却没吃过一餐饭，也没有收过一分钱礼，在小小的桂东县城，许多人根本不相信，说促成这么大的一笔贷款，如果行长没得点好处，连鬼都不会相信！

特别是检察院的人不相信，当有人举报怀疑这事背后有见不得人的交易时，县检察院立马抽调精兵强将奔赴桂东建行，花了几个月对当事人查了个底朝天，也没有查出黄国平有违法乱纪的事来，反而给他正了名。特别是郭名修原来借过几万元给黄国平送儿子上大学，黄国平连本带息早已归还，连利息一文一厘都算得清清楚楚，并通过银行转账还给了郭名修，笔笔流水，明细可查，这让所有的人对黄国平刮目相看，徒增几分敬佩。一个行长，双职工，经济拮据得为儿子学费发愁，在最需要钱的时候，能挺得住金钱的诱惑，能保持共产党员的清廉本色，确实不容易。

2003 年 5 月，中国建设银行顺应时代潮流，实行股改上市，对内部人事制度也进行大刀阔斧的改革。出台了一个"凡满 25 年工龄以上的职工可以申请内退"的政策。此时的郭名修了解到黄国平兢兢业业一年下来，其工资、资金总收入也只不过五六万元，极力主张黄国平走出体制内与他一同创一番事业。

在郭名修真诚劝说下，黄国平还真的动了心，本来就无官瘾的黄国平决定以自己的行动支持银行系统改革，高风亮节把"行长"这个位置腾出来让年轻人上。

可当黄国平把这个想法向市分行李行长汇报时，就遭到了李行长的反对。他说，近年来在黄国平担任行长的桂东支行，可谓左右逢源，风生水起，取得了骄人业绩，有目共睹，说美好明天曙光初见黎明即将到来之际，没必要内退躺平。领导一席话，又打消了黄国平这个念头。

又过了四个月，随着建设银行改革力度加大，整个郴州建设银行系统要裁员100多人，便出台了"买断工龄"的特殊政策，以达到减员增效。

所谓"买断工龄"是指企业在改革过程中安置富余人员的一种办法，即参照员工在企业的工作年限、工资水平、工作岗位等条件，结合企业的实际情况，经企业与员工双方协商，报有关部门批准，由企业一次性支付给员工一定数额的货币，从而解除企业和富余员工的劳动关系，把员工推向社会的一种形式。按照国家相关法律规定，"买断工龄"是违法的。但是在特殊情况下，"买断工龄"就是保障劳动者合理利益的一种有效手段。

黄国平根据自己的资历、岗位，屈指一算，如果"买断工龄"可以得到18万元的一次性补偿，他自己"天生我材必有用"，有了这只18万元的"母鸡"，好好经营，鸡生蛋，蛋生鸡，鸡又生蛋，蛋又生鸡……如此循环，无穷尽也，他的18万就会像滚雪球一样变成不知多少个18万！

于是，生性倔强的黄国平又做出了一个出人意料的大胆决定，就在他主政的建行如日中天之际，自愿买断工龄，自谋职业，下海经商。

当他又把申请交到市分行李行长手上时，爱才心切的李行长非常不解地问："桂东建行本来就还缺人，不存在裁员的压力，你干吗要去凑这个热闹？你要知道，你是一个行长，且是一个前途无量的行长！你这个行长的位置是很多人削尖脑袋都想搞到的位置……"

"谢谢李行长多年来对我的培养和鼓励,但外面的世界太精彩了,我权衡再三,已下定了决心,想去搏一搏。"黄国平望着一直关心爱护他的领导,不知用什么言语来表达此刻的心情,只是硬着头皮表明自己的决心。

"最后一次问你,自己想清楚了吗?"李行长看着黄国平再问了一句,他希望眼前这得力的部下能留下来。

"嗯。"黄国平抬起头来,望着自己敬佩的领导,态度很坚决,"想清楚了。"

见黄国平去意已决,李行长长叹一声:"好吧,我尊重你的选择,今后好自为之吧!"

就这样,黄国平怀揣这18万元离开了他为之奋斗了11年的桂东建设银行,告别同事们,又回到了家,成了一个地地道道的普通老百姓。

此时,求贤若渴的郭名修,像当年刘备请诸葛亮一样,亲自登门拜访,真心实意请求黄国平加盟他的团队。

黄国平正处在壮志未酬纠结于何去何从之际,盛情之下,便怀着走一步算一步的心态,跟着郭名修上了山,两个人就这样鬼使神差地成了黄金搭档,不是亲兄弟胜过亲兄弟。

2003年9月12日,隆回县水轮机厂欲改制拍卖,郭名修与黄国平一起前往考察,黄国平全程仔细察看,认真思考。考察回来,郭名修问是否可行,他脱口而出:"可以下手!"并把他分析下手的理由一一向郭名修和盘托出,此话正中郭名修下怀。

回来后,由黄国平立即取名注册了"桂东县恒远实业有限责任公司"。10月中旬,黄国平前往隆回举牌竞拍,最终以720万元中标。中标后,黄国平受命在隆回住了整整半个月,交接、协调、贷款,很快从银行获得了400万元的贷款支持。

而黄国平自己呢,便把"买断工龄"所得18万元,加上平时省吃俭用好不容易积蓄来的2万,共20万元投入这个项目的开发。也就这个项目旗开得胜让他走出体制后,获得了第一桶金。

第一次出师大获全胜，黄国平那种"军人出身、杀伐果断、看得准、下手狠"的优势得到了充分发挥，等于向郭名修交了一份非常满意的答卷。

2004年正月初二，郭名修与黄国平一起前往湖北恩施鹤峰县考察小水电，当看到桃花山装机2.4万千瓦的电站机声隆隆发电不断，良好的效益让业主日子过得有滋有味，他们所生产的电照亮了千家万户，自己就因有了经济做后盾，常常出国考察，领略异国风情，走遍千山万水。黄国平羡慕得不得了，心想，此生要是能建上这么一个效益好的电站供日后养老，衣食无忧，足矣！这次考察，虽然没有找到他们可投资建电站的地方，但就让黄国平大开了眼界。

回桂东后，郭名修又委托黄国平与原新坊乡林场场长吴金明前往云南考察小水电开发资源。

2004年3月6日，黄国平平生第一次坐上飞机，来到了云南大理。他们沿怒江逆流而上，来到了福贡县。通过考察，黄国平看上了干布河、扎利河、阿鲁河、子里甲河、子楞河共5条河可装机5万多千瓦的小水电开发资源，立马打道回府向郭名修汇报，并呈上此行吃饭、住宿、交通等所有开支1.46万元明细账单。

郭名修一看，笑道："就花了这么点钱，竟取得了这么大的收获？"

半信半疑的郭名修，账都还来不及给他们报，又与黄国平几个人一道前往福贡一探究竟，果然如黄国平所说，便毫不迟疑地拍板下手投资。

就这样，从2004年7月开始成立了福贡县恒远水电开发有限公司，到2007年10月六座电站全部并网发电，黄国平连续在福贡过了三个农历年，与郭名修一道并肩战斗，创造了"三年建了六座电站"的奇迹。

为了支持黄国平创业，妻子请假带着正在读书的儿子赶赴怒江，为的是能让一家人在工地上吃上一顿团圆饭。

他们的事迹引起了省、州媒体的关注，各路记者纷纷予以报道。《一支特别能战斗的湘军》的专题报道被载入了福贡县年鉴。

其实，辉煌的背后，黄国平曾经付出过多少心血和汗水，只有郭名修最清楚。郭名修说，关键的时候，黄国平站得高，看得远，无私心，顾大局，是一个非常称职的"参谋长"。当年由于多种原因，建设阿鲁河、子楞河两座电站时，郭名修深感压力重重，有打"退堂鼓"的念头，准备分别以60万、160万转让其开发权。黄国平分析前景，力排众议，有理有据，极力主张克服一切困难，自己把电站建起来。在黄国平苦口婆心的劝说下，郭名修一咬牙带着队伍坚持下来，如期把电站建了起来。在关键的时候，黄国平一席忠言，给了郭名修大胆决策一锤定音的信心与勇气。

自21世纪以来，全球气候变暖问题，引起了全世界有识之士的关注，发展清洁能源技术，以水力、风力发电替代燃煤、煤油发电，成了人类共识，郭名修所建设的小水电站恰好顺应了时代发展潮流。

发达国家长期的历史排放对全球气候变暖负有不可推卸的责任，为了让发达国家承担更多的历史和现实责任，1997年12月，《联合国气候变化框架公约》第3次缔约方大会在日本京都召开，149个国家和地区的代表通过了一个限制发达国家温室气体排放量以抑制全球变暖的《京都议定书》，创新了一个清洁能源发展机制，即发达国家通过提供资金和技术的方式，与发展中国家开展项目级的合作，通过项目所实现的"经核证的减排量"，用于发达国家缔约方完成在议定书中关于减少本国温室气体排放的承诺。一方面，发展中国家通过合作可以获得资金和技术，有助于实现自己的可持续发展；另一方面，通过这种合作，发达国家可以大幅度降低其在国内实现减排所需的高昂费用。这种合作项目，称为CDM项目。

黄国平审时度势，积极联系国外买家，申请"CDM"补偿机制，成功签约，让公司项目获得了560多万元资金补偿。

天道酬勤，一分耕耘，一分收获。黄国平的汗水也没有白费。2005年初，黄国平被任命为福贡县恒远水电开发有限公司副总经理；同年11月，又被任命为福贡县恒大水电开发有限公司董事长兼总经理。从办事员到副总，再到董事长兼总经理，仅仅一年多时间，真正从"有为"实现到了"有位"。

2005年，怒江州成立水电企业协会，黄国平由于勤劳谦卑且能力出众，被推选为常务副会长。

2008年，黄国平被评为云南省怒江州首届劳动模范。

2009年，黄国平被评为云南省首届非公有制经济创业之星。

2009年，郭名修成立贡山县恒远水电开发有限公司，黄国平又被任命为董事长兼总经理。让郭名修在云南的三个公司真正实现了"三个公司，一套人马，统一管理，统一保障"，大大地节约了管理成本，提高了管理效益。

在贡山，黄国平不辱使命，与郭名修一道带领整个团队，短短8年，建了5座电站，装机达17万多千瓦。

然而，在建设电站的过程中，就因丹珠河电站如何上网问题，让郭名修伤透了脑筋，找了好几个部门领导，都无功而返。最后，在贡山县常务副县长杨文的帮助下，黄国平又找到怒江州发改委副主任、能源局局长杨智泉，通过认真汇报，得到了州、县两级党委、政府的支持。

2011年10月，云南省发改委副主任、云南省能源局局长马晓佳来到怒江调研，怒江州、贡山县两级政府把丹珠河电站装机8万千瓦上网问题作为贡山县第一要解决的迫切问题提了出来。马晓佳听了汇报，当即要求云南电网有限责任公司务必想方设法解决这一问题。但时过半年，上网问题仍然未能落实。黄国平总是不厌其烦地找怒江州发改委副主任兼能源局局长杨智泉汇报，并通过他出面协调，一同找省、州领导和南方电网公司有关负责人解决电力上网输送问题。精诚所至，金石为开。黄国平的真诚、执着感动了上帝，终于在2015年冬，在云南电网公司计划发展部主任张虹的大力支持下，圆满地解决了电站上网问题。

2013年11月，安徽水利开发股份公司与贡山县恒远水电开发有限公司合作，公司终于靠大联强，华丽转身，成为国企控股的混合型企业。

2014年1月，安徽水利公司正式派人进驻公司参加管理，黄国平继续担任新组建公司的总经理。

时间过得真快，一晃就到了2019年9月10日，年已62岁的黄国平主动让贤，告老还乡，郭名修亲自把黄国平从云南接到了长沙。在晚宴上，郭名修再次声情并茂地总结了黄国平为企业立下的汗马功劳，最后动情地对他妻子说："弟妹呀，这些年你也辛苦了，我现在终于把国平还给你了！"

那一晚，两个人频频举杯，回首过往，阴晴圆缺，悲欢离合，曲曲折折，坎坎坷坷，患难真情，酒逢知己，人生能有几回醉，此时不醉待何时，道不尽感恩情，说不完知心话……

郭名修说，黄国平是一个从不计个人得失的人，当开始跟他到云南创业时，给他开的工资是每月 2400 元，可过了几个月，他找到郭名修，提出要帮他每月减去 400 元，说与他一起来的几个人，他们才每月 2000 元。当他被任命为贡山县恒远水电开发有限公司董事长兼总经理时，给他开的工资是每月 10000 元，结果他只要了 8000 元。

黄国平笑着说："郭总呀，其实你让我经手那么多钱，我就怎么多花了你几百万，你也不知道呀！"

"我可以感觉得到。"郭名修笑道，"我感觉到了，可少给你几百万就是……"

说完两个人大笑，黄国平明白，处事不能太精，太精无路；做人不能太苛，太苛无友。人与人交往，凭的就是一颗真心；心与心相处，要的就是一份真诚。不管你是谁，与谁相处，信任才能拉近距离，真诚才能走进心里，正直永远最可贵，善良永远不过期，好心永远有好报。郭名修对他高度信任并委以重任，既是对他能力的认可、人品的认可，也是对他诚信的宣示、友谊的见证。他坚信，这种经历是一段难忘的记忆，值得深情回望；这种信任是一份宝贵的财富，值得好好珍惜；这种友谊是一首昂扬的曲子，值得永久传唱。

黄国平终于回到了生他养他的故乡，漫步沤江河畔，是那么悠闲，那么轻曼，那么飘逸，只见江水碧绿，清澈见底，江风扑面，那一丝丝的温暖、一丝丝的柔情、一丝丝的甘甜，让自己神清气爽。是呀，一路走来，该选择的选择了，该奋斗的奋斗了，该结束的结束了，该团圆的团圆了，如今终于可享受陪伴妻子、含饴弄孙的天伦之乐了。终于可以天天在县城、在乡村、在河边、在树下，望天空，瞅云彩，晒太阳，看那山、那人、那狗，赏花赏月赏奇文，品茶品酒品人生，享"斜阳照墟落，穷巷牛羊归"的悠闲，听"荷风送香气，竹露滴清响"的天籁，悟"行到水穷处，坐看云起时"的禅机。在春天感受山花烂漫的芬芳，在夏夜感受蛙声一片的奇妙，在秋天感受硕果累累的喜悦，在冬天感受万里雪飘的壮美，让汗滴后的惬意、奉献后的欣慰，化作那悠悠江水，平凡、静美、永恒。他终于可以系上围裙，走入厨房，亲手烧一碗红烧肉，炒几盘小菜，然后暖上一壶老酒，邀几个狐朋狗友吃上一顿，然后海阔天高天南地北无拘无束地侃上一阵。饭前可几句小诗几句散文或几句小曲自娱自乐，饭后可摊开白纸饱蘸墨水龙飞凤舞独成一体……

然而，黄国平这种寄情山水的悠闲生活才享受几个月，郭名修再次相请，让他再也闲不起来。

郭名修在广西藤县的一个项目，因整改迟迟未能复产。万般无奈之下，只得再次请黄国平这员"老将"出马。不管黄国平如何推辞，郭名修最后一句："哪怕是帮我个人的忙，你也得考虑一下！"

"士为知己者死，女为悦己者容。"一贯为了朋友愿两肋插刀的黄国平，再也没有推辞。

2020年7月25日，黄国平又搭上前往广西的列车。车上，《西游记》里那首主题曲《敢问路在何方》又在他耳边回响："踏平坎坷成大道，斗罢艰险又出发……"

度德而处知进退　量力而行入蒙山

　　郭名修说，作为一个成功的企业家，要不争一城一地之得失，不计一朝一夕之荣辱。不仅要善于步步为营，稳扎稳打，还要善于审时度势，沟通权变。不仅要懂得机不可失，时不再来，及时上车，果断出手，还要懂得权衡利弊，明辨是非，及时下车，急流勇退。他说，世界上没有任何一个行业能始终屹立不倒，也没有任何一种技能会永不过时，在这样一个变幻莫测的时代，你的分析能力、应变能力、创新能力，永远是最稳固的立足之本。

　　2022 年 7 月，就在郭名修挂帅的灌阳地德公司如日中天之际，人们怎么也没有想到，他通过股权转让退出了该公司。

　　"两害相权取其轻，两利相权取其重。"郭名修丢车保帅选择了蒙山。

　　蒙山县东邻昭平，西连金秀，南毗平南、藤县，北接荔浦，全县面积 1281 平方公里，6 镇 3 乡，总人口 22.36 万人，常住人口为 16.44 万人。蒙山县历史文化深厚，是抗法名将苏元春、无产阶级革命家陈漫远、新派武侠小说开山祖师梁羽生先生的故乡，尤以太平天国开国封王建制闻名中外。

　　近年来，蒙山县围绕"生态立县、特色兴县"发展战略，坚持"绿色农业、优势工业、特色旅游、品质城镇、福祉民生"工作思路，大力打造桂东南生态休闲精品城市。相继获评全国最美生态旅游示范县、中国中老年养生基地、中国长寿之乡、全国休闲农业与乡村旅游示范县、全国绿化模范单位、国家园林县城、国家生态文明建设示范县、全国村庄清洁行动先进县等国家级荣誉，以及广西园林城市、广西壮族自治区第七轮文明城市、广西特色旅游名县、广西森林县城、广西生态文明建设示范县、广西"四好农村路"示范县等一批自治区级荣誉。

蒙山县桑蚕、灵芝、蜂蜜、特色水果、木瓜丝等特色种养业蓬勃发展。该县以打造中国西部茧丝绸织造新城为目标，建成了广西唯一一家丝绸产业园区，丝绸产业在印染、炼白、家纺、服饰等方面实现新突破，填补了广西丝绸中下游产业链空白。全县已建立起以丝绸、林产林化、建材、制药、矿产、电力等优势产业为支柱的工业体系。该县全力打造"新派武侠风、醉美蒙山情"旅游品牌，与阳朔、荔浦联合打造"阳荔蒙"旅游联合体，不断加快融入桂林"大旅游圈"和"中国长寿之乡"等特色文化旅游吸引了众多国内外游客。

当地人最津津乐道并引以为傲的是一文一武两件事：一是"羽生故里"，二是"永安封王"。

梁羽生，原名陈文统，1924 年 3 月 22 日出生在广西蒙山县文圩镇屯治村，从小聪明伶俐、才识过人。他是中国著名武侠小说家，与金庸、古龙、温瑞安并称为中国武侠小说四大宗师，被誉为新派武侠小说的开山鼻祖。

在二十世纪六七十年代，梁羽生和金庸共同扛起了新派武侠小说的大旗。他摒弃了旧派武侠小说中一味复仇与嗜杀的倾向，将侠行建立在正义、尊严、爱民的基础上，提出"以侠胜武"的理念。梁羽生为人正派，创作了三十余部武侠佳作，开创了新派武侠小说的先河。在评价自己的武侠创作地位时，梁羽生曾说："开风气也，梁羽生；发扬光大者，金庸。"

梁羽生一生创作了 35 部武侠小说，《龙虎斗京华》《七剑下天山》《白发魔女传》《萍踪侠影》等先后拍成电影和电视剧，他的作品处处洋溢侠肝义胆和侠骨柔肠，像成人的童话，滋润着几代人的心灵。

在蒙山，处处可以追寻到梁羽生开创的新派武侠风元素，当你迈入梁羽生公园、七剑广场、羽生谷，仿佛正在演绎着一曲曲刀光剑影、侠骨柔情的动人故事，让人荡气回肠、侠气顿生。

新派武侠风，醉美蒙山情。"羽生故里"就成了一颗光彩夺目的珍珠，吸引着世人的目光。

如果说"羽生故里"是蒙山一张"文"名片，那么，另一张"武"名片则是"永安封王"。

1851 年 9 月，太平军攻克的广西永安，就是现在的蒙山。同年 10 月，确定官制，封杨秀清为东王、萧朝贵为西王、冯云山为南王、韦昌辉为北王、石达开为翼王；颁行天历，废除清朝纪年；颁布《奉天讨胡檄布四方谕》《奉天诛妖救世安民谕》《谕救一切天生天养中国人民谕》等，建立健全了各项规章制度。被史学家称为"永安建制"或"永安封王"。

有人说，永安建制，明确了职责，增强了凝聚力，为太平军进军提供了保障，让太平天国初具建国规模；有人说，永安建制，表面是分封五大王，实则是一场"闹剧"，是一次无声的政变，是太平天国走向灭亡的第一步。

时过境迁，物是人非。对于曾经轰轰烈烈的太平天国运动，历史早已有了定论，仁者见仁，智者见智。当年的永安，作为太平军起义后攻克的第一座城市，在此发生的一系列故事，作为后世研究历史，以史为镜，汲取教训，都有着非常不一般的意义。

因此，如今的蒙山人抚今思昔，以各种艺术形式再现那段不平凡的历史，成功促进了当地旅游事业的发展。

可以说，蒙山独特的人文景观和厚重的历史文化，不仅提升了当地的文化品位，同时也吸引了世界各地人们的目光。可以说，郭名修也是看着梁羽生的武侠小说、听着太平天国的故事长大变老的。

蒙山县四面环山，地势东北高、西南低，境内群山起伏，沟壑纵横，森林覆盖率达 82.17%，有"天然氧吧"美称，是国家级生态示范区和国家重点生态功能区。境内有丰富的金、银、铜、铅、锌和镜铁矿、硫铁矿、石英石、石灰石、重晶石、金刚石等矿产资源。根据 1987 年底地质勘测资料显示，蒙山县矿产资源有：黄金总储量达 200 公斤，重晶石矿达 8.05 万吨，石灰石达 7200 万吨，石英石达 40 万吨，黄铁矿达 1.2 万吨，黄铜矿达 1.02 万吨。

蒙山是民族杂居之所，处在壮瑶民族地理分布的边缘，也是汉语的粤方言和西南官话的交接地带。境内语言比较复杂，有壮、瑶、汉三种民族语言，瑶族勉语又分勉话和标曼话两种土语，汉语分属粤语、客家话和官话三种方言。

一个偶然的机会，郭名修在蒙山认识了一个叫覃祚亮的人。

覃祚亮在蒙山县陈塘油麻冲铅锌矿山文离矿区拥有 5 个窿口的采矿权，曾是蒙山县纳税第一大户的矿老板，多年坐拥"蒙山首富"殊荣。近几年因为对资金的管理缺乏足够的认识，不仅把所有的积蓄花光，还欠下数千万的债务，债主纷纷找上门来讨债逼债。他借贷无门，导致维持矿山开采的基本投入也无法保证。为了维持矿山的正常生产秩序，万般无奈之下，决定转让部分股权，以变现资金偿还债务和维持矿山继续开采。

郭名修了解到，蒙山县油麻冲铅锌矿是一座开采多年的老矿山。

1998 年 10 月以前均为个体开采，主要开采浅部矿体。

1998 年 12 月，蒙山县人民政府以合作公司作为业主办理了陈塘油麻冲铅锌矿山《采矿许可证》，成为陈塘油麻冲铅锌矿山采矿权人，依法对陈塘油麻冲铅锌矿山进行规范管理，并办理了《安全生产许可证》《爆破作业许可证》《排污许可证》；矿区面积为 2.5173 平方公里，建设规模为年产铅锌矿石 4 万吨，伴生银。

从 1998 年至 2000 年，合作公司进行矿山基础设施建设。2001 年，进行正式开采。

矿山开采早期并没有做矿山开采设计，到 2003 年下半年，为了合理有效地开发利用矿产资源，业主委托广西工业建筑设计研究院做了矿山开采设计，并于当年获得了梧州市国土资源局颁发的延续采矿许可证。

2007 年 5 月，广西壮族自治区国土资源厅为蒙山县对外经济合作有限公司延续颁发了蒙山县油麻冲铅锌矿山采矿许可证。

该矿区位于广西蒙山县南东 170° 方位的陈塘镇油麻冲一带，与蒙山县城直线距离 40 公里，以高山分水岭为界，西与藤县大黎镇接壤，相距约 2 公里，大黎有公路通藤县及平南县，东距陈塘镇 10 公里，有简易公路通至陈塘。油麻冲铅锌矿区有简易公路与桂（林）梧（州）公路相接，交通尚属方便。

历经多次延续后，目前蒙山县对外合作有限公司获得的由广西壮族自治区国土资源厅换发的油麻冲铅锌矿山采矿许可证显示，开采矿种：铅矿、锌矿，生产规模：4.0 万吨 / 年，矿区面积：2.5173 平方公里。

覃祚亮的 5 个窿口属于合作公司名下的文离矿区，准确地说，也属于油麻冲铅锌矿矿区的一部分。

不知是天意难违，还是缘分太深，在一个阳光明媚的日子，郭名修与覃祚亮就股权转让事宜坐在了一张八仙桌上。协商异常顺利，短短几个回合，便签下了协议，郭名修投资 7680 万元收购了覃祚亮名下 65% 的股份。不久，又投资 200 万元，收购了两个点股权，达到了 67%，取得了文离矿区 5 个窿道开采的控股权。

郭名修接管矿山后，立马成立了"蒙山县鑫鸿矿业开发有限公司"。

然而，作为一个有着几十年开采史的矿业企业，由于资源日渐枯竭，员工精神不振，生产压力重重，如何使老矿山再造新动能，焕发新活力，就成为郭名修不得不认真思考的问题。

郭名修以惊人的魄力，对企业进行了大刀阔斧的改革。以狠抓领导班子建设为重点，调优配强领导班子，充分发挥公司领导把方向、管大局、抓落实的作用；以提质增效、扭亏脱困为目标，牢牢把握职工的思想动态，采取多种方式开展职工思想政治工作，凝聚员工人心；以促进精神文明建设为抓手，弘扬"坚韧、奉献、开拓、争先"的精神，策划企业宣传，提升企业文化，鼓舞员工士气；实施"探边扫盲及就矿找矿"工作，认真研究成矿规律，加大探矿工作力度；科学调整井下生产布局，进一步优化整合采场，提高劳动生产率；创新安全风险分级管控和隐患排查治理双重预防机制，压实安全生产责任，形成全矿上下齐抓共管的安全生产格局；加强矿山基础设施建设，提高矿山机械化、自动化、智能化作业水平；加强技术创新，实施选矿工艺改造，提升产品质量。

郭名修说："守成者没有出路，开拓者才有未来。只有创造性开展工作，观大势、谋大局、求突破，老矿山才有新希望！"

郭名修认为公司财务管理是公司管理一项不可缺少的基础，公司的生产、经营、进、销、调、存等每一个环节都离不开财务数据上的反馈和财务管理上的调控，规范财务管理是公司生存和发展的重要保证。他果断调优配强了财会人员，要求每个月底无特殊原因要审核结算当月所有票据，分管财务的领导要及时审核签字。

隆道开采施工工程地质复杂、点多面广、专业性强，为保证矿山生产安全、提高公司经营效益和保障工人的切身利益。郭名修决定增加安全管理人员，选派有经验、有能力、有责任心的人员充实到安全环境管理部工作。成立"蒙山县鑫鸿矿业开发有限公司安全领导小组"，总经理黄国平亲自任组长，下设安全领导小组办公室。并成立了工程项目验收工作领导小组、矿山开采技术工作小组、矿产品计量鉴定中心。

郭名修坐镇矿山，靠前指挥，加强现场监管，因矿制宜，精准施策。他深入各隆道矿井、选矿厂等一线，对隆道各采矿施工作业面、矿石产品（废渣）运输、各种设备运行、安全设施配备及其防护措施、各种制度落实、各类人员现场履职情况，进行认真细致的了解。

郭名修对选矿厂车间情况进行了专题研究，他说，选厂的关键是效率、回收率，选厂领导要刻苦钻研业务，做专家型技术型领导，学习技术，从严管理；全体工作人员要加强学习，学有所长，人尽其才，才尽其用，要珍惜机遇，齐心协力，努力工作，提升业务水平，提高生产效益。

面对一些员工精神不振的现象，他召开专题会议，语重心长地说：大家在一起，不容易，一要珍惜缘分，切实做到厂荣我荣，厂衰我耻，时刻保持员工精神抖擞，厂容厂貌整齐清洁，尽心尽力，尽职尽责，创一流选厂，争一流效益，树一流形象，为公司添光添彩添色；二要合作共赢，要"五湖四海"，不要拉帮结派，要团结一心，顾全大局，发扬风格，互相帮助；三要遵规守纪，要严格按规程作业，把规章制度落到实处，讲科学，讲程序，讲技术。时刻警醒，没有安全就没有效益，切实做到安全第一，让管理出安全，安全出效益。上班时间，要做到公私分明，坚决不许擅离岗位。

在场的人都为郭名修的真诚所感动。

在郭名修的亲自督导下，投入建设资金3000多万元，对采矿设备进行了更新换代，对选厂设备进行了一次彻底的整修，终于，沉寂数月的矿山又响起了机器的欢鸣，复工复产的矿工脸上又露出了往日幸福的欢笑。

通过立足实际，稳扎稳打，有序推进，到2022年年底盘点决算，公司生产终于走上正轨，彻底扭转了企业亏损的状况，实现了收入与付出基本持平，并且略有盈余，为2023年的矿山生产奠定了坚实的基础，创造了良好的生产生活条件。

为了改善职工生产生活条件，提升企业的文化品位，在注重矿山物质文明建设的同时，狠抓精神文明建设，公司投入资金20多万元，建设了200多平方米的办公室和职工宿舍，并添置了崭新的会议桌、电视和音箱等设备，装修了集开会、安全培训、文化娱乐于一体的活动室，充分展示了企业的形象，丰富了企业职工的文化生活。

为了激发广大职工的创业激情，提高职工的积极性，公司召开领导会议集体研究，决心因地制宜大胆改革，充分考虑到覃祚亮多年的采矿经验和目前矿山的实际情况，决定2023年由他承包矿山生产经营，公司大胆放权，只在宏观上指导、监督、协助。并一改往年由按矿石立方数计件为按矿石检测度数计件，大大地提高了职工的责任意识和质量意识，生产的矿石度数明显有了提高，在节约采矿成本的同时，大大地提高了经济效益。

由于多种原因，2022年矿山生产没有达到原来的预想水平，严重挫伤了极个别小股东的投资积极性。为了统一思想，提振士气，凝聚人心，增强信心，2023年5月15日，公司召开会议，会上决定，凡对投资蒙山矿山有顾虑的股东，可以允许其退股，并按每月5厘计息，原有的股金总数不变，因退股造成的股金异动由郭名修个人"兜底"填平。郭名修说："给了所有人机会，今后是亏是赚，再也无怨无悔，别人是亏不起这钱，我可是亏不起这名声，不能让别人误以为我在以此集资圈钱。"

郭名修兑现了诺言，几个退了股金的高高兴兴而归，谢声不断。而没有退股的留了下来，扎扎实实地继续跟着干。大家想，人心齐，泰山移，跟着郭名修创业，咬定青山不放松，同甘共苦终不悔，没有过不去的坎，相信企业的困难是暂时的，明天的太阳一定会更加美丽。众多投资者不离不弃的信任、理解、支持，让郭名修眼睛湿润了，看到有这么多人愿意与他齐心协力、攻坚克难，有的甚至把准备养老的一生积蓄都交给了他，他想，能不尽心尽力经营好企业吗？

郭名修认为矿山外围银铅锌矿探转采工作是公司一项重中之重的战略任务，关系到公司发展的基础、根本和希望。为启动外围银铅锌矿探转采工作，早日取得采矿许可证，郭名修抽调扶江峰到南宁成立"蒙山县鑫鸿矿业开发有限公司办事处"，重点协调广西壮族自治区和梧州市等两级对采矿办证和公司重要事务公关工作，广泛争取领导和社会各界的支持。并要求总经理黄国平与扶江峰一道，尽快与广西壮族自治区区域地质调查研究院对接，联系和推动外围银铅锌矿探转采补充前期详查设计编制评审工作，积极与有关部门沟通汇报，助推项目早日获得实际开展。

在郭名修的亲自调度下，黄国平、扶江峰为矿山外围银铅锌矿探转采工作做了耐心细致的不懈努力。

精诚所至，金石为开。矿山外围银铅锌矿探转采工作得到了许多领导、专家及部门的支持，正有条不紊地进行。

在郭名修的运筹帷幄下，蒙山县鑫鸿矿业开发有限公司终于走上正常生产的轨道。"矿山外围"工作进展和突破，为公司迎来了新的发展机遇。

郭名修迎着朝阳，信步西江，放眼蒙山，远处又充满希望！

藤县一曲黄昏颂　老夫高唱夕阳红

　　"窦家寨前朝雨晴，思罗江内水初升。杨梅果熟春将暮，豆蔻花开鸠乱鸣。"一千多年前明朝的大学士解缙沿西江溯北流河而上，游经古藤州的窦家驿站前，见思罗江与北流河两水交汇，山清水秀，流光溢彩，鸟语花香，硕果累累，于是诗兴大发，留下了这千古绝句。

　　藤县古称藤州，文化底蕴深厚。这里是龙母的故乡，龙母母仪天下，恩泽万物，是中国江河文明的文化象征之一。李白、苏轼、秦观等文人雅士曾在这里游历山水，泛舟放歌，依岩诵读……

　　藤县隶属于广西壮族自治区梧州市，位于广西东部，东接苍梧县、龙圩区，南连岑溪市、容县，西邻平南县，北靠蒙山、昭平两县。总面积近4000平方公里，全县辖15个镇2个乡，总人口有113万人。

　　郭名修也记不清是哪一天突然爱上了藤县，更不会想到晚年会在藤县度过一段不平凡的时光。

　　郭名修觉得藤县的交通十分便利，出行可坐汽车、高铁、轮船、飞机，可谓四通八达，立体互联，多元化运作，陆海空统筹，天上飞的，地上跑的，水里游的，应有尽有，任你选择。

　　让郭名修印象深刻的是藤县人舞的狮子，因为它时时激发了自己那颗未泯的童心。

藤县舞狮，别具一格，历史悠久，闻名中外。说起来还挺有讲究，其道具颜色黄、红、黑分别代表三国时代的刘备、关羽、张飞，舞狮技艺融武术、杂技、舞蹈于一体。2011 年，藤县舞狮被列入中国国家级非物质文化遗产保护名录。2015 年，在马来西亚槟城举行的国际高桩舞狮大赛中，代表中国参赛的藤县舞狮队力压群雄，一举夺冠。

郭名修身临其境，只见舞的"狮子"，时而翘首仰视，时而低头匍匐，时而立身显威，时而顾盼传情。蹿桌子、踩滚球、翻跟头……惟妙惟肖，形态逼真；腾翻、扑跌、跳跃、登高……招招出奇，步步惊心；搔痒、抖毛、舔毛、擦脚、洗耳……摇头摆尾，憨态可掬。

也许因为舞狮人那份执着、勇敢、热情感染了郭名修，让他对藤县有了一种不解之缘。十年前他就来到了藤县大黎，并在这里投资矿业开发。

他与众多开采矿山的业主一样，曾经在大黎掘得一桶"金"，品尝到了开矿的甜头，但由于政策的原因，几度又打打停停，最后遭到"停产整顿"。

他从此清醒地认识到，如果不进行合理、规范、有序开采、开发、加工，这矿山生产永远也不可能走上正轨，更谈不上产业发展壮大。

为了更好地开发利用大黎铅锌矿资源，促进当地经济发展。在郭名修的努力下，广西藤县西江鑫途矿业有限公司于 2017 年 11 月 9 日成立。

但种种原因，矿山却仍然迟迟不能复工复产，这让所有业主食欲不振，坐卧不安，好些人"守着饭甑饿肚子"，眼睁睁看着无情的岁月白白流逝，许多无奈的英俊小伙子为此熬成了白头翁。

郭名修常常遥望青山，遥望大黎，那山、那水、那矿、那人……曾经的过往，仿佛成了一段说来话长五味杂陈的回忆，大黎摸索过、辉煌过、狂野过、失意过，可如今就满是彷徨、沮丧、无奈。他沉思着大黎，发出呐喊：到底路在何方？

大黎矿山的开采，始于 20 世纪 80 年代末，开始是民间小规模分散开采，到本世纪初才渐成规模。

从 2009 年开始，先后有藤县大黎古兰铅锌矿场、藤县大黎新兴旺铅锌矿场、藤县大黎力发铅锌矿场三个独立的矿权，总开采规模为 10.8 万吨 / 年。

由于长期无序开发开采，对矿区环境造成一定程度影响。因此，2013 年 2 月 6 日藤县人民政府对大黎采、选矿企业实施全面停产整治，同年 9 月，原自治区环保专项行动领导小组办公室把大黎矿区列为 2013 年全区第一批环境违法挂牌督办案件。

在县委、县政府的高度重视下，争取中央财政专项资金支持，组织企业投入资金，加大当地财政投入，累计投入各种资金 6000 多万元，对矿山实施全面整治，取得了显著效果，完成了挂牌督办的整治任务。

2015 年 9 月，通过区域环境整治合格后实现了摘牌。

2017 年 11 月，藤县人民政府以广西藤县西江鑫途矿业有限公司作为整合主体，将藤县大黎古兰铅锌矿场、藤县大黎新兴旺铅锌矿场、藤县大黎力发铅锌矿场三个矿山整合为一个矿山，整合后矿山名称为"广西藤县大黎矿区古兰、新兴旺、力发铅锌矿"，原三个矿山由北到南分别为古兰、新兴旺、力发矿段。整合后，一个采矿权范围与原三个采矿权范围一致。

2018 年 10 月 26 日，藤县人民政府又下发了《关于广西藤县西江鑫途矿业有限公司作为藤县大黎镇—蒙山油麻冲铅锌矿区整合主体的批复》，明确由"广西藤县西江鑫途矿业有限公司作为藤县大黎镇—蒙山油麻冲铅锌矿整合区整合主体"。

2021 年 1 月，藤县人民政府再一次组织相关部门及聘请专家对藤县大黎铅锌矿区环境综合整治效果和风险管控总体效果开展评估，一致认为大黎铅锌矿区环境综合整治工程达到预期整治目标要求，各矿段的地表水环境质量得到明显改善，地下水及土壤环境污染得到有效控制，取得良好的环境效益，区域生态环境得到改善，风险在可控范围，同意并支持大黎矿山按自治区对矿山批复要求，复工复产。

星光不问赶路人，功夫不负有心人。终于，漫长的等待、奔跑、执着、努力，让公司又一次迎来了振兴的希望。

2022 年 6 月，郭名修忍痛割爱，从灌阳地德公司抽身出来，亲自坐镇鑫途公司，紧锣密鼓地实施藤县大黎矿山项目的开采。

他与黄国平一道，带领公司一班人，秉持"安全、规范、科学、创新"的经营理念，以"合理开发资源，促进乡村振兴"为宗旨，全力以赴投身矿山建设。

公司很快完善了机构设置，下设综合管理部、矿山部、财务统计部、安全管理部、环保信息部、生产销售技术部、后勤保障部。

一声令下，公司各类技术、行政管理、建设施工、后勤服务等从业人员86人，其中技术人员45人（含中、高级技术人员15人），迅速到岗到位。

然而，"台子"搭起来了，"唱戏"的角色却多且杂。牵涉到20多个业主。他们各打各的算盘，都想各占山头各自为政。在利益面前，有些人没了良心，没了诚信，没了规矩，没了底线，兄弟反目成仇，翁婿对簿公堂，官司缠身，喊打喊杀，你死我活，鸡犬不宁，把个大黎闹得鸡犬不宁，有的甚至宁可和尚打死老弟嫂——筒倒米绝，也不让矿山正常开采！

郭名修认识到，要把一盘散沙凝聚成塔，没有足够的魄力和智慧，是根本做不到的。这里的众多业主，不论是富裕还是贫穷，都做着同样深山取宝的发财梦。富裕的，恨不得一声令下，立马开工，钻石放炮，探矿采矿；贫穷的，就因为没有启动资金，不能完善开工前最基本的基础设施建设，只能望"山"兴叹，空守着一座"金山"发愁。而有的业主钱不想出，建设不想搞，一心只想坐享其成，甚至想像从前一样偷偷摸摸去搞，采一阵躲一阵，挖一两得一两。

为此，郭名修多次组织召开业主代表大会，讲解政策，分析利弊，晓之以理，动之以情，提出了公司要实行"五个统一"的管理新模式，即统一经营主体、统一规划设计、统一建设管理、统一生产开采、统一销售纳税。

"五个统一"的实施，加强了领导，规范了管理，提高了效率，杜绝了乱采滥挖的现象发生。

郭名修清楚地知道，企业是市场经济的主体，也是环境保护的主体，是环境保护的重要参与者，只有主动担起环境治理责任，知法、懂法、守法，规规矩矩组织生产，扎扎实实完善工艺，认认真真防污治污，有序生产，健康发展，才有出路，否则必将自食苦果。

环境保护是我国的一项基本国策，而污水处理是保护矿山环境的一项重要措施。为了避免环境污染，切实做到节约用水和循环利用，减少水资源浪费。郭名修主持召开会议，由公司研究决定筹措资金2000多万元建立了一个占地面积5500平方米的高标准污水处理厂，实现了矿山污水自动化检测，提高了污水处理效率，达到了矿山排水标准。

为了减少水土流失，方便矿山生产运输，公司筹措资金200多万元，加宽硬化了6公里的通矿山公路。

矿山要生产，电力要先行。为了尽早解决矿山生产用电保障问题，郭名修多次找供电部门的有关领导沟通、汇报，终于"精诚所至，金石为开"，电力部门的领导现场办公，很快派出技术队伍到矿山一线，测量、竖杆、拉线，几个月之内，就把投资300多万元、累计10多公里的10千伏电网拉进了矿山，确保了矿山生产用电的需要。

郭名修深刻地认识到，企业发展离不开安全，只有安全，生产才能出效益。郭名修通过组织全体员工参加安全生产培训和防灾救灾演练，要求全矿上下时刻绷紧"安全"神经，从大局着眼，从细微处入手，想在心里，挂在嘴上，看在眼里，跑在腿上，不忽视每一个细节，不放过每一个漏洞，不留下任何死角。只有这样，公司才能真正实现环境和经济协同发展，经济效益和社会效益和谐双赢。

2023年，公司投入1000多万元资金对原生华矿业有限公司选矿厂进行了提级改造，在原有浮选铅、锌矿工艺的基础上，增加了硫铁矿的回收与尾砂干堆工艺，其新设备、新技术、新工艺的水平有了大大的提高，较好地满足了矿山生产的需要。

郭名修清楚地认识到，强化矿区地质勘探和周边找矿措施是提高矿产品储备的一条有效途径，为此，公司又投入2000万元，广泛争取各方支持，组织专业队伍对矿山地质环境进行全面调查、分析、掌握，拓展外围找矿范围，应用新技术，采用新方法，对矿区外围进行探矿找矿。

"戴上皇冠，必受其重；身在高处，必受其寒。"郭名修明白，任何成功，都需要付出代价，承受漫漫长夜的踽踽独行，才能迎来璀璨烟火。无论风光与黯淡、辉煌与绝望，还是鲜花与荆棘、欢笑与泪水，都会成为过眼烟云。但几十年来郭名修觉得自己庆幸的是：不是在模仿别人的奢华，而是塑造别样的自己；不是在抄袭别人的快乐，而是在追求自己的幸福；不是在克隆别人的过去，而是在创造自己的未来。

如今，郭名修看到大黎矿山的开采终于走上了正轨，终于吁了一口气，觉得多年的坚守、操劳、努力没有白费，感到希望在眼前，胜利在眼前。

也许，对于郭名修而言，藤县大黎，是他逐梦商场的最后一站，只有把这一步走稳了，走妥当了，走到了心中那块圣地，人生才算圆满。

东隅已逝，桑榆非晚。也许是马老识途、人老识理的缘故吧，饱经沧桑却初心不改的郭名修，看日下潭影，槛外黎江，青山隐隐，山水相映，顿觉江山如画，自己仿佛画中人，神采依然，壮心不已：

昨日少年今日翁，人间岁月快如风。

藤县一曲黄昏颂，老夫高唱夕阳红。

但愿苍生俱饱暖　无悔倾情山水间

"社会是企业家施展才华的舞台。只有真诚回报社会、切实履行社会责任的企业家，才能真正得到社会认可，才是符合时代要求的企业家。"习近平总书记这一论述深刻地揭示了新时代企业家与经济社会发展之间的紧密关系。

郭名修深深地体会到，企业家是社会精英，必须有强烈的责任感与使命感。只有将个人利益、企业利益融入社会的整体利益之中，才能得到社会各方的信任与尊重，才能实现更大的发展。企业不仅要有商业价值，更重要的还要有社会价值，要为社会不断作出贡献。企业家要真正得到社会认可，就必须对客户有感情、对产业有带动、对社会有回报。

郭名修几十年如一日，融合企业家精神和慈善家传统，热心公益事业，助力社会发展，引领时代潮流，绽放时代光彩。

2003年底，郭名修收购隆回水轮机厂后，连续经营6年，累计上缴税收1000余万元，后转房地产开发，累计上缴税收1300万元；他收购邵阳资江水电设备厂后，连续生产7年，上缴税收3000余万元。不久，他又主导收购零陵水电设备厂，经营两年后，完成税收1600万元。仅收购水电厂设备这一项，就累计完成税收7000多万元。

他在湘赣两省主导新建电站20余座，建设期间就完成税收2000多万元。

而后，郭名修带领他的团队从湘江转战怒江，在云南丹珠河流域投入资金15个亿兴建小水电，建设规模达到了装机17万千瓦，仅建设期上缴营业税达8000余万元，电站正常运行后，现在每年上缴税收1000万以上。同时，在云南福贡县投入资金3亿元，兴建小水电站6座，装机达5万多千瓦，上缴税收1000多万元。仅小水电一项，上缴国家税收数亿元。

郭名修热心教育事业，总有难舍的教育情结。在云南福贡县做电站时，当地匹河乡沙瓦村学校因年久失修，破烂不堪，乡村两级领导找到郭名修，欲求帮助改善一下办学环境，郭名修二话没说，立即捐款20万元为当地新建了一所希望小学。

2021年，郭名修回到家乡桂东，找到县教育基金会会长黄维意，慷慨解囊向桂东县教育基金会捐款30万元。

2022年，听说郭名修回到了老家东洛乡，该乡党委书记郭远权找上门，与其聊家常、话发展，讲述家乡近几年的发展变化，以及对家乡未来的规划、设想和希望。当谈到想筹集50万元成立乡村教育基金会时，郭名修笑道："好呀，振兴民族的希望在教育，这个事我一定要支持。"

"大家的日子都不容易，不知这50万能否……"郭远权用试探的口气欲言又止。

郭名修明白此时乡领导的苦衷，立马爽快地说："郭书记，这样好不好？其他的人能捐多少就捐多少，剩下的缺口我们来包干，保证把这50万元筹够！"

"只要您带头捐个十万八万的，我想，那问题就好解决多了。"郭书记笑道。

郭名修立马与儿子远志商量，以儿子的名义捐款30万元。在该乡成立教育基金会的大会上，由于郭名修父子俩带了个好头，一天之内，该基金会收到捐款80多万元，远远超出了乡领导的预期。

2023年4月10日，郭名修向藤县奖教奖学助学协会捐款2万元。

2023年8月15日，藤县人大常委会主任蒙土金向郭名修透露县里将于当月19日组织一个爱心助学活动，郭名修与总经理黄国平一道驱车欣然前往县城锦华国际山水大酒店活动现场，把 1 万元捐款交到了工作人员手中。

2023 年 9 月 22 日，郭名修向藤县大黎镇奖教助学协会捐款 1 万元。同时向藤县颍川文化研究会大黎分会捐款 1 万元。

近十年来，郭名修捐款 100 多万元资助贫困学生和奖励优秀学生 38 名。

桂东县东洛乡东洛村黄雅婧，父母都是农民，看到父母节衣缩食送自己读书那么辛苦，深深地理解到唯有知识才能改变命运，读书非常用功，终于天道酬勤考上了大学。但在接到大学录取通知书的那一刻，就为高额的学费与生活费发愁了。正在她一筹莫展之际，郭名修带着一万元钱来到她家，亲自交到了她手上，让她对未来充满热情、信心和勇气。

黄雅婧在郭名修的鼓励下，品学兼优，在大学期间光荣入了党，获得了"国家励志奖学金"和"武汉大学优秀学业一等奖学金"，并荣获"三好学生""社会活动积极分子""优秀研究生""优秀研究生干部"等荣誉称号。

黄雅婧热情洋溢地致信郭名修："如果说大学生活让我受益颇丰，那么郭伯伯您教给我的为人处世哲学则须用一生去学习、感悟与践行。作为从东洛乡走出去的著名企业家，您充满爱心，热心公益事业，心系桑梓、反哺家乡，一直以来都高度关注、大力支持家乡教育事业发展，鼓励人才培育，为桂东的教育事业振兴贡献了巨大力量，已经帮助众多寒门学子圆了他们的校园梦。您这样的慈心善举守护了乡村孩子的求学梦，点亮了山区孩子的心灯，也托起了东洛、桂东乡村振兴的新希望。您对家乡的无私奉献、反哺情怀更令我深感敬佩，也激励着我不断提高自己的能力，成长为更强大的自己，能够拥有更大的能力去建设家乡、贡献力量、发光发热。千言万语表达不尽我深深的感激之情，我唯有怀着一颗感恩的心，牢记您给予我的关心、帮助和教导，将这份恩情化作实际行动，在以后的人生道路上继续砥砺前行、奋发向上，将这份无比宝贵的爱心传递下去，用自己的力量去回报家乡、奉献社会！"

与黄雅婧同村的李锐，于 2021 年以优异成绩考入了厦门大学，受到了郭名修的助学奖励，他说自己作为一名乡村学子，最大的愿望就是能像郭名修老总那样——走出大山，回报家乡。他致信郭名修说："感谢您对家乡东洛的赤子之情以及对我的关心与厚爱，在获悉我被厦门大学录取后，不远千里送上祝福，还委托东洛乡上洞村原支部书记郭颂标为我送来了 1 万元的助学金，勉励我不负韶华，砥砺前行，学有所成，回报家乡。您的关心与鼓励为我的理想信念插上了腾飞的翅膀，让我对前行的道路更加坚定，并充满憧憬与自信；您的奖励也更加激发了我不断学习、努力前行的动力，也让我对自己是一位东洛学子而感到骄傲与自豪。我现在顺利地通过了英语四六级考试，将倍加珍惜，努力学习，立志成才，做一名品学兼优的学生……"

郭名修时刻关心家乡的文化事业发展，2022 年向桂东县作家协会捐款 3 万元，支持家乡开展文学创作活动。而且高兴地与本土作家合影留念，多次热情邀请才子才女们到他所在的公司采风，开展丰富多彩的联谊活动，介绍企业创业环境，展示企业发展成果，提升企业文化品位，树立企业美好形象。当听到一位业余作者因经济拮据为出书经费发愁时，郭名修立即捐款 1 万元解了这位作者的出书之难。

他经常与学校一起组织校企联谊活动，举办以"歌颂党和祖国、赞美家乡、热爱生活"为主题的文艺会演、诗歌朗诵、征文比赛等活动，与师生们一起传唱红色歌曲，朗读古典诗词，感受文化魅力，增强信仰力量，激发爱国热情，讴歌伟大时代。

他筹措资金 2000 多万元用于架桥、修路及公用设施建设，在方便企业发展的同时，给当地群众带来了极大的方便。

就业是经济的"晴雨表"，更是社会的"稳定器"。多年来，民营企业已经发展成为社会经济的重要支撑力量。有统计数据显示，我国民营企业已成为创造就业岗位的最重要渠道，提供了 80% 的城镇就业岗位，吸纳了 70% 以上的农村转移劳动力，新增就业 90% 在民营企业。

郭名修带领企业克服重重困难，采取有力措施，为稳就业、保就业、保民生作出了重要贡献。

2004 年，桂东县寨前镇水湾村村民黄建春，跟着老乡来到云南郭名修所在的企业打工，由于能吃苦耐劳，为人忠厚，逐步进入了郭名修的视野，多次被委以重任，都能保质保量按时完成，不久，成了一名企业骨干分子，一干就是20多年。

2018年，兴建丹珠河电站要打一条隧道引水，由于设计时没有达到1.5‰坡降，试水时水根本不畅，黄建春带领他的那帮兄弟，立即返工投入战斗。没有电，就用柴油机发电，日夜奋战两个月，把蓄水坝加高一米，把隧道加高拓展空间500多米，确保了电站引水需要。

当郭名修问他，多做了那么多事要加多少报酬时，黄建春摸了摸头，憨厚一笑，说："您算好了就行。"

当然，郭名修从没有让老实人吃亏，在结算的时候，足额算足了工钱，还多给予了黄建春一些奖励。

2021年，在广西桂林灌阳地德公司，黄建春被任命为马山矿矿长。由于到矿山的路窄且坎坷不平，一到雨天，汽车根本无法行驶，山上的矿石怎么也运不下来。为了打破交通瓶颈制约，公司就把加宽、硬化、修建一条长7公里、宽7米水泥公路的重任交给了黄建春。他果然不负众望，几个月便带领施工队啃下了这块硬骨头，彻底解决了矿山道路运输问题。公司为表彰他做出的贡献，经郭名修提议，董事会研究决定，特意奖给了黄建春5万元。

在郭名修的关照下，黄建春的妻子、儿子得到了妥善安置，妻子陈利娟在企业从事后勤管理及采购工作，儿子黄子奇大学一毕业就被安排到公司从事财务管理工作，让许多人羡慕不已。

黄建春因为投资项目建设，一时资金周转困难，郭名修便把在老家桂东县城的一处房产作抵押，并亲自协调关系，帮助他在县农商银行借款170万元，解了他燃眉之急。

黄建春的妹妹黄少峰是个淳朴、清秀、热情的女孩，通过在郭名修的公司里锻炼，逐渐练就了一身惊人的胆略和本领，被蒙山县鑫鸿矿业有限公司聘任为采购部部长，细心采购，货比三家，讨价还价成了行家里手；敏锐开车，提货送货，爬山越岭更是骁勇健将。她天天驾驶一辆皮卡车凌空走钢丝般沿着弯弯曲曲的山路，风雨无阻，早出晚归，像一个冲锋陷阵的女中豪杰骑着一匹战马，奔驰在悬崖峭壁上，穿行在崇山峻岭间，辉映在蓝天白云下，成了一道让人刮目相看、羡慕不已的亮丽风景。

2002年，郭名修正在做东营电站，桂东县普乐镇东水村村民郭利平经人介绍来到了他的工地打工。通过在工作中了解到，郭利平也是个"钉是钉，铆是铆"的人，郭名修便安排他在公司管理材料供应，有时也管理工程验收。对于一些以计件获取报酬的承包方来说，他是可以值得去"公关"的对象。几十年来，郭利平从没有违反原则接受别人吃请，也没有接受别人的贿赂，没有损公肥私贪小便宜，更没有向服务对象索、拿、卡、要。

在郭名修几十年如一日的关照下，郭利平不仅成家立业，还在老家建了一栋小洋楼，城里也买了一套房子，由当初一个愣头愣脑的毛头小伙子，成了一个处事干练、老成持重的企业中层领导骨干。

2010年下半年，郭利平的妻子蒋应梅感觉食管胀痛，经县人民医院检查，食管内有一囊肿疑似恶性肿瘤，医生建议到大医院做进一步检查确诊，后到郴州市人民医院与长沙湘雅医院检查，仍然不能确定，但医生说可能性比较大。郭利平顿时心里一沉，妻子压力非常大，不知如何是好。

郭名修得知此事后，安慰他说："生命大于一切，要尽力治疗，不能留有遗憾，你小孩多、负担重，医疗费难筹，我帮你想办法，你劝老婆安心治疗就是，不要有其他顾虑。"

郭名修动用所有能用的关系，四处托人帮忙，最后在专家的建议下，亲自与郭利平一道，找到长沙肿瘤医院的著名医生给蒋应梅做认真检查，最后，经专家会诊，排除恶性肿瘤的可能。郭利平虽然经历了一场虚惊，心中的一块石头落了地，但郭名修尽力帮忙的举动，让自己夫妻俩终生不忘。

2023年，郭利平因建房用尽了所有积蓄，又要供三个小孩上学，一时经济紧张，郭名修立即借款50万元送到他手中，嘱咐他说："孩子是祖国的未来，一个人不管你从事什么工作，只有把孩子培养出来了才算成功，千万不能耽误孩子们的学习。"

为了让郭利平的女儿能到县城享受更加良好的教育，郭名修亲自找县教育局局长、分管教育的副县长甚至县委书记寻求帮助。

陈铁雄，桂东县沤江镇寒口村人，在广东打工 10 年，几乎一事无成，年近三十，仍然是一名无文凭、无技术、无积蓄的"三无人员"。

2006 年 6 月，陈铁雄跟随郭名修团队来到云南省福贡县，先后在干布河电站、子里甲电站、阿鲁河电站、子楞河电站、腊吐底电站工作。郭名修对其重点培养，严格要求他彻底改掉身上那种懒散、漂浮、不求上进的坏毛病，让其跟随设备厂家南丰自动化公司技术人员一起安装调试，边工作边学习电站运行、维修和自动化技术，并鼓励其参加成人高考，接受高等学校专业学习，逐步成长成为有一定专业知识的技术人员。

2013 年，贡山县丹珠河系列电站陆续建成投运，这些电站技术更先进，自动化程度更高，特别是丹珠河一级电站装机容量 8 万千瓦，属中型电站。陈铁雄跟随郭名修到贡山工作，先后担任技术员、电站站长和公司安全监管部部长等职务，由一个打工仔成了上市国企有技术、懂管理、能攻坚的中层干部。

2014 年，丹珠河电站投产前，陈铁雄在工地吊运砼搅拌机时，不幸被搅拌机砸伤，致使左脚踝骨头坏死，郭名修及时派人将其送医院治疗，并为其解决了全部医药费，在生活上给予了无微不至的关怀。陈铁雄非常感动，发誓要扎根云南，认真学习，努力工作，争取以"一流的技术、一流的服务、一流的业绩"来报答郭名修的恩情。

郭名修有个侄子叫郭远辉，高中毕业后，先后在福建、深圳打工，因没学历、没技术特长，很难找到一份理想的工作。万般无奈之下，郭远辉找到了在云南怒江建电站的大伯郭名修，提出了想到他手下找份工作的想法。郭名修接纳了他，并嘱咐他说："你是我侄子，如果不学点真本事，今后在这里也混不下去。一个人要立足社会，最终靠的是能力。"

郭远辉被安排在电站学习水电站机组安装、调试、运行等技术，并多次赴厂家及相关部门参加培训。在郭名修的关照下，郭远辉从电站值班员、值班长、副站长、站长、副部长、部长，到 2019 年被聘为上市国企公司的副总经理。

桂东沙田镇龙头村村民罗立新，以前在一次意外事故中，失去一条手臂，但他身残志不残，不甘贫困，跑到云南找到了郭名修，请求关照，欲图发展。郭名修被他的精神所感动，让他负责一段隧道掘进工程的管理工作，他卓越的管理才能得到了充分发挥，从此，一干就是 20 多年，如今成了一名资深的电站管理人员。

郭名修说，对企业家而言，把个人理想融入民族复兴的伟大实践中，以更强烈的担当精神、创造精神去投入企业生产经营，推动企业发展，是重要的职责使命。

他说，赠人玫瑰，手留余香，热心公益，回报社会，帮助需要帮助的人，这也是件快乐无比的事，在帮助别人的同时，自己的思想境界也得到了升华。

他说，一个人如果没有同情之心，没有怜悯之情，没有善待他人的意愿，哪怕富可敌国，也得不到别人的尊重。人最大的幸福，就是无论自己走到哪里，都能受到人家的尊重。

"一生坎坷勤创业，再苦再累亦坦然。但愿苍生俱饱暖，无悔倾情山水间。"郭名修深信，只要人人都能献出一点爱，世界将会变成美好的蓝天！

岁月是一条河，不管是高山还是低谷，是白天还是黑夜，都不能阻止它前行的脚步。

阳光照大地，黎江映彩霞。郭名修漫步黎江两岸，赏千年美景，品万种风情，万道金光，小镇尽染，红彤彤，金灿灿，山光水色，瑰丽无比，大黎仿佛在那一瞬间变得金碧辉煌、热情奔放起来。

山水有情，人间有爱，郭名修仍然是那么深情、那么执着、那么潇洒地行走在山水间……

人生无处不文学（代后记）

2021 年，作为一名三级调研员的我，从一线退居二线，老婆已退休，女儿已成家，忙了大半辈子终于可乐享天伦了。为了老有所乐，有人打牌、下棋，有人唱歌、跳舞，有人钓鱼、摄影、旅游……但这些都似乎不适合我，想小赌怡情，惜囊中羞涩；想放声歌唱，叹五音不全；想游山玩水，除人穷志短外，更怕体力不支。于是，我又想到了久违的文学。

我是农民的儿子，祖祖辈辈都在农村，对农民有一种独特的感情，我决心以报告文学的形式写一个地地道道的农民，

从一个农民的切身经历中再一次触摸时代的脉搏，感受农民的痛苦，体验农民的内心，反映农民的困惑、矛盾与追求。一个偶然的机会，我非常敬佩的老领导、原桂东建行行长黄国平介绍了郭名修先生的创业情况，让我深受感动。我高中毕业后在家务农，黄国平恰好通过县里招干考试，由农民变为了国家干部，在我的故乡流源担任乡团委书记。由于我在家种了一片旱烟长得非常好，黄国平便亲临我家要我现场介绍经验，见我毫不怯场从容应答，觉得我高中毕业困在农村实是可惜，便鼓励我加强学习，争取今后走出山村。在他的鼓励下，我与几个好朋友一起创办了桂东县第一个农村文学团体——流源文学社，几个农民做起了文学梦。后来他调县委组织部当了个"管领导的领导"，我也先后通过自考、电大获得了大专、

本科学历，从民办到公办，从村小校长、学区教育专干到县教育电视台记者，再到县委办专事写作的文人，最后到县委宣传部做了个"管笔杆子的笔杆子"。谁也没有料到，黄国平会离开仕途看好的组织部，去企业桂东建行上班，且奋战在一线，几年以后因业绩突出，被任命为行长。也许两个人都没"官瘾"，所以我们之间从没交流过为官之道。不久，他毅然辞职下海跟随郭名修先生到云南办企业，且风生水起，闯出了另一片天地。他谨记"苟富贵，勿相忘"的朋友之诺，又想起了我，劝我辞职一同前往。当时，我觉得自己书呆子一个，早已是一块烧翘了的瓦片，再无可塑之处，故迟迟下不了决心。当然，更主要的原因是小孩还小，尚未完成学业，如果因为我经商耽误了小孩的前程，多挣几个钱又有何用？

直到2021年，黄国平见我人老体衰穷酸依旧，叹息之余，劝我出去走走，看一看外面的天地，去领略一下天高海阔的美丽。盛情之下，我利用休年假应邀前往他们昔日创业的云南怒江考察，他与郭名修先生全程陪同。怒江的山、怒江的水以及怒江的风土民情，让我感动，让我难忘；他们在怒江留下的行行足迹和冒险精神、创新精神、敬业精神、奉献精神，让我惊讶，让我震撼！我终于明白了，郭名修先生之所以能有今日的成就，靠的就是一往无前的闯劲和敢为天下先的开拓精神，从他身上我看到了中国农民特有的勤奋、务实、坚韧、智慧。他活出了农民的精彩，干出了农民的尊严，拼出了农民的自豪，他是中国千千万万农民的一个缩影，像一滴水折射出了一个改革开放的伟大时代。

乡村振兴是一盘大棋。在全面推进乡村振兴的今天，挖掘、发现、总结、宣传、推介身边看得见摸得着的农民典型，不正是我们这个时代下好这盘"大棋"的需要吗？我短短的几天旅行换来了一次刻骨铭心的顿悟：人生何处不文学？大道至简，简朴归真。我相信凡人生活、锅碗瓢盆皆可成美妙的乐章！我终于又有了创作的冲动，决心置身于现实的土壤，开阔视野，净化心灵，从保守走向开放，从狭隘走向广阔，从瞬间走向永恒，用我的笔墨、文字、激情、思索，去赞美新农民，书写新农村，讴歌新时代！

感谢组织对我的支持与厚爱，当我主意已定，于2022年向组织递交提前退休申请时，立马得到了组织上的批准。所在的单位还为我举行了一个非常热情而又简朴的座谈会，所有的同事为我祝福，祝我创作丰收。感谢纪红建老师为本书作序。感谢郭名修先生及其家人给了我足够的机会、时间、耐心和信任，让我体验生活，感悟人生，收集素材，提炼主题。感谢引路人黄国平给予我照顾、鞭策和鼓励，让我能放下包袱，排除干扰，专心写作。感谢摄影师兰海燕为本书提供摄影照片。感谢毛泽东文学院为推介本书提供平台，策划宣传。

总之，说不尽的"感谢"凝成一句话：人生何处不文学，字字句句乃真情！

图书在版编目（CIP）数据

纵横山水间 / 陈应时著 . -- 北京：中国文史出版
社 , 2024. 11. -- ISBN 978-7-5205-4909-7

Ⅰ. I25

中国国家版本馆 CIP 数据核字第 2024Y30M30 号

责任编辑：全秋生

出版发行：中国文史出版社
地　　址：北京市海淀区西八里庄路 69 号　　邮编：100142
电　　话：010-81136602　81136603　81136606（发行部）
传　　真：010-81136655
印　　装：廊坊市海涛印刷有限公司
经　　销：全国新华书店
开　　本：787 毫米×1092 毫米　　1/16
印　　张：19.75
字　　数：300 千字
版　　次：2025 年 1 月北京第 1 版
印　　次：2025 年 1 月第 1 次印刷
定　　价：68.00 元